Pour la France : 2 fr. le volume. — Pour l'Étranger : 2 fr. 50 c.

BIBLIOTHÈQUE DES MEILLEURS ROMANS ÉTRANGERS

L'ESCLAVE BLANC

NOUVELLE PEINTURE

DE L'ESCLAVAGE EN AMÉRIQUE

PAR HILDRETH

AUTEUR DE « L'HISTOIRE DES ÉTATS-UNIS »

ROMAN AMÉRICAIN

TRADUIT

PAR FÉLIX MORNAND

PUBLICATION DE CH. LAHURE

Imprimeur à Paris

PARIS,

LIBRAIRIE DE L. HACHETTE ET Cⁱᵉ

RUE PIERRE-SARRAZIN, Nᵒ 14

L'ESCLAVE BLANC

TYPOGRAPHIE DE CH. LAHURE

Imprimeur du Sénat et de la Cour de Cassation

rue de Vaugirard, 9

L'ESCLAVE BLANC

NOUVELLE PEINTURE

DE L'ESCLAVAGE EN AMÉRIQUE

PAR HILDRETH

AUTEUR DE « L'HISTOIRE DES ÉTATS-UNIS »

ROMAN AMÉRICAIN

TRADUIT

PAR FÉLIX MORNAND

—

PUBLICATION DE CH. LAHURE

Imprimeur à Paris

.

PARIS

LIBRAIRIE DE L. HACHETTE ET Cie

RUE PIERRE-SARRAZIN, Nº 14

—

1858

L'ESCLAVE BLANC.

CHAPITRE PREMIER.

Si vous voulez savoir quels maux l'homme peut infliger à son semblable, sans remords, sans hésitation, sans regret ; si vous voulez savoir jusqu'où s'étend la souffrance humaine, de quelle amère angoisse, de quelle haine le cœur peut être gonflé sans en être brisé, lisez ces Mémoires !

Ce ne sont pas des chagrins de luxe ni des douleurs sentimentales que j'ai à décrire, mais bien cette dure réalité de misères trop palpables que j'ai souffertes et dont l'histoire touchera peut-être quelques-uns de ceux même qui, chaque jour, causent les maux que j'ai subis. En effet, le cœur a beau être endurci par l'habitude de la tyrannie, par les préjugés de l'éducation, par l'intérêt, l'humanité ne saurait perdre tous ses droits ; et ce n'est pas sans un certain trouble que l'homme entend le récit des actes dont souvent lui-même n'hésite point à se souiller.

N'eussé-je atteint que ce seul but, n'eussé-je pénétré qu'un seul cœur à travers ce triple airain dont le cuirassent l'amour de l'argent et le besoin de dominer, l'histoire de mes maux n'eût-elle troublé que la conscience d'un oppresseur, je serais encore content. Après les larmes de bonheur des esclaves émancipés, le remords des tyrans est le plus doux encens à offrir sur l'autel de la liberté.

Peut-être ma voix sera-t-elle plus heureuse ; je n'ose m'en flatter, et pourtant je l'espère. Peut-être quelque jeune cœur, que n'a point encore gangrené tout entier l'esprit de l'avarice et de la tyrannie, sentira-t-il à mon récit se ranimer en lui l'ardeur du bien expirante et l'amour de l'humanité. En dépit des habitudes et des préjugés qui lui ont été inoculés dès le berceau, en dépit des suggestions de la richesse et de toutes les démarcations politiques, des influences plus dépravantes encore de l'indolence et du bien-être, en dépit des prédications de prêtres indignes de ce nom, en dépit des raisonnements des sophistes, en dépit des hésitations et des terreurs des faibles et des chancelants, en dépit enfin des mauvais préceptes et des mauvais exemples, il osera peut-être, cet héroïque jeune homme, sentir son cœur et l'avouer !

Nouveau Saül parmi les prophètes, il fera entendre les plus terribles vaticinations à l'oreille de la tyrannie insolente et luxurieuse ; au milieu des tyrans, il osera prédire l'avénement de la liberté ; en face même de l'oppression, il se portera hardiment le défenseur des droits de l'homme !

Il souffle sur les préjugés ; il dissipe les illusions de l'avarice et de l'orgueil ; il énumère les actes coupables qui, bien que contraires à tous les principes de la justice, ont, par un sacrilége, usurpé le pouvoir et le saint nom de la loi ! Il arrache le fouet des mains des maîtres, et, pour toujours, brise les fers de l'esclave !

Au répugnant labeur imposé pour autrui, il substitue l'heureuse et féconde industrie qui travaille pour elle-même! La nature entière semble rajeunie par ce changement; la terre, qui n'est plus arrosée par les larmes et par le sang de ses enfants, redouble de munificence, et nous prodigue ses trésors. L'existence a cessé d'être une torture, et vivre n'est plus, pour des millions d'âmes, la certitude du malheur.

Instrument de rédemption! libérateur bien-aimé! viens, viens vite! nous t'attendons!

Viens vite, de peur que, si tu tardes, ne vienne à ta place un autre qui sera et LIBÉRATEUR et VENGEUR!

CHAPITRE II.

La province où je suis né était, et tout me porte à croire qu'elle est encore une des plus riches et des plus peuplées de l'est de la Virginie.

Mon père, le colonel Charles Moore, était le chef de l'une des plus puissantes et des plus influentes familles de cette partie du pays. Cette circonstance eût pu être de peu de poids dans tout autre État de l'Amérique, mais elle n'était pas d'une légère importance dans la Basse-Virginie. La nature et l'éducation réunies avaient doué le colonel Moore de toutes les qualités nécessaires pour qu'il pût occuper dignement le rang dans lequel sa naissance l'avait placé. C'était un aristocrate achevé, et il se montrait tel dans sa parole, dans son regard et dans toutes ses actions. Il y avait dans son attitude la conscience d'une supériorité à laquelle peu de gens pou-

vaient résister, mais adoucie et rendue même agréable
par un charme personnel et une aménité qui flattaient
et captivaient. Somme toute, il était incontestablement
reconnu, parmi ses amis et ses voisins, pour être le
modèle irréprochable du gentleman virginien, éloge
qui, à leurs yeux, était le *nec plus ultra* et dispensait
de tous les autres.

Lorsque éclata la guerre de la révolution américaine,
le colonel Moore était un tout jeune homme ; par naissance et par éducation, il appartenait, comme je l'ai dit,
au parti aristocratique et naturellement conservateur ;
mais les entraînements de la jeunesse et son patriotisme
étaient trop ardents pour qu'il pût en méconnaître les
appels. Il épousa donc avec chaleur la cause de l'indépendance, et son influence, non moins que son activité
politique, ne contribua pas peu à en assurer le succès.

Il demeura toujours un chaud et énergique partisan de
la liberté. L'un des plus anciens souvenirs que j'aie con-
servés de lui est celui de la véhémence avec laquelle,
au milieu de ses amis et de ses hôtes, il avait coutume
de défendre la cause de la révolution française, qui s'accomplissait alors ; il était l'avocat éloquent et l'apologiste des progrès de cette révolution ; et, bien que je
ne comprisse que peu de chose, ou même rien, à ses
discours, l'animation et l'élan de sa parole ne laissaient
pas de faire sur moi une impression des plus vives.

Les *droits de l'homme* et les *droits de la nature humaine*
étaient pour moi alors des mots vides de sens ; mais je
les entendis si souvent répéter, qu'ils se gravèrent dans
ma mémoire d'une manière ineffaçable, et qu'après bien
des années ils revenaient encore fréquemment à mon
souvenir.

Au mérite de la parole, le colonel Moore joignait celui
d'agir conformément à ses principes, et il était univer-

sellement considéré comme un homme d'honneur et un excellent homme. Bien des jeunes gens qui, plus tard, occupèrent des postes éminents, durent leur entrée dans la carrière à sa protection et à son appui. Il apaisait la moitié des différends qui s'élevaient dans le comté, et ne semblait jamais plus satisfait que lorsqu'il pouvait intervenir dans un procès ou dans un duel, et empêcher une dispute accidentelle, souvent frivole, de dégénérer en querelle violente pouvant avoir des suites graves. De la bonté d'âme, une active et universelle bienveillance, de la compassion pour le malheur, étaient les traits les plus saillants de son caractère.

S'il m'eût été permis de choisir mon père, aurais-je jamais pu en souhaiter un plus accompli? Mais, d'après les lois et coutumes de la Virginie, le sang et la condition de la mère déterminent seuls ceux de l'enfant; et ma mère, hélas! était une concubine et une esclave!

Cependant, ceux qui la voyaient pour la première fois pouvaient à peine croire qu'elle fît partie d'une race asservie et dégradée; car, si humble que fût sa situation, elle avait du moins reçu en partage, pour don terrestre, une éclatante beauté. Le mélange de sang africain dont ses veines étaient *souillées* était distinctement visible; mais la teinte qu'il donnait à sa carnation, loin de la ternir, ne servait qu'à en rehausser l'éclat. Ses longs cheveux noirs, qu'elle savait disposer avec la plus élégante simplicité, et le feu de ses beaux yeux bruns, si expressifs et si mobiles, étaient en harmonie parfaite avec toute sa personne, et formaient un ensemble dont le type peut n'être pas rare en Espagne ou en Italie, mais qu'on eût cherché en vain parmi les visages pâles et les languissantes beautés de la Virginie orientale.

J'ai fait cette description sans doute plus en amant qu'en fils ; c'est qu'en vérité la beauté de ma mère était si peu commune, qu'elle m'avait frappé dès le premier âge ; je demeurais de longues heures à la contempler pendant qu'elle me tenait sur ses genoux et que des pleurs ou des sourires passaient alternativement sur son visage, dont l'expression, très-variable, était toujours séduisante. Elle était pour moi la meilleure des mères ; le mélange de tendresse, de peine et de plaisir avec lequel elle semblait me regarder, donnait comme une nouvelle vie à sa beauté, et c'est probablement ce qui fixa de si bonne heure et si fortement mes regards.

Je n'étais pas son seul admirateur, bien s'en faut : sa beauté était célèbre dans toutes les parties de la province, et le colonel Moore avait été souvent sollicité de vendre ma mère ; on lui en avait offert de grandes sommes, mais il avait toujours rejeté ces propositions, fier qu'il était de posséder le meilleur cheval, la maîtresse la plus enviable et la meute la plus vaillante qu'on pût trouver dans le pays.

D'après le portrait que j'ai tracé de lui, il paraîtra sans doute étrange à certaines personnes que le colonel Moore eût une maîtresse et fût le père d'enfants illégitimes ; c'est qu'alors ces personnes ignorent complétement les usages de nos pays à esclaves.

Le colonel Moore était marié à une femme distinguée qu'il aimait et respectait, et qui le rendit l'heureux père de deux fils et d'autant de filles. Cela ne l'empêcha pas plus que n'importe quel planteur des États-Unis de donner un très-libre cours à ses passions amoureuses, et de jeter son dévolu sur les nombreuses esclaves de *Spring-Meadow* (c'était le nom de son domaine). Toutes, ou à peu près, se vantaient d'avoir été, plus ou moins longtemps, l'objet de ses recherches ; il n'avait pas, toutefois, en aucun temps, plus d'une ou deux favorites déclarées.

Ma mère fut, pendant plusieurs années, l'objêt de l'attention particulière du colonel Moore, et elle ne lui donna pas moins de six enfants, qui tous, excepté moi, l'aîné, furent assez heureux pour mourir en bas âge. De ma mère j'héritai cette imperceptible portion de sang africain, qui suffit à me réduire à la condition dégradée de l'esclave; mais, quoique né esclave, je reçus de mon père un esprit fier, une nature impressionnable et un tempérament ardent. Quant aux dons naturels de l'esprit et du corps, je crois pouvoir affirmer que nul de ses enfants légitimes et reconnus ne pouvait lui donner, sous ce rapport, les mêmes sujets de satisfaction et de fierté que celui qui trace ces lignes.

CHAPITRE III.

La meilleure éducation est celle qui commence le plus tôt; cette maxime était parfaitement comprise sur le point du globe où ma mauvaise étoile m'a fait naître. Comme il arrive souvent dans ce pays que la moitié des enfants d'un homme naissent maîtres et l'autre moitié esclaves, de cet état de choses ressort la nécessité impérieuse de leur imposer au plus vite une discipline respective capable de les préparer à des positions si diverses. Conformément à cet usage, tout jeune maître, presque au moment de sa naissance, reçoit en apanage un petit esclave à peu près de son âge, et, du moment où il peut exprimer une volonté, il commence à apprendre son métier de despote. Ainsi, il arriva que, moins d'un an après ma naissance, la femme du colonel Moore lui ayant donné un second fils, pendant que nous dormions tous deux innocemment dans nos berceaux, je fus désigné pour être le serviteur particulier de mon plus jeune frère. C'est en cette qualité d'esclave de *maître James* que, remontant à mes plus lointains souvenirs, j'ai pour la première fois conscience de ma pauvre individualité.

Les conséquences naturelles de cette autorité absolue déléguée à un enfant sur un autre peuvent facilement se prévoir. L'amour de la domination est peut-être de nos passions la plus forte, et la perfection prompte à laquelle un enfant peut arriver dans l'exercice de la tyrannie est vraiment chose surprenante. Le fils aîné du colonel Moore, William, ou maître William, comme on l'appelait à Spring-Meadow, en était un exemple frappant. Il était la terreur et l'effroi non-seulement de Joé, son propre esclave, mais encore de tous les enfants du pays. Ce plaisir instinctif et irrationnel de faire acte de cruauté, auquel se livrent les enfants mal élevés, semblait chez lui une passion, et cette passion n'avait pas tardé, par une satisfaction de tous les instants, à dégénérer en funeste et incurable manie.

Quand un esclave en faute allait être puni, William faisait tout son possible tant pour aggraver l'inculpation que pour assister au supplice, en sorte qu'il fut bientôt passé maître en l'horrible et ignoble métier de surveillant ou de tourmenteur d'esclaves. On le voyait toujours armé d'un fouet deux fois long comme sa personne, et, à la moindre opposition que rencontraient ses fantaisies ou ses caprices, il s'empressait de montrer sa dextérité à s'en servir. Il se cachait bien quelque peu de son père dans ces odieuses pratiques, et celui-ci, de son côté, tâchait de ne point voir ce qu'il lui eût fallu désapprouver, mais ce qu'en père tendre et indulgent il aurait eu non moins de peine à réprimer ou à punir.

Maître James, au service duquel j'étais particulièrement attaché, était un tout autre enfant. Il était faible et maladif; son caractère était très-doux et son esprit peu énergique. Il était doué d'un naturel affectueux, et conçut bientôt pour moi une amitié que je lui rendis de tout cœur. Il me protégeait contre la tyrannie de maître William par ses prières, par ses larmes, et par ce qui avait beaucoup plus de poids aux yeux de cet *aimable jeune homme*, par la menace de se plaindre à leur père et de lui rendre un compte détaillé de la brutale et sauvage façon dont il en agissait envers moi.

J'appris bientôt à ne plus faire attention et à pardonner à la maussaderie accidentelle de mon jeune maître, défaut dont l'excuse suffisante était sa débile santé; et, par la flatterie et une apparence de soumission, art que les enfants apprennent à pratiquer presque aussi vite que les hommes, j'arrivai à exercer une grande influence sur lui. Il était le maître, et moi l'esclave; mais, lorsque nous étions tous deux ensemble, cette distinction tendait à s'effacer, et je trouvais quelque difficulté à me plier à une prééminence qui eût dû être mon partage et à laquelle j'avais tous les titres par la vigueur du corps et de l'esprit.

Lorsque maître James eut atteint l'âge de cinq ans, son père jugea convenable de lui faire apprendre à lire. Connaître ses lettres était déjà pour lui une grande affaire, mais, quant à les lier en mots, mon pauvre jeune maître n'y pouvait absolument point parvenir. Il ne manquait pas cependant d'amour-propre et il était même très-désireux de s'instruire; la capacité bien plus que la volonté lui manquait. Pour vaincre cette difficulté, il eut recours à moi, qui, dans toutes les occasions, étais son conseiller en chef. En mettant bout à bout nos deux jeunes cervelles, nous accouchâmes d'un plan; ma mémoire était excellente, tandis que celle de mon pauvre petit maître était très-mauvaise. Il fut donc convenu que le précepteur de la famille m'apprendrait d'abord l'A, B, C, que mon heureuse mémoire me mettrait à même de retenir facilement, et que je pourrais ensuite, au milieu de nos jeux, l'occasion s'en présentant, insinuer petit à petit dans la tête de maître James. Ce plan nous parut admirable. Ni le précepteur, ni le colonel Moore n'y purent faire d'objections, car tout ce que le colonel Moore désirait, c'était que son fils apprît à lire, et le précepteur était enchanté de faire peser sur mes épaules la plus lourde partie du fardeau.

On ne saurait imaginer de lois plus barbares et plus détestables que celles qui, en Amérique, font un *crime*, et un crime punissable d'amende et d'emprisonnement, d'apprendre à un esclave à lire; lois sans analogue dans aucun autre code, et qui sont l'éternelle honte de l'Union américaine.

Ce n'est pas assez que l'usage et le méprisant orgueil d'une tyrannie sans entrailles conspirent à l'envi à maintenir l'esclave dans une ignorance profonde, il faut encore que la loi vienne ouvertement prêter son appui à ce concert abominable. Oui, je crois, en vérité, qu'ils nous crèveraient les yeux le plus légalement du monde s'ils savaient seulement un moyen de nous faire travailler sans y voir clair!

J'appris très-promptement à lire, et je fis bientôt partager ma nouvelle science à maître James. Comme il était sujet à de fréquentes maladies qui le retenaient au logis et l'empêchaient de prendre part aux exercices violents auxquels les enfants de son âge se livrent avec tant d'ardeur, son père lui composa une bibliothèque en rapport avec sa jeune intelligence, et lire tous les deux devint un de nos plus grands plaisirs.

Je continuais d'être associé aux travaux de mon jeune maître; car, bien que le plan de me faire instruire d'abord pour que je l'instruisisse ne s'étendît pas au delà des éléments de la lecture, j'avais un tel désir d'apprendre et l'intelligence si vive, qu'il ne me fut pas difficile de m'assimiler la substance de l'enseignement varié que recevait maître James. Il était d'ailleurs dans l'habitude de recourir à moi, pour peu que quelque chose l'arrêtât. J'acquis ainsi quelques notions élémentaires d'arithmétique et de géographie, et même une teinture de latin.

J'avais beau cacher ma science, le fait est que je savais lire, et ceci, tout en augmentant mon importance parmi les autres esclaves, me couvrait d'un ridicule auquel j'étais fort sensible. On ne voyait point en moi, comme je suppose qu'on voit aujourd'hui dans tout esclave sachant lire et donnant quelques légères marques de sens et de capacité, un monstre redoutable, toujours prêt à souffler la guerre et la rébellion, et méditant de couper la gorge à tous les honnêtes gens de l'Amérique, mais bien une façon de phénomène, tel qu'une poule à trois pattes ou un mouton orné de deux paires d'yeux; j'étais un prodige bon à produire pour l'amusement des étrangers. Fréquemment à table, après que le madère avait longuement circulé de main en main, j'étais appelé pour lire quelques articles de journaux et faire ainsi diversion aux plaisirs des hôtes avinés de mon maître. Là, j'étais harcelé, persécuté et tourmenté de toutes sortes de questions absurdes, ridicules ou impertinentes, auxquelles j'étais obligé de répondre, sous peine de recevoir en plein visage un verre de vin, une bouteille ou une assiette. Maître William, particulièrement, qui n'avait pas la possibilité de se servir de son fouet sur moi autant qu'il l'aurait désiré, s'indemnisait de ce mécompte en me prenant pour plastron de ses grossières plaisanteries. Il tirait une espèce d'orgueil du sobriquet de *nègre savant* qu'il m'avait infligé et m'appliquait en toute occasion, quoique certainement, Dieu le sait, mon visage fût aussi blanc que le sien, ou à bien peu de chose près : j'aime à ajouter que, par contre, je me suis toujours plu à l'espérer du moins, je n'avais pas sa noirceur d'âme.

Ce n'étaient là que de petites vexations : j'eus néanmoins besoin de beaucoup de courage et de résignation pour les supporter. Elles étaient compensées, il est vrai, par le plaisir que je goûtais à écouter, du poste habituel que j'occupais derrière la chaise de mon maître, la conversation des convives, j'entends celle qu'ils entamaient avant boire, car chaque dîner dégénérait régulièrement en une orgie universelle.

Le colonel tenait table ouverte, et presque chaque jour il avait quelques-uns de ses amis, de ses parents ou de ses voisins à dîner. Il était causeur agréable, éloquent même; sa voix était douce et harmonieuse, et sa conversation avait de la finesse et de l'entrain. Le plus grand nombre de ses hôtes étaient des hommes de mérite; et, bien que la politique fût le texte habituel de l'entretien, un très-grand nombre de sujets étaient incidemment traités. Le colonel était, comme je l'ai dit, un chaud démocrate, ou, pour mieux dire, un chaud républicain (c'était le mot alors), car ce mot démocrate, en quelque estime que l'aient depuis tenu les Américains, impliquait alors une idée de blâme. La majorité des personnes qui hantaient la maison du colonel Moore étaient en communion d'idées sur le terrain politique : presque toutes faisaient hautement profession d'un libéralisme ardent. Leur conversation me transportait de plaisir; quand je les entendais parler de l'égalité des droits, et se prononcer contre la tyrannie et l'oppression, mon cœur se gonflait d'émotions instinctives. Je ne faisais alors aucune application personnelle de ce que j'écoutais ou éprouvais ; c'était seulement l'abstraite beauté de l'égalité et de la liberté que j'apprenais à chérir ! Toutes mes sympathies étaient pour les républicains français ; je n'avais point assez de haine contre les despotes autrichiens et anglais ; je les confondais dans la même aversion que John Adams et son abominable clique. Je n'avais pas encore appris l'art de penser par moi-même. Ce que je voyais autour de moi, je l'avais toujours vu ; c'était à mes yeux l'ordre immuable de la nature. Quoique né esclave, je connaissais à peine la moindre partie des misères de mon humiliante condition. J'avais été heureux, on le voit, de tomber sur un jeune maître qui, à beaucoup d'égards, me traitait bien plus en compagnon qu'en esclave. Grâce à lui et grâce au crédit de ma mère, qui continuait d'être la favorite du colonel, j'étais beaucoup mieux traité qu'aucun des autres *noirs* de l'habitation. Lorsque je comparais mon sort à celui des esclaves employés aux travaux des champs, je ne me trouvais plus à plaindre, et, bien qu'exposé à des souffrances accidentelles bien faites pour me donner un avant-goût de cette coupe d'amertume qui est le lot de l'esclave, cependant, grâce à ma jeunesse, à la force vivace de mon tempérament, je prenais encore aisément le dessus.

A cette époque, j'ignorais que le colonel fût mon père. Ce gentleman devait une notable partie de la haute réputation dont il jouissait à son observation stricte de toutes ces convenances superficielles qui, trop souvent, prennent la place de la vertu, de la morale. Quelques-unes de celles qui prévalaient alors et prévalent encore en Amérique méritent d'être signalées. Par exemple, ce n'est point un sujet de blâme pour un maître d'être le père des esclaves qui naissent sur ses plantations ; mais, en revanche, c'est une atteinte grave au droit de propriété, un crime presque impardonnable chez un père, non pas même de reconnaître les malheureux fruits de son sang, mais de les distinguer, de leur témoigner un intérêt particulier. L'usage impérieux exige qu'il les traite comme ses autres esclaves. Qu'il les envoie aux champs, qu'il les vende à l'encan au dernier enchérisseur, non-seulement on n'y trouvera point à redire, mais chacun l'en approuvera. Mais, s'il a le malheur de leur montrer, sous quelque forme que ce soit, un peu de tendresse paternelle, il peut être bien sûr que la calomnie ne l'épargnera point : on le déchirera de toutes parts, et les *gens comme il faut* représenteront sa faiblesse, bien excusable, comme tout ce qu'il y a au monde de plus infâme, de plus bas, de plus méprisable.

Le colonel Moore était un homme *trop sage* pour s'exposer à rien de semblable. Il avait toujours fréquenté le meilleur monde, et, bien que démocrate en politique, il était foncièrement et des pieds à la tête aristocrate renforcé. L'idée de violer une seule des règles de la société où il vivait lui inspirait la même horreur indicible qu'à une de nos belles l'idée de porter une dentelle de coton, ou à l'un de nos *beaux* celle de se servir, à dîner, d'un couvert d'étain. On ne s'étonnera donc pas que j'ignorasse encore alors que le colonel fût mon père.

Mais, bien que cette descendance fût encore un secret pour moi, elle n'en était plus un pour les amis et les visiteurs du colonel Moore. A défaut d'autres témoignages, notre ressemblance frappante eût certainement trahi cette filiation ; et, bien que ce même respect pour le *droit de propriété* qui avait toujours empêché le colonel de révéler les liens qui m'unissaient à lui eût aussi enchaîné la langue de ses hôtes, cependant, lorsque plus tard je connus le fatal secret, j'eus, par une révélation subite, l'explication de certaines plaisanteries, de certaines allusions auxquelles s'étaient livrés parfois, vers la fin d'un dîner, quelques convives dont les fréquentes libations avaient tout à la fois développé l'esprit et incité le bavardage. Ces belles choses, dont le sens m'avait toujours échappé, étaient habituellement mal reçues tant par le colonel Moore que par les convives sobres, et toujours suivies d'un ordre, donné à moi et aux autres esclaves, de sortir de la salle : le pourquoi, jusqu'au jour où je connus enfin le secret de ma naissance, m'avait toujours échappé.

Ce secret, que mon père n'avait point voulu, que ma mère n'avait point osé me révéler, j'aurais pu facilement l'apprendre de mes compagnons d'esclavage. Mais, à cette époque, comme beaucoup de mes pareils à teint blanc, je méprisais profondément ceux de mes frères en infortune dont la peau était plus foncée. Je les tenais à distance et eusse rougi de fréquenter des hommes plus basanés que moi. C'est ainsi que l'esclave accepte les odieux préjugés de ses oppresseurs, et rive lui-même la chaîne qui le livre à leur merci !

Il faut rendre justice à mon père : je ne puis dire de lui que ce fût un homme absolument sans entrailles. Bien que n'ayant jamais reconnu mes droits particuliers à sa tendresse, je suis sûr qu'au fond du cœur, de temps en temps, il en subissait l'influence. Quand il me parlait, il y avait dans son intonation une bienveillance, une sorte de tendresse qui m'avait souvent frappé moi-même ; cette façon d'être lui avait gagné toute mon affection : aussi l'aimais-je beaucoup, bien que le regardant exclusivement comme un maître.

CHAPITRE IV.

J'avais environ dix-sept ans quand ma mère fut atta-
quée d'une fièvre qui l'emporta. Elle avait pressenti immédiatement sa mort prochaine, et, avant que le mal eût
fait de grands progrès, m'avait envoyé chercher. Je la
trouvai au lit; elle dit à la femme qui la soignait de nous
laisser ensemble, et m'invita à m'asseoir à ses côtés. Puis,
m'ayant dit qu'elle se sentait près de sa fin, elle ajouta
qu'elle avait à me révéler un secret d'une assez grande
importance. Je la priai de me le dire, et elle me fit un
court récit de sa propre vie. Sa mère était esclave, me
dit-elle, et son père un certain colonel Randolph, de
l'une des plus grandes familles de Virginie. Elle avait été
élevée avec un certain soin, et, lors du mariage du colonel Moore, on l'avait vendue à ce dernier, qui l'avait
attachée au service de sa jeune épouse. Elle était alors
presque enfant, mais, en grandissant, elle devint fort
belle; son maître la remarqua. Il lui donna une jolie petite maison, où sa seule tâche fut de s'appliquer de temps
en temps à quelques travaux d'aiguille, et comme personne ne se souciait d'avoir querelle avec l'esclave favorite du colonel, elle mena désormais une vie indolente,
et cependant très-malheureuse.

Une partie de ses malheurs, elle les devait à elle-
même. Les airs de supériorité qu'elle prenait dans ses
rapports avec les autres serviteurs la faisaient haïr
d'eux; ils ne laissaient pas échapper une occasion de la
mortifier et de l'humilier. Elle en était piquée au vif. Mais,
bien que vaine de sa beauté et de la faveur de son maître,

elle n'avait point mauvais cœur; le fol orgueil dont elle souffrit toute sa vie, chez elle comme chez mòi, provenait d'un préjugé sans fondement, et cependant universel. Notre situation était en vérité si supérieure à celle des autres esclaves, que naturellement nous nous considérions comme d'une race supérieure. C'est sans doute sous l'influence de ces sentiments que ma mère, m'ayant dit quel était mon père, ajouta avec un sourire de joie et de fierté qui illumina son visage sous les funèbres teintes de la fièvre, que, tant du côté paternel que du côté maternel, le sang qui coulait dans mes veines était le meilleur de toute la Virginie : « Le sang des Moore et des Randolph! » ajouta-t-elle avec orgueil.

Hélas! elle ne semblait pas, la pauvre femme, se douter que, nonobstant une si illustre origine, une seule goutte de sang africain, mêlée à celui de mes nobles aïeux virginiens, fût-ce celle de rois ou de chefs, suffirait à entacher toute ma généalogie et me vouer à un esclavage perpétuel sous le toit de mon propre père.

La communication de ma mère fit alors fort peu d'impression sur moi. Toute mon anxiété, toutes mes préoccupations furent pour elle, qui avait toujours été la plus tendre et la plus dévouée des mères. Les progrès de sa maladie furent rapides, et le troisième jour après notre conversation elle cessa d'exister. Je la pleurai amèrement; la violence de ma douleur ne put être de longue durée, mais mes esprits ne reprirent pas leur élasticité première. La gaieté insouciante qui jusqu'alors avait lui comme un rayon de soleil sur ma triste vie sembla m'abandonner. Ma pensée commença à se porter souvent sur le secret dont m'avait instruit ma mère. Je ne puis décrire l'effet que cette révélation produisit sur moi. Peut-être l'espèce de révolution morale qui se fit sentir en moi devait-elle être attribuée au passage de l'enfance

à un âge plus mûr. Jusqu'à ce jour, les événements m'a-
vaient semblé se succéder comme les visions d'un rêve,
sans m'affecter profondément ni me toucher d'une façon
durable. J'étais quelquefois chagrin, j'avais des sujets
de douleur et de contrariété, mais ces ennuis duraient
peu, et comme le soleil après une pluie d'été se montre
plus brillant qu'avant, de même mes tristesses passa-
gères le cédaient bien vite à une gaieté d'autant plus vive
qui, à peine la mauvaise impression effacée, éclatait de
nouveau, oublieuse du passé, insoucieuse de l'avenir.
Dans cette gaieté, au surplus, on eût trouvé au fond
bien peu de joie réelle. La source en était une sorte d'insensibilité imprévoyante, et on eût pu la comparer à un
rayon de lune éclatant, mais froid. Cette situation d'esprit valait mieux pourtant que celle qui la suivit, et que
je commençai de ressentir après la perte de ma mère. Je
me trouvai alors en proie à des anxiétés indéfinissables,
dont je ne pouvais découvrir ni la cause ni le remède. Il
y avait comme un lourd poids sur ma poitrine ; j'éprouvais des ardeurs vagues et des désirs que je ne pouvais
satisfaire, n'en sachant même pas l'objet. Je demeurais
souvent perdu en rêveries, sans pouvoir parvenir à fixer
mon esprit sur quoi que ce fût de palpable, en sorte
qu'après des heures de méditation apparente, j'aurais été
souvent assez embarrassé de dire à quoi j'avais pensé.

Quelquefois pourtant mes réflexions prenaient une
forme plus précise. Je commençais à comprendre ce que
j'étais, ce que j'avais à espérer. J'étais fils d'un homme
libre, et cependant esclave ! Doué par la nature d'une
capacité qu'il ne me serait jamais permis de produire, je
possédais des connaissances que déjà il fallait cacher !
Esclave de mon propre père, serviteur de mon propre
frère, qu'étais-je ? une créature garrottée, enchaînée,
captive, qui n'avait pas le droit de perdre seulement de

vue la maison de son maître sans une permission écrite ! ¡
Ma destinée était d'être le jouet des caprices d'autrui, de
ne pouvoir jamais rien faire pour moi-même, en vue de
mon propre bonheur, de travailler toute ma vie sous le
commandement d'un autre, de subir à toute minute l'oppression la plus outrageante, et de toutes les dégradations la plus humiliante et la plus cruelle!

Ces réflexions devinrent bientôt si poignantes, que je
dus les combattre de toutes mes forces. Je ne pus pas
toujours leur imposer silence; en dépit de tous mes efforts, ces haineuses pensées s'offraient à moi souvent et
me remplissaient de tristesse.

Mon jeune maître cependant continuait à être excellent pour moi; il était encore un enfant que j'étais devenu
un homme. Sa mauvaise santé, qui avait interrompu sa
croissance, semblait aussi retarder la maturité de son
esprit. Il semblait chaque jour souffrir de plus en plus,
et mon attachement pour lui s'en augmentait. Il était en
effet ma seule espérance; tant que je resterais avec lui,
je sentais que j'échapperais aux plus grands maux de
l'esclavage. A ses yeux, je n'étais pas un simple serviteur, mais bien plutôt un confident et un compagnon
aimé. Et, en vérité, quoiqu'il eût le titre et les prérogatives du maître, j'étais réellement bien moins sous son
contrôle que lui sous le mien. Il y avait entre nous
comme une amitié fraternelle : on nous eût pris tout au
moins pour les deux frères de lait, bien qu'il ne fût jamais, au reste, question entre nous de notre parenté,
qu'il ignora, je crois, toujours.

J'aimais donc maître James autant et plus que jamais.
Au contraire, mes sentiments pour le colonel Moore su-
birent un changement rapide et profond. Tant que je
m'étais cru pour lui un simple esclave, son apparente affection avait gagné toute la mienne : il n'est rien que je

n'eusse fait ou souffert pour un maître si doux et si indulgent. Mais, du jour où je sus qu'il était mon père, je me sentis des droits à ce que jusqu'alors j'avais pu regarder
comme pure générosité de sa part ; je commençai même à
trouver que je pouvais encore réclamer davantage et prétendre à être traité sur le même pied que mon frère. J'a-
vais lu des fragments de la Bible, et je me rappelais,
non sans application personnelle, l'histoire d'Agar dans
le désert, et de son fils Ismaël ; je la relisais avec un intérêt profond, et, en voyant que l'ange leur était venu
en aide lorsque Abraham, père et époux dénaturé, les
avait chassés de sa tente, je sentais poindre en moi
comme un secret et vague espoir de trouver à mon tour,
en cas de détresse, secours et appui. Cette espérance
peu raisonnée soulevait en moi, par un assez bizarre al-
liage, de nouveaux élans d'amertume ; sans savoir pourquoi, je serrais les poings, grinçais des dents et me
figurais être moi-même un autre Ismaël errant dans le
désert, rencontrant dans chaque homme un ennemi, et
ayant contre moi tout le genre humain. L'injustice d'un
père sans entrailles me blessait de plus en plus au fond
de l'âme et changeait mon amour en haine. L'atrocité des
lois qui me rendaient esclave, esclave sous le toit de
mon propre père, semblait se peindre devant moi en ca-
ractères sanglants. Jeune comme j'étais, et bien que
n'ayant pas encore été maltraité, je frémissais pour l'a-
venir, et je maudissais le pays et l'heure qui m'avaient
vu naître.

Je m'efforçais, autant que possible, de cacher les nouveaux sentiments qui m'agitaient, et, comme la dissimulation est un des moyens de défense dont l'esclave
apprend le plus vite à se servir, j'y réussis assez bien.
Mon jeune maître me trouvait quelquefois en larmes, et
quelquefois aussi, quand il me voyait plongé dans mes

réflexions, il se plaignait de mes absences. Mais je trouvais moyen de le tranquilliser par quelques excuses plausibles; et, quoique me soupçonnant de lui cacher quelque chose, il me disait souvent : « Voyons, Archy, confiemoi ce qui te chagrine. » J'évitais de lui répondre, et, sortant de la question en plaisantant, je parvenais à détourner ses soupçons.

Je devais trop tôt perdre ce bon jeune homme, dont la tendresse et les égards étaient le seul palliatif qui pût me rendre ma destinée tolérable. Sa santé, qui avait toujours été mauvaise, empira tout à coup rapidement, et, d'abord confiné dans sa chambre, il fut bientôt réduit à ne pouvoir quitter son lit. Durant toute sa maladie, je le soignai avec la tendresse et l'empressement d'une mère. Jamais maître ne fut servi avec autant de dévouement : c'était l'ami, non l'esclave, qui s'acquittait de ce devoir. Sensible à mon amitié, il n'aimait pas qu'un autre que moi fût près de lui. C'était de ma main seule qu'il voulait recevoir sa nourriture et ses remèdes. Mais ni les remèdes ni les soins ne purent malheureusement le sauver : il dépérissait tous les jours et s'affaiblissait à vue d'œil. La crise fatale arriva. Ses amis en pleurs entourèrent son lit, mais aucune des larmes qu'ils répandirent ne fut aussi sincère que les miennes. Presque au moment de rendre l'âme, il me recommanda à son père; mais l'homme qui avait fermé son cœur aux élans de la tendresse paternelle ne devait pas avoir, selon toute apparence, grand égard à la prière d'un fils mourant. Il dit adieu à ses amis, pressa ma main dans la sienne, et, rendant un faible soupir, il s'éteignit dans mes bras.

CHAPITRE V.

La famille du colonel Moore savait à quel point j'aimais, avec quelle fidélité j'avais servi mon jeune maître. On respecta l'intensité de ma douleur, et, pendant une semaine ou deux, on me laissa pleurer en paix. Mes sentiments n'avaient plus cette vivacité que j'ai décrite dans le précédent chapitre. Le propre de l'esprit est d'être changeant. L'état de sensibilité maladive dont j'ai tâché de donner une idée s'effaça devant les soins à donner à mon jeune maître mourant. Un chagrin stupide et morne y succéda. Que de sujets d'alarmes se dressaient devant moi ! Ce que j'avais craint arrivait. Mon maître, sur la tête duquel s'étaient concentrées toutes mes espérances, n'était plus, et je ne savais ce qui adviendrait de moi. Mais le temps de la crainte et des prévisions pessimistes était passé ; j'attendais maintenant mon sort, plongé dans un état pour ainsi dire passif d'indifférence et de résignation inerte.

Bien qu'on ne m'en donnât pas l'ordre, je continuais, comme de coutume, de servir à la table de mon maître. Pendant plusieurs jours je me plaçais instinctivement près de la chaise où maître James avait l'habitude de s'asseoir, jusqu'à ce que la vue de cette place vide me chassât de là fondant en larmes ; j'allais alors me poster à un autre bout de la salle. A ce moment personne ne me commandait rien : on ne semblait même pas prendre garde à moi. Maître William lui-même faisait quelque effort pour contenir son insolence habituelle.

Mais cela ne pouvait durer. Un excès d'indulgence pouvait seul permettre à un esclave favori cette expansion de douleur. Les esclaves n'ont pas le droit d'être chagrins : cela empêche de travailler.

Un matin, après déjeuner, maître William ayant dépêché sa rôtie et son café commença à dire à son père que, dans son opinion, les domestiques de Spring-Meadow étaient traités avec beaucoup trop de douceur.

Maître William était alors un jeune homme très-élégant, très-fanfaron, très-petit-maître, depuis un an sorti du collége et tout récemment de retour de Charlestown (Caroline du Sud), où il était allé passer le dernier hiver, afin, comme disait son père, de secouer la poussière des écoles. C'était peut-être là qu'il s'était inculqué les nouveaux principes de charité dont il se déclarait le promoteur. Selon lui, toute bienveillance témoignée à un esclave ne servait qu'à le rendre plus arrogant et à l'aigrir ; c'était bien perdu que de la prodiguer à d'aussi ingrats coquins. Alors, jetant les yeux autour de lui, comme s'il eût cherché quelque victime propre à la mise en pratique d'une doctrine si bien en harmonie avec la disposition de son âme, il m'aperçut. « Voilà Archy, dit-il, je parie cent contre un que je ferai de lui le meilleur domestique du monde ; c'est un brillant sujet, et qui serait parfait sans l'excessive indulgence qu'avait pour lui le pauvre James. Donnez-le-moi, mon père, car, vous le savez, j'ai diantrement besoin d'un autre domestique. »

Sans s'arrêter à attendre une réponse, il sortit de la salle ayant à voir, le matin même, deux courses de chevaux et un combat de coqs par-dessus le marché. Il n'y avait personne à table que son père. Le colonel Moore se tourna de mon côté. Il commença par me louer de mon attachement à son pauvre fils James. Comme il prononçait le nom de son fils, des larmes roulèrent dans ses yeux, et pendant quelque temps il ne put articuler une parole. Il se remit pourtant et ajouta : « J'espère maintenant que vous reporterez le même zèle et la même affection sur la personne de William. »

Il ne fallut rien moins que de telles paroles pour m'arracher à ma torpeur. Je savais que maître William était un vrai tyran chez qui l'endurcissement de l'usage et du préjugé avait depuis longtemps étouffé le peu de bonté naturelle dont il avait été doué ; à en juger par les paroles qui venaient de lui échapper, son penchant prononcé à la cruauté n'avait fait, en son absence, que croître et embellir, et il en était venu à ériger l'oppression en théorie et en science. Je savais aussi que, depuis son enfance, il m'honorait d'une haine toute particulière, et je devais tout au moins craindre qu'il n'eût songé aux moyens de m'infliger avec usure les sévices et les outrages dont la protection de son jeune frère m'avait jusqu'alors préservé.

Je ne me vis donc pas sans effroi ni horreur en danger de tomber en de pareilles mains. Je me jetai aux pieds de mon maître et le conjurai, avec toute l'éloquence du désespoir et de la crainte, de ne pas me donner à maître William. Les termes dans lesquels je parlai de son fils, bien qu'adoucis autant qu'il me le fut possible, et l'épouvante qui me gagnait à l'idée de tomber sous sa dépendance, irritèrent le colonel. Le sourire quitta ses lèvres, et ses sourcils se contractèrent. A ces signes, désespérant d'éviter le malheureux sort qui m'attendait, je me laissai entraîner à une bien folle et bien téméraire action. La perspective de devenir l'esclave de maître William me donna de la hardiesse, et j'osai faire allusion, d'une façon il est vrai détournée et timide, à la révélation que m'avait faite ma mère à son lit de mort ; j'osai même risquer un demi-appel à la *tendresse paternelle* du colonel Moore. D'abord, il ne sembla pas me comprendre ; mais du moment où il crut m'avoir entendu, son visage devint menaçant et sombre comme un ciel d'orage ; il pâlit, et l'instant d'après devint très-rouge ; la rage et la confusion semblaient à ce moment se partager son âme. Je me crus perdu et j'attendis, tremblant, l'explosion de sa fureur. Mais, après un moment de lutte, le colonel sembla reprendre son sang-froid, son sourire habituel reparut, et, sans répondre à mon dernier appel, sans même paraître l'avoir compris, il se borna à me dire qu'il ne pouvait rejeter la demande de maître William, ni comprendre la cause de ma répugnance à servir son fils. « C'était, me dit-il, une grande folie à moi. » Cependant, il voulait bien me laisser le choix d'entrer au service de maître William, ou d'aller travailler aux champs. Cette alternative assez peu agréable me fut posée d'un accent et d'un air qui n'admettaient pas de réplique et ne me laissaient que la simple liberté de l'option. Je savais quels rudes labeurs, quelle maigre chère et quels mauvais traitements étaient le partage des esclaves employés aux travaux des champs ; mais tout me sembla préférable à tomber sous la coupe directe de maître William. Je fus piqué, d'ailleurs, du ton léger dont ma requête avait été reçue, et je n'hésitai pas. Je remerciai le colonel de sa grande bonté, et je choisis d'aller aux champs. Il sembla surpris de cette préférence, et, avec un sourire voisin du sarcasme, il m'ordonna de me mettre à la disposition de M. Stubbs.

Un contre-maître (*overseer*) est considéré, dans toutes les provinces d'Amérique où règne l'esclavage, à peu près du même œil dont on regarde le bourreau dans les pays sans esclaves ; et comme l'office de ce dernier, bien qu'utile et nécessaire, n'a jamais pu pourtant devenir

honorable, de même la charge de contre-maître est vouée
à un éternel mépris. La jeune dame qui mange de grand
appétit un quartier d'agneau ne peut se défendre d'une
sentimentale horreur pour le boucher qui a tué l'innocent animal servi pour sa réfection ; de même le planteur, qui vit luxueusement du travail de ses esclaves,
a de l'éloignement, malgré lui, pour l'homme qui tient
le fouet et conduit le bétail humain. Il est assez semblable au recéleur qui ne volerait pas lui-même, mais
qui encaisse volontiers les profits du vol. Or un voleur
n'est qu'un voleur ; mais un contre-maître est.... un
contre-maître. Le propriétaire d'esclaves se décore de
l'honorable qualification de planteur ; le recéleur de biens
volés prend celui de négociant. Tous deux peuvent aller
de pair. C'est avec de ces misérables équivoques que les
hommes réussissent à se tromper eux-mêmes, et quelquefois le monde avec.

Le contre-maître de Spring-Meadow était un M. Thomas Stubbs, personnage dont le nom, le visage et le
caractère m'étaient parfaitement connus, bien que, jusqu'alors, je n'eusse eu, grâce à Dieu, que très-peu de
relations avec lui.

C'était un gros homme d'environ cinquante ans, de
tournure des plus vulgaires, dont la petite tête ronde,
couverte d'une épaisse forêt de cheveux emmêlés, lui
rentrait dans les épaules. Sa face était curieusement ta-
chetée et marbrée de plaques rouges, brunes ou gri-
sâtres ; le soleil, le whisky, la fièvre avaient, à tour de
rôle ou simultanément, collaboré à cet aimable tatouage.
On le voyait généralement à cheval, incliné sur l'avant
de la selle, et brandissant un long et gros fouet muni
de cordelettes en peau de vache, qu'il appliquait de
temps en temps sur la tête ou sur les épaules de quelque
malheureux esclave.

Sa conversation, ou plutôt la suite de ses commandements, n'était guère qu'une litanie de jurons du milieu
desquels il n'était pas aisé de dégager un sens quelconque. On n'avait pas mémoire de l'avoir entendu commencer ou finir une phrase autrement. Toutefois, la
brutalité de M. Stubbs ne se manifestait dans tout son
beau que lorsqu'il était seul aux champs ; car le colonel
Moore ou tout autre gentleman venait-il à passer par
là, aussitôt le farouche contre-maître prenait un air de
douceur et de modération édifiant, et, ce qui paraîtra
plus étonnant, trouvait moyen, en parlant, de ne pas
lâcher plus d'un juron ou deux par phrase.

M. Stubbs, dans la conduite de la plantation, on peut
le croire, ne s'en tenait pas aux paroles : il se servait
du fouet autant que de la langue, quelquefois même un
peu plus. Le colonel Moore avait été élevé à l'européenne,
et, comme tout homme élevé n'importe où, excepté
pourtant dans les pays à esclaves, faisait profession
d'une vraie répugnance pour les cruautés *inutiles*. Habituellement, une fois par semaine au moins, quelque acte
violent de ce genre, commis par le brutal contre-maître,
mettait le colonel hors de lui ; mais, sa bile une fois
exhalée, il laissait aller les choses comme devant. Là
vérité est que M. Stubbs entendait à merveille le rende-
ment et la culture ; on ne pouvait sacrifier un tel homme
à la pure satisfaction de sentiment de soustraire à sa
tyrannie quelques malheureux esclaves.

C'était un rude changement pour moi, accoutumé
à l'élégance et au confortable de la maison du colonel
Moore, aux doux ordres et au service facile de maître
James, de passer maintenant sous le contrôle despotique
de ce rustre épais et brutal. De plus, je manquais de
toute habitude d'un travail régulier et corporel, et me
soumettre tout d'un coup aux pénibles travaux des

champs était une dure entreprise. Je résolus pourtant
de faire de mon mieux. J'étais fort, et bientôt, pensais-je,
l'habitude viendrait qui rendrait ma tâche moins acca-
blante et plus facile. Je savais bien que M. Stubbs était
totalement dénué du moindre sentiment humain, mais
je n'avais aucune raison de le croire animé contre moi
de la malignité que je craignais en William. Par ce que
l'on m'avait dit de lui, je ne le jugeais point absolument méchant, et j'inclinais même à croire que, s'il
jurait et fouettait, ce n'était pas pour le plaisir de faire
le mal, mais dans l'intérêt des travaux. Comme tous
ses pareils, il n'admettait même pas que l'on pût conduire une plantation autrement. Ma diligence, je l'espérais du moins, me sauverait des coups; je me flattais
d'ailleurs de surmonter le dégoût que m'inspirait le
personnage.

M. Stubbs m'accueillit avec tout plein de grâce; il m'é-
couta, tout en roulant sa chique d'une joue à l'autre, et
en dardant sur moi son petit œil gris étincelant. Quand
j'eus parlé, il me gratifia, non sans un juron, de l'épi-
thète de « stupide! » et me dit de le suivre aux champs.
Une longue et lourde houe dont le manche avait bien
près de six pieds de long me fut mise entre les mains, et
je passai là tout le jour à travailler fort durement.

A la nuit, il me fut permis de revenir, et M. Subbs
m'indiqua une misérable petite hutte de six pieds carrés
et de cinq en hauteur, sans plancher ni fenêtre, que couvrait une toiture extrêmement délabrée. C'était là ma
maison, ou plutôt, je devais la partager avec Billy, un
jeune esclave de mon âge.

Je portai là un coffre contenant mes habits et le petit
nombre d'objets que peut posséder un esclave. Pour lite-
rie, je reçus une couverture de l'ampleur d'un assez
grand mouchoir de poche, et un panier de blé avec une

livre ou deux de lard avarié me fut alloué pour mes
vivres de la semaine. Je n'avais ni pot, ni marmite, ni
couteau, ni plat, ni assiette : ce sont là des objets que
les esclaves doivent se procurer comme ils peuvent. J'é-
tais donc menacé d'en être réduit à souper avec du lard
cru. Billy vit ma détresse et eut pitié de moi. Il m'aida
à réduire mon grain en bouillie et me prêta sa marmite
pour le faire cuire; à minuit, enfin, je pus rompre un
jeûne qui durait depuis quinze ou vingt heures. Mon
coffre, qui était long et large, me servit de chaise, de
table et de lit. Je vendis une partie de mes habits qui
étaient trop beaux pour le métier des champs, et, ayant
acheté un couteau, une cuiller, une marmite, je me vis
enfin à la tête d'un ménage pouvant suffire à mes plus
pressants besoins.

Ma condition était aussi bonne que peut l'être celle
d'un esclave des champs; il m'était pourtant difficile de
m'en contenter, habitué que j'avais été à une destinée
plus douce. Mes mains étaient contusionnées par le maniement de la houe, et, lorsque je rentrais le soir épuisé
par un pénible travail dont je n'avais pas l'habitude,
c'était une diversion assez peu agréable que d'être debout jusqu'à minuit occupé à concasser mon blé et à
préparer mon repas du lendemain. Il fallait, d'ailleurs,
que je fusse levé et prêt à me mettre au travail dès la
première aube du jour. Mais, si dur qu'il fût, ce travail
avait été choisi par moi. Je l'avais préféré à une tyrannie pire encore, celle de maître William.

Comme je n'aurai plus occasion de revenir par la suite
sur cet aimable jeune homme, j'en finirai ici sur ce qui
le concerne.

Six ou huit mois après la mort de son jeune frère, il
eut une querelle étant ivre, à un combat de coqs, autant que mes souvenirs sont exacts. Un duel s'ensuivit,

et maître William fut tué au premier coup de feu. Cette mort fut un coup terrible pour le colonel Moore, qui longtemps s'en montra inconsolable. Je ne partageai point ce regret, je l'avoue. La mort de William m'affranchissait d'un maître vindicatif et cruel. Quant au père, je ne le plaignis pas non plus, et, s'il faut l'avouer, je goûtai un amer et triste plaisir à voir ainsi frappé dans sa race l'homme qui ne craignait pas de mettre sous ses pieds les plus saintes lois de la nature.

CHAPITRE VI.

J'avais la même tâche que ceux qui avaient travaillé aux champs toute leur vie; mais j'étais trop fier pour me plaindre ou me désister. Je m'efforçai, au contraire, de travailler de telle façon, que M. Stubbs lui-même ne pût pas me trouver en faute, et plus d'une fois même il avoua que j'étais un excellent ouvrier.

La cabane que je partageais avec Billy était, comme je l'ai dit, percée à jour, et lorsqu'il pleuvait, nous nous y trouvions fort mal. Enfin, pourtant, nous résolûmes de la réparer, et, comme le temps nécessaire nous manquait, nous fîmes un effort pour expédier notre tâche avant l'heure réglementaire.

Un jour, sur les quatre heures de l'après-midi, nous avions fini notre travail et nous retournions ensemble à la *ville* (c'est ainsi que nous appelions la collection de huttes où vivaient les esclaves), lorsque nous rencontrâmes M. Stubbs. Il demanda si notre tâche était faite, et, sur notre réponse affirmative, il marmotta entre ses dents que nous n'avions pas moitié assez d'ouvrage ; en conséquence de quoi, il nous ordonna d'aller sarcler son jardin. Billy se soumit en silence, car il était depuis trop longtemps sous la coupe de M. Stubbs pour oser discuter ses ordres ; moi, je m'aventurai à dire, avec tout le respect possible, qu'ayant terminé notre tâche il nous était bien dur d'avoir encore à faire un travail additionnel. Ceci mit M. Stubbs dans une furieuse colère, et il jura par vingt blasphèmes que je sarclerais son jardin et que j'aurais le fouet par-dessus le marché. A ces mots, s'élançant de son cheval et me saisissant par le col de ma chemise, le seul vêtement que je portasse, il commença à me frapper avec son fouet. Depuis que j'avais cessé d'être un enfant, c'était la première fois que j'étais soumis à ce traitement humiliant. La souffrance physique, bien qu'assez vive, n'était rien encore auprès de l'idée d'être fouetté, mais, ce qui m'outrait le plus, c'était le sentiment de la criante injustice qui m'était faite ; j'eus la plus grande peine à me retenir de me jeter sur mon brutal bourreau et de le renverser à terre ; mais, hélas ! j'étais esclave. Ce qui, dans un homme libre, est un acte permis, légitime, de défense, chez l'esclave devient une rébellion, une insolence insoutenable. Je me tordis les mains, serrai les dents, et supportai l'outrage du mieux qu'il me fut possible. Je fus ensuite envoyé au jardin, où, comme il faisait pleine lune, je fus retenu à sarcler jusqu'au milieu de la nuit.

Le jour suivant était un dimanche. Le repos du dimanche est le seul et unique qu'accorde, par un scrupule de dévotion, le maître américain à l'esclave. Ce même maître foule aux pieds, sans la moindre hésitation, tous les autres commandements religieux, et, moyennant qu'il ne contraint pas ses esclaves à travailler le dimanche, croit mériter le nom de chrétien. Peut-être

est-il chrétien, en effet; mais, s'il l'est, il faut convenir
que le titre en est acheté à bon compte.

Je me résolus à profiter des loisirs de ce jour saint
pour m'aller plaindre à mon maître du traitement barbare que M. Stubbs m'avait infligé la veille; le colonel
Moore me reçut avec une froideur et me tint à une distance tout à fait inaccoutumées, car d'habitude il avait
un sourire pour chacun, et particulièrement pour ses
esclaves. Néanmoins, il écouta mon récit, et condescen-
dit même à déclarer que rien ne lui était plus pénible
que de savoir ses serviteurs punis injustement, et qu'il
ne souffrirait jamais pareille chose sur ses plantations.
Il me congédia ensuite en promettant de voir M. Stubbs
dans la journée et de s'informer de l'affaire. Ce fut sa
dernière parole. Le même soir, M. Stubbs m'envoya
chercher, et, m'ayant lié à un arbre, devant sa porte,
m'administra quarante coups de fouet en m'engageant à
retourner me plaindre de lui, si j'osais. « C'est un peu
fort, ajouta-t-il, que je ne puisse châtier l'insolence d'un
coquin de nègre sans qu'il m'en faille rendre compte! »

L'insolence! prétexte commode, toujours dans la
bouche de nos tyrans!

Quand un pauvre esclave a été fouetté injustement, il
reste toujours la ressource d'arguer de son insolence, et
cette accusation légitime aux yeux du maître toutes les
vexations et toutes les brutalités. Le moindre mot, un
simple regard, la moindre action qui puissent donner à
penser que l'esclave a la conscience de l'injustice qui lui
est faite, sont qualifiés d'*insolence* et châtiés avec la plus
implacable sévérité.

C'était, en vingt-quatre heures, la seconde fois que je
recevais le fouet, et je n'en trouvai pas la seconde dose
beaucoup plus agréable que la première. Parmi les
hommes libres, un coup est regardé comme le plus

grand des outrages, et l'esclave ressent cette impression, si bas que l'ait placé son oppresseur. En outre, si étrange que cela puisse paraître, une lanière de peau nouée que manie une main solide inflige une assez grande douleur, surtout quand chaque coup amène le sang.

Je venais de faire une expérience que l'esclave ne tarde pas à acquérir, à savoir qu'il n'a pas même le droit de se plaindre, et que le seul moyen qu'il ait d'éviter la récidive d'une injustice, c'est de la subir en silence. Je fis de mon mieux pour me plier à cette dure leçon et me munir d'un peu de l'humilité hypocrite si nécessaire aux gens de ma misérable condition.

L'humilité, qu'elle soit réelle ou affectée (on s'en inquiète peu), est, aux yeux du maître, la plus méritoire vertu de l'esclave; par humilité, il entend une disposition à se soumettre sans plaintes ni résistance aux plus indignes traitements; il s'agit de répondre aux accusations les plus injurieuses et les plus injustes avec une voix douce et un visage souriant, de recevoir les coups comme autant de faveurs, de baiser le pied qui vous foule.

Cette sorte d'humilité était une vertu dont, je dois l'avouer, la nature m'avait modérément doué, et je ne trouvais pas, à beaucoup près, aussi facile qu'il l'eût fallu, de me défaire de tous les sentiments d'un homme. Il ne s'agissait de rien moins, en effet, que de renoncer à l'humain privilége, don du Créateur, de me tenir droit et de porter la tête haute, pour apprendre à ramper comme le vil reptile. L'apprentissage était difficile, mais les contre-maîtres américains sont d'excellents précepteurs, et, si je mis du temps à me former, ce ne fut pas la faute de M. Stubbs.

CHAPITRE VII.

Il serait pénible pour moi et ennuyeux pour le lecteur de prolonger outre mesure le détail des misérables et monotones douleurs dont ma vie ne fut qu'un tissu à cette époque. Le récit qui précède est un échantillon suffisant des plaisirs dont je jouissais. Ils peuvent être résumés en peu de mots, et cette partie de mon histoire est un sommaire trop réel de l'existence de milliers d'êtres humains en Amérique. J'étais surchargé de travail, mal nourri, amplement fouetté. M. Stubbs, — il n'y a que le premier pas qui coûte, — ayant si bien débuté avec moi, ne souffrit plus que je fusse remis d'une correction avant de m'en administrer une nouvelle, et j'ai par devers moi de sa sollicitude des marques que j'emporterai au tombeau ; le tout pour mon bien, avait-il la bonté de me dire, en jurant qu'il ne se lasserait point de frapper qu'il n'eût *fouetté hors* (c'est-à-dire maté) mon inconcevable insolence.

Le présent commença à m'être intolérable, et qu'espérer de l'avenir? Je désirai la mort, et ne puis savoir à quelles extrémités je me serais porté si l'un de ces changements auxquels tout esclave est passivement exposé ne fût venu m'apporter, dans ma détresse, quelque temporaire allégement.

Par suite de la mort soudaine d'un parent, le colonel Moore se trouva héritier d'un vaste domaine dans la Caroline du Sud. Mais le testament du défunt donnait lieu à quelques contestations qui menaçaient de dégénérer en procès. Le litige réclamant la présence et les soins personnels du colonel Moore, il partit pour Charlestown, et emmena avec lui plusieurs de ses serviteurs. Un ou deux autres étaient morts récemment, et mistress Moore, peu de temps après le départ de son mari, m'envoya chercher aux champs pour combler l'un des vides de son service intérieur.

Je fus heureux de ce changement. Je connaissais mistress Moore pour une excellente personne, incapable d'injurier ou de maltraiter un serviteur même esclave, à moins d'être de bien mauvaise humeur, ce qui ne lui arrivait pas plus d'une à deux fois la semaine, excepté, il est vrai, dans les grandes chaleurs, où l'accès durait quelquefois la semaine entière.

J'espérai, en outre, que le souvenir de mon attachement fidèle pour son plus jeune fils et son bien-aimé James me vaudrait de sa part un peu de bienveillance. Je ne me trompais pas. Par le contraste de ma nouvelle situation avec celle que m'avait faite M. Stubbs, je me trouvai presque heureux. Je retrouvai ma gaieté, mon insouciance d'autrefois, et, la joie aidant, j'eus la sagesse, alors, de ne me nullement troubler de l'avenir. Je goûtai pleinement l'amélioration temporaire de ma destinée, et je cessai d'avoir l'esprit toujours tendu sur les misères de ma condition native.

A cette époque, miss Caroline, fille aînée du colonel Moore, revint de Baltimore, où elle avait passé quelques années chez une tante chargée de son éducation. C'était une personne assez ordinaire, sans grâce ni beauté; mais sa femme de chambre, Cassy[1], qui avait été autrefois ma camarade d'enfance et la compagne de mes jeux, et qui revenait femme après nous avoir quittés enfant, possédait amplement ce qui manquait à sa maîtresse.

1. Diminutif de Cassandre.

J'appris, à cette époque, d'un des domestiques de la maison, qu'elle était fille du colonel et d'une femme esclave, qui avait partagé un an ou deux, avec ma mère, les bonnes grâces du maître. Cette femme était morte depuis longtemps, et Cassy était devenue orpheline dès son bas âge. Cette autre maîtresse du colonel Moore avait été, me dit-on, d'une grande beauté, et elle avait été l'une des plus redoutables rivales de ma pauvre mère.

En fait de charmes personnels, Cassy était digne de sa descendance, soit paternelle, soit maternelle. Elle n'était pas grande, mais elle avait beaucoup de grâce et de distinction; la souplesse et la vivacité de toute son allure offraient un modèle que sa nonchalante maîtresse, sans cesse étendue sur un sofa, eût pu imiter avec grand avantage. L'olive clair de sa carnation, ses joues rosées, valaient, certes, bien la pâleur maladive des beautés patriciennes de la Basse-Virginie, et elle y joignait une paire d'yeux brillants et expressifs dont je crois qu'on eût eu de la peine à trouver, même en bien cherchant, les pareils.

A l'époque dont je parle, en vrai Virginien, je m'enorgueillissais encore de ma couleur. J'avais cependant fait la triste expérience que, blanc ou noir, un esclave n'en est pas moins un esclave, et que le maître, sans avoir égard au teint, manie le fouet avec une scrupuleuse impartialité. Cependant, comme ma pauvre mère, je me croyais d'une race supérieure et je me plaçais bien au-dessus de quiconque était un peu plus brun que moi. Ce sot orgueil m'avait empêché de me lier avec les autres domestiques mâles ou femelles, car j'étais sensiblement plus blanc qu'eux, et, comme de juste, ma fierté m'avait attiré, de leur part, un mauvais vouloir dont plus d'une fois j'avais ressenti les fâcheux effets, sans que, toutefois, ces leçons m'eussent guéri de ma folie.

Cassy avait peut-être un peu plus de sang africain que moi, mais ce point d'importance, si capital qu'il fût à mes yeux, s'atténua sensiblement à mesure que je la connus davantage, et finit même par s'effacer entièrement de ma pensée. Nous étions souvent ensemble, et la beauté, l'animation, la bonne humeur de Cassy, faisaient chaque jour une plus vive impression sur moi. Je l'aimais avant même de m'en être douté, et, bientôt, j'eus le bonheur de découvrir qu'elle me payait de retour.

Cassy, enfant de la nature, ne connaissait rien de ces habiles manéges, souvent aussi familiers aux soubrettes qu'à leurs maîtresses, et par lesquels la coquetterie sait tenir un amoureux en échec. Nous nous aimions ; il fut promptement question de mariage. Cassy consulta sa maîtresse, et la réponse de celle-ci fut favorable. Mistress Moore ne m'écouta pas avec une moindre bienveillance. Les femmes ne sont jamais si heureuses que lorsqu'elles ont l'occasion de brasser quelque affaire matrimoniale ; si humble que soit le rang des soupirants, elles ne dédaignent pas de s'en mêler.

Il fut décidé que notre mariage serait l'objet d'une petite fête entre serviteurs, et qu'il aurait lieu le dimanche suivant. Un prêtre méthodiste, qui battait les environs, en quête d'âmes, se chargea avec empressement de la cérémonie. Il eût sans doute rempli cet office pour n'importe qui, mais il s'y offrit d'autant plus volontiers que Cassy, pendant son séjour à Baltimore, avait été affiliée à la société méthodiste.

J'étais enchanté qu'un peu de solennité entourât notre mariage. En général, les unions entre esclaves américains sont fort légèrement traitées, et ne constituent qu'un rapprochement temporaire, opéré sans cérémonie, non reconnu par les lois, dont les maîtres ne tiennent pas grand compte, et auquel les parties contractantes elles-

mêmes n'ont que peu ou point d'égard. Cette idée, que le
mari peut être vendu pour la Louisiane, la femme pour
la Géorgie, est peu faite pour resserrer les liens de l'union
nuptiale, et la certitude que les fruits de leur mariage,
les enfants nés de leur amour, seront esclaves, et, comme
tels, voués aux souffrances et aux privations d'une servitude sans espoir, suffit à glacer le cœur des couples les
plus tendres et les mieux unis. L'esclave cède à l'impulsion de la nature et il fait souche d'esclaves; mais, sauf
de rares exceptions, la servitude n'est pas moins fatale à
l'amour conjugal qu'à toutes les autres vertus. Quelques
esprits d'élite se montreront peut-être supérieurs à leur
condition, et, abandonnés de l'univers, trouveront encore
dans leur cœur la force de résister aux mortelles et dé-
moralisantes influences de l'esclavage, par la même raison que le fléau de la peste et de la fièvre jaune, en enva-
hissant nos cités et en entraînant au tombeau des milliers
d'individus, rencontre çà et là quelques constitutions de
fer qui, par la seule force de leur nature, sont préservées
de l'épidémie.

Le vendredi qui précéda le dimanche fixé pour notre
mariage, le colonel Moore revint à Spring-Meadow. Son
arrivée inattendue ne me plut guère. Il accueillit tous les
autres serviteurs, qui se pressaient pour le recevoir, avec
sa bonne grâce et sa bienveillance habituelles ; mais,
quoique mêlé à eux, je n'obtins d'autre marque de son
attention qu'un signe de mécontement très-visible. Il
parut surpris fort désagréablement de me retrouver
sous son toit.

Le jour suivant, je fus relevé de mon service dans la
maison et replacé aux champs, sous la direction de
M. Stubbs. J'en fus piqué au vif, mais ce n'était rien auprès du coup qui m'attendait le lendemain, quand je me
présentai à l'habitation pour réclamer ma fiancée. On me

dit qu'elle était partie en voiture avec le colonel Moore et
sa fille, en visite dans le voisinage, et qu'il était inutile
de me déranger pour la voir, miss Caroline ne se sou-
ciant pas que sa suivante épousât un homme des champs.

Comment essayer de décrire le paroxysme de douleur
et de rage auquel je fus en proie alors? Ceux dont les
passions sont ardentes, comme l'étaient les miennes,
comprendront aisément mes sensations dans ce moment
effroyable; j'essayerais vainement de les expliquer aux
personnes dont la nature est plus froide. Ma fiancée
m'était arrachée, et moi-même livré de nouveau à la tyrannie d'un affreux brutal! et tout cela si soudaine-
ment, avec une intention si évidente d'oppression et
d'outrage!

Je recueillis alors de nouveau les tristes fruits du fol
orgueil qui m'avait tenu éloigné de mes camarades. Au
lieu de sympathiser avec moi, beaucoup se réjouissaient
ouvertement de mon malheur, et, comme je n'avais point
cherché d'ami et de confident parmi eux, je n'avais personne à qui demander conseil, ni compassion à espérer.
Dans ma détresse, je songeai au ministre méthodiste qui
devait venir le soir même nous marier, Cassy et moi, et
qui avait paru prendre de l'intérêt à notre mutuel bonheur. Non-seulement j'avais besoin d'aller chercher près
de lui des avis et des consolations, mais je désirais lui
épargner un voyage inutile, sinon peut-être même quelques insultes, car le colonel Moore voyait d'un assez
mauvais œil les prêcheurs de tout ordre, et particulièrement ceux de la secte méthodiste.

Je savais que ce ministre tenait un *meeting* à quatre ou
cinq milles de Spring-Meadow; je résolus, si j'en avais
la permission, d'aller l'entendre. Je cherchai M. Stubbs
pour obtenir de lui une passe, permission écrite sans laquelle aucun esclave ne peut quitter la plantation à la-

quelle il appartient, sous peine d'être arrêté par le premier venu, cravaché et ramené à l'habitation de son maître. Mais M. Stubbs me déclara en jurant qu'il était las de toutes ces allées et venues, et qu'il était décidé à ne plus accorder de passe avant une quinzaine au moins.

A quelques âmes sensibles il pourra sembler bien dur que l'esclave, après avoir travaillé six jours pour son maître, ne puisse pas même, le septième, perdre un instant de vue ces champs maudits, témoins quotidiens de ses fatigues et de ses maux. Cependant bon nombre d'habiles administrateurs et de parfaits disciplinaires sont, comme M. Stubbs, très-opposés à tout déplacement d'esclaves, et enferment les leurs comme un bétail le jour du repos, « crainte d'accident. »

A tout autre moment, ce nouveau trait de bonté de M. Stubbs m'eût mis hors de moi; mais, sous le coup des sentiments qui m'oppressaient, j'en eus à peine conscience. Je retournais lentement vers le quartier des esclaves quand une petite fille, qui faisait partie du service de la maison, vint à moi en courant à perdre haleine. Je la connaissais, car elle était la favorite de Cassy, et je la reçus dans mes bras. Quand elle put recouvrer la parole, elle m'apprit qu'elle m'avait cherché toute la matinée pour me transmettre un message de Cassy ; que ma bien-aimée avait été obligée, bien à contre-cœur, de partir le matin avec sa maîtresse, mais qu'elle me priait de n'en pas être inquiet ni chagrin, car elle m'aimait autant qu'avant.

J'embrassai la petite messagère en la remerciant un million de fois de ses bonnes nouvelles, et je courus à ma maison : c'était une confortable petite cabane que mistress Moore avait donné l'ordre de bâtir pour Cassy et pour moi, et dont je m'attendais à être dépossédé à chaque instant. L'avis que je venais de recevoir m'avait profondément ému : je ne fus pas plutôt assis qu'il me fut impossible de rester en place; mon cœur battait violemment, le sang me bouillait dans les veines, je quittai la maison et me promenai dans les étroites limites de ma geôle, car aussi bien la plantation en était une pour moi. J'eus recours au plus violent exercice pour user un peu l'ardente impression d'espérance et de crainte dont j'étais agité, sensation mille fois plus pénible que la certitude du malheur même.

Le soir arrivé, j'épiai le retour de la voiture, dont à la fin le bruit sourd, encore distant, frappa mon oreille. Je m'élançai vers l'habitation, dans l'espoir d'entrevoir Cassy et, peut-être, de parvenir à lui parler. La voiture s'arrêta à la porte, et, comme j'allais approcher, je réfléchis qu'il valait mieux éviter de courir le risque d'être vu par le colonel, qui, j'en étais certain maintenant, n'avait pour moi qu'aversion, et était, sans nul doute, l'auteur du cruel affront qui m'avait été fait le matin même de ce jour néfaste. Cette pensée me retint, et je m'éloignai sans avoir pu saisir un regard ni échanger une parole.

Je me jetai sur mon lit, mais je n'y trouvai pas le repos. Les heures se succédèrent une à une, sans qu'il me fût possible de dormir. Il était minuit passé quand j'entendis un léger coup frappé à ma porte, accompagné d'un doux chuchotement qui me fit tressaillir comme si j'eusse reçu une décharge électrique. Je m'élançai, j'ouvris la porte et je serrai dans mes bras Cassy.... C'était ma fiancée!

Cassy me dit alors que tout était changé pour nous depuis le retour du colonel Moore. Miss Caroline l'avait informée que son père avait de moi la plus mauvaise opinion, et s'était montré fort mécontent de me retrouver dans la maison. Elle ajouta que, quand on lui avait fait part de notre prochain mariage, il avait déclaré que Cassy était une bien trop jolie fille pour être donnée à un vaurien tel que moi, et qu'il se chargerait lui-même de la pourvoir. Sa maîtresse, alors, lui avait défendu de penser à moi davantage, lui recommandant en même temps de ne pas pleurer, et lui promettant de persécuter son père jusqu'à ce qu'il eût tenu sa promesse ; « et, si nous avons un mari, avait ajouté la jeune miss, que pouvons-nous souhaiter de plus ? » Ainsi pensait la maîtresse ; la suivante, j'en eus la preuve, avait un sentiment un peu plus délicat de la nature de l'association matrimoniale.

Je ne savais alors à quel motif précis attribuer la conduite du colonel. Était-ce simplement, et j'inclinais à le croire, une nouvelle marque du dépit et de la colère dont l'avait transporté mon appel inutile et insensé à sa tendresse paternelle ? ou bien fallait-il attribuer cette opposition à notre mariage à un autre motif auquel je ne pouvais songer moi-même sans frémir, et dont je n'avais nulle envie de faire confidence à la pauvre Cassy, car c'eût été la désoler et l'effrayer en pure perte ?

Un scrupule plus honorable, mais bien plus flatteur pour mon amour-propre et pour celui de Cassy, pouvait avoir encore, peut-être, influencé le colonel ; je ne crus pas devoir non plus faire part à ma fiancée de cette dernière conjecture ; j'avais mes raisons pour lui laisser ignorer le secret de notre naissance.

Cassy savait fort bien de qui elle était fille ; mais, dès le commencement de notre liaison, j'avais pu m'assurer qu'elle ignorait notre commune descendance. Mistress Moore, j'avais quelque raison de le croire, était mieux renseignée et n'avait rien à apprendre sur la naissance de Cassy et la mienne propre. La curiosité féminine, la curiosité conjugale, avaient, dès longtemps, pénétré ce mystère. Quoi qu'il en fût, elle ne vit point pour cela d'inconvénient à mon mariage avec Cassy. Je n'eus pas plus de scrupule; car comment aurais-je pu me soumettre à ces prétendues *convenances de la vie*, qui, tout en refusant de nous donner un père, et considérant notre filiation comme non avenue, se seraient opposées à notre union, au nom de cette même descendance?

Mais Cassy sentait plus qu'elle ne raisonnait, je ne l'ignorais pas, et, quoique née esclave, avait le cœur très-haut placé. D'ailleurs, elle était méthodiste, et, quoique du caractère le plus gai, le plus franc, elle était très-ponctuelle à s'acquitter de tous ses devoirs religieux. Je craignais de détruire de mes mains l'œuvre de notre bonheur mutuel en tourmentant Cassy de scrupules que, quant à moi, j'estimais superflus. Ne lui ayant pas fait, dès le principe, la confidence de notre parenté, je m'y sentais moins disposé de jour en jour, et toutes ces considérations réunies me déterminèrent à lui répondre simplement que, quelle que fût la haine du colonel pour moi, j'étais convaincu de n'avoir rien fait pour la mériter.

Nous demeurâmes quelques instants silencieux; je pressai la main de Cassy dans la mienne, et d'une voix tremblante :

« Que comptez-vous faire? lui dis-je.

— Je suis votre femme, me dit-elle, et ne serai jamais qu'à vous! »

Je la serrai contre mon cœur. Nous tombâmes à genoux, et, les mains vers le ciel, nous priâmes avec ferveur Dieu, témoin de notre hymen, de le bénir. Il ne dépendait pas de nous de le sanctionner mieux ; mais la bénédiction de vingt prêtres eût-elle rendu nos liens plus sacrés et notre union plus complète ?

CHAPITRE VIII.

Il était impossible à *ma femme* de me voir autrement qu'à la dérobée. Elle passait les nuits, couchée sur un tapis, dans la chambre de sa maîtresse ; car le plancher, en Amérique, est estimé un lit bien suffisant pour un esclave, joignît-il, comme Cassy, à la qualité de femme, celle de servante favorite dans la maison de ses maîtres. Obligée de se relever dans la nuit au moindre caprice de sa maîtresse, qui était une véritable enfant gâtée, elle courait de grands risques en me venant voir ; et si quelqu'une de ses absences nocturnes eût été découverte, malgré tout ce qu'ont dit les poëtes du pouvoir de la beauté, Cassy elle-même, l'adorable et ma bien-aimée Cassy, n'eût point échappé au fouet.

Si courtes et si incertaines que fussent ses visites, elles suffirent à développer et à entretenir en moi tout un monde nouveau d'idées et de sentiments pleins de charme. Ma femme était rarement avec moi, mais son image, toujours devant mes yeux, me rendait insensible à tout ce qui n'était pas elle. Toutes choses flottaient pour moi dans un beau rêve. Le rude travail des champs n'était plus rien pour moi : je ne sentais plus le fouet du contre-maître.

Mon esprit était si plein de la joie que je puisais dans notre affection mutuelle, et du bonheur anticipé de nos entrevues successives, qu'il semblait n'avoir plus de place pour les émotions pénibles. Si ardente que fût ma passion, elle était satisfaite, et, quand je serrais la douce fille sur mon cœur, je touchais au faîte de la féli-

cité humaine. Je me sentais heureux d'un bonheur au-
dessus de tout ce que j'eusse pu imaginer ou souhaiter.

Les enivrements de l'amour sont les mêmes dans l'âme
de l'esclave et dans celle du maître. Ce sentiment exquis, tant qu'il dure, absorbe tous les autres et se
suffit à soi-même. J'en fis l'expérience. Dans la condition la plus misérable, je me trouvai heureux, et
l'excès de ma passion me rendait insensible à tout ce
qui n'était point l'amour.

Mais de telles extases sont peu appropriées à la faible
nature humaine. Elles passent vite, et on les trouvera peut-être achetées bien cher, si l'on songe aux angoisses de l'espérance déçue et à l'amer désespoir qui
trop souvent leur succèdent. Pourtant, je me reporte
avec bonheur à cette trop fugitive époque; elle fut un
de ces rares moments de joie que ma mémoire, inter-
rogeant mes plus lointains souvenirs, entrevoit çà et là,
dispersés comme ces rares îlots de verdure que de tous
côtés environne le terrible et sombre Océan.

Nous étions mariés depuis une quinzaine de jours; il
était près de minuit : j'étais assis un soir devant ma
porte, attendant l'arrivée de ma femme; la lune était
brillante et le ciel sans nuages; dans toute l'ivresse de
ma félicité, je suivais le cours et j'admirais la splendeur
de l'astre qui m'éclairait, en remerciant Dieu de n'avoir
pas permis que les instincts dégradants de ma condition
servile détruisissent en moi la source des plus nobles et
plus pures émotions.

J'aperçus une forme humaine venant à moi; je m'élançai au-devant d'elle; je l'eusse reconnue, quelle que fût
la distance. L'instant d'après, je serrais ma femme dans
mes bras. Mais, comme je la pressais sur mon cœur, je
sentis que son sein était agité; et, quand j'attirai son
visage près du mien, ma joue fut couverte de ses larmes.

Alarmé, je l'entraînai vers la maison et m'informai en toute hâte de la cause de cette agitation si vive; mais mes questions ne firent qu'augmenter son trouble; elle laissa tomber sa tête sur ma poitrine, éclata en sanglots et sembla pour quelques instants hors d'état de prononcer une parole. Je ne savais que faire, que penser; je l'exhortai à reprendre courage, et, baisant les larmes qui coulaient le long de ses joues, j'appuyai ma main sur son cœur, comme pour en arrêter les palpitations. A la fin elle se calma; mais ce ne fut que peu à peu, et par phrases entrecoupées, qu'elle m'apprit l'origine de sa douleur.

Le colonel Moore, depuis son retour, lui avait témoigné une bienveillance singulière; non content de lui faire quelques petits présents, il avait recherché et trouvé fréquemment l'occasion de lui parler; ç'avait été toujours pour la complimenter, d'un ton moitié plaisant, moitié sérieux, de sa beauté. Il avait même laissé échapper certains mots très-clairs, que la pauvre Cassy avait feint néanmoins de ne pas comprendre. Il n'était pas pour se rebuter de si peu, et s'était alors expliqué, par paroles et par actions, de la façon la plus précise. La pauvre Cassy, blessée dans sa modestie naturelle, dans son amour pour moi et dans ses sentiments religieux, et bien que tremblant pour l'avenir, avait gardé jusqu'à ce jour ses inquiétudes pour elle. Il lui peinait de me torturer du récit d'outrages dont, bien qu'ils me perçassent le cœur, je ne pouvais pas la venger.

Ce jour-là même, mistress Moore et sa fille étaient allées rendre visite à un de leurs voisins, laissant Cassy à la maison. Elle était occupée de quelques travaux d'aiguille dans la chambre de sa maîtresse quand le colonel Moore entra. Elle se leva vivement et tenta de sortir, mais il la retint et lui ordonna de l'écouter.

Puis, sans paraître remarquer son agitation, conservant lui-même tout son sang-froid, il lui dit qu'il n'avait pas oublié sa promesse de lui donner un bon mari à la place de « ce mauvais sujet d'Archy ; » mais que, malgré toutes ses recherches, n'ayant trouvé personne qu'il jugeât digne d'elle, il s'était décidé à la prendre pour lui-même.

Ces paroles furent dites d'un ton de tendresse qu'il dut croire irrésistible. Peu de femmes de la condition de Cassy eussent résisté, en effet ; la plupart n'eussent pas été peu flattées de la formule délicate qu'il donnait au vrai sens de ses propositions. Mais elle, la pauvre enfant, n'en éprouva que honte et terreur, et se serait cachée, me dit-elle, sous terre, de désespoir et d'effroi. En me faisant cette peinture, elle rougissait, hésitait, tremblait de tous ses membres ; sa respiration était vive et courte, et elle s'attachait à moi comme si elle eût vu quelque horrible fantôme. Puis, approchant ses lèvres tout contre mon oreille, elle s'écriait d'une voix basse et entrecoupée :

« Oh ! Archy, et il est mon père ! »

Le colonel Moore ne pouvait, assurait-elle, s'être mépris sur la nature de l'impression que lui avait faite son offre ; mais, sans en tenir compte, il avait commencé à lui énumérer tous les avantages qu'elle retirerait d'une *liaison*, et il avait tenté de la séduire par l'attrait d'une vie oisive et élégante. Cassy, les yeux baissés, ne répondit que par des soupirs et des larmes qu'elle essayait en vain d'étouffer, et qui piquèrent à la fin le colonel Moore, car il lui dit, d'un ton blessé, « de ne pas faire la folle, » et de cesser de l'irriter par une résistance inutile. En disant ces mots, il lui prit la main dans l'une des siennes, et de l'autre bras la saisit. Elle poussa un cri de détresse et tomba inanimée à ses pieds. Au même

moment le bruit de la voiture qui revenait frappa, dit-
elle, son oreille comme une musique céleste ; son maître
l'entendit aussi, car, cessant de l'étreindre et murmurant vaguement qu'il la retrouverait, sortit vivement
de la chambre, laissant Cassy sur le plancher, presque
privée de sentiment. Le son des pas de sa maîtresse la
rappela à elle, et le reste de la journée et la soirée s'é-
coulèrent sans qu'elle en eût la conscience. Elle avait,
me dit-elle, de l'égarement ; un nuage s'étendait devant
ses yeux, et elle éprouvait une pénible sensation d'oppression et de langueur. Elle n'avait pas osé quitter la
chambre de sa maîtresse, et avait attendu avec impatience l'heure de venir se jeter dans les bras de son mari,
son protecteur naturel. Son protecteur naturel ! Hélas !
que peut servir le droit naturel d'un mari à protéger sa
femme contre les outrages d'un homme sans principes
dont ils sont tous deux esclaves ?

Tel fut le récit de Cassy ; et, si étrange que cela puisse
paraître au lecteur, je n'en fus point ému. Je l'ai été bien
plus depuis en m'y reportant par la pensée, et pourtant
la narratrice, éplorée, tremblante, était alors dans mes
bras. La vérité est que j'étais préparé à la révélation de
Cassy : je l'avais prévue, je l'attendais !

Cassy était trop belle pour ne pas exciter les désirs
d'un voluptueux chez qui l'habitude de satisfaire ses
passions avait éteint tout bon sentiment, au point de le
rendre incapable de se refréner lui-même ; d'un homme
qui n'avait à craindre ni le châtiment de ses vices, ni le
déchaînement du blâme universel, qui tient si souvent
lieu de conscience ! Qu'attendre mieux d'un homme
pénétré de son infaillibilité devant la loi, à quelque extrémité qu'il se portât ; sachant d'ailleurs parfaitement
que, si quelqu'un s'avisait de vouloir le traduire à la
barre de l'opinion, il serait traité d'impertinent tracas-

sier, s'immisçant fort mal à propos dans les affaires d'autrui?

Quelque peu de tendresse que le colonel Moore m'ait toujours témoigné, depuis le jour surtout où il me sut instruit du lien qui nous unissait, je suis incapable de chercher à flétrir injustement sa mémoire. Quoique d'un tempérament ardent et voluptueux, il était naturellement bon, et il était homme d'honneur; mais l'honneur est de bien des espèces: il y a un honneur pour les gentlemen et un honneur pour les voleurs; chacun de ces honneurs a du bon, mais il s'en faut que l'un ou l'autre soit parfait. Le colonel Moore était un strict observateur du code spécial dans lequel il avait été élevé; il était incapable d'attenter à l'honneur de la femme ou de la fille d'un voisin; il eût considéré, et en ceci d'accord avec le code virginien de l'honneur, un tel acte comme un noir outrage que pouvait seul laver le sang de l'offenseur. En dehors de cela, il ne connaissait ni objection, ni obstacles: endurci autant qu'enhardi par une impunité certaine, du moment où il s'agissait d'esclaves, il considérait la plus affreuse injure que l'on puisse faire à une femme comme une plaisanterie, une chose fort bonne à égayer les convives à la quatrième bouteille, infiniment plus que comme une chose sérieuse, ou seulement digne de remarque.

Je savais tout cela; j'avais prévu tout d'abord que Cassy serait choisie par le maître pour occuper la place qu'avaient tenue sa mère et la mienne. C'était à cette secrète intention que j'avais, dès le principe, attribué l'opposition du colonel Moore à notre mariage. En lui supposant, plus tard, un autre motif plus honnête, je lui avais, comme on le voit, prêté un scrupule qu'il n'éprouvait nullement, et fait beaucoup trop d'honneur. Ce que je venais d'entendre ne pouvait donc me surprendre; je m'y attendais, et cependant, telle avait été mon ivresse, que cette terrible prévision n'avait pu me troubler ; et, maintenant même que mes appréhensions étaient changées en certitude, je ne m'en émus pas : l'ardeur de ma passion me soutenait, et, en pressant dans mes bras ma pauvre femme toute tremblante, je me sentis supérieur à tous les maux : je fus heureux !

Vous ne le croirez pas, peut-être !

Aimez comme j'aimais alors, ou bien encore ayez pour la haine autant de force que j'en avais pour l'amour ; soyez absorbé dans une passion, et, tant que durera son règne, vous serez doué d'une énergie surprenante et pour ainsi dire surhumaine.

Mon parti était pris. Le malheureux esclave n'a qu'un moyen d'échapper aux maux qui le menacent, et ce moyen, c'est la fuite, triste et dangereuse ressource à laquelle il n'a recours, hélas ! qu'au risque d'aggraver ses infortunes.

Nos préparatifs furent bientôt faits. Ma femme retourna à la maison, où elle fit un petit paquet de hardes ; j'employai ce temps-là à réunir quelques provisions indispensables : deux couvertures, une hache, un petit chaudron et quelques autres menus objets complétèrent notre bagage. Quand ma femme revint, j'étais prêt à partir. Nous nous mîmes en route, sans autre compagnon qu'un chien fidèle : je ne voulais pas l'emmener, de peur que, de façon ou d'autre, il ne nous fît découvrir ; mais je ne pus jamais l'empêcher de nous suivre ; il aurait fallu l'attacher ; ses aboiements n'eussent pas manqué de donner l'alarme, et l'on se serait mis aussitôt à notre poursuite.

La Basse-Virginie avait déjà commencé à ressentir les effets de cette maladie végétale qui, depuis, a sévi sur elle avec des résultats si déplorables, quoique bien mérités.... Déjà les champs commençaient à se dépeupler, et des fourrés presque inextricables couvraient certaines plantations, dont le sol, s'il eût été cultivé par des hommes libres, eût pu produire encore de riches et d'abondantes moissons. Je connaissais une plantation déserte, à dix milles environ de Spring-Meadow; je l'avais visitée plusieurs fois en compagnie de mon jeune maître James, qui, lorsqu'il était assez bien encore pour monter à cheval, avait le goût étrange d'errer dans les lieux inhabités. Je me résolus à m'y rendre.

Le chemin qui avait autrefois conduit à cette plantation, et les terres qui le bordaient des deux côtés, étaient entièrement couverts de petits pins rabougris, si rapprochés et si enchevêtrés, qu'ils rendaient le sentier presque impénétrable. Je réussis pourtant à nous maintenir dans la bonne direction, mais les difficultés de la marche étaient si grandes, que le jour commença à poindre avant que nous eussions atteint ce qui restait de l'ancienne habitation. Les bâtiments étaient encore debout, mais dans le plus piteux état. La maison principale, qui avait eu de grandes prétentions à l'architecture, était vaste, mais elle n'avait plus de fenêtres; les portes ne tenaient plus aux gonds et la toiture était effondrée en partie. De jeunes arbres envahissaient la cour, et la vigne sauvage tapissait cette demeure, où tout était désolé et silencieux. Les étables, et ce qui avait autrefois servi à loger les esclaves, n'étaient plus qu'un monceau de ruines, encombré de ronces et de mauvaises herbes.

A quelque distance de la maison, une descente rapide formait l'un des côtés d'un profond ravin, près duquel une jolie fontaine jaillissait, en bouillonnant, de la colline. Elle était à moitié ensevelie sous le sable et les feuilles sèches, mais ses eaux avaient conservé leur limpidité et leur fraîcheur. Près de la fontaine était un petit bâtiment en briques, fort bas, sans doute construit pour une laiterie. La porte en avait disparu et la moitié du toit s'était écroulée, mais l'autre moitié était demeurée en place, et celle qui manquait pouvait, à la rigueur, tenir lieu des fenêtres que n'avait jamais eues la construction originale, et laisser le passage libre à l'air et à la lumière. Cette petite ruine était ombragée par plusieurs grands arbres, et si bien cachée par ceux d'une pousse plus récente, qu'à la distance de quelques pas elle était vraiment invisible. Ce fut même par hasard que nous la découvrîmes, en cherchant la fontaine, où j'avais bu lors de mes précédentes promenades en ce lieu, mais dont je ne me rappelais pas exactement le site. Ce lieu nous frappa; nous le choisîmes pour notre demeure temporaire; nous nous hâtâmes de le débarrasser des décombres dont il était rempli, et fîmes de notre mieux pour l'approprier à sa nouvelle destination.

CHAPITRE IX.

Je savais que le lieu où nous étions n'était fréquenté par âme qui vive. La maison déserte avait la réputation d'être hantée par des esprits, et cette circonstance, jointe à l'éloignement de la route comme aux fourrés impénétrables dont nous étions environnés, nous mettait à l'abri de toute surprise. Il y avait pourtant plusieurs plantations cultivées dans le voisinage; nous occupions le point culminant d'un terrain situé entre deux rivières qui coulaient à peu de distance, et la partie basse des terres, côtoyant les cours d'eau, était en pleine culture.

Mais quatre ou cinq milles nous séparaient encore de ces champs cultivés, et Spring-Meadow, l'habitation la plus rapprochée, était, comme je l'ai dit, distante de dix à douze milles. Je jugeai donc que nous pouvions rester tranquillement dans cette retraite, et que même il était prudent d'y attendre la fin des recherches que l'on ne manquerait pas de faire pour nous reprendre, avant de continuer notre route.

Nous nous efforçâmes de rendre notre retraite aussi commode que possible. Nous étions au fort de l'été, et le manque de clôture de notre habitation ne nous faisait point souffrir. Un monceau de branches de pins forma notre lit, dans un coin de notre cabane en ruine; nous y dormîmes à merveille; avec des fragments de boiserie de la maison déserte, je fis deux siéges et quelque chose qui, à la rigueur, pouvait passer pour une table. La fontaine nous fournit de l'eau, et nous n'eûmes plus qu'à pourvoir à notre nourriture. Les bois et les buissons produisaient quelques fruits sauvages, et les pêchers du verger, quoique envahis et épuisés par une végétation parasite, continuaient pourtant de donner quelques produits. J'étais passé maître en l'art de tendre des piéges aux lapins et autre menu gibier qui pullulaient dans les bois.

Enfin, la fontaine qui nous fournissait de l'eau servait de source à un petit ruisseau qui se réunissait, quelques pas plus loin, à un courant plus large, assez poissonneux. Mais notre principale ressource consistait dans le voisinage des champs de blé, qui nous alimentaient d'un grain mûr alors, ou à peu de chose près, et dont je pris sans scrupule une provision suffisante pour nos besoins.

En résumé, bien que nous ne fussions guère habitués, ni l'un ni l'autre, à cette existence sauvage, le temps passait pour nous fort agréablement. Ceux qui sont tou-

jours oisifs ne peuvent se faire idée de la volupté que
goûte à ne rien faire et à détendre ses muscles harassés
l'homme qui a longtemps subi un labeur forcé. Je demeurais couché des heures entières, plongé dans une
indolence rêveuse, mollement étendu à l'ombre, savou-
rant la douce certitude d'être mon propre maître; je
jouissais de l'idée de n'avoir plus besoin d'aller ni de venir au commandement d'un autre; d'être libre de travailler ou de ne rien faire, selon mon goût.

Que l'on ne s'étonne donc pas que l'esclave émancipé
soit enclin à l'indolence : c'est pour lui un plaisir nouveau. Le travail s'associe indissolublement dans son esprit à la servitude et au fouet. N'a-t-il pas vu toujours,
d'ailleurs, que *ne pas travailler* était l'attribut spécial,
distinctif, de la condition d'homme libre ?

Malgré le bien-être du présent, il était urgent de songer à l'avenir. Nous avions toujours compris que notre
refuge actuel serait purement temporaire, et le moment
était venu d'en changer. Ce n'est pas que je n'eusse
trouvé délicieux de passer ma vie dans la solitude et la
retraite avec Cassy, car, si nous étions privés des plaisirs et du commerce de nos semblables, nous échappions
ainsi aux maux bien plus grands qui en résultent. Mais
c'était là chose impossible : le climat américain n'est pas
propre à la vie d'ermite. Notre retraite actuelle était
passable pour l'été, mais, en hiver, elle fût devenue in-
tenable, et l'hiver approchait. Notre unique espérance
était de pouvoir fuir dans les États libres, et je savais
que le nord de la Virginie était un pays sans esclaves.
Si nous parvenions à quitter le voisinage de Spring-
Meadow, où j'étais bien connu, nous avions ensuite la
grande chance de pouvoir effectuer notre fuite : notre
teint ne trahirait pas notre condition servile, et il nous
serait facile, nous le pensions du moins, de nous faire

passer pour des citoyens libres de la Virginie. Mais il fallait user de grande prudence; le colonel Moore devait avoir rempli le pays de l'avis de notre fuite et de notre signalement minutieux. Il me parut indispensable de faire adopter à Cassy un déguisement, mais quel serait-il? Là était la question embarrassante.

Nous nous décidâmes, à la fin, à prendre la qualité de personnes voyageant dans le Nord pour leurs affaires, et nous convînmes que Cassy, habillée en homme, passerait pour mon jeune frère. Une excellente garde-robe, dernier présent de mon pauvre maître James, devait merveilleusement nous aider à jouer notre rôle de voyageurs virginiens; mais je n'avais ni chapeau, ni souliers, ni aucun autre vêtement qui pût convenir à Cassy.

Heureusement, j'avais par devers moi une petite somme provenant des libéralités accumulées de maître James, et que j'avais toujours conservée, dans l'idée qu'elle me serait utile un jour. Cette somme, que j'avais eu le soin d'emporter, devenait maintenant notre seule ressource, et devait, non-seulement pourvoir à nos dépenses de voyage, mais nous procurer les moyens de fuir.

Mais cet argent, comment nous en servir sans courir le considérable risque d'être découverts?

A cette époque vivait, à cinq ou six milles de Spring-Meadow, et à peu près à la même distance de notre refuge, un M. James Gordon, qui tenait une petite boutique, et, pour principaux clients, avait les esclaves des plantations voisines. M. James Gordon, ou Jemmy Gordon, comme on l'appelait familièrement, était un de ces *pauvres blancs* dont le nombre est, ou du moins était alors considérable en Basse-Virginie, et dont les esclaves eux-mêmes ne parlaient qu'avec une sorte de mépris. Il n'avait ni terre ni domestique; son père, aussi misérable que lui, ne lui avait rien laissé. Il ne pouvait avoir non plus d'état dans un pays où chaque propriétaire a le nombre de bras nécessaire pour sa culture. Il n'y a pas de place là pour le travail libre. Le seul moyen de vivre, pour un homme dans la position de James Gordon, était de trouver une place de surveillant chez un de ses riches voisins. Mais, en Virginie, il y a plus d'aspirants au poste d'inspecteur que de propriétés à inspecter ; et , de plus , M. Gordon était une de ces sortes d'hommes insouciants, indolents, faciles à vivre, que généralement l'on désigne sous le nom de *propres à rien*. Il n'aurait jamais pu s'assujettir à cette surveillance incessante et minutieuse, si nécessaire au milieu d'esclaves dont la devise est de travailler le moins possible et de voler le plus qu'ils peuvent. Pour ce qui est de se mettre en colère et de distribuer les coups à tort et à travers , il en était capable comme un autre, mais non de cette sévérité foncière, de cette cruauté systématique qui valent seules aux surveillants le renom de bons régisseurs. De plus, dans une certaine plantation qu'il avait dirigée , on avait constaté des déficits de blé dont l'origine n'avait jamais pu être éclaircie. Que ce fût malhonnêteté ou simplement négligence de sa part, toujours est-il qu'il avait perdu son emploi, et que, désespérant d'en trouver un autre après quelques vains efforts, il s'était résolu à devenir commerçant. Comme il n'avait pas le premier sou, on peut croire que le négoce fut très-mince : il consistait principalement en whisky , article auquel il joignait des souliers et quelques-uns de ces effets d'habillement que les esclaves sont dans l'habitude d'ajouter, à leurs frais, au misérable vêtement qui leur est fourni par le maître. Il recevait de l'argent en payement, mais aussi du grain et d'autres produits, sans s'enquérir beaucoup de la façon dont ses pratiques se les étaient procurés.

C'est contre cette espèce d'hommes que les législateurs

de Virginie ont déployé un grand luxe de lois pénales;
ils ont sévi avec toute la rigueur possible à l'encontre de
gens qui pouvaient réclamer le titre et demander les
droits de « libres citoyens blancs. » Mais toutes ces lois
draconiennes n'ont point atteint leur but. Le commerce
avec les esclaves est dangereux; ceux qui le font sont extrêmement misérables. Néanmoins, le nombre en est assez grand pour fournir aux planteurs un inépuisable
thème de déclamation et de plainte, et aux esclaves eux-
mêmes ces petites douceurs qu'ils attendraient en vain de
la compassion et de l'humanité du maître.

Ces négociants sont, à vrai dire, des recéleurs, et la
majeure partie de ce qu'ils fournissent leur est payée en
butin pillé sur les plantations. C'est en vain que la tyrannie s'arme de toutes les sévérités des lois; c'est en vain
que le propriétaire d'esclaves compte faire tourner à son
seul profit les fatigues et les labeurs forcés de ses semblables : l'esclave ne peut résister à la puissance dont la
loi a armé la main de son maître; signe du pouvoir, instrument de tortures, le fouet dompte les plus obstinés
comme les plus fiers. Mais la fraude est l'antidote de la
tyrannie, et la ruse sera toujours l'égide du faible contre
l'oppression du fort. Le malheureux esclave qui travaille
tout le jour au bénéfice de son maître est-il donc si coupable de tâcher, la nuit venue, de s'approprier quelque
part de cette moisson qui est son œuvre ?

Le blâme qui voudra! Joignez, si vous l'osez, vos clameurs aux plaintes des maîtres, de ces mêmes maîtres
qui, pourtant, ne craignent pas de dépouiller l'esclave de
sa seule propriété, de son travail! Et ce sont ces gens-là
qui parlent de pillage, de vol, eux qui le poussent journellement à un point de perfection que les pirates et les
détrousseurs envieraient! L'esclave se contente du plus
petit butin, mais le maître, fouet en main, ne prélève-t-il

pas sur ses victimes un annuel, large et régulier tribut?
Non-seulement cela! mais il vend, il hérite, et se flatte
bien de transmettre à ses enfants le privilége d'exercer
ce système d'odieux pillage!

J'avais sauvé la vie à M. Gordon, et il m'avait toujours
témoigné la plus grande reconnaissance de ce service, en
effet de quelque importance. Il y avait de cela quelques
années : il pêchait sur le bord de la rivière, à quelque distance de Spring-Meadow, quand une rafale subite cha-
vira son embarcation. Le bord n'était pas loin, mais
M. Gordon, ne sachant pas nager, était en très-grand
danger de périr. Heureusement, maître James et moi
étions à nous promener sur l'une des rives ; nous aperçûmes un homme se débattant dans l'eau ; je m'y jetai
aussitôt et saisis le submergé, qui venait de couler pour la
troisième fois. M. Gordon avait été, depuis, dans l'habitude de reconnaître ce service par de petits présents, et
j'avais l'espoir qu'il ne me refuserait pas son concours
dans la présente circonstance. Mon projet était de lui
acheter un chapeau et des souliers pour moi, des habits
d'homme pour Cassy, et de le prier de nous guider sur la
route que nous aurions à suivre. Notre voyage serait hé-
rissé d'obstacles, je le sentais, mais je résolus de ne m'en
point tourmenter à l'avance, et je laissai à l'avenir le
soin d'assurer l'avenir.

Le premier point était de voir M. Gordon et de savoir
jusqu'où irait son appui. Sa maison et son magasin, compris sous le même toit, étaient situés dans une partie
déserte du pays, près du point d'intersection de deux
routes et hors de vue de toute autre habitation humaine.
Je ne jugeai pas prudent de me hasarder sur la grande
route avant minuit, et il était beaucoup plus que cette
heure quand j'arrivai auprès de la maison de M. Gordon.
En l'apercevant, j'hésitai et m'arrêtai plus d'une fois :

confier ma liberté et mes espérances de bonheur à la gratitude d'un homme, quel qu'il fût, et d'un homme comme M. Gordon, me paraissait bien téméraire. Le risque me semblait immense, et le cœur me manquait lorsque je songeais à la fragilité de l'esquif sur lequel il s'agissait maintenant de hasarder, sinon ma vie précisément, au moins tout ce qui pouvait me la faire chérir ou supporter.

Je fus un instant sur le point de rebrousser chemin ; mais je me rappelai que ma seule ressource était là, devant moi. L'amitié et l'aide de M. Gordon étaient mon dernier, mon unique espoir. Cette réflexion me poussa en avant, et, reprenant courage, je me dirigeai vers la porte. Trois ou quatre chiens de garde autour de la maison firent, à mon approche, retentir un concert d'aboiements, mais sans manifester des intentions agressives. Je frappai, et bientôt M. Gordon lui-même, passant sa tête à la fenêtre, imposa silence à ses chiens, et me demanda d'un ton bref qui j'étais, ce que je voulais. Je le priai d'ouvrir la porte et de me recevoir, vu, ajoutai-je, que j'avais affaire à lui. M. Gordon, croyant voir arriver quelque pratique attardée, et flairant une bonne affaire, se hâta d'obtempérer à ma requête. Il ouvrit la porte, et, au même moment, un rayon de lune ayant frappé sur mon visage, il me reconnut aussitôt.

« Quoi ! Archy, est-ce vous ? s'écria-t-il d'un air de grande surprise. D'où diable sortez-vous à cette heure ? je vous croyais parti du pays depuis un mois ! »

En disant ces mots, il me fit entrer dans la maison et referma la porte.

Je lui dis que j'avais trouvé une cachette dans le voisinage et que je m'adressais à lui en toute confiance pour qu'il m'aidât à me sauver.

« Tout ce que vous voudrez, Archy, répondit-il ; mais, si l'on sait que j'ai aidé à votre fuite, c'est fait de moi. Le

colonel Moore, votre maître, et le major Pringle, et le
capitaine Kneright, et je ne sais combien d'autres encore, étaient ici, pas plus tard qu'hier, et ils juraient
leurs grands dieux que, si je ne cessais tout commerce
avec les esclaves[1], ils démoliraient ma maison et me
chasseraient du district. Et maintenant, si j'étais pris à
vous aider, Archy, quel moyen aurais-je de nier dorénavant la chose? Je ne suis pas si fou! »

Je recourus aux larmes, aux flatteries et aux prières.
Je rappelai à M. Gordon qu'il m'avait souvent exprimé
le désir de me rendre service et lui dis que tout ce dont
j'avais besoin se bornait à quelques vêtements, joints à
quelques renseignements sur l'itinéraire à suivre.

« C'est vrai, Archy, c'est vrai, dit-il. Je vous dois la
vie, mon garçon; je ne puis le nier, et un service en
vaut un autre. Mais c'est que votre affaire est mauvaise,
savez-vous? Qui diable, vous a pris, vous et cette fille,
de rompre ainsi votre ban? Je n'ai jamais connu de ma
vie triste histoire où la femme ne fût au fond! C'est cette
vieille drôlesse, cette vieille bavarde de veuve Hinkley,
qui m'a amené hier le colonel Moore et sa bande. Que le
diable l'emporte! je crois qu'elle a dessein de me faire
chasser du pays pour s'emparer de mes pratiques! »

Je savais que le fort de M. Gordon n'était pas le sentiment et que je jetterais des perles aux pourceaux en
essayant de l'attendrir. Je me bornai donc à lui dire qu'il
était trop tard pour lui expliquer les sérieuses raisons
que nous avions eues de prendre la fuite; que, maintenant, la chose était faite, et qu'il s'agissait de ne pas être
repris.

« Oui, oui, garçon, je vous comprends, fit-il. C'est
une satanée affaire, et je vois que vous commencez à en

---

1. Littéralement *les mains* (*hands*).

être honteux vous-même. Vous feriez mieux de vous décider à rentrer, de recevoir vos coups de fouet et de vous faire une raison. C'est de la perte de la fille que le colonel Moore est le plus en colère, et je suis sûr, Archy, que, si vous vouliez faire votre soumission et vous donner le mérite de révéler la retraite de cette malheureuse, vous vous en tireriez à bon compte, et n'auriez pas de peine à lui rejeter tout sur les épaules. »

Je contins l'indignation dont me pénétrait cette ignominieuse ouverture. Se trahir l'un l'autre n'est que trop fréquent parmi les esclaves; les maîtres encouragent et récompensent toujours une basse délation. Je ne pouvais pas espérer trouver chez M. Gordon un niveau supérieur à la morale courante. Je passai donc son offre sous silence, et lui dis seulement que j'étais résolu à tout plutôt qu'à retourner à Spring-Meadow. S'il ne voulait pas m'assister, ajoutai-je, j'allais me retirer, lui demandant seulement sur l'honneur de ne parler à âme au monde de ma visite. Comme dernier argument, je lui donnai à entendre que j'avais de l'argent pour payer ce que je prendrais, sans du tout regarder au prix.

J'ignore si ce fut cette insinuation ou un mobile plus généreux, ou la résultante des deux qui agit sur M. Gordon; toujours est-il que je le trouvai tout à coup beaucoup plus favorablement disposé.

« Pour ce qui est d'argent, dit-il, Archy, entre amis comme nous, il n'en faut point parler. Si vous persistez à en faire à votre tête, après ce qui s'est passé entre nous, ce serait mal à moi de ne vous pas fournir les choses dont vous avez besoin. Mais vous n'en sortirez jamais, non, jamais! écoutez ce que je vous dis! Le colonel a juré de dépenser cinq mille dollars, s'il le faut, pour vous rattraper. Il a fait imprimer et répandre dans tout le pays des affiches, avec cette promesse en tête : *Cinq cents dollars de récompense*. Venez un peu au magasin, et je vous en ferai voir une. Cinq cents dollars! c'est un argent qui grossira la poche de quelqu'un, à coup sûr! »

Je n'aimai pas beaucoup le ton dont ces paroles furent dites. L'emphase de M. Gordon à parler de ces cinq cents bienheureux dollars ne me promettait rien de bon. Évidemment, l'idée de cette récompense faisait travailler son imagination.

La maison de M. Gordon se composait de deux pièces, dont l'une lui servait tout à la fois de salon, de chambre à coucher, de cuisine, et dont l'autre était sa boutique. Tout l'entretien qui précède avait eu lieu dans la chambre à coucher, sans autre lumière que celle de la lune; je le suivis, sur son invitation, dans la pièce où il serrait ses marchandises. Il alluma une torche de résine et me montra effectivement une grande affiche placardée devant sa porte et sur laquelle je lus à peu près ce qui suit :

« CINQ CENTS DOLLARS DE RÉCOMPENSE :

« Samedi dernier au soir, se sont échappés de chez le soussigné (habitation de Spring-Meadow), deux esclaves, Archy et Cassy, dont l'arrestation donnera lieu à la susdite récompense.

« Ils ont tous deux le teint peu foncé. L'esclave Cassy est un peu moins blanche que son compagnon. L'esclave Archy est âgé de vingt et un ans environ; sa taille est de cinq pieds onze pouces[1]; il est fort et bien musclé. Il se tient très-droit en marchant; c'est un garçon de bonne mine. Il a les cheveux châtains et frisés, les yeux bleus et le front haut. Cet esclave a été élevé dans une famille où on l'a toujours bien traité. On ignore comment il était habillé au moment de sa fuite.

1. Mesure anglaise : environ cinq pieds six pouces.

« Cassy est une fille de dix-huit ans à peu près ; elle a cinq pieds trois pouces ou environ ; sa taille est belle, son visage très-agréable ; ses cheveux sont bruns, son œil brillant et noir. Elle a à la joue gauche une fossette qui se dessine quand elle rit. Elle a la voix belle et chante fort bien. Elle n'a d'autres signes particuliers qu'un point de noirceur sur le sein droit. Elle était employée au service de femme de chambre et a emporté beaucoup de vêtements en fort bon état. On suppose que ces deux esclaves se sont enfuis de compagnie.

« Quiconque me les ramènera ou les enfermera de façon que je puisse rentrer dans ma propriété, touchera la récompense promise. La moitié de la somme est allouée à qui me ramènera l'un des deux.

« CHARLES MOORE. »

« N. B. — Je pense qu'ils ont pris la route de Baltimore, ville que Cassy a habitée. Sans aucun doute, ils tenteront de se faire passer pour blancs. »

Pendant que je prenais connaissance de cet avis, M. Gordon lisait par-dessus mon épaule et ajoutait ses commentaires à chaque phrase. Ni ses remarques, ni l'avis en lui-même, n'étaient de nature bien gaie. Peut-être M. Gordon s'en aperçut-il, car il me donna un verre de whisky en m'engageant à me remettre. Il en avala un lui-même et but à mon heureuse fuite. Cette démonstration me rassura un peu, car, à dire le vrai, j'étais un peu effrayé de l'évidente impression de convoitise produite sur M. Gordon par l'offre des cinq cents dollars. Le whisky, et il ne s'en tint pas au premier verre, parut raviver sa gratitude. Il jura qu'il me servirait à ses risques et périls, et me dit de lui désigner les objets dont j'avais besoin.

Je choisis pour moi un chapeau et une paire de souliers ; j'en pris autant pour Cassy. Il lui fallait aussi des

vêtements d'homme. M. Gordon n'en avait pas de faits,
dit-il ; mais il avait du drap qui me convint, et se chargea
de faire faire les habits. Je lui en donnai les mesures par
à peu près, et il fut convenu que je reviendrais dans trois
jours les chercher ; il me promit de me les livrer dans ce
délai. J'aurais bien voulu terminer toute l'affaire d'un coup,
et me mettre immédiatement en route ; mais cela ne se pouvait pas. Un déguisement pour Cassy était indispensable,
et il eût été fou d'espérer s'en passer. Je pressai M. Gordon d'être exact et de me livrer les vêtements au jour
fixé ; car la perspective de cinq cents dollars, jointe à
celle de gagner l'amitié du colonel Moore et de faire son
chemin grâce à lui, était une tentation à laquelle je jugeais peu prudent de laisser trop longtemps exposé
M. Gordon. Je lui demandai ce que je lui devais pour ces
diverses fournitures. Il prit son ardoise et commença à
chiffrer d'une façon fort active, puis s'interrompit tout à
coup. Alternativement il regardait l'ardoise et les marchandises ; un moment il parut hésiter ; puis enfin, levant les yeux sur moi : « Archy, me dit-il, vous m'avez
sauvé la vie ; je ne veux point d'argent de vous. »

J'appréciai à toute sa valeur cette rare marque de générosité. Tout l'argent de M. Gordon s'en allait régulièrement en dissipation et au jeu. Il était, non-seulement
pauvre, mais sans cesse en quête des moyens de satisfaire ses penchants. L'argent était pour lui ce qu'est le
whisky pour le palais d'un ivrogne. Le désintéressement
est difficile à un homme dans cette situation, et ma dé-
fiance tomba envers celui qui me donnait une preuve si
irrécusable de son désir de m'assister. Je lui souhaitai le
bonsoir et m'en retournai près de Cassy, le cœur sensiblement allégé.

M. Gordon me fit sur le lieu de mon refuge quelques
questions que je jugeai pourtant à propos d'éluder. Quoi-

que fort rassuré, je me tins sur mes gardes, et, en sortant de chez M. Gordon, j'eus soin de prendre une direction complétement opposée à celle que j'eusse dû suivre. Une ou deux fois, il me sembla que quelqu'un marchait sur mes pas. La lune nouvelle ne projetait qu'une lueur faible et incertaine. Le sentier où j'étais engagé traversait des taillis et des fourrés où quelqu'un qui m'eût suivi eût pu facilement se cacher. Je m'arrêtai plus d'une fois et écoutai; je n'entendis rien et ne tardai pas à mettre de côté mes craintes, ou plutôt les visions de mon imagination frappée.

Je fis un grand détour pour gagner ma retraite, où j'arrivai au point du jour. Cassy vint à ma rencontre. C'était la première fois que nous avions été séparés si longtemps, depuis notre fuite de Spring-Meadow. Je fus aussi heureux de la revoir que si mon absence eût duré une année, et l'élan de tendresse avec lequel elle se jeta dans mes bras et me serra contre son cœur me transporta de joie, en me prouvant à quel point j'étais aimé. Nous passâmes ces trois derniers jours à faire nos préparatifs, à prévoir et à résoudre toutes les difficultés possibles, et quelquefois à jouir par avance de notre félicité future.

Au jour dit, je partis pour la maison de M. Gordon. Je m'en approchai non plus en tremblant et en hésitant comme la première fois, mais du pas confiant et alerte de l'homme qui va trouver un ami sûr. Je frappai. M. Gordon ouvrit la porte et me prit par le bras pour me faire entrer; mais, à travers la porte entre-bâillée, je vis qu'il n'était pas seul.

Me dégageant de son étreinte et faisant un pas en arrière, je lui dis tout bas : « Grand Dieu! monsieur Gordon, qui donc est avec vous ici? »

Il ne répondit rien, mais, presque en même temps

que je parlais, j'entendis la grosse voix de Stubbs s'é-
crier : « Saisissez-le! saisissez-le! » et compris que
j'étais vendu. Je me mis à fuir; mais, tout en courant,
je sentis une main me prendre par l'épaule. J'étais heureusement armé d'un gros bâton court, et, faisant demi-
tour, d'un seul coup j'étendis le poursuivant sur le
gazon. C'était le traître Gordon. Je fus tenté de m'arrêter
et de l'assommer sur la place; mais, au même moment,
une balle siffla à mon oreille, et, jetant les yeux autour
de moi, je vis, à quelques pas seulement de distance,
Stubbs et un autre, des pistolets à la main. Il n'y avait
pas de temps à perdre. Je repris ma course et m'enfuis
pour éviter d'être tué. J'essuyai coup sur coup deux ou
trois décharges sans être atteint, et réussis à gagner un
épais fourré où je courais moins de périls. J'étais évidemment plus leste que ceux qui me poursuivaient; car
bientôt je fus hors de leur portée. Je courus encore près
d'une demi-heure; puis, totalement épuisé, je me laissai
tomber sur la terre et tâchai, en reprenant haleine, de
rassembler mes idées. Il n'y avait pas de lune cette nuit-
là; un léger brouillard voilait les étoiles; je ne savais où
j'étais. Je m'orientai toutefois, de mon mieux, vers la
plantation déserte et me remis en route. Dans ma course
désespérée, je m'étais donné une entorse. J'y avais à
peine pris garde dans le premier moment; mais maintenant cette foulure me faisait beaucoup souffrir, et j'avais
de la difficulté à marcher. Je fis de mon mieux cependant, dans le dessein et dans l'espoir de revoir Cassy
avant le jour. Je fis un chemin énorme dans des bois et
des champs qui m'étaient inconnus; mais enfin j'atteignis un ruisseau dont le cours m'était familier et qui fut
mon point de repère. Après avoir étanché un peu ma
soif, je me remis en marche avec une plus grande diligence. J'avais encore cinq ou six milles à parcourir pour

arriver à la plantation déserte, et j'étais obligé de prendre une route très-sinueuse. Je me roidis; mais le soleil était levé depuis plusieurs heures lorsque j'arrivai enfin à la source. Cassy m'attendait avec anxiété. Mon retard l'avait grandement alarmée, et le désordre de mes vêtements, non plus que mon air de fatigue et d'émoi, n'étaient faits pour la rassurer.

Je me précipitai vers la fontaine et me baissais pour y boire lorsque Cassy poussa un grand cri. Je levai les yeux et vis deux ou trois hommes dans le ravin. Je me redressais lorsque immédiatement je fus saisi par derrière. Deux autres hommes avaient tourné le ravin, et, tandis que je me préparais à livrer bataille à ceux que j'avais devant moi, avant même d'avoir connu tout mon danger, je me trouvai au pouvoir de ces nouveaux adversaires.

CHAPITRE X.

Je sus plus tard que M. Stubbs et ses compagnons, m'ayant manqué de leurs pistolets, après m'avoir attendu chez M. Gordon, et ne pouvant lutter avec moi de vitesse, avaient renoncé à la chasse et étaient retournés chez le trafiquant. Ils avaient envoyé aussitôt demander mainforte, et avaient été rejoints par deux hommes et, ce qui valait mieux, par Jowler, un chien célèbre dans tout le pays pour la sagacité de son flair à l'encontre des esclaves fugitifs.

On avait aussitôt passé une corde au cou de Jowler et on l'avait lancé en avant, en tenant l'autre extrémité de la corde. Le chien trouva ma trace et se mit à marcher doucement , le nez contre terre, suivi de Stubbs et de sa bande. Comme je n'avais pu faire que lentement la dernière partie de ma route, Jowler et ceux qui le suivaient avaient gagné sur moi assez d'avance pour arriver à la source presque en même temps que moi-même. Ma retraite ainsi découverte, pour s'emparer de moi plus sûrement, ils se divisèrent en deux détachements, et, occupant les deux côtés du ravin, se rendirent maîtres de moi de la manière que j'ai dite.

La pauvre Cassy fut saisie en même temps que moi, et, avant même d'avoir pu comprendre ce qui nous arrivait, nous avions les mains attachées et étions liés l'un à l'autre par une lourde chaîne dont les extrémités nous serraient le cou à tous deux. Le traitement était rude pour Cassy, et la pauvre fille, en sentant le froid du fer sur sa peau douce et délicate, fondit en larmes. Je ne pense pas que la chaîne fût serrée plus que de raison, mais quand je vis les pleurs de ma femme, il me sembla que le carcan m'étranglait. Les brutales plaisanteries de nos bourreaux vinrent encore augmenter mon indignation et ma douleur. Il fut en vérité heureux que j'eusse les mains liées ; car si je les avais eues libres, j'aurais très-certainement trouvé la force d'en finir avec un de ces misérables. M. Gordon était de la partie ; sa tête était bandée d'un mouchoir de poche ensanglanté ; cependant, loin de joindre ses railleries à celles de ses compagnons, il s'employait plutôt à les empêcher de nous insulter et de nous vexer.

« Je vous dis, Stubbs, de laisser cette pauvre Cassy tranquille, entendez-vous, vaurien, canaille que vous êtes ! s'écriait-il. Est-ce moi qui les ai pris, oui ou non ? Est-ce moi qui ai droit à la récompense, oui ou non ? Je vous dis et je vous répète qu'ils sont sous ma protection !

— Belle protection ! fit Stubbs avec un gros rire auquel prirent part ses compagnons. Ils vous ont de l'obligation, vraiment ! Le diable vous emporte, vous et les bêtises que vous dites ! Je dirai et ferai tout ce qu'il me plaira à la fille, entendez-vous bien ? Suis-je ou non l'intendant ici ? »

Là-dessus, il recommença à adresser à Cassy les propos les plus obscènes.

La promesse de régaler Stubbs et ses compagnons d'un quart de whisky put seule les déterminer à nous laisser un peu tranquilles. Le mot « whisky » produisit l'effet d'un philtre, grâce auquel les autres consentirent à demeurer un peu en arrière et à laisser Gordon me parler. Il lui était égal, dit-il, d'être écouté, mais il ne voulait pas qu'on l'interrompît.

Je fus surpris de cette bienveillance subite : Gordon m'avait vendu, et, après une si basse et si irréparable trahison, je ne comprenais pas ce qu'il pouvait avoir à me dire. Comme je l'ai dit déjà, si Gordon n'était pas précisément un méchant homme, il n'avait pas pu résister à l'appât des cinq cents dollars, ni à celui des avantages qui pouvaient en être l'annexe; mais, pour tout cela, il n'avait pas oublié qu'il me devait la vie. Il vint à moi, et, non sans une hésitation et un embarras marqués, parut vouloir entrer en conversation.

« Un furieux coup, Archy, que vous m'avez donné ! fut son entrée en matière.

— Je regrette, lui dis-je, de n'avoir pas frappé plus fort.

— Allons, allons, voyons, dit-il, laissez là cette humeur sauvage ! J'ai pensé qu'il valait autant gagner les cinq cents dollars que de les laisser échapper, voilà toute la chose. Je savais parfaitement bien que vous ne pouviez vous sauver, et, vous avez beau m'en vouloir, j'ai fait pour vous, mon garçon, ce que personne n'aurait fait.

Allons, voyons, changez-moi cette humeur-là, et vous saurez de quoi il retourne.... Quand vous m'avez quitté, l'autre nuit, je n'ai pu dormir une minute, tant j'ai songé à votre affaire. Je me suis dit : C'est une drôle d'idée qu'a là Archy; il est sûr d'être repris, que je l'aide ou non, et ce sera le diable à confesser pour lui et pour moi. Il sera fouetté, et moi mis à l'amende et en prison et, par-dessus le marché, renvoyé du pays, comme le colonel et les autres m'en ont menacé; et enfin, ce qui est à considérer, un autre obtiendra la récompense. Je dois la vie à Archy, c'est vrai, je ne puis le nier; si donc je le sauve du fouet, et qu'en même temps je mette dans ma poche les cinq cents dollars, il me semble que ce sera une bonne affaire pour tous deux.

« Le lendemain donc, je me levai de bonne heure et j'allai chez le colonel Moore. Je le trouvai dans une furieuse colère, croyez-le, car il ne pouvait obtenir aucune nouvelle de vous ni de Cassy.

« Colonel, lui dis-je, j'apprends que vous avez promis « cinq cents dollars à celui qui ramènerait vos deux es- « claves fugitifs.

« — Oui, me dit-il, argent sur table! »

« Et il me regarda dans les yeux, comme pour y découvrir où vous étiez.

« Je vous les ferai peut-être retrouver, colonel, repris- « je, si vous voulez me promettre une chose.

« — Que diable voulez-vous que je vous promette? « s'écria-t-il. N'ai-je pas promis cinq cents dollars? « Expliquez-vous!

« — Colonel, je ne parle pas de la récompense : elle « est belle, elle est magnifique, je ne vais pas à l'encon- « tre. Donnez-moi quatre cent cinquante dollars, promet- « tez-moi de ne pas fouetter Archy, et je vous passerai « quittance.

« — Que diable me dites-vous là? reprit le colonel.
« Qu'est-ce que cela vous fait, monsieur Gordon, que ce
« drôle reçoive ou non le fouet, pourvu que vous ayez
« votre argent?

« — Jemmy Gordon, lui dis-je, colonel, n'est pas
« homme à oublier un service. Ce garçon m'a sauvé la
« vie, il y a trois ans ce mois-ci; si vous me promettez,
« sur votre honneur, de ne pas le maltraiter, j'essayerai
« de vous le faire retrouver; sinon non! »

« Le colonel se fit beaucoup tirer l'oreille; mais,
voyant que je n'en voulais pas démordre, il me promit ce que je réclamais de lui. Je lui appris alors que
vous étiez venu chez moi, que vous deviez y revenir;
en conséquence de quoi il m'adjoignit Stubbs et un
autre, ici présent, pour m'aider à m'emparer de vous.
Voilà toute l'histoire. Et maintenant, Archy, prenez-le
d'une façon moins sombre, et ayez bon courage. J'ai
fait, vous le voyez, pour le mieux dans notre commun
intérêt.

— Je vous souhaite, dis-je à M. Gordon, beaucoup de
joie dans cette affaire, et puissiez-vous perdre vos cinq
cents dollars la première fois que vous prendrez les cartes, et cela sera avant que vous soyez d'une demi-journée
plus vieux!

— Vous êtes en colère, Archy, répondit-il; autrement
vous ne parleriez pas ainsi. A vous dire la vérité, mon
garçon, je n'en suis pas très-surpris; mais, plus tard,
j'en suis certain, vous me rendrez plus de justice. J'aurais cru pourtant que c'était assez de m'avoir presque
fendu la tête : car j'en souffre, je vous assure, comme si
elle allait éclater! »

Ce disant, maître Gordon rompit la conversation et
rejoignit le reste de la compagnie.

Si peu de motifs que j'aie de l'aimer, j'ose dire qu'il

n'y a pas au monde beaucoup d'hommes meilleurs que
M. Jemmy Gordon. Cinq cents dollars étaient une grande
somme pour lui. Il avait, d'ailleurs, l'espoir de s'assurer,
en me livrant, les bonnes grâces du colonel Moore, et
d'acquérir, par son appui, les moyens de vivre honorablement, aussi honorablement du moins que peut le faire
un homme pauvre dans ce pays de Virginie. Non content
de calmer sa conscience par cette spécieuse réflexion
que, s'il ne me vendait pas, un autre me livrerait à sa
place, il s'était entremis en ma faveur auprès du colonel
Moore, et en était venu à se persuader qu'il me rendait
service en me trahissant.

Dans les parties de l'Amérique où l'esclavage est en
vigueur, il y a plus d'un *gentleman*, j'emploie le mot exprès, car, si antirépublicain que cela soit, il n'est pas de
pays au monde où la ligne de démarcation soit plus tran-
chée entre les *gentlemen* et le *bas peuple*, il y a, dis-je,
plus d'un *gentleman* qui se trouverait offensé d'être com-
paré à Jemmy Gordon, et qui n'agirait pas autrement que
lui, quand il se fit une conscience pour me trahir. Dans
les pays à esclaves, plus d'un *gentleman* sait parfaitement
bien, et reconnaît dans son for antérieur, que l'esclavage
est une violation flagrante, honteuse, de tous les principes d'humanité et de justice, un usage qui, abstraitement
envisagé, est pire que la piraterie ou le brigandage à
main armée. L'esclavage, selon ce même *gentleman*, est
un abus absolument insoutenable. Malheureusement, il
possède des esclaves, et, sans eux, il ne pourrait vivre en
gentleman. Au reste, il les traite excessivement bien, si
bien, même, qu'il n'hésite pas à les déclarer plus heureux dans leur présente condition que ne pourrait les
rendre la liberté, sous quelque forme que ce fût!

Quand nous voyons des gens de sens et d'éducation se
payer de ces misérables sophismes, nous sommes tenus

d'avoir de l'indulgence pour ceux du pauvre Jemmy Gordon.

CHAPITRE XI.

Il était plus de midi lorsque nous arrivâmes à Spring-Meadow, où le colonel nous avait attendus depuis le matin avec une grande impatience; mais, comme il se trouvait avoir à ce moment beaucoup de monde à dîner, il était trop absorbé par les soins multiples de sa réception pour pouvoir s'occuper immédiatement de nous. Pourtant, il ne sut pas plutôt notre retour, qu'il envoya à M. Gordon les cinq cents dollars promis en un rouleau de bank-notes. L'œil du trafiquant flambloya à cette vue, et rien ne peut rendre l'empressement joyeux avec lequel ce malheureux tendit la main pour recevoir le prix de sa délation. A ce moment, je le regardai bien en face; ses yeux rencontrèrent les miens. Il changea aussitôt de figure : il rougit et pâlit successivement : la honte, le remords, le mépris de soi-même, se peignirent sur son visage. Il se hâta de serrer l'argent dans sa poche, et s'éloigna sans mot dire.

Cassy et moi fûmes conduits aux étables et enfermés dans une petite pièce étroite et obscure qui tantôt servait de magasin à blé et tantôt de prison pour les esclaves réfractaires. Nous nous assîmes sur le plancher, car le lieu ne possédait pas d'autres siéges, et la pauvre Cassy tomba dans mes bras. Son chagrin et sa terreur éclatèrent de nouveau, et elle pleura amèrement. Tandis que mes baisers séchaient ses larmes, je m'efforçai de la consoler. L'entreprise était difficile ; qu'aurais-je pu lui

dire pour lui rendre courage? Plus je parlais, plus elle
pleurait; s'attachant à moi dans une étreinte convulsive :
« Il nous tuera, il nous séparera pour toujours! » mur-
mura-t-elle d'une voix basse et à peine distincte. A tout
ce que je pus lui dire, ce fut sa seule et invariable réponse.

Je répondis à son étreinte passionnée et la serrai contre
moi avec une sorte de désespoir. Comme elle, je sentais
que nous étions unis pour la dernière fois, et cette idée
tombait sur mon cœur avec une amertume que le souvenir de nos précédentes félicités rendait encore plus
horrible. Je l'étouffai presque sous mes baisers, mais le
feu qui empourprait ses joues n'était pas celui du plaisir. L'instante séparation qui nous menaçait n'était pas
seulement affreuse dans l'avenir, elle nous ôtait toute
capacité de bonheur dès le temps présent. Sans cette
perspective, avec ma Cassy dans mes bras, que m'eussent fait les chaînes, les cachots! Mais, au moment de
la perdre, et pour toujours peut-être, ses lèvres n'avaient
plus de saveur pour moi, son sein n'était pour moi
qu'oreiller de douleur, et, bien que je ne pusse me détacher d'elle, chacun de nos embrassements semblait augmenter sa douleur et la mienne propre.

Plusieurs heures pour nous s'écoulèrent ainsi. Depuis
le matin, nous n'avions pris aucune nourriture, et personne n'eut même la charité de songer à nous apporter
un verre d'eau. La chaleur et l'atmosphère suffocante
de ce réduit, où l'air ne pénétrait pas, avaient encore
augmenté la fièvre qui brûlait notre sang, et nous souf-
frions cruellement de la soif. Oh! combien amèrement je
regrettai alors notre source fraîche, l'air embaumé et
pur, la liberté perdue pour nous!

Vers le soir, nous entendîmes des pas, et reconnûmes
la voix du colonel et celle de son intendant. Ils ouvri-

rent la porte, et nous donnèrent l'ordre de sortir. D'a-
bord, le passage de l'obscurité à la lumière éblouit
tellement mes yeux, que je ne pus rien distinguer ; mais,
bientôt après, je m'aperçus que nos visiteurs étaient
accompagnés de Pierre, grand diable, au suspect et ma-
licieux sourire, rapporteur et espion de la maison, objet
d'horreur pour tous les autres esclaves, mais favori de
M. Stubbs et son acolyte dans toutes les occasions importantes.

Le colonel avait la face enflammée, et je jugeai qu'il
avait bu. Ce n'était pas son habitude. Bien que tous ses
dîners eussent pour conclusion la disparition sous la
table de la plupart de ses convives, le maître du logis
passait généralement la bouteille sans y toucher, sous
prétexte que son médecin lui défendait d'en faire usage,
et ordinairement il était le seul qui gardât son sang-froid
à la fin du repas. Mais, dans cette circonstance, il était
manifeste qu'il s'était départi de sa sobriété accoutumée.
Il ne me parla pas ; je ne pus parvenir à rencontrer son
regard ; mais, se tournant vers le surveillant, il lui dit à
demi-voix, d'un ton qui dénotait une profonde irritation :
« Quelle singulière idée avez-vous eue, monsieur Stubbs,
de les enfermer ensemble ? Je croyais que vous compre-
niez mieux mes ordres. »

Le contre-maître marmotta quelque excuse inintelligible, que le maître n'écouta pas, et, sans autre préface
ou explication, le colonel ordonna à Stubbs de me délivrer de mes fers.

Le surveillant défit le cadenas qui fixait la chaîne à
mon cou, et ils me mirent presque nu. M. Stubbs prit
une corde, de l'un des bouts de laquelle il me lia les
mains, et dont l'autre bout fut fixé par lui, avec l'aide de
Pierre, à une solive placée au-dessus de ma tête ; mais il
la tint tellement courte que je fus presque soulevé.

Le colonel Moore ordonna alors de détacher Cassy. Quand ce fut fait, il lui mit dans les mains un énorme fouet, et, me montrant à elle : « Tâchez, lui dit-il, de vous en servir comme il faut ! »

La pauvre Cassy demeura stupéfaite : elle ne comprit pas ; elle n'avait pas idée d'une cruauté si raffinée, d'une aussi féroce vengeance.

Le colonel renouvela son ordre, en l'appuyant d'un regard et d'un accent effrayants. « Si tu tiens, dit-il, à sauver ta propre peau, tâche que le sang jaillisse à tout coup. Je vous apprendrai, drôles tous deux que vous êtes, à vous jouer de moi ! »

Cassy comprit enfin, et, saisie d'épouvante et d'horreur, tomba sur le plancher, sans connaissance. On envoya Pierre chercher de l'eau : en la lui jetant au visage, on la fit revenir à elle. Quand elle fut debout de nouveau, le colonel lui remit le fouet dans les mains, et il réitéra son ordre.

Cassy rejeta le fouet avec horreur, comme si elle eût manié un reptile, et, le visage plein de larmes, s'écria avec fermeté, mais cependant du ton de la supplication : « Maître, il est mon mari ! »

Ce mot *mari* sembla porter au paroxysme la fureur du colonel Moore. Hors de lui, il se jeta à poings fermés sur la malheureuse Cassy, la terrassa, la foula aux pieds, et, ramassant le fouet dont elle n'avait pas voulu se servir, m'en frappa avec une telle violence, que les nœuds entamaient la chair à chaque coup, et que le sang, me coulant le long des jambes, forma une mare sous mes pieds. La douleur était trop au-dessus des forces humaines ; je ne pus l'endurer, et poussai des cris d'agonie. « Ce maraud, dit mon bourreau, va troubler toute la maison ! » Tirant son mouchoir de sa poche, il me le mit sur la bouche et me l'enfonça dans le gosier avec le manche de son fouet. Après m'avoir ainsi bâillonné, il recommença à me frapper. Combien de temps l'exécution dura-t-elle? je ne puis le dire. Un nuage ne tarda pas à s'élever devant mes yeux, ma tête s'alourdit, et une bienheureuse syncope vint m'ôter le sentiment de mon supplice.

CHAPITRE XII.

Quand je repris mes sens, je me retrouvai sur un misérable grabat, étendu sur le plancher d'une vieille cabane en ruine. J'étais très-faible et hors d'état de me mouvoir, et l'on m'apprit que je sortais d'un accès de fièvre. Une vieille femme sourde, qui n'était plus bonne qu'au métier de garde-malade, était seule près de moi. Je la reconnus, et, oubliant qu'elle ne pouvait m'entendre, je l'accablai de questions. J'étais tout à la fois avide et tremblant d'avoir quelques nouvelles de ma pauvre Cassy, et toutes mes demandes avaient trait à elle; mais elles restèrent sans réponses.

« Vous avez beau crier, me dit la vieille, je ne vous entends pas. »

Elle me fit d'ailleurs observer que j'étais trop faible et trop malade pour parler.

Sans me rebuter de ce mauvais succès, je n'en criai qu'un peu plus fort, et, joignant la pantomime à la parole, je tâchai de me faire comprendre par signes. Mais il était clair que Tante Judy n'avait pas dessein de contenter ma curiosité; car, voyant que je ne voulais pas rester tranquille, elle sortit et me laissa tout entier à mes réflexions. Elles furent peu agréables. Il est vrai que j'avais alors la tête si faible et les idées si confuses, que je n'étais guère en état de penser beaucoup.

J'appris, plus tard, que j'avais eu plus d'une semaine le délire, suite de la fièvre violente qui avait suivi mon supplice et avait failli terminer ma misérable existence ; mais la crise était maintenant passée ; ma jeunesse, la vigueur de ma constitution m'avaient sauvé et me gardaient pour de nouvelles souffrances.

Je me rétablis vite et fus bientôt en état de marcher. Pour m'ôter l'envie d'abuser du retour de mes forces et de tenter une nouvelle fuite, on me mit les fers aux pieds et les menottes. Une heure par jour, on me les retirait, pour que, sous la surveillance de Pierre, j'allasse prendre l'air un moment et faire un peu d'exercice dans les champs. Ce fut en vain que j'essayai de tirer de Pierre quelques renseignements sur le sort de ma malheureuse femme. Il ne put pas, ou ne voulut pas me répondre.

Je pensai qu'il me vendrait peut-être les nouvelles qu'il refusait de me donner, et je lui promis des habits, pour qu'il me permît de revoir ma dernière habitation. Nous y allâmes ensemble. On se rappelle que les bontés de mistress Moore et de sa fille m'avaient permis d'établir un certain confort dans cette maison, en vue de mon prochain mariage. Elle était garnie de quantité d'objets peu à la portée d'un esclave ; je la trouvai entièrement dévastée et pillée : on m'avait tout pris ; mon coffre était brisé, mes habits avaient disparu. Je devais, sans nul doute, ce bon office à mes compagnons d'esclavage. L'un des plus énergiques instincts de l'homme est le désir de posséder ; et cette possession, l'esclave n'a d'autre moyen de la satisfaire que le pillage. L'essence de la servitude est de détruire dans le cœur de l'homme jusqu'à la moindre notion du bien. Si l'oppression ôte la raison à l'homme sage, elle fait, trop souvent aussi, de l'honnête homme un coquin : elle aigrit les impressions, endurcit et abrutit l'âme. Celui qui n'a ni liberté, ni famille, ni droit aux fruits de son labeur, devient insouciant, égoïste, perd le sens moral, et ne voit plus que la satisfaction du moment présent. Déshérité de tout, il est toujours prêt à rendre à autrui, fût-ce même à ses compagnons d'infortune, exaction pour exaction.

Trouvant ma maison pillée, mes habits volés, j'eus l'idée de tâter mes poches : mon argent m'avait été pris aussi. Je me rappelai alors que, quand M. Gordon et sa bande m'avaient assailli, M. Stubbs m'avait fouillé et avait fait passer le contenu de mes poches dans les siennes propres. Il fallait en faire mon deuil : selon le code de morale qui prévaut dans la Virginie, M. Stubbs n'avait rien à se reprocher pour cette action. Un vagabond et un vaurien tel que moi ne pouvait évidemment rester muni, sans les dangers les plus graves pour la sécurité publique, d'une forte somme d'argent. Mais, selon le même code, les esclaves qui m'avaient dérobé mes habits étaient de fieffés coquins et avaient mérité le fouet à outrance. C'est ce que M. Stubbs me déclara lui-même lorsque, le rencontrant au retour, je me plaignis du pillage de ma maison. Cet honnête homme se mit, sur ma déposition, dans une furieuse colère, et jura comme il faut que, s'il pouvait seulement mettre la main sur les voleurs, ils auraient affaire à lui. Malgré cet élan de vertueuse indignation, M. Stubbs ne me dit rien de mon argent, et je jugeai prudent de n'en point ouvrir la bouche.

En deux ou trois semaines, j'eus recouvré mes forces, et les excoriations qui couvraient mes reins furent complétement guéries. Je commençais à me demander ce que le colonel entendait faire de moi, lorsque je reçus un message de M. Stubbs, m'engageant à être debout le lendemain

au petit jour, et prêt à faire un voyage. Quel en était le
but? c'est ce dont il n'avait pas daigné m'instruire, mais je
m'en inquiétai peu. J'avais maintenant une très-grande
consolation : quoi que fissent mes tyrans, je les défiais
de pouvoir accroître mes misères. Ce sentiment me soutenait, et j'envisageais l'avenir avec une sorte d'hébéte-
ment et d'indifférence stupides dont je suis surpris quand
j'y songe.

Le lendemain matin, M. Stubbs vint me prendre. Il
était à cheval, fouet en main, comme toujours. Il m'enleva mes fers, mais me laissa les menottes. Il m'attacha
autour du cou une corde, dont il passa l'extrémité à sa
ceinture. Ainsi prémuni contre toute tentative d'évasion
de ma part, il monta à cheval et m'ordonna de cheminer
à ses côtés. J'étais encore un peu faible, et quelquefois
j'avais de la peine à suivre; mais M. Stubbs, avec un
coup de fouet, me redonnait de la vigueur. Je lui demandai où nous allions : « Vous le saurez quand vous y
serez! » me répondit-il d'un ton bref.

Nous passâmes la nuit dans une espèce de taverne.
Nous occupâmes la même chambre, lui dans un lit, moi
sur le plancher. Il m'ôta la corde du cou et m'en lia les
jambes, mais il m'avait serré si fort que la douleur ne
me permit pas de dormir. Nombre de fois je me plaignis,
mais M. Stubbs me dit de me tenir tranquille et de ne lui
pas rompre la tête avec mes sottes lamentations. Le lendemain, quand il me délia, j'avais les chevilles très-en-
flées. Il regretta alors d'avoir fermé l'oreille à mes appels
réitérés, mais s'excusa en disant que nous étions tous un
tel ramas d'endiablés menteurs, qu'il n'y avait pas moyen
de nous croire et qu'il s'était peu soucié de se déranger
pour rien.

Nous continuâmes notre route le jour suivant, mais
j'étais tellement brisé par les fatigues de la veille et par

le manque de sommeil, que j'eus besoin, pour me traîner, des fréquentes applications du stimulant de M. Stubbs. Ma résolution et cette espèce de stupéfaction mentale qui m'avait soutenu jusqu'ici me manquèrent avec les forces, et je me pris à pleurer comme un enfant. Nous atteignîmes à la fin au terme de notre voyage. A une heure assez avancée de la soirée, nous entrâmes dans la ville de Richmond. Je serais hors d'état de la décrire, car je fus immédiatement conduit en lieu de sûreté, c'est-à-dire dans la prison.

J'appris alors et seulement le sort qui m'était réservé. Las de mon insubordination, me dit M. Stubbs, le colonel s'était décidé à me vendre. Je ne l'avais plus revu depuis le jour où j'étais demeuré pour mort sous l'énergie de son châtiment paternel. Je ne devais plus le revoir. Touchante séparation d'un père et d'un fils!

CHAPITRE XIII.

Le lendemain je fus vendu. Il y avait un encan public d'esclaves et beaucoup d'autres que moi y avaient été amenés.

Je fus conduit au lieu de la vente les fers aux pieds et aux mains. Toute la marchandise était déjà en étalage; mais, comme il s'écoula quelque temps avant l'ouverture de la criée, j'eus le loisir d'examiner autour de moi.

Le premier groupe qui fixa mon attention se composait d'un vieillard, dont la tête était complétement blanche, et d'une charmante enfant de dix ou douze ans, sa petite fille, à ce qu'il nous dit du moins. Le vieillard et l'enfant

avaient tous deux le carcan au cou et étaient accouplés
par une lourde chaîne. La vieillesse de l'un, la jeunesse
de l'autre, semblaient rendre un pareil luxe de précautions
bien superflu; mais leur maître, à ce que je compris,
s'était résolu à les vendre dans une boutade de colère, et
tout cet attirail de chaînes était moins une garantie
qu'une punition.

Auprès d'eux se tenaient un homme et une femme, tous
deux très-jeunes, la femme ayant un enfant dans ses
bras. Ils paraissaient l'aimer passionnément et se déso-
laient à l'idée de tomber dans les mains de deux propriétaires différents. Si quelqu'un de la réunion semblait manifester quelque velléité d'achat, la femme s'adressait
aussitôt à lui, le suppliant de l'acquérir elle et son mari,
et énumérait avec une grande volubilité, comme si elle
eût craint qu'on ne l'interrompît, les bonnes qualités de
chacun. Quant à l'homme, il tenait les yeux baissés, gardant un silence profond et morne.

Il y avait un autre groupe de huit ou dix hommes ou
femmes qui, riant, causant et plaisantant entre eux, semblaient aussi indifférents à ce qui allait se passer que s'ils
en eussent dû être simples spectateurs. Un apologiste de
la tyrannie n'eût pas manqué de se réjouir à cette vue et
d'en conclure qu'après tout le fait d'être vendu à l'encan
n'est pas si terrible qu'on se l'imagine. L'argument eût
eu la même force que celui de ce philosophe qui, voyant
à travers les grilles d'une prison quelques criminels condamnés jaser et rire, en induisait que l'attente de la potence devait contenir en soi quelque chose d'exhilarant.

Le fait est que l'esprit humain résiste à tout, et que
rien ne le peut distraire entièrement de la poursuite du
bonheur. Puisque l'esclave chante sous son pesant har-
nais, il se peut bien qu'il rie tout en étant vendu comme
un bœuf en plein encan. Qu'est-ce que cela prouve, sinon

que le tyran ne peut venir à bout, quoi qu'il fasse, d'é-
teindre complétement dans l'âme de ses victimes l'aptitude à la jouissance ? Il n'en revendiquera pas moins à
sa louange ce reste d'élan d'une nature non encore tout à
fait vaincue et brisée, et il osera même se targuer du
bonheur qu'il donne !

Être vendu néanmoins n'est pas toujours une chose
gaie. La première enchère porta sur un homme d'environ trente ans, d'une belle, ouverte et très-remarquable
physionomie. Il paraît que, jusqu'au moment où on le
plaça sur la table, il ne s'attendait pas à être vendu par
son maître qui, habitant une propriété du voisinage, l'a-
vait trompé sur ses réelles intentions, et l'avait conduit
à la ville, sous prétexte de le louer à quelque industriel
de la cité. Lorsque le pauvre malheureux comprit qu'on
allait le vendre, il fut saisi d'un tel tremblement qu'à
peine put-il se soutenir sur ses jambes. Il frémit des
pieds à la tête et une indicible expression de terreur et de
désespoir se peignit sur son visage. Les deux principaux
enchérisseurs, entre qui paraissait s'engager une lutte
sérieuse, étaient un gentleman du voisinage, semblant
connaître le pauvre esclave mis en vente, et un jeune
homme pétulant et arrogant, qu'on disait être un marchand d'esclaves de la Caroline du Sud.

Ce fut un spectacle curieusement douloureux que celui
de la physionomie du pauvre esclave, tandis que l'on
procédait à l'enchère. Lorsque le marchand de chair humaine de la Caroline tenait le dé, la figure du malheureux se contractait, ses yeux roulaient dans leurs orbites
avec une expression sinistre, et il semblait la statue du
Désespoir. Mais, lorsque le Virginien enchérissait, par
contre, son visage s'illuminait ; de grosses larmes coulaient le long de ses joues, et l'accent profond dont il s'é-
criait : « Dieu vous bénisse, maître ! » eût touché le cœur

le plus dur. Ses exclamations troublaient continuellement
le marché, et le fouet lui-même ne pouvait le réduire au
silence. Il interpellait par son nom son enchérisseur favori, l'engageant à persévérer par toutes les considérations possibles; il lui promettait de le servir fidèlement
jusqu'à la dernière minute de sa vie, de travailler pour
lui jusqu'à la mort, si seulement il consentait à l'acheter,
à l'empêcher d'être séparé de sa femme et de ses enfants;
envoyé où? Dieu le savait; et pour toujours éloigné du
lieu où il était né et avait été élevé, s'y étant, disait-il,
toujours bien conduit, et y ayant toujours joui d'une bonne
réputation. Ce n'était pas qu'il eût aucun grief particulier contre cet autre gentleman, avait-il soin d'ajouter;
car le pauvre garçon comprenait le danger d'offenser
l'homme qui allait peut-être devenir son maître; sans
doute, disait-il, c'était aussi un excellent gentleman, mais
il était étranger; mais il l'emmènerait indubitablement
loin de son pays, de sa femme et de ses enfants; et, à
ces mots, la voix du pauvre malheureux se brisait et s'é-
teignait dans un sanglot convulsif.

La lutte fut très-vive. L'homme mis aux enchères était
évidemment un sujet de premier choix. Du reste le Virginien semblait réellement touché des instances du pauvre
homme, et se livra, sur le commerce des esclaves, à certaines allusions qui mirent son compétiteur en grande
colère et faillirent déterminer une querelle. L'interposi-
tion des assistants empêcha que les choses allassent plus
loin, mais le marchand d'esclaves, surexcité, s'écria
qu'il aurait l'homme, coûte que coûte, et immédiatement
mit cinquante dollars au-dessus de la dernière offre. C'en
était trop pour le Virginien qui, bien à regret, abandonna
la poursuite. Le commissaire-priseur donna son coup de
marteau, et le malheureux homme, plus mort que vif,
fut remis entre les mains des domestiques du marchand,

qui reçurent l'ordre de lui donner incontinent vingt coups de fouet *pour le punir de sa grossièreté et de son insolence virginiennes.*

Ce sarcasme ne produisit pas peu d'émotion dans l'assistance ; mais le marchand d'esclaves jouant du bout de la main avec le manche d'un poignard, et une paire de pistolets sortant à demi de ses poches, personne ne se soucia d'entraver cet arrogant exercice « du saint droit de propriété » et l'enchère continua.

Quand vint mon tour, je fus à demi dépouillé de mes vêtements pour que l'on pût bien voir mes articulations et mes muscles, et placé sur la table ou plate-forme où le sujet en vente monte pour être offert à l'examen des connaisseurs. On me fit pirouetter, on me tâta les membres, et ma capacité fut discutée dans l'argot des jockeys. Je fus l'objet de commentaires nombreux et variés. L'un dit que j'avais l'air « d'un sournois ; » un autre jura que j'avais l'œil « diablement malin ; » un troisième prétendit que ces esclaves à teint clair étaient tous des coquins, à quoi le commissaire-priseur répondit qu'il n'en avait jamais connu doués de la moindre intelligence qui ne fussent des vauriens.

On m'accabla de questions sur le lieu où j'avais été élevé, ce que je savais faire et le pourquoi on me vendait. Je répondis à tout cela le plus brièvement et le plus vaguement possible. Je n'étais pas en humeur de satisfaire les curieux et ne me sentais nulle ambition de monter à des prix élevés, comme l'ont beaucoup d'esclaves, tant il est vrai qu'il n'est pas de condition si infime où ne survive encore, sous n'importe quelle forme, cet amour de la distinction et de la supériorité, si indélébile chez l'homme.

M. Stubbs se tenait à l'écart et ne disait rien. Il avait ses raisons sans doute pour être si réservé. Le commis-

saire-priseur faisait son métier en conscience. A l'entendre, j'étais l'esclave le plus robuste, le plus laborieux, le
plus docile des États-Unis d'Amérique. Nonobstant ce
panégyrique, on parut généralement soupçonner dans
l'assemblée que mon maître avait, pour me vendre, des
motifs qu'il ne lui convenait pas de déclarer. L'un des
chalands insinua que j'étais atteint de consomption; un
autre pensa que j'étais sujet à prendre des attaques; un
troisième émit l'avis que j'étais l'un de ces sujets « dont
on ne pouvait rien faire. » Les cicatrices qui couvraient
mon dos semblaient confirmer ces suppositions, et, bref,
je fus adjugé à très-bas prix à un vieux gentleman, de
belle taille et de physionomie très-avenante, nommé le
major Thornton.

A peine le marteau du commissaire-priseur était-il
retombé sur la table, que mon nouveau maître, m'a-
dressant la parole avec bienveillance, ordonna de m'ôter
mes fers. M. Stubbs et le commissaire-priseur l'en dis-
suadèrent vivement et lui firent observer qu'ils ne répondaient pas des conséquences de son acte. « C'est à mes
risques et périls, je le sais, dit mon nouveau maître;
mais je n'aurai jamais, je l'espère, d'esclave qui ait envie
de me quitter. »

CHAPITRE XIV.

Lorsque mon nouveau maître sut que je venais
d'avoir la fièvre et n'étais pas encore entièrement remis,
il me loua un cheval et nous partîmes ensemble pour son
habitation. Son domaine était situé à une assez grande

distance à l'ouest de Richemond, dans une partie de la province que l'on désigne sous le nom de Moyenne-Virginie. Pendant la route, il entra en conversation avec moi, et je le trouvai fort différent de toutes les personnes libres que j'avais connues jusqu'à ce jour.

Il me dit que j'étais heureux d'être tombé entre ses mains, attendu qu'il se faisait une règle de traiter ses esclaves infiniment mieux qu'ils ne l'étaient chez tous les maîtres du voisinage. « S'ils ne sont pas contents, s'ils n'obéissent pas, ajouta-t-il, s'ils ont envie de s'enfuir, je les vends, et c'est une affaire finie. Je ne veux pas de ces gens-là autour de moi. Mais comme mes esclaves savent parfaitement qu'ils ne gagneraient pas au change, ils se gardent bien de m'offenser. Soyez docile, mon garçon, faites votre tâche, et je vous garantis que vous serez chez moi mieux nourri, mieux vêtu et mieux traité que chez aucun autre propriétaire. » Tel fut le texte du discours du major Thornton. Je fais grâce au lecteur des développements, qui durèrent cinq ou six heures.

La soirée était assez avancée lorsque nous arrivâmes à Oakland, domaine du major Thornton. La maison était en briques, avec un péristyle en bois. Elle n'était pas grande, mais, en revanche, propre et véritablement jolie, et paraissait beaucoup plus confortable que ne le sont en général les maisons de Virginie. Les terres alentour étaient parfaitement tenues et ornées de fleurs et d'arbustes, chose rare dans ce pays et que je n'avais jamais vue. A peu de distance de l'habitation s'élevaient, sur un joli petit mamelon, les cabanes des esclaves, solidement construites en briques et très-propres : elles n'étaient pas disposées en ligne droite, selon l'usage, mais se groupaient dans une espèce de désordre assez pittoresque. Elles étaient ombragées par un bouquet de

beaux grands chênes ; les mauvaises herbes en étaient
soigneusement sarclées alentour, et tout y avait un air
d'aisance et de soin aussi agréable aux yeux que neuf pour
moi et imprévu. Sur toutes les plantations que j'avais
vues jusqu'à ce jour, les cabanes des esclaves n'étaient
que de chétives huttes en ruine, avec des toits crevés et
le sol pour plancher, à moitié ensevelies dans les herbes
sauvages, et aussi sales, aussi négligemment tenues que
peu habitables.

Les enfants qui jouaient autour de ces cabanes m'offrirent un nouveau sujet de surprise. J'avais jusqu'ici
vu les enfants des esclaves courir sur les plantations,
tout nus ou à moitié couverts d'une sale chemise qui leur
tombait en guenilles sur les jambes et que l'on ne lavait
jamais. Au contraire, ceux d'Oakland étaient chaudement et très-décemment vêtus : ils n'avaient point cet
air sordide, misérable, abandonné et affamé que j'avais
vu tant de fois à leurs pareils. Leurs figures joyeuses et
leurs jeux bruyants excluaient toute idée de souffrance
chez ces jeunes êtres. Je remarquais aussi que les esclaves venant des champs étaient fort bien vêtus. Je ne
leur vis point ces casaques fripées, déguenillées, souillées,
rapiécées, qui sont censées couvrir leurs semblables sur
les autres habitations.

Le major Thornton n'était pas ce qu'on nomme un
planteur ; il ne cultivait pas le tabac et se donnait à lui-
même la qualification de fermier. Sa principale récolte
était le froment, et il était grand partisan de la culture
du trèfle, qu'il avait entreprise et qui lui avait réussi à
merveille. Il possédait trente ou quarante travailleurs ;
y compris les enfants et les vieillards, la totalité de ses
esclaves était de quatre-vingts à peu près. Il n'avait pas
de contre-maître et il exploitait lui-même. C'était une
de ses maximes favorites, qu'un contre-maître suffit à

ruiner un homme. Il était naturellement industrieux et
actif, et l'agriculture était son goût dominant, son
dada, mais un dada qui, du moins, le conduisait quelque
part.

Sous divers rapports et beaucoup d'autres, il formait
le plus parfait contraste avec ses voisins, qui, par cette
raison, l'aimaient fort peu. Il ne mettait jamais le pied
aux courses de chevaux, ni aux combats de coqs, ni
aux assemblées politiques, ni à aucune orgie, réunion
de jeu, partie de plaisir d'aucun genre. Son argent, disait-il, lui coûtait trop cher à acquérir pour qu'il le
risquât sur un pari; et, quant aux amusements, il n'a-
vait, disait-il aussi, ni le temps ni le goût de s'y livrer.
Ses voisins se vengeaient de son mépris pour leurs di-
vertissements favoris en le faisant passer pour un esprit
mesquin et pour un ladre. Ils allaient plus loin, et l'ac-
cusaient d'être un mauvais citoyen et un voisin dangereux. Ils poussaient les hauts cris sur ce que son
extrême indulgence pour ses esclaves rendait les leurs
indociles et mécontents, et il fut même question une fois
ou deux de lui donner le conseil comminatoire d'avoir à
quitter le pays.

Mais le major Thornton était un homme résolu. Il
connaissait ses droits à fond; il ne connaissait pas moins
bien l'espèce de gens auxquels il avait affaire, et la nature d'arguments qui pouvait les influencer. Le plus re-
muant de ses voisins malveillants s'étant permis sur lui
une observation outrageante qui lui vint aux oreilles, il
n'en fit ni une ni deux et lui envoya un cartel. Le défi
fut accepté, et au premier feu il logea une balle en plein
cœur de son adversaire. Depuis ce temps, ses voisins,
sans l'aimer plus qu'auparavant, ménagèrent leurs propos et le laissèrent mener sa barque à sa guise sans le
gêner aucunement.

Le major Thornton n'avait pas été élevé pour l'état de planteur : de là venait peut-être qu'il s'écartait si fort de la routine habituelle et ne faisait rien comme ses voisins. Il était de bonne famille, comme l'on dit en Virginie, mais son père mourut quand il était encore enfant, et lui laissa très-peu de biens. Il entreprit d'abord un tout petit commerce de campagne. En peu d'années son intelligence réelle, son économie, le soin qu'il mit à ses affaires, lui valurent des bénéfices considérables. En Virginie, le négoce n'est point tenu pour *respectable*; il ne l'était pas, du moins, à l'époque où je me reporte, et quiconque veut se faire une position vise à être propriétaire. Vers le temps où M. Thornton, devenu assez riche, jugea le moment venu d'échanger son trafic contre une plantation, le propriétaire d'Oakland, ayant déjà mangé deux bons domaines en chevaux de luxe, chiens et toutes sortes de débauches, se vit contraint de mettre en vente cette dernière propriété. Le major Thornton en devint l'acquéreur; mais le domaine qu'il acheta était bien différent de celui que je vis. Les bâtiments, vieux et laids, tombaient de toutes parts en ruine et ne valaient même plus la réparation; les terres étaient à moitié ruinées par le système épuisant qui prévaut dans tous les États à esclaves de l'Amérique du Nord.

Très-peu d'années après que la propriété eut passé dans les mains du major Thornton, elle n'était plus reconnaissable. Les vieux bâtiments, mis à bas, étaient remplacés par de neufs. Les terres voisines de l'habitation étaient closes et embellies. Sous l'influence d'un aménagement habile, le fonds reprenait rapidement son ancienne fertilité. Les planteurs de naissance, dont l'habitation n'était guère dans un moins fâcheux état que la terre d'Oakland, avant d'être achetée par M. Thornton, voyaient avec étonnement et envie cette métamorphose, à laquelle ils ne pouvaient rien comprendre. Leur voisin, le major, ne faisait point mystère de son procédé, car il était d'humeur très-causeuse, surtout s'il avait occasion de parler de lui et de son système de culture. Mais il eut beau expliquer toute l'affaire par le menu, au moins une dizaine de fois, à chacun de ses voisins, il ne fit point de prosélytes. Il avait trois thèses favorites, et il échoua en toutes trois. Il ne put jamais persuader à ses voisins qu'un semis de trèfles était le vrai moyen de relever un fonds ruiné ; qu'un autre vrai moyen d'avoir un domaine bien dirigé était de le conduire soi-même ; et enfin, que nourrir ses esclaves était la plus sûre méthode de les empêcher de piller les champs et de dérober les moutons.

Mais si le major Thornton ne réussit point à faire école, il n'en continua pas moins à se gouverner selon ses idées. Ce fut surtout dans le maniement des esclaves qu'il se montra novateur. « Un homme qui a de la bonté, disait-il, en a pour ses bêtes ; » et, n'ayant point été élevé sur une plantation, il se révoltait à l'idée de traiter ses esclaves pis qu'il n'eût traité ses chevaux. « Il peut vous convenir, colonel, disait-il un jour à l'un de ses voisins, de lier un nègre et de lui donner de votre main quarante coups de fouet ; vous avez été élevé à cela et cela vous est très-aisé ; mais, si bizarre que cela puisse vous paraître, j'aimerais mieux être fouetté moi-même que de fouetter un esclave ; et, quand j'y suis forcé, le grand point, pour moi, est de fouetter le moins possible. C'est la principale raison qui fait que je n'ai pas de contre-maître ; car, une peau de vache et une paire d'entraves, voilà toute la science de vos contre-maîtres. Ils n'ont ni le désir ni le bon sens de chercher une meilleure voie — le diable les emporte tous ! Chacun, vous le savez, a ses bizarreries. La mienne est de détester le son du fouet, et de n'en vou-

loir pas entendre un sur mes plantations, ne fût-ce qu'un
fouet de charretier ! »

Ce discours du major Thornton contenait tout l'abrégé
de son système. Il était ce que tout propriétaire d'esclaves est obligé d'être, un tyran. Il n'avait aucun scrupule
de faire travailler ses semblables à son profit, et ceci est
certainement une tyrannie au premier chef. Mais, quoique tyran, comme tous les propriétaires d'esclaves, il
était du moins raisonnable, et, autant que possible, humain, ce que ne sont ni ne peuvent être l'immense majorité de ses pareils. Il n'avait pas plus envie de renoncer
à ce que lui et la loi nommaient son droit de propriété
sur les esclaves que d'abandonner sa terre au premier
venu. Si on lui eût parlé d'émancipation, ou seulement
de limitation de ses pouvoirs, il n'eût pas été le dernier
à déclarer cette prétention une absurdité ridicule, une
atteinte coupable à « ses droits les plus sacrés. » Mais,
bien qu'en théorie il revendiquât toute l'autorité et toutes
les prérogatives d'un despotisme sans limites, dans la
pratique il faisait preuve d'assez d'humanité et de sens
droit, deux qualités très-rares chez le planteur dans ses
rapports avec ses esclaves, et dont, s'il les possède,
l'exercice lui est excessivement difficile.

Ces dons particuliers l'avaient conduit à une découverte entièrement neuve pour son voisinage, du moins à
cette époque (j'espère que depuis elle s'est un peu vulga-
risée) : à savoir que les esclaves ne peuvent travailler
sans manger, et qu'il n'est pas moins essentiel de les
nourrir, de les abriter, de les soigner, en un mot, que de
donner de l'avoine et une écurie au cheval. « Mangez
bien et travaillez bien ! » était la devise du major Thornton, devise qu'il fallait aller en Amérique pour entendre
traitée de générosité déraisonnable et superflue.

Quant au fouet, suivant sa propre expresion, M. Thornton ne pouvait pas le supporter. Ce n'est pas qu'il révoquât en doute son droit d'en user, car je l'entendis un jour dire à un ministre méthodiste, qui avait voulu hasarder une observation sur ce point délicat, qu'il avait aussi bien le droit de fouetter un esclave que d'avaler son dîner; mais enfin, soit instinct d'humanité, soit tout autre motif, toujours est-il que M. Thornton, à moins d'être bien en colère, ne se servait point du fouet. Pendant tout le temps qu'il fut mon maître, c'est-à-dire près de deux années, je n'ai pas mémoire de plus d'une demi-douzaine d'exécutions de ce genre. Si l'un de ses esclaves se rendait coupable d'un délit réputé grave dans cette condition spéciale, tel que vol répété, tentative de fuite, indolence, paresse, insubordination, le major Thornton l'envoyait vendre. Par une étrange, mais très-commune inconséquence, cet homme si humain, qui ne pouvait pas voir fouetter un esclave sur ses plantations, n'éprouvait aucun scrupule de l'arracher des bras de sa femme et de ses enfants, et de le mettre en vente, au risque de le faire tomber dans les mains de quelque maître barbare!

L'idée d'être vendus était toujours devant nos yeux, et elle était plus efficace que n'est le fouet ailleurs, pour nous forcer au travail et à la soumission. Nous savions fort bien qu'il y avait peu de maîtres comme le major Thornton; et la perspective d'échanger nos propres et jolis cottages, notre ration abondante, nos fournitures régulières de vêtements, toute l'indulgence, tout le confort général dont on jouissait à Oakland, contre le traitement et la triste chère qui nous attendaient chez le commun des propriétaires, nous faisait plus d'effet qu'un nombre illimité de coups de fouet. M. Thornton le savait bien et prenait soin d'entretenir cette salutaire terreur par une exécution ou deux de cette nature qu'il accomplissait par an.

Il avait l'art d'exciter notre émulation par de petits prix ou présents ; il avait le scrupule de ne rien réclamer de nous, notre tâche faite, et nous tenait en joie, en nous laissant après l'ouvrage, être nos maîtres, aller où bon nous semblait, faire tout ce qu'il nous plaisait. Nous ne nous aventurions, cependant, qu'avec réserve sur les plantations voisines ; car, par une magnanimité bien digne de propriétaire d'esclaves, quelques-uns des voisins du major Thornton épanchaient leur ressentiment contre lui, en saisissant toutes les occasions qui pouvaient s'offrir de maltraiter ses esclaves. Et, à ce propos, je raconterai un épisode où je fus moi-même mêlé et qui sera, en même temps qu'un spécimen curieux des mœurs virginiennes, une preuve de cette vérité que je ne crois pas contestable, à savoir : que, là où les lois tendent à l'oppression de la moitié de la population, elles sont rarement respectées par l'autre moitié.

L'un des plus proches voisins du major Thornton était un capitaine Robinson, avec qui il avait de fréquentes altercations. Je passais un dimanche sur la grande route, près d'Oakland, lorsque je rencontrai le capitaine Robinson à cheval, suivi d'un domestique. Il m'arrêta et me demanda si ce n'était pas moi qui, la veille, lui avais porté un message « de ce damné coquin de Thornton, » relativement aux clôtures des bas terrains. Je lui répondis qu'en effet je lui avais porté, la veille, un message pour les clôtures, et que je l'avais remis à son contre-maître.

« Joli message, sur ma foi ! s'écria-t-il. Savez-vous bien, drôle, que si mon contre-maître en eût connu le contenu, il vous eût désabillé sur place et vous eût donné quarante coups de fouet pour la peine ? »

Je lui fis observer que je m'étais borné à rendre le message confié par mon maître, et que je ne pouvais pas être si répréhensible pour cela.

« Taisez-vous, taisez-vous, infernal coquin ! me dit-il. Je vous apprendrai à vous et à votre maître ce que c'est que d'insulter un gentleman. Tom, tenez-le-moi, que j'époussette un peu la jaquette neuve de ce drôle ! »

En conséquence de cet ordre, le Tom du capitaine sauta à bas de cheval, et me saisit à bras-le-corps ; mais, comme je me défendais énergiquement et n'étais pas le plus faible, je m'en serais tiré sans peine si le maître, mettant à son tour pied à terre, ne fût venu en aide à son domestique. Deux contre un, c'était trop, et, ayant réussi à me terrasser, ils m'ôtèrent mon habit et me lièrent les mains. Le capitaine Robinson remonta à cheval, et me battit jusqu'à en user sa cravache. Sa fureur ainsi assouvie, il piqua des deux, suivi de Tom, sans même prendre la peine de me délier les mains. Quand ils furent partis, je cherchai mon habit et mon chapeau ; je ne les trouvai plus : était-ce le domestique ou le maître qui les avait emportés ? je n'ai jamais pu le savoir. Je suppose néanmoins que ce fut le premier, car je me rappelle bien avoir vu ce même Tom, quelques semaines après, se carrant à un prêche méthodiste avec un habit bleu qui ressemblait au mien d'une façon extraordinaire.

Lorsque mon maître apprit ce qui s'était passé, il eut un furieux accès de colère. Son premier mouvement fut de monter à cheval et d'aller demander une explication au capitaine Robinson ; mais il se souvint que la cour du comté devait se réunir le lendemain, et qu'il y avait affaire. Il aurait ainsi l'occasion de consulter son homme de loi ; et, après y avoir un peu réfléchi, il pensa qu'en effet il fallait ajourner la démarche jusqu'à plus ample éclaircissement de son droit.

Il m'emmena le lendemain, et nous nous rendîmes

chez l'homme d'affaires, auquel je contai l'aventure et à qui le major Thornton demanda quelle satisfaction lui accordait la loi.

L'avocat répondit que, dans ce cas, la loi était très-claire et la répression parfaitement suffisante.

« Il y a des gens, continua-t-il, qui, faute de connaître la matière, prétendent que, dans les pays à esclaves, la loi ne protége pas la personne de l'esclave contre les violences des hommes libres, et qu'un blanc peut fouetter n'importe quel nègre, suivant son bon plaisir. C'est une grande erreur, sinon une fausseté volontaire. La loi ne permet rien de semblable. Elle étend l'égide de sa protection également sur les nègres et sur les blancs. Sous ce point de vue, la loi n'admet aucune distinction. Si un homme libre est maltraité, il a son action en dommages contre l'offenseur ; si c'est un esclave, son gardien et son protecteur légal, qui est son maître, intente l'action en dommages pour lui. Donc, major Thornton, votre affaire contre le capitaine est excellente, et je crois pouvoir vous promettre un verdict entièrement favorable à votre requête. Vous êtes, je suppose, en mesure de prouver tous ces faits ?

—Prouver ? je le crois bien ! dit mon maître ; voici Archy lui-même qui vous a raconté toute l'histoire.

— Oui, mon bon monsieur ; mais vous oubliez qu'un esclave n'est pas admis à témoigner contre un homme blanc.

— Et que me fait votre loi, alors ? s'écria le major Thornton. Archy était seul quand le capitaine s'est emparé de lui pour le battre, ainsi qu'il vient de vous le dire, et vous ne le supposez pas assez fou pour mettre en cause un homme libre, uniquement pour le plaisir de témoigner contre lui. Quoi ! monsieur, malgré la protection de cette loi, que vous faites sonner si haut, je puis avoir mes gens battus par ce Robinson tous les jours que Dieu fait, et je n'en aurai pas satisfaction! Le diable emporte votre loi!

— Mais, mon cher monsieur, répondit l'avocat, considérez le grand danger et les inconvénients palpables d'admettre les esclaves à être témoins.

— Vous avez raison, dit mon maître avec un sourire ironique, je crois en effet que cela aurait beaucoup d'inconvénients pour quelques-uns de mes voisins, beaucoup d'inconvénients, sans doute! Enfin, monsieur, puisque la loi ne peut me donner la réparation qui m'est due, j'y pourvoirai donc moi-même; je ne puis pas laisser traiter mes gens ainsi. Je cravacherai ce polisson de Robinson en pleine face. »

Mon maître se leva à ces mots, et quitta le cabinet de l'homme de loi. Je le suivis. A peine avions-nous fait quelques pas dans la rue, que l'occasion de mettre à exécution sa menace se présenta : nous rencontrâmes le capitaine Robinson, qui, à ce qu'il paraît, avait aussi affaire à la cour du comté. Mon maître ne perdit pas le temps en paroles, et, fondant sur lui, lui cingla les épaules avec sa cravache. Le capitaine Robinson saisit un pistolet; mon maître, lâchant sa cravache, en saisit un de son côté. Le capitaine fit feu sur lui, mais sans l'atteindre. Mon maître mit alors en joue le capitaine, mais celui-ci lui cria qu'il était désarmé, et de ne pas faire feu. Le major Thornton hésita un instant, et abaissa son arme. Pendant ce temps, la foule s'était rassemblée autour de nous, et un ami du capitaine lui tendit un pistolet chargé. Les combattants se visèrent de nouveau, et firent feu ensemble. Le capitaine Robinson tomba grièvement blessé. Sa balle manqua mon maître, alla traverser d'outre en outre un homme de couleur libre, la seule des personnes présentes qui eût tenté de séparer les champions. Le pauvre diable tomba mort, et le populaire, tout d'une voix, déclara que c'était bien fait, attendu qu'un « chien d'homme libre » comme lui n'avait pas besoin de se mêler aux querelles des gentlemen.

Les amis du capitaine Robinson le ramassèrent et l'emportèrent au logis. Le major Thornton et moi quittâmes, d'autre part, en triomphe, le champ de bataille, et l'affaire en demeura là. De telles collisions sont très-fréquentes, mais le grand jury en entend rarement parler. Quant au vainqueur, il est sûr de grandir dans la faveur et dans l'estime publiques.

CHAPITRE XV.

On pensera peut-être qu'étant tombé chez un maître comme le major Thornton, et n'ayant rien à faire qu'à manger et à travailler, j'étais heureux.

Si j'eusse été un cheval ou un bœuf, cette idée ne manquerait pas de vraisemblance; mais, malheureusement pour moi, j'étais un homme, et les appétits animaux ne sont ni l'unique mobile des actions humaines, ni la seule source de notre félicité ou de nos maux.

Il est certain que la majeure partie des esclaves du major Thornton, doués sans doute de peu de sensibilité native et abrutis par une vie de servitude, semblaient très-enchantés de leur destinée. C'était là l'espèce de gens qu'affectionnait M. Thornton; sous ce rapport, il était de l'avis de tous ses voisins : plus un esclave est stupide, plus le maître en fait généralement cas. Celui qui donne, au contraire, quelques gages de capacité est

universellement réputé un sujet dangereux et un vaurien.

Je m'aperçus promptement de la prédilection du major pour les imbéciles, et m'étudiai à lui plaire en cette
qualité. En peu de temps je fus son favori, et le goût
qu'il prit pour moi me valut d'être l'esclave le plus doucement traité de l'habitation. Mais cela ne me rendait
point heureux.

Le bonheur humain, à très-peu d'exceptions près, ne
consiste pas dans la jouissance, mais dans la perspective et la poursuite. Ce n'est point ceci ou cela qui peut
assurer le bonheur ; pour qui les possède, richesses,
gloire, puissance ne sont rien : c'est le plaisir de l'entreprise et de la lutte, c'est la difficulté d'y atteindre qui
constituent le bonheur, dont on les suppose à tort la
source.

Les moralistes, qui ont fait tant d'homélies sur le devoir
du contentement de l'âme, ont montré une extrême ignorance de la nature humaine. Il n'est pas de situation si
brillante qui, par elle seule, puisse rendre l'homme longtemps heureux ; et, d'autre part, il n'est pas de condition
si infime dont l'espérance raisonnable de s'élever ne
puisse être la compensation suffisante. L'esprit humain
est ainsi fait, et nous donne l'explication de mille phé-
nomènes moraux qui, sans cette clef, nous semblent
pleins de contradictions et de mystères.

Bien que les hommes aient des ambitions diverses,
tous sont poussés et soutenus par un mobile unique, qui
est l'espoir du succès. Pour satisfaire l'un, il ne faut rien
moins que l'influence, la renommée, le pouvoir : le lau-
rier et le myrte enlacés. Un autre s'estimera heureux s'il
peut sortir d'une pauvreté abjecte et s'élever à une position sortable. Un troisième voudra être le premier dans
son village et l'oracle de son district. Combien ces visées

sont différentes! Pourtant, le ressort qui les meut est le même : l'amour de la supériorité sociale. Celui à qui les circonstances permettent de suivre l'impulsion intime de sa nature et de parcourir heureusement ou non, peu importe, mais avec une certaine chance de succès, la voie qu'il préfère, peut être regardé comme jouissant de toute la somme de bonheur qu'admet la faiblesse humaine. Au contraire, l'homme dont le destin, le hasard, quelque influence contraire, étouffe et comprime les instincts, les désirs, quel que soit d'ailleurs son sort matériel, est un malheureux condamné à la douleur et vraiment digne de pitié. Pour le premier, la peine même est un plaisir : c'est un chasseur que la vue du gibier transporte et rend insensible à la fatigue ; l'ardeur le contient, l'espérance l'entraîne. Ces jouissances-là, le second les ignore ; pour lui, la vie n'a plus de but : le repos lui est fastidieux et le travail intolérable.

Ceci n'est point un hors-d'œuvre ; si l'on a pris la peine de lire le paragraphe qui précède, on comprendra comment, même sous un maître comme le major Thornton, je n'avais ni joie ni plaisir.

Il est vrai que j'étais bien nourri, bien vêtu et ne travaillais pas trop fort. Sous ce dernier rapport, comme disait mon maître avec une certaine fierté et non pas, certes, sans raison, j'en ai souvent fait l'expérience, ma condition était meilleure que celle de beaucoup d'hommes libres. Mais une chose me manquait qu'ont les hommes libres, et c'en était assez de cette lacune pour me rendre à jamais misérable : je n'avais pas la liberté, la liberté de travailler pour moi-même et non pour un maître ; de suivre ma voie, au lieu de pâtir à son bénéfice et à son ordre : cette liberté allége les plus lourds fardeaux. Il connaît bien peu la nature humaine, celui qui n'a pas découvert que l'homme aime mieux geler et être

affamé à sa guise qu'être nourri, habillé et travailler à
contre-cœur.

J'étais malheureux, car je n'avais aucun sujet d'espérance ni de raisonnable désir. J'étais esclave, et les lois
ne m'ouvraient aucune chance d'émancipation. Tous les
efforts du monde n'eussent pu améliorer ma condition;
tous les efforts du monde n'eussent pu m'empêcher de
retomber, demain peut-être, au pouvoir d'un nouveau
maître aussi déraisonnable et aussi inhumain que peut
l'être un homme voué aux mauvaises passions, dont le
cœur est impitoyable. L'avenir ne m'offrait que chances
défavorables; je pouvais, comme tant d'autres, périr de
froid, ou de faim, ou d'une balle, ou bien encore sous le
fouet, être pendu, peut-être, sans juges ni jury. Mais
l'améliorer ma condition, je n'avais ni possibilité ni
espoir. J'étais un prisonnier à vie, pour le moment ne
manquant pas de nourriture ni d'habits, mais sans la
moindre perspective de libération. Susceptible, de plus,
à tout instant, de changer de propriétaire, de souffrir de
la faim et du froid, de trembler quotidiennement sous le
fouet, j'étais déshérité de toutes ces espérances et de
tous ces désirs qui sont le principal mobile de l'action
humaine. Je ne pouvais pas songer à posséder jamais
une chaumière, si humble qu'elle fût, mais ma propriété;
un seul acre de terre, nu, stérile peut-être, mais
m'appartenant en propre. Je ne pouvais ni me marier
(pauvre Cassy!) ni avoir des enfants dont, plus tard,
l'affection eût été la consolation et le soutien de ma
vieillesse. Mes enfants, arrachés des bras de leur mère,
pouvaient être vendus au marchand d'esclaves; la mère
pouvait avoir le même sort, et moi rester seul, désolé,
vieux et sans appui. Tout ce qui affermit le bras de
l'homme libre et réjouit son cœur n'existait pas pour
moi. Je travaillais, mais pour éviter le fouet; le manque

d'initiative m'énervait, et chaque coup de bêche me coûtait un nouvel et pénible effort.

Il faut le dire aussi : l'humanité, ou, pour mieux dire,
l'intelligence de ses propres intérêts qui distinguait
M. Thornton, en épargnant à ses esclaves les misères de
la faim et de la nudité, exposait ceux d'entre eux que
l'ignorance et la servitude n'avaient pas complétement
abrutis, à d'autres et non moins cruelles souffrances. Si
nous n'avions été qu'à moitié nourris et demi-nus,
comme les esclaves des habitations voisines, comme eux,
du moins, nous eussions eu l'excitation au pillage; nous
aurions eu quelque moyen de développer nos facultés
dans un intérêt propre, en combinant des plans et stratagèmes pour accroître nos portions congrues par le vol.

Mais la maraude était peu en honneur à Oakland;
l'appât en était trop minime et le risque trop grand, car,
si l'on était pris, on était sûr d'être vendu. Nous n'avions
pas besoin d'argent; qu'en eussions-nous fait? nous
avions le couvert et la nourriture à souhait. Le whisky
était la seule jouissance qui nous manquât, et nous
étions assez riches pour nous en procurer sans recourir
au vol. Le major Thornton nous allouait à chacun une
petite pièce de terre, c'est l'habitude partout; mais, ce
qui ne l'est pas, c'est de nous allouer, comme faisait le
major, le temps de la mettre en culture. Il stimulait
d'ailleurs notre industrie agricole en nous achetant nos
produits, non pas, comme partout, à un prix dérisoire,
mais à leur valeur vraie, au cours du jour.

Je regrette d'avoir à le dire, mais il est trop vrai que
les gens du major Thornton, comme tous les esclaves
qui en ont le moyen et l'occasion, s'adonnaient à l'ivro-
gnerie. Notre maître avait soin seulement que le whisky
ne nuisît point à la besogne. S'enivrer avant la fin de la
tâche était chez lui un délit grave. Mais, après la journée

de travail, nous avions la liberté de boire tout notre soûl, pourvu que nous fussions sur pied le lendemain, de grand matin. Le dimanche n'était pour nous qu'une grande orgie.

Jusqu'à ce jour, j'avais rarement bu ; mais, à Oakland, je commençai de rechercher avidement tout ce qui pouvait soutenir mes esprits défaillants, relever mon âme engourdie. Le whisky remplissait assez bien cet objet. Dans cette espèce de dilatation mentale que détermine l'ivresse, dans cet oubli du passé et du présent, dans cet éphémère rayon dont elle pare l'avenir, je trouvai un délire que je me hâtai de renouveler et dont bientôt je fus incapable de me passer. La réalité ne m'apparaissait que sombre, menaçante, lugubre ; l'action m'était interdite, le désir défendu, l'espérance enlevée. Je fus contraint d'en appeler aux illusions et aux rêves. L'ivresse, qui abaisse l'homme libre au niveau de la brute, élève au contraire ou du moins semble élever l'esclave à la dignité d'homme. Elle devint bientôt mon seul plaisir, et je m'y livrai avec excès. Chaque soir, mon travail fini, je m'enfermais tête à tête avec ma bouteille. Je buvais solitairement ; car, bien qu'aimant l'excitation de l'ivresse, j'en sentais fort bien le côté bestial et la frénésie insensée, et je craignais d'en montrer en ma personne le spectacle à mes compagnons d'infortune. Mais ma précaution fut plus d'une fois vaine. Dans le délire de l'ébriété, il m'arrivait d'oublier mes résolutions, de tirer les verrous que j'avais soigneusement assujettis, et d'aller me mêler à la réunion que je désirais éviter.

Un dimanche, entre autres, j'avais bu au point de n'avoir plus conscience de mes actions ni de moi-même. J'avais quitté le logis et m'étais mis en quête de compagnons avec qui continuer la débauche et en accroître la surexcitation. Mais j'étais incapable de distinguer seulement un objet d'un autre, et, après avoir cheminé, chancelant, à quelque distance, je me laissai tomber à terre, presque privé de sens, sur la route carrossable qui conduisait à la maison du major.

J'étais déjà un peu remis et cherchais à rassembler mes esprits et à me rendre compte du lieu où j'étais, lorsque je vis mon maître à cheval, sur la route, avec deux autres gentlemen. Ils étaient comme lui en selle, et, malgré l'ivresse, je vis du premier coup d'œil que leur état différait assez peu du mien. La titubation de leur allure à cheval était chose vraiment plaisante, et je m'attendais à toute minute à les voir désarçonnés. Je faisais ces observations tout en gisant sur le chemin, sans avoir conscience du lieu ni du danger assez grave où j'étais d'être foulé aux pieds.

Avant de m'avoir aperçu, ils étaient déjà tout près de moi. Pendant ce temps je m'étais mis sur mon séant, et les compagnons ivres de mon maître eurent la fantaisie de me sauter comme une haie. Le major Thornton fit ce qu'il put pour les en empêcher; il réussit à arrêter l'un des deux, mais ne put saisir à temps la bride du cheval de l'autre, et celui-ci, jurant que le jeu était trop joli pour qu'on y renonçât, donna de l'éperon à son cheval et voulut exécuter le saut.

Mais le cheval ne goûta pas cette nouvelle espèce de sport. En arrivant sur moi, il se cabra et jeta par terre son cavalier ivre. Les deux autres, mettant pied à terre, s'empressèrent au secours de cet ivrogne. Il n'était pas encore bien sur ses pieds qu'il commença à débiter au major Thornton un grave sermon sur l'inconvenance de permettre aux esclaves de se griser et de se coucher sur les plantations, sur les routes en particulier, pour effrayer les chevaux des gentlemen et casser le cou à ceux-ci. « C'est à vous, dit-il, que je parle, major

Thornton , qui prétendez être notre modèle à tous. Si vous étiez sage, chaque fois qu'un de ces drôles a l'insolence de se griser, vous lui feriez donner quarante coups de fouet. C'est ainsi que j'en use ! »

Mon maître aimait tant à prêcher sa méthode d'exploitation et sa discipline particulière , qu'il ne s'inquiétait pas toujours de savoir si ses adeptes étaient en état de l'entendre. L'occasion suivante était trop belle pour qu'il la manquât, et, se frottant les mains, il dit avec un demi-sourire et beaucoup de sagacité :

« Mais, mon cher monsieur, vous savez que l'une des parties de mon programme est de laisser mes esclaves boire tant qu'ils peuvent, pouvu que cela ne nuise point à leur travail. Pauvres diables ! cette habitude les empêche de songer à mal et les rend bientôt si stupides, qu'un enfant les conduirait. » Ici il fit une courte pause, et, de l'air d'un homme qui pose un argument sans réplique, continua ainsi : « D'ailleurs, si l'un de ces ivrognes s'avise de prendre la fuite, la première chose qu'il fait en s'en allant est de boire, et on le rattrape bien vite ! »

Bien que je fusse encore, par l'effet du whisky, hors d'état de me mouvoir, j'étais assez remis cependant pour comprendre ce que disait mon maître ; et il n'eut pas plutôt fini, que, tout gris que j'étais, je pris la résolution de ne plus boire de ma vie. Je n'étais point encore assez abruti pour consentir à être moi-même l'instrument de ma propre dégradation. Ma résolution fut bien prise, et j'ai rarement touché à un spiritueux depuis ce jour.

CHAPITRE XVI.

L'esclave est soumis, comme tous les autres hommes, aux disgrâces du hasard, aux caprices de la fortune. Mais ce qui le distingue des autres hommes, c'est qu'il n'a pas la ressource de lutter contre la mauvaise chance. Il est littéralement pieds et poings liés, et ses souffrances sont décuplées par l'amertume de cette pensée qu'il ne peut s'aider lui-même, tenter aucun effort pour échapper au coup qui menace sa tête. Cette idée d'entière impuissance est la plus désolante qui soit au monde : elle est la sœur du désespoir !

Le major Thornton, à la suite d'excès de travail compliqué de certaines imprudences, fut atteint d'une fièvre qui en peu de jours prit un caractère alarmant. Il y avait nombre d'années qu'il n'avait été malade. Le danger qu'il courait causa à Oakland non-seulement l'inquiétude, mais l'effroi. Chaque matin et chaque soir nous accourions autour de la maison pour savoir des nouvelles de notre maître. Nos cœurs et nos visages étaient tristes quand on nous répondait invariablement par le terrible : « Il ne va pas mieux ! » Les femmes, particulièrement, avaient toujours été traitées à Oakland avec les égards dus, mais si peu accordés, à leur faiblesse et à leur sexe. On vit, à l'occasion de cette maladie, de quelle gratitude est plein le cœur d'une femme quand on la traite bien, et à combien peu de frais on peut acheter son dévouement et son affection. Il n'y en avait pas une seule sur l'habitation qui n'eût à cœur de contribuer par un moyen quelconque à l'allégement des souffrances de notre maître. Toutes s'acquittaient à l'envi des soins les plus répugnants ; et si jamais homme fut entouré des attentions les plus vigilantes et les plus tendres, ce fut bien le major Thornton. Mais tous nos empressements, toutes nos sympathies, tout notre chagrin et toutes nos craintes furent de peu d'effet. La fièvre sévissait sur le patient avec une irrésistible fureur, et semblait trouver chaque jour un nouvel aliment dans la forte constitution du malade ; cet aliment épuisé, ce fut l'affaire de dix jours : mon maître cessa d'exister.

En apprenant sa mort, nous nous entre-regardâmes en silence dans une consternation profonde. Une famille d'orphelins sans appui, que la mort fût venue séparer de son dernier auteur, n'eût pas été plus désolée. Les hommes pleuraient, les femmes poussaient des cris aigus, désespérés ; la vieille nourrice du major, en particulier, ne voulait entendre à aucune consolation. Elle n'avait que trop raison de se lamenter. A la mort du père de son maître, elle avait été vendue avec les meubles et immeubles du défunt, au profit des créanciers ; mais le major Thornton l'avait rachetée depuis sur ses premières économies, l'avait mise à la tête de sa maison, et l'avait toujours traitée avec la plus tendre affection : aussi la vieille femme l'aimait-elle comme son enfant et pleurait-elle « son cher fils Charley, » comme elle l'appelait avec toute la pathétique énergie d'une mère à la fois privée de son époux et du cher fruit de ses entrailles.

Nous assistâmes tous aux obsèques et suivîmes notre maître à sa dernière demeure. Le bruit sourd de la terre tombant sur le cercueil nous retentit dans l'âme à tous, et quand la triste cérémonie fut terminée, nous

demeurâmes autour de la tombe et pleurâmes. Notre
chagrin était sincère ; on peut m'en croire, car c'était
sur nous-mêmes que nous pleurions.

Le major Thornton, qui n'était pas marié, ne laissait
pas d'enfant auquel la loi reconnût le droit de lui succéder. J'ignore s'il avait eu l'intention de tester : la
soudaineté de sa mort l'en empêcha en tout cas, et son
bien passa à une troupe de cousins pour lesquels je crois
qu'il n'avait pas grande affection. Je n'en avais jamais
vu un à Oakland, et, de mémoire d'esclave, aucun de ces
collatéraux n'avait rendu visite au défunt. Ce fut ainsi
que nous devînmes la propriété d'étrangers qui ne nous
avaient jamais vus et que nous ne connaissions pas.

Ces héritiers légaux étaient aussi pauvres que nombreux, et naturellement fort empressés de convertir en
argent la propriété afin d'arriver au partage dans le plus
bref délai possible. Un ordre de la cour, ou n'importe
quelle autre légale autorisation, fut bientôt obtenu, et la
vente des esclaves affichée pour avoir lieu en la maison
où siégeait la cour du comté. L'agent chargé par intérim
de la gestion du domaine le fut aussi de toutes les formalités indispensables. On jugea convenable de ne pas
nous instruire de ce qui allait se passer, et le secret en
fut scrupuleusement gardé, dans la crainte que quelqu'un
de nous ne s'enfuît.

La veille du jour fixé pour la vente, on nous réunit.
Les hommes et les femmes valides furent enchaînés les
uns aux autres, et on leur mit les menottes. Quelques
vieilles gens et les enfants en bas âge furent chargés sur
une charrette. Le reste, hommes, femmes et enfants,
fut poussé en avant, pêle-mêle comme un bétail. Trois
gaillards à cheval, munis du long fouet d'usage, faisaient à la fois l'office de gardiens et de conducteurs du
troupeau.

Je n'essayerai pas de décrire notre affliction, je ne ferais que répéter une histoire bien connue. Qui n'a pas ouï parler des marchés d'esclaves dont la côte d'Afrique est le théâtre ? Quel est le cœur qui n'a saigné à la peinture du désespoir et de la terreur des victimes qu'on sépare de leurs enfants ? Notre cas était analogue. Beaucoup d'entre nous étaient nés et avaient grandi à Oakland, et tous le regardaient comme leur propre *home*, en même temps que comme un refuge où nous avions toujours échappé aux insultes et aux attaques gratuites. On nous arrachait de cet asile sans nous donner un instant pour nous préparer à cet exil ; on nous conduisait, enchaînés, au marché d'esclaves, pour être adjugés au plus offrant et dernier enchérisseur.

Devait-on s'étonner de notre peu d'empressement à marcher ? Eussions-nous quitté Oakland de notre plein gré, en quête de notre propre fortune, nous n'aurions pu d'un coup briser les liens qui nous attachaient, par le souvenir et la reconnaissance, à ce domaine. Que devait donc être notre chagrin de le quitter dans de telles conditions ?

Mais les pleurs des hommes, et les clameurs des femmes, et les cris d'épouvante des malheureux enfants, étaient absolument non avenus. Nos conducteurs, faisant claquer leurs fouets, se moquaient de toutes nos lamentations. Notre triste procession s'avançait lentement, et plus d'un regard de douleur fut jeté, durant cette marche, sur les lieux que nous quittions. Nous ne parlions pas, et nos tristes pensées n'étaient interrompues que par les blasphèmes, les cris et le gros rire de ceux qui dirigeaient le troupeau.

Nous passâmes la nuit sur la route, nos conducteurs dormant et faisant le guet tour à tour. Le jour suivant, nous fûmes rendus à la cour du comté, et, à l'heure dite, l'adjudication commença. La réunion était peu nombreuse et les amateurs ne paraissaient pas très-chauds. Beaucoup des voisins de notre dernier maître étaient présents. L'un d'eux fit observer bien haut que nous étions, en général, d'assez robustes gaillards, mais que, pour sa part, il se souciait fort peu d'acheter n'importe lequel des esclaves de Thornton, attendu que ce maître nous avait tellement gâtés par sa déraisonnable indulgence, qu'un seul de nous suffirait pour jeter le mécontentement et le trouble dans tout un pays. Ce discours, très-applaudi, produisit l'effet que l'auteur en attendait. Le commissaire-priseur fit son métier en conscience, et insista avec beaucoup d'éloquence sur notre saine, florissante et vigoureuse constitution. « Pour ce qui est des effets de l'indulgence exagérée dont on vous parle, ajouta-t-il, une sévère discipline et une bonne peau de vache en viendront promptement à bout : et, d'après ce que j'ai ouï dire des intentions de l'honorable préopinant, c'est lui-même qui compte acheter ces esclaves. »

Cette saillie du commissaire-priseur fit rire la compagnie sous cape ; mais l'enchère n'en fut pas beaucoup plus brillante. On nous adjugea à des prix très-modérés. La plupart des jeunes gens, des enfants et des femmes furent achetés par un marchand d'esclaves venu exprès. On eut beaucoup de peine à obtenir une mise quelconque sur les vieilles gens. La nourrice de M. Thornton qui, je l'ai déjà dit, avait été sa ménagère et une personne d'importance à Oakland, fut adjugée à raison de trente dollars. Elle fut achetée par un vieux drôle fort connu dans le pays pour son inhumanité envers les esclaves. Ce dernier hocha la tête quand le marteau du commissaire retomba sur la table, grimaça un sourire significatif, et dit qu'il espérait que la vieille pouvait encore tenir une houe ; ajoutant que, dans tous les cas, et n'importe comment, il en tirerait encore le travail d'un été. La pauvre femme avait à peine levé la tête depuis la mort de son dernier maître ; mais le dépit d'être vendue à si bas prix lui fit oublier tout, jusqu'à son chagrin, jusqu'au rude sort qui lui était réservé. Se tournant vers son acheteur, elle lui dit d'un air indigné qu'elle avait encore de la force et de la jeunesse, et lui assura qu'il avait fait le meilleur marché de toute la vente. Le vieux drôle se mit à rire silencieusement. Sa pensée était transparante : il était évident qu'il se proposait de prendre la pauvre vieille au mot.

Plusieurs des esclaves, vieux et décrépits, ne purent trouver d'acquéreurs. Ils ne valaient pas même l'enchère, et pas une âme ne misa. J'ignore ce qu'ils purent devenir.

Le marchand d'esclaves qui avait acheté le plus grand nombre des enfants refusa de miser celles des mères qui avaient passé l'âge de la fécondité. La séparation de ces mères d'avec leurs enfants fut une nouvelle scène de désolation et de misère. Les pauvres petits malheureux, arrachés la veille du lieu qui les avait vus naître, et maintenant enlevés aux mères qui les avaient portés et nourris, agitaient leurs petites mains et exhalaient un cri perçant, le désespoir de l'enfance. Les mères pleuraient aussi, mais leur désespoir était moins bruyant. Il y avait entre autres une vieille femme, mère, dit-elle, de quinze enfants. Une petite fille de dix ou douze ans était le seul qui lui restât : les autres avaient été vendus et dispersés et envoyés on ne sait où. Il s'agissait maintenant de perdre le plus jeune et le dernier. La petite fille s'attachait aux habits de sa mère avec une suprême épouvante, et ses cris eussent touché un cœur de pierre. Son nouveau maître la saisit, lui appliqua un coup de fouet, et lui ordonna de cesser « sa maudite criaillerie. » Le marchand d'esclaves a beau avoir les dehors du gentleman, il est au fond toujours le même atroce personnage, qu'il fasse son métier sur la côte d'Afrique ou dans « les anciennes possessions. »

Dès que notre nouveau maître eut complété ses achats, il se prépara à partir avec sa cargaison. Il était agent d'un commerce d'esclaves dont le principal entrepôt était situé à Washington, siége du gouvernement fédéral et chef-lieu des États-Unis de l'Amérique. C'est là qu'il se proposait de nous conduire. La totalité de ses emplettes se composait d'environ quarante esclaves, hommes, femmes et enfants, à peu près par égales proportions. Nous fûmes accouplés par des carcans de fer, que joignaient des chaînons de même métal, eux-mêmes reliés à une lourde chaîne, allant de l'une à l'autre extrémité de notre malheureuse bande. Chacun de nous avait en outre la main liée, par des menottes, à celle de son voisin de rang, et une autre chaîne s'adaptait à ce dernier lien. Nos carcans, avec les chaînons y adhérents, eussent pu suffire sans doute dans les occasions ordinaires ; mais notre nouveau maître avait tellement entendu dire aux voisins du major Thornton, présents à l'adjudication, que nous étions « de dangereux coquins, » qu'il avait jugé bon, dit-il, de n'omettre aucune garantie *raisonnable*.

La chaîne fut mise en mouvement. Nos acheteurs, assistés de deux ou trois sous-ordres, nous accompagnaient à cheval, armés de fouets, comme toujours. Le voyage fut lent, triste et des plus pénibles. Nous ne marchions guère de notre plein gré ; les pauvres enfants succombaient sous le double poids de leurs chaînes et d'une fatigue à laquelle ils n'étaient pas accoutumés, et nous étions tous défaillants, faute de nourriture, car notre nouveau maître était un homme très-rangé, qui dépensait le moins possible en voyage.

J'épargne au lecteur la triste monotonie du trajet et de nos souffrances. Qu'il suffise de dire qu'après bien des jours de marche nous traversâmes le large et majestueux Potomac, et arrivâmes de nuit dans la cité fédérale, je devrais dire plutôt dans le lieu où plus tard elle devait s'élever, car Washington, alors, n'était qu'un grand village éparpillé sur une vaste étendue de terrain, entrecoupé de champs déserts, envahi par les broussailles. On y pouvait pourtant pressentir les splendeurs d'une future métropole. Le Capitole, bien qu'inachevé, étalait ses spacieuses murailles aux clartés de la lune et promettait d'être ce qu'il est devenu, un magnifique édifice. On voyait des lumières aux fenêtres. Le congrès était peut-être en session. La vue de ce palais naissant me saisit d'une émotion profonde. « C'est ici, me dis-je, la tête d'un grand peuple ; c'est le lieu où sa sagesse concentrée s'emploie aux lois qui doivent assurer le bonheur de toute la communauté, lois justes et égales d'un peuple libre et d'une grande démocratie. » Comme je me livrais à ce soliloque mental, le carcan qui m'étreignait le cou frotta contre un endroit excorié par le contact du fer, et la douleur que j'en ressentis, le soubresaut involontaire et le bruit de chaînes qui en furent la conséquence, me rappelèrent « que ces lois justes et égales d'un peuple libre et d'une grande démocratie » étaient impuissantes à sauver un million d'hommes[1] des hor-

1. Il y a aux États-Unis près de trois millions et demi d'esclaves. Il convient peut-être d'ajouter que, d'après la constitution fédérale, le gouvernement général de l'Union n'a pas le droit de s'immiscer dans les questions d'esclavage qui intéressent les États. La législature de chaque État est seule juge de ces questions dans les limites des territoires provinciaux; toutefois, l'esclavage est toléré dans le district de Colombie, qui comprend la ville de Washington, sur la-

reurs de la servitude, et le claquement du fouet de nos conducteurs nous fit trop bien sentir que, même sous les murs du temple de la liberté, la plus brutale, la plus odieuse, la plus ignoble tyrannie ne rencontrait ni répression ni obstacle. Quelle liberté est-ce donc que celle dont le sanctuaire d'élection est un marché à esclaves ? Quelle liberté est-ce donc que celle qui tolère dans le propre palais législatif de la nation les insolentes bravades d'une aristocratie propriétaire d'esclaves ?

Nous montâmes la rue qui longe le Capitole et fûmes conduits à l'entrepôt de MM. Savage, Brothers et Cie, nos nouveaux maîtres. Un demi-acre de terrain, plus ou moins, était entouré d'un mur de douze pieds de haut, abondamment garni au sommet de pointes de fer et de tessons de bouteilles. Au centre de cet enclos était un petit bâtiment bas en briques, percé d'un petit nombre de fenêtres grillées, et fermé par une lourde porte amplement cadenassée et verrouillée. C'était l'établissement de MM. Savage, Brothers et Cie ; c'était le magasin où ils empilaient les esclaves qu'ils achetaient de temps en temps, jusqu'à ce qu'ils pussent les expédier en troupeaux, ou les embarquer pour le Sud. Ce n'était pas que MM. Savage, Brothers et Cie n'eussent le droit de se servir de la prison en commun avec les autres grands marchands d'esclaves de la ville ; mais, comme elle n'était pas assez vaste eu égard à l'importance de leurs opérations, ils s'étaient bâti une jolie petite prison particulière, placée sous la direction d'un véritable geôlier,

---

quelle le congrès a un droit exclusif de législation. Il faut espérer que l'atrocité et l'arrogance qui animent généralement les propriétaires d'esclaves n'empêcheront pas le peuple des États-Unis de leur rendre la justice qui leur est due, et d'abolir l'esclavage partout où la loi le permet.   (*Note de l'éditeur.*)

et fort peu différente de toutes celles où l'on enferme les malfaiteurs. Les esclaves pouvaient se promener le jour dans le préau ; mais, à la nuit tombante, ils étaient écroués pêle-mêle dans la prison. Cette geôle privée manquait d'espace et d'air : en revanche, on y empilait les gens par centaines. Pendant tout le temps que j'y passai, la chaleur et la mauvaise odeur furent insupportables, et la plupart du temps j'en sortais le matin avec une soif ardente et une fièvre intense.

Les États de Maryland et de Virginie réclament l'honneur d'avoir les premiers demandé l'abolition de la traite. Il est vrai qu'ils furent favorables à la mesure, et ils avaient de bonnes raisons pour cela. Ils s'acquirent un renom d'humanité par le même vote qui leur assura le monopole du commerce intérieur des esclaves, commerce qui lutte avec succès contre le trafic prohibé et poursuivi le long des côtes d'Afrique. Ils ont qualifié ce trafic de piraterie, tandis que la traite domestique florit au cœur de leurs territoires, où elle est regardée comme un juste, légal et honorable commerce.

Le district de Colombie, qui renferme la cité de Washington, et qui est situé entre les deux États ci-dessus désignés, est devenu, soit par l'avantage de sa situation, soit par toute autre circonstance, le centre de ces opérations de commerce de chair humaine. C'est un honneur que, toutefois, il partage avec Richmond et Baltimore, les chefs-lieux de Virginie et de Maryland. Les terres de ces deux États ont été ruinées par le misérable et inefficace système de culture qui prévaut partout où les plantations sont vastes et les travailleurs esclaves. Les produits de ces terres sont similaires à ceux des États libres du nord et de l'ouest, et chaque jour sont de plus en plus menacés par la concurrence du travail libre.

Beaucoup de planteurs virginiens ne peuvent équilibrer leurs recettes à leurs dépenses qu'en vendant chaque année un esclave ou deux. On appelle cela plaisamment « manger un nègre, » et cette façon de comestible est chaque jour de plus en plus usitée. Un très-grand nombre de propriétaires n'attendent plus de bénéfices de leurs récoltes ; ils tâchent de payer leurs dépenses courantes avec le produit de leurs terres, mais ils n'ont d'espoir de gain que dans l'*élève* des esclaves pour les marchés du sud. Aussi ce marché est-il régulièrement fourni d'esclaves virginiens, aussi bien que de mules et de chevaux du Kentucky.

Mais, en Amérique comme en Afrique, le commerce des esclaves entraîne après lui le fléau de la dépopulation, concurremment avec une émigration qui s'accroît chaque jour. Il a déjà fait le vide dans de vastes districts de la Virginie inférieure, et est en train de créer le désert dans les premiers établissements des Anglo-Américains. Des contrées entières sont déjà converties en stériles et impénétrables fourrés dont le daim et les autres bêtes fauves, premiers habitants de ces solitudes, reprennent rapidement possession.

CHAPITRE XVII.

Nous fûmes jetés dans la cour de la prison, fermée par une solide porte, constellée de gros clous de fer. Les pesants cadenas de celle de la prison furent défaits, et l'on nous poussa en dedans sans autre cérémonie. Un pâle rayon de lune glissait à ce moment à travers les fenêtres étroites et grillées de notre geôle ; mais il s'écoula quelque temps avant que je pusse distinguer un objet d'un autre ; lorsque, à la longue, mes yeux se furent habitués à l'obscurité, je me trouvai entouré d'une certaine quantité d'êtres humains, hommes et femmes, pour la plupart de dix-huit à vingt-cinq ans, serrés et entassés sur le plancher nu.

En nous voyant entrer, beaucoup se levèrent, et, se pressant autour de nous, nous demandèrent qui nous étions, d'où nous venions ? Ils semblaient heureux de tout ce qui rompait la monotonie de leur emprisonnement. Mais, fatigués et épuisés, nous n'étions pas d'humeur très-communicative ; et, nous laissant tomber sur le plancher, nous ne tardâmes pas, malgré les miasmes putrides d'une atmosphère empestée, à nous anéantir dans un profond sommeil. Ce repos est la meilleure consolation des misérables, et il a cela de bon, au moins, qu'il visite plus volontiers les paupières des opprimés que celles des oppresseurs. J'ai peine à croire qu'aucun membre de la raison commerciale Savage, Brothers et Cie ait aussi bien dormi cette nuit que la moins paisible de leurs nouvelles victimes.

Le jour venu, on ouvrit la porte de la prison, et nous eûmes le droit d'aller et de venir dans l'enclos qui environnait notre geôle. On nous distribua les maigres rations de pain de seigle que nous allouait la ladrerie de nos maîtres, aussi riches qu'intéressés. Mon repas fait, je m'assis sur la terre et observai la scène que j'avais devant les yeux. A peu d'exceptions près, les prisonniers étaient réunis en groupes de deux ou trois, ou plus nombreux. Il y avait plus d'hommes que de femmes, bien que cette dernière partie de la triste assemblée eût reçu un renfort assez considérable par suite de notre arrivée. Les nouvelles venues étaient très-recherchées et

recevaient à chaque instant la proposition d'entrer dans
des unions temporaires, destinées à durer autant que
le séjour commun dans la prison. La plupart des femmes
que nous y trouvâmes avaient déjà formé des alliances
de cette sorte.

Ces faciles amours allaient leur train, quand un grand
gaillard, jeune et d'une physionomie divertissante, s'ar-
ma d'un violon à trois cordes, et, après un court pré-
lude, entama un air enjoué. Il se vit bientôt entouré
d'un groupe compacte de prisonniers, qui se divisèrent
en couples, et commencèrent à danser. Le ménétrier,
prenant feu à son mélodieux office, accélérait sans cesse
le mouvement, et les danseurs, avec des rires, des cris
et toutes les marques de la gaieté la plus bruyante, se
démenaient pour suivre l'air.

C'est ainsi que les hommes, quand la source naturelle
de la joie leur manquent, tâchent de se tromper par des
stimulants artificiels. Le plus souvent, hélas! nous dan-
sons et chantons, non que nous soyons gais, mais pour
le devenir, et nos réjouissances sont moins souvent le
signe et l'expression du plaisir que le masque de la fatigue et de la peine, la vibration décevante d'un cœur
souffrant.

La réunion tout entière ne se joignit point aux danseurs. Il se trouva que ce jour-là était un dimanche, et
une partie des prisonniers se faisait scrupule de danser
ce saint jour, sinon même dans la semaine. La fraction
plus rassise de la société s'était groupée dans un angle
opposé du préau. Là, un jeune homme à l'air calme,
d'une belle et intelligente figure, monta sur une barrique
vide, et, tirant de sa poche un livre d'hymnes, entonna
un psaume méthodiste. Sa voix était douce, son chant
n'avait rien de désagréable. Bon nombre de fidèles se
joignirent à lui, et l'hymne, psalmodiée en chœur, cou-

rit presque le raclement du violon avec les rires et les
ris de joie des danseurs. Je remarquai que beaucoup de
es derniers jetaient à la dérobée des regards sur les
hanteurs, et le psaume n'était pas fini que la plupart
les femmes avaient quitté la danse et étaient venues se
nêler au groupe entourant le prêcheur. Le chant ter-
niné, il récita les prières. Il joignait les mains et les le-
ait tour à tour au ciel, et s'exprimait avec une facilité,
ıne chaleur et une onction, qu'un vrai ecclésiastique,
'adressant aux fidèles du haut de la chaire rembourrée,
ı'a pas toujours à son service. Les larmes baignaient
ılus d'un visage, les gémissements et les soupirs parfois
touffaient presque la voix du prédicateur. Peut-être ces
lémonstrations sympathiques étaient-elles de pure com-
nande, et n'avaient-elles pas plus de sincérité que
es simagrées des clercs de la paroisse dans les offi-
es anglicans. Pourtant, je dois dire qu'elles avaient
ouvent un air de spontanéité qui semblait émaner de
'âme et pouvait passer pour un hommage instinctif et
nvolontaire rendu à la ferveur et à l'éloquence du prê-
heur.

Vint ensuite l'exhortation. Le texte était tiré de Job, et
e prédicateur aborda le thème connu de la patience.
Iais, comme tous les orateurs ignorants et illettrés, il
'écarta bientôt de son point de départ, passant d'un
ujet à un autre, sans beaucoup de méthode ou de liai-
on. Quelques éclairs de jugement brillaient dans cette
ogomachie, mais ils s'éteignaient promptement dans un
lot d'absurdités. Le tout formait la plus étrange macé-
oine, mais était débité avec une volubilité, une véhé-
nence et une force, qui semblaient produire le plus grand
ffet sur l'esprit des auditeurs. En peu de temps, il les
ut enlevés à un degré de surexcitation qui dépassa de
eaucoup celui des danseurs de l'extrémité opposée. Le

groupe de ceux-ci diminuait à vue d'œil, et le violon fai-
blissait d'instant en instant, jusqu'à ce qu'enfin le joueur,
laissant là son instrument, vînt lui-même, avec le petit
nombre d'adhérents qui lui restaient, grossir l'auditoire
d'un exécutant dont la puissance attractive était si supérieure à la sienne propre.

Pendant le sermon, les gémissements et les cris de
miséricorde et d'*amen* devenaient de plus en plus fré-
quents et bruyants, et beaucoup des assistants, emportés
par l'émotion, ou du moins voulant sembler tels, se pré-
cipitaient à plat ventre sur le sol, et là hurlaient et se
plaignaient comme possédés du démon. Si puissante était
la contagion, si fort le sympathique entraînement de ce
délire spirituel, que moi-même, simple spectateur, j'eus
la véhémente tentation de me mettre de la partie et de
crier comme les autres. L'animation générale avait atteint son paroxysme, et l'orateur était presque épuisé
par sa violente gesticulation, lorsque, frappant du pied
avec une énergie peu ordinaire, il s'enfonça dans la barrique, dont il avait crevé le couvercle, et, l'entraînant
dans sa chute, tomba tout de son long au beau milieu de
l'auditoire.

Ce déplorable accident changea soudain les cris et les
gémissements de l'assistance en éclats du plus irrésistible
rire, et les fidèles passèrent tout à coup de leur religieuse
et solennelle terreur à la plus outrageuse hilarité. Le vio-
loneur se dégagea du milieu de la bagarre, reprit son
instrument et recommença à racler un air très-vif, dont
j'ai oublié le nom, mais qui, je m'en souviens très-bien,
contenait une allusion musicale au désastre de son rival.
On se remit en danse avec fureur, tandis que le prêcheur,
suivi de ses plus intimes adhérents, s'esquivait, décou-
ragé et mortifié. Les danseurs devenaient de plus en plus
bruyants, et le ménétrier joua jusqu'à ce qu'ils fussent

entièrement épuisés et hors d'état de remuer plus long-temps les jambes.

Les esclaves ne sont pas des hommes, mais des enfants. Leurs facultés ne se développent pas, et c'est non-seulement l'intérêt de leur maître, mais le nécessaire effet de leur condition, qu'ils soient maintenus dans une complète et perpétuelle stupidité. La tyrannie est hostile à tout degré d'accroissement mental, car l'ignorance implique la nécessité de la faiblesse et de la dégradation.

Je fis connaissance avec un grand nombre de mes camarades de prison : nous nous racontâmes nos mutuelles infortunes. Quelques-uns étaient là depuis une quinzaine de jours, et d'autres depuis plus longtemps. Je m'aperçus que la plupart regardaient leur emprisonnement comme un temps de fête. Ils n'avaient rien à faire, et ne pas travailler était, à leurs yeux, l'idéal de la félicité humaine. Pour ce qui est d'être enfermés entre les murs d'une prison, comme ils avaient la liberté de se promener dans la cour, ils s'en consolaient pleinement, et, dans le fait, il n'est guère plus pénible d'être confiné entre quatre murs de briques que de l'être dans une plantation dont on ne peut transgresser les irrégulières limites. Ils le pensaient du moins. Ils n'avaient pas de contre-maître pour les harceler, et n'avaient d'autre occupation que de danser et de dormir. Il ne leur manquait donc qu'un peu de whisky, et encore ne leur manquait-il pas toujours. Ils ne songeaient qu'à écarter tout ressouvenir du passé, toute crainte de l'avenir, et qu'à se prélasser sans souci au soleil de leur félicité présente.

CHAPITRE XVIII.

Il y avait dix ou douze jours que j'étais là, lorsque MM. Savage, Brothers et Cie prélevèrent sur leurs meubles vivants une cargaison pour le marché de Charlestown. Je fus du nombre, et, avec cinquante autres, embarqué sur un petit navire à destination de ce port. Le capitaine s'appelait Jonathan Osborne : il était citoyen de Boston, et le bâtiment, les *Deux Sallies*, de ce port, appartenait à un riche et honorable négociant.

Les hommes des États du Nord de l'Union américaine disent de très-belles choses sur l'esclavage et en condamnent les horreurs ; mais, du temps où la traite proprement dite était permise, les négociants de ce pays s'y livraient, et ces mêmes négociants n'ont aucun scrupule de faire servir leurs bâtiments au trafic domestique des esclaves, ce qui n'est pas moins infâme ni moins détestable.

Les hommes des États du Nord ont permis l'esclavage partout où le pacte constitutionnel les a empêchés d'en prononcer l'abolition. Les cours et les juristes du Nord remplissent à la lettre l'obligation constitutionnelle de rendre aux maîtres du Sud les victimes qui ont échappé à leur tyrannie et fui vers les « États libres » dans l'espoir d'une vaine protection. Tout le Nord, cependant, voit d'un œil calme et souffre paisiblement que les propriétaires d'esclaves des États du Sud violent toutes les prescriptions constitutionnelles, emprisonnent, torturent, mettent à mort les citoyens mêmes du Nord, sans jury et sans jugement, du moment où ils supposent que ces rigueurs peuvent le moins du monde contribuer au maintien de leur droit à l'exploitation, à l'oppression de leurs semblables. Le dirai-je ? Certains aristocrates du Nord, dans leur haine de l'égalité démocratique, semblent envier, tout en affectant de la déplorer, la condition de leurs concitoyens du Sud. Et, cependant, les Etats septentrionaux de l'Union osent se déclarer purs de la souillure de l'esclavage. Vaine prétention ; ils sont complices du crime ; le sang de l'esclave est sur leurs mains, il coule de leurs vêtements !

En nous tirant de la prison, on nous mit les menottes, ces signes et emblèmes de la servitude, et, nous ayant conduits au quai, on nous empila dans la cale du navire, où nous étions si pressés, qu'à peine pouvions-nous nous y mouvoir ou nous asseoir à notre aise. Le bâtiment leva l'ancre aussitôt après notre installation à bord, et descendit la rivière. Une ou deux fois dans le jour, on nous permettait de monter sur le pont et d'y respirer l'air une minute ; mais, aussitôt après, on nous replongeait au fond du navire. Le second du bord était un bon jeune homme qui semblait disposé à alléger nos souffrances en tout ce qui pouvait dépendre de lui ; mais le capitaine était un ignoble tyran, bien né pour le métier qu'il faisait.

Nous étions en route depuis un jour ou deux, et déjà, ayant descendu la rivière, nous touchions à la baie, lorsque je tombai tout à fait malade : une fièvre ardente consumait mon sang. Le soleil était couché, déjà les écoutilles étaient fermées, et la chaleur de l'étroite cale où nous étions confinés, et qui était d'ailleurs plus qu'à moitié remplie de caisses et de barriques, devenait insupportable. Je frappai sous le pont, et, d'une voix mourante, implorai un peu d'eau et d'air. C'était justement le quart du second du bord. Il vint savoir ce dont

il s'agissait, et donna ordre que l'on ouvrît les écoutilles
et qu'on me hissât sur le pont. Je me jetai avidement sur
l'eau qu'il me présenta : quoique chaude et saumâtre,
elle me sembla le plus délicieux des breuvages. Je l'ava-
lai jusqu'à la dernière goutte et en demandai de nouvelle ;
mais le lieutenant, craignant sans doute que trop boire
augmentât mon état de souffrance, refusa de m'en faire
donner davantage. Je n'avais pas moins besoin d'air que
d'eau ; le lieutenant m'en laissa prendre à mon aise, et
j'étais gisant sur le pont, m'imbibant par chaque pore
de la fraîcheur du soir, quand le capitaine survint.

Il n'eut pas plutôt vu que les écoutilles étaient ouvertes, et que j'étais couché sur le pont, que, les poings
fermés, le visage furieux, il s'avança vers son second et
l'apostropha en ces termes :

« Comment osez-vous, monsieur, laisser les écoutilles
ouvertes après le coucher du soleil, et contrairement à
mes ordres ? »

Le lieutenant s'efforça de se disculper en disant que je
m'étais trouvé subitement malade et avais demandé du
secours ; mais, sans l'écouter, le brutal capitaine s'élança
sur moi, et, d'un coup de pied, me jeta la tête la première dans la cale, où j'allai tomber sur le corps de mes
malheureux compagnons. Sans s'inquiéter si j'avais ou
non le cou rompu, il donna ordre de replacer les écoutilles. Heureusement, je me fis peu de mal, mais je fus
à un doigt de me briser la tête contre les solives du bord.
L'eau que j'avais bue et l'air frais que j'avais absorbé
calmèrent ma fièvre et je me trouvai un peu mieux.

Le jour suivant, nous doublâmes les promontoires du
Chesapeake et entrâmes dans l'Atlantique. Nous mîmes
le cap au sud-est et filions gaillardement quand éclata
une tempête. Les saccades et les soubresauts du navire
étaient terribles, surtout aux pauvres prisonniers confi-

nés dans la cale obscure, et, à chaque roulement du tonnerre, il nous semblait que le vaisseau allait être réduit en pièces. Le tumulte qui régnait sur le pont, le craquement des agrès, les cris des matelots, le gémissement de la barre, n'ajoutaient pas peu à nos terreurs bien concevables. Nous nous aperçûmes bientôt que la cale se remplissait d'eau : le navire avait une voie; les écoutilles furent ouvertes, et l'on nous manda sur le pont. On nous enleva nos menottes et l'on nous employa à pomper.

Je ne saurais dire si c'était matin ou soir, car l'ouragan soufflait depuis longtemps, et, depuis qu'il avait commencé, nous n'avions pas mis les pieds sur le pont. Il ne faisait pas cependant tout à fait noir. Une lueur douteuse et sinistre, suffisante pour éclairer notre triste situation, et plus effrayante peut-être que l'obscurité complète, planait sur l'Océan. A quelque distance, les énormes lames noires, couronnées d'une écume bleu pâle, semblaient s'animer, se ruer sur nous comme les monstres de l'abîme; de plus près, la terreur n'en était pas moins grande : tantôt nous plongions dans un horrible gouffre, entre des avalanches liquides qui semblaient prêtes à nous ensevelir, et tantôt nous montions au sommet d'une vague d'où nous ne voyions, tout autour, qu'effroyable tumulte d'eaux sombres et tempêtueuses. Pour qui n'avait pas vu la mer jusqu'à ce jour, c'était un terrible début, et, en la regardant alors, épouvanté, je ne me doutais guère que, par la suite, je trouverais en elle ma plus sûre et ma plus fidèle amie.

Un naufrage total menaçait le brick. Notre mât de misaine gisait brisé sur le pont, et le bâtiment penchait sur l'amure de tribord, malgré tous les ris pris dans les huniers. Je ne connaissais pas alors tous ces termes maritimes; c'est depuis, seulement, qu'ils me sont devenus familiers. Mais toute cette scène est encore distincte dans mes souvenirs, comme si le tableau en était devant mes yeux.

Malgré tous nos efforts, le navire emplissait; le capitaine jugea bientôt impossible de maintenir le brick à flot. Il fit donc ses préparatifs pour le quitter. Lui et les maîtres s'armèrent de sabres et de pistolets; deux ou trois hommes de l'équipage reçurent des coutelas. Une lame avait emporté la chaloupe par-dessus le bord; mais ils réussirent à se rendre maîtres du petit canot, qui fut descendu à la mer par le côté de la quille opposé au vent. L'équipage s'embarquait déjà que nous n'avions pas encore conscience de ce qu'ils allaient faire; mais, comprenant enfin que nous étions abandonnés, nous nous ruâmes frénétiquement vers le canot et demandâmes que l'on nous reçût aussi à bord. C'était chose prévue, et l'équipage s'était mis en mesure d'y répondre. Nous fûmes accueillis à coups de pistolets, et plusieurs d'entre nous furent en outre blessés grièvement par les coutelas des marins. En même temps, ils nous crièrent d'attendre, et que l'on nous prendrait dès que tout serait disposé. Terrifiés et abandonnés, nous doutâmes un instant de ce qu'il fallait faire. Les matelots profitèrent de cet instant de répit pour se précipiter dans le canot.

—Lâchez! » cria le capitaine; les marins se courbèrent sur leurs rames, et le canot quittait le brick avant que nous fussions revenus de notre courte et funeste hésitation.

Nous poussâmes une clameur, ou pour mieux dire un hurlement de désespoir, en nous voyant ainsi abandonnés, et trois ou quatre pauvres diables, cédant à l'impulsion du moment, se jetèrent à l'eau dans l'espoir de rattraper le canot. Tous furent engouffrés presque instantanément sous d'énormes masses liquides; un seul surnageait, homme de taille herculéenne, qui, luttant avec le courage du désespoir contre la mort imminente, et s'élevant au-dessus des vagues qui l'emportèrent au loin, se trouva un instant toucher juste à l'arrière du canot, et, tendant la main, saisit le gouvernail. Le capitaine, qui tenait la barre, prit un pistolet et fit feu contre le nageur. Un cri de détresse domina le tumulte de la tempête; ce fut l'affaire d'un moment : l'homme disparut, et on ne le revit plus.

Il est impossible de donner une idée de la confusion et de la terreur qui régnaient à bord. Les femmes, tantôt criant, tantôt se répandant en prières, étaient folles de désespoir. Quatre ou cinq malheureux gisaient sur le pont tout sanglants et mortellement blessés. La mort semblait s'unir à l'ouragan et appeler ses victimes. Le navire continuait de se tenir au vent ; mais une pluie d'écume l'inondait, et de temps en temps il embarquait des lames qui submergeaient le pont et nous inondaient d'eau salée. Il me parut qu'à moins de faire jouer les pompes, nous allions sombrer avec le brick déjà plus d'à moitié rempli d'eau. Je réunis autour de moi ceux de mes compagnons de misère qui me semblaient conserver un peu de raison et je m'efforçai de leur faire comprendre la situation; mais tous étaient tellement stupides de terreur, qu'ils ne purent ou ne voulurent rien entendre. Comme dernière ressource, je m'élançai en criant : « À la pompe, mes amis, à la pompe, ou nous sommes morts ! » C'est cette phrase qu'avaient sans cesse répétée le capitaine et les maîtres du brick, pour nous exciter au travail. Les pauvres créatures obéirent d'instinct à ce commandement; elles se réunirent à moi et commencèrent à faire jouer les pompes. Si ce travail ne devait pas nous sauver, au moins il nous ferait oublier un instant les horreurs de notre situation; nous le continuâmes jus-

qu'à ce que l'une des pompes fût brisée et l'autre entièrement hors de service. Mais, pendant ce temps, l'orage
s'était abattu et le navire, malgré toutes nos appréhensions, était encore à fleur d'eau.

Il s'allégea par degrés. Les nuages commencèrent à
se mouvoir et à fuir au loin dans le ciel en masses téné-
breuses. Puis le soleil vint à briller par intervalles, et,
après une longue discussion sur le point de savoir s'il se
levait ou se couchait, nous en vînmes à conclure qu'il
devait être à peu près quatre ou cinq heures du jour.

Les femmes, à peine remises de leur paroxysme de
terreur, donnèrent leurs soins aux malheureux blessés,
dont elles pansèrent les plaies et qui furent portés sur le
gaillard d'arrière. Un pauvre diable, qui avait eu le corps
traversé d'une balle de pistolet, était plus gravement atteint que tous les autres. Sa femme, lui tenant la tête sur
ses genoux, s'efforçait de prévenir l'aggravation de souffrances que lui causait l'horrible tangage du navire. Elle
l'avait reçu dans ses bras au moment où il était tombé,
l'avait emporté de la mêlée, et, dès cet instant, avait
paru oublier toutes les horreurs de notre situation commune pour ne songer qu'à lui et adoucir ses maux ; ses
soins si affectueux ne reçurent pas le prix qu'ils méritaient. L'infortuné ne tarda pas à expirer dans ses bras.
Quand elle le vit mort, le chagrin qu'elle avait contenu
si longtemps éclata dans toute son énergie. Ses compagnons l'entourèrent, tentant de lui donner des consolations ; mais la pauvre femme n'en pouvait recevoir aucune !

Quelques-uns se risquèrent en bas et explorèrent la
soute aux vivres. Tout y était plus ou moins endommagé
par l'eau de mer ; toutefois, ils parvinrent à en extraire
une ou deux caisses de pain qui n'était pas trop avarié et
qui nous fournit un excellent repas.

Comme nous l'achevions, nous aperçûmes un bâtiment en face de nous. A l'approche de ce navire, nous agitâmes des fragments de voiles et joignîmes nos cris à ce signal de détresse. Le bâtiment, nous ayant vus, mit en panne et nous envoya un canot. Quand l'équipage de cette embarcation fut monté sur le brick, il fut stupéfait de la scène de désolation qu'offrait le pont de ce navire à demi naufragé. Je m'avançai et expliquai à l'officier notre situation ; je lui appris que nous étions une cargaison d'esclaves expédiée de Washington à Charlestown ; que le brick et le chargement avaient été abandonnés par l'équipage ; que, contrairement à toute attente, nous étions parvenus à maintenir le brick à flot, mais que les pompes ne fonctionnaient plus et que nous emplissions de nouveau.

Le maître du navire étranger retourna à son bord et revint bientôt avec le capitaine et le charpentier. Après être consultés, ils se déterminèrent à embarquer une partie de leur équipage à bord de notre brick, et à faire voile pour Norfolk, leur destination projetée et le port le plus prochain. Le charpentier s'employa à réparer la voie d'eau et à raccommoder les pompes. Le nouvel équipage tailla un mât de misaine de fortune dans les matériaux qui se trouvaient à bord, largua les ris pris dans les huniers, et bientôt le brick sous voiles commença de voguer au vent.

Le bâtiment qui nous avait secourus se nommait l'*Aréthuse*, et était du port de New-York, capitaine Charles Parker. Pour nous prêter secours au besoin, il diminua sa voilure et navigua de conserve. Avant la nuit, nous vîmes la terre et reçûmes un pilote à bord. Le lendemain matin, nous entrâmes à Norfolk. A peine le navire avait-il touché quai, que nous étions débarqués et enfermés dans la prison de cette ville.

CHAPITRE XIX.

Nous restâmes en prison trois semaines avant que personne daignât s'informer pourquoi on nous y retenait ou de ce que nous allions devenir. Nous apprîmes alors que le capitaine Parker et son équipage avaient libellé *les Deux-Sallies* et sa cargaison pour sauvetage, et que la cour avait ordonné que la propriété libellée fût vendue à l'encan, au profit des propriétaires et des sauveteurs. C'était du grec pour nous; je n'avais pas la moindre idée de ce qu'on entendait par « libeller pour sauvetage, » et je ne pense pas qu'aucun des autres le comprît plus que moi; personne ne se donnait la peine de nous l'expliquer. Il nous suffisait de comprendre que nous devions être vendus; quant au comment et au pourquoi, quel besoin des esclaves avaient-ils de le savoir?

Comme j'avais déjà été vendu deux fois aux enchères publiques, la chose avait perdu pour moi sa nouveauté et son intérêt. J'étais las d'être en prison, et, comme je savais que je devais finir par être vendu, j'étais aussi bien prêt à courir ma chance à présent que jamais.

La vente ressembla fort aux autres ventes d'esclaves; elle n'eut qu'une circonstance un peu digne de remarque : les blessés, quoique non encore guéris, — sur les quatre, deux n'étaient pas hors de danger, — devaient être vendus avec le reste. « Articles endommagés, faisait observer le commissaire-priseur, dont il était disposé à se défaire à perte. » Les quatre furent offerts en un seul lot, « comme des poêles à frire cassées, dit un des spectateurs ; mais , pour ma part, je n'aime pas à spéculer sur les poêles à frire cassées , les esclaves blessés ou les chevaux malades. » Un médecin, qui était présent, reçut le conseil d'acheter : « S'ils venaient à mourir, lui dit le donneur d'avis , ils ne seraient d'aucun usage à tout autre, mais vous, vous pourriez utiliser leurs cadavres. » Diverses autres plaisanteries également fines et brillantes furent lancées par d'autres assistants, et accueillies par des éclats de rire qui contrastaient assez désagréablement avec les tristes physionomies et les sourds gémissements des blessés, qui avaient été apportés au lieu de la vente sur des civières , et qui , étendus par terre , étaient de vrais types de maladie et d'affliction.

Cette facétieuse humeur était allée très-loin, lorsqu'elle fut assez subitement arrêtée par un grand homme de bonne mine qui avait les manières plus distinguées que la plupart des assistants; il fit observer, d'un ton et d'un air sévères, que, dans son opinion, vendre des hommes sur leur lit de mort n'était pas une chose risible. Il mit aussitôt une enchère bien supérieure à tout ce qui avait été offert , et le commissaire priseur le déclara adjudicataire. J'espérais que ce même gentleman m'achèterait aussi; mais, dès qu'il eut donné quelques instructions relativement au transport des blessés, il quitta le lieu de la vente. Je n'avais peut-être aucune raison d'en être aux regrets ; ce gentleman, autant que j'en savais , avait fait ce que cent autres acheteurs d'esclaves auraient pu faire , par un mouvement passager d'humanité qui lui avait fait prendre en dégoût, il est vrai, la brutalité des spectateurs, mais qui, selon toute apparence, n'était ni assez fort ni assez durable pour lui faire traiter ses serviteurs autrement que ne les traitaient ses voisins. Tout le monde a des accès de bonté, mais ce ne sont pas des garanties contre un mépris habituel des droits et des sentiments de ceux qui n'ont pas la permission de se protéger eux-mêmes, et qui ne sont protégés ni par les lois, ni par l'opinion publique.

Je fus acheté par un agent de M. James Carleton, de Carleton-Hall, dans l'un des comtés septentrionaux de la Caroline du Nord, et je ne tardai pas à être envoyé, avec deux ou trois de mes compagnons, à la plantation de notre nouveau maître.

Après un voyage de quatre ou cinq jours, nous arrivâmes à Carleton-Hall. C'était, comme tant d'autres résidences de planteurs américains, une mesquine maison qui n'annonçait que peu ou point de luxe et de confort. A une petite distance de la maison était le quartier des domestiques, misérable amas de cabanes en ruines, entassées sans aucun ordre, et presque ensevelies sous les mauvaises herbes qui s'élevaient autour d'elles.

Bientôt après notre arrivée, nous fûmes conduits en présence de notre nouveau maître, qui nous examina un à un et s'enquit de nos diverses capacités. Ayant appris que j'avais été dressé au service de la maison, et étant satisfait, à ce qu'il dit, de mes manières et de mon apparence, il m'annonça qu'il me prendrait à son service pour remplacer son valet de chambre John, qui était devenu un si incorrigible ivrogne, qu'il avait été obligé de l'envoyer travailler aux champs.

J'étais assez satisfait de cet arrangement; car, en général, les esclaves employés au service de la maison sont infiniment mieux traités que ceux qui sont employés aux travaux des champs; ils sont mieux nourris, mieux vêtus, et leur besogne est moins rude. Ils sont sûrs d'avoir les miettes qui tombent de la table de leur maître, et, comme ses yeux et ceux de ses convives seraient blessés par la vue de haillons malpropres dans la salle à manger, les domestiques sont bien habillés, moins, il est vrai, dans leur propre intérêt que par égard pour la vanité de leur propriétaire. Comme c'est une affaire d'ostentation d'avoir une maison pleine de domestiques, la besogne est moins rude, divisée comme elle est entre tant de personnes. Une nourriture suffisante, de bons vêtements et peu d'ouvrage ne sont pas à dédaigner; mais la circonstance qui contribue principalement à rendre la condition du domestique plus tolérable que celle du travailleur des champs est d'une autre nature : les hommes, et surtout les femmes et les enfants, ne sauraient rien avoir souvent auprès d'eux, que ce soit un chien, un chat ou même un esclave, sans y prendre insensiblement quelque intérêt, et il arrive ainsi qu'un serviteur de la maison en devient souvent le favori, et finit, pour si peu que ce soit, par être un peu regardé comme de la famille.

C'est là le point de vue le plus supportable, le seul, à vrai dire, sous lequel l'esclavage puisse être présenté; et c'est en fixant résolûment leurs yeux sur les cas assez rares de cette espèce, et en les fermant avec non moins de résolution sur toutes les horreurs et énormités inhérentes à l'esclavage, que de hardis sophistes ont eu le courage d'en faire l'éloge.

Toutefois, cette condition, quoique la meilleure, est encore trop misérable pour être endurée. S'il est de bons maîtres et de bonnes maîtresses, il arrive trop fréquemment que le maître est un tyran capricieux et la maîtresse une pie-grièche maussade. Le pauvre domestique est à toute heure en butte à une série de durs reproches et d'aigres réprimandes qui menacent toujours d'aboutir à la torture du fouet, et qui, pour un être doué d'un peu de cœur, sont plus pénibles que le fouet lui-même. Et tout cela, sans espoir ni chance de remède. Le maître et la maîtresse s'abandonnent sans contrainte à leur mauvaise humeur ; l'esclave est à eux, et ils peuvent le traiter comme bon leur semble : il n'a rien à attendre, ni de lui-même, ni des autres.

M. Carleton, tout en ayant la plupart des idées des planteurs ses confrères, différait de la plupart d'entre eux sous un rapport frappant : il était zélé presbytérien et très-chaud partisan de la cause de la religion. Si quelqu'un lui eût dit que tenir des hommes en esclavage était une haute offense envers la religion et la morale, quelle eût été sa réponse ? Son cœur aurait-il reconnu une vérité si conforme à tout sentiment généreux ? J'ai bien peur que non ; je crains que sa réponse n'eût été fort semblable à celle de ses confrères qui ne se piquent pas particulièrement de piété. Avec la conscience de ses torts, mais avec la détermination de ne les point admettre, il se serait emporté, aurait parlé des « droits sacrés de la propriété, » plus sacrés aux yeux d'un propriétaire d'esclaves que la liberté ou la justice, et aurait déclamé contre cette impertinente intervention dans les affaires d'autrui : sujet sur lequel, par parenthèse, n'insistent guère que ceux dont les affaires souffrent difficilement l'examen.

M. Carleton, quoique zélé presbytérien, avait, comme je l'ai dit, à peu près la manière de voir et de sentir des autres planteurs. Il en résultait que son caractère, sa conversation et sa conduite, étaient pleins d'étranges contrastes, et présentaient un mélange incongru de matamore et de puritain. J'entends par matamore un esprit de bravade et de violence, cette disposition à régler toutes les contestations avec le pistolet, qui est si commune, je pourrais dire si universelle, dans les États du sud de l'Amérique. Avec toute sa piété, M. Carleton parlait aussi souvent de tirer sur les gens que s'il eût été un assassin de profession.

Comme j'avais l'honneur de servir M. Carleton à table,

et l'avantage d'écouter chaque jour sa conversation, je
ne tardai pas à comprendre parfaitement son caractère,
aussi parfaitement du moins qu'il était possible de comprendre un caractère si rempli d'inconséquences. On priait
en commun chez lui soir et matin, avec la plus minutieuse
régularité. Il priait longtemps et avec ferveur, et à deux
genoux. Il suppliait avec une ardeur particulière le ciel
de répandre partout l'Évangile ; il demandait avec instance que , puisque tous les hommes étaient enfants de
Dieu, ils devinssent promptement enfants de la même foi.
Cependant , non-seulement les esclaves de la plantation
n'étaient jamais invités à se joindre aux pratiques religieuses de la famille, mais les domestiques eux-mêmes en
étaient exclus. La porte était fermée ; et, au moment même
où le dévot M. Carleton prétendait se prosterner dans la
poussière devant son Créateur, il avait un sentiment trop
prononcé de sa propre supériorité pour permettre à ses
domestiques de prendre part à ses dévotions !

Malgré cela, M. Carleton avait évidemment fort à cœur
la cause de la religion , et semblait prêt à lui sacrifier sa
fortune et lui-même. Il y avait peu d'ecclésiastiques dans
la partie du comté où il résidait , et son zèle le portait
fréquemment à combler cette lacune par ses propres
exhortations. Il n'y avait même guère de dimanche qu'il
n'allât prêcher quelque part dans le voisinage. Dans un
rayon de dix milles de Carleton-Hall , et dans des directions différentes, il y avait jusqu'à trois églises, de misérables petites églises en ruine, qui avaient plutôt l'air de
granges abandonnées que d'édifices consacrés au culte.
M. Carleton les avait fait toutes réparer à ses frais , en
grande partie , et il prêchait dans chacune d'elles de
temps en temps. Mais il ne considérait pas une église
comme indispensable à ses pieuses exhortations. L'été,
il tenait souvent des meetings à l'ombre de quelque bois

ou auprès de quelque source fraîche ; et, l'hiver, tantôt chez lui, tantôt chez ses voisins. Il était généralement assez sûr d'avoir un auditoire considérable. Cette partie de la contrée était peu habitée, et on y avait peu de distractions. On saisissait avec plaisir toute occasion de se réunir, et on paraissait peu s'inquiéter de savoir si ce serait une prédication ou un divertissement. D'ailleurs, M. Carleton était réellement un agréable orateur, et la véhémence de son débit était propre à lui attirer des auditeurs.

Ils se composaient, en grande partie, d'esclaves ; car, bien qu'il ne crût pas devoir leur permettre de prendre part à ses dévotions particulières, il ne s'opposait pas à ce qu'ils vinssent grossir son auditoire et donner une sorte d'éclat à ses séances publiques. Souvent même, vers la fin de ses sermons, il daignait ajouter quelques phrases à leur intention. Le changement qui s'opérait alors dans son débit était suffisamment visible. L'expression de « chers frères, » qu'il avait répétée à tout instant dans la première partie, était tout à coup laissée de côté. Le prédicateur prenait un air de condescendance, de patronage, et informait brièvement et sèchement ceux de ses auditeurs, « Que Dieu avait faits pour être domestiques, » que leur seul espoir de salut était dans la patience, l'obéissance, la soumission, le zèle et la subordination. Il les mettait fortement en garde contre le vol et le mensonge, « péchés auxquels ils étaient si sujets ! » et s'étendait au long sur le crime et la folie d'être mécontent de sa condition. Tout cela était applaudi par les maîtres comme une doctrine très-orthodoxe et très-propre à être prêchée à des domestiques. Ceux-ci la recevaient eux-mêmes avec une soumission apparente que démentaient leurs cœurs. Et il n'est pas fort étrange, vu les doctrines qu'il leur prêchait, que la plupart des esclaves convertis par M. Carleton fussent des hypocrites qui fissent de la religion un manteau pour cacher leur coquinerie. Il y avait, par le fait, beaucoup de vrai dans l'observation d'un des voisins de M. Carleton, qui disait que la plupart des esclaves, dans cette partie du pays, n'avaient pas du tout de religion, et que ceux qui prétendaient en avoir étaient pires que les autres. Comment pouvait-il en être autrement, lorsque, au nom vénérable de la religion, on leur prêchait une doctrine qui, non contente de demander de temps en temps une victime humaine, exigeait le sacrifice perpétuel d'une moitié de la communauté?

Hélas! ô christianisme! à quoi te servent ta sollicitude pour les pauvres, ta tendresse pour les opprimés, tes principes d'amour fraternel? Le serpent sait extraire du poison de l'inoffensive nature de la colombe. Les tyrans de tous les siècles et de tous les pays ont réussi à prostituer le christianisme, à en faire l'instrument de leurs forfaits, la terreur de leurs victimes et l'apologie de leur oppression! Et jamais ils n'ont manqué de prêtres complaisants et de prophètes menteurs pour les applaudir, les encourager et les soutenir!

Quelque peu de goût que pussent avoir les esclaves pour les doctrines de M. Carleton, que réfutaient instinctivement leurs propres cœurs, ils aimaient à assister à ses prédications. C'était une diversion à l'éternelle monotonie de leur existence, et elles leur fournissaient une occasion de se réunir après le meeting et de se divertir entre eux. Cette récréation était, selon moi, le meilleur résultat de la peine que se donnait M. Carleton; mais certains gentlemen, qui redoutaient toute assemblée d'esclaves, comme un foyer de mécontentement et de conspiration, condamnaient hautement ces meetings, sous le prétexte hypocrite d'être choqués des violations du dimanche dont ces meetings fournissaient l'occasion !

M. Carleton était président d'une société biblique, et était rempli de zèle pour la propagation universelle du saint livre. Je découvris bientôt néanmoins qu'excepté moi, il n'y avait pas sur la plantation, ni même dans tout le voisinage, un seul esclave qui sût lire ; et, qui plus est, j'appris que M. Carleton était très-opposé à ce qu'on le leur enseignât.

Il est un autre point de vue sous lequel le système d'esclavage domestique qui règne en Amérique se présente comme dépassant toutes les autres tyrannies, et trahissant un esprit infernal qui répugne à la pensée. M. Carleton croyait, et l'immense majorité de ses concitoyens croit aussi, que la Bible contient une révélation divine des choses essentielles au bonheur éternel de l'homme. Dans cette croyance, et animés d'un haut esprit de philanthropie, ils ont formé des sociétés, et M. Carleton en présidait une, et ils ont contribué de leur argent, et M. Carleton le faisait très-libéralement, pour répandre la Bible dans le monde, et mettre ce guide infaillible aux mains de chaque famille. Mais, tandis qu'ils montrent tant de zèle à doter le monde entier de ce trésor inestimable, ils le refusent strictement à ceux dont la loi les a fait seuls tuteurs. Ils le refusent à leurs esclaves, dont ils ont été nommés par Dieu les protecteurs naturels, pour nous servir de leur expression favorite ; et par là, de leur propre aveu, ils exposent volontairement et sciemment ces esclaves au danger d'un éternel châtiment ! Ils les exposent volontairement et sciemment à ce danger formidable, de peur qu'en apprenant à lire ils n'apprennent en même temps à connaître leurs propres droits et le moyen de les revendiquer.

Quel outrage à l'humanité fut jamais égal à celui-ci ?
D'autres tyrannies se sont portées à tous les excès contre
le bonheur temporel de l'homme ; mais où trouver, dans
l'histoire du monde entier, d'autres tyrans qui aient
ouvertement, publiquement, confessé qu'ils préféraient
exposer leurs victimes au danger imminent d'un malheur
éternel, plutôt que de leur donner un degré d'instruction qui pourrait, par impossible, compromettre leur
autorité injuste et usurpée ? Et ce sont des hommes qui,
sous d'autres rapports, ne paraissent pas dépourvus de
bienveillance, des hommes qui parlent de liberté, de
vertu, de religion, qui parlent même de justice et
d'humanité ?

Si j'étais porté à la superstition, je croirais que ce
ne sont pas des hommes, mais des démons incarnés,
des esprits malfaisants qui ont pris la forme humaine et
un semblant de sentiments humains, afin de poursuivre
plus secrètement et plus sûrement leur grande conspiration contre le genre humain. Je le croirais, si je ne
savais que l'amour de la supériorité sociale, ce véritable
mobile du cœur humain, qui est le principal ressort de
la civilisation et la principale source de tous les progrès
de l'humanité, est capable, lorsqu'il n'est pas maîtrisé
par des émotions plus généreuses, de corrompre toute
la nature de l'homme, et de le pousser aux actes les plus
détestables. Lorsqu'à cette violente passion, ainsi dé-
naturée, se joint une vile crainte, à la fois lâche et
cruelle, qu'y a-t-il d'étonnant que l'homme devienne
une créature digne de haine et de mépris ? (ah ! de
pitié, bien plutôt) ; le maniaque ne saurait être responsable des attentats auxquels sa démence le pousse,
quand même sa démence serait son propre ouvrage.

Quelque infernale que semble et soit la tyrannie
qui, pour maintenir son pouvoir usurpé, est prête

à sacrifier le bonheur temporel et éternel de ses victimes, elle est assurément très-propre à atteindre le but
qu'elle se propose, le but de se perpétuer. Mais il est
nécessaire de faire un pas de plus. Les propriétaires
d'esclaves devraient se rappeler que toute connaissance
est un danger, et qu'il est impossible de donner aux
esclaves aucune instruction chrétienne sans leur donner
des idées dangereuses. Peu importe que la loi défende
de leur apprendre à lire. L'instruction orale est aussi
dangereuse qu'écrite, et le catéchisme n'est qu'une Bible
déguisée. Qu'ils aillent donc jusqu'au bout, et qu'ils
complètent glorieusement leur œuvre. Qu'ils prohibent
d'un seul coup toute instruction religieuse. Il faudra
bien finir par là. Qu'ils me permettent de leur dire que
le temps est passé où la doctrine d'obéissance passive,
prêchée par M. Carleton, est la seule chose que la religion doive enseigner. Un autre esprit se répand au
dehors, et cet esprit pénétrera partout où l'instruction
religieuse lui ouvrira la voie. Aujourd'hui, il est impossible de traiter l'esclave de frère, au nom du christianisme, sans lui reconnaître les mêmes droits au nom
de l'humanité.

CHAPITRE XX.

Je n'avais pas été longtemps au service de M. Carleton
sans découvrir qu'un moyen assez sûr de gagner ses
bonnes grâces était d'admirer fort ses exercices religieux, et d'assister dévotement à ceux où les domestiques étaient admis. Personne ne fut jamais moins porté

que moi à l'hypocrisie. Mais l'astuce est la seule ressource de l'esclave, et j'avais appris depuis longtemps
à pratiquer une foule de ruses que, tout en les méprisant, je trouvais souvent fort utiles.

J'avais lieu maintenant de recourir à ces ruses, et
j'usai si bien de flatterie, que je me conciliai promptement la bienveillance de mon maître, et qu'avant longtemps j'occupai le poste de domestique de confiance.
C'était une position considérable, et, après le contre-
maître, j'étais décidément le personnage le plus important de l'endroit. Mes fonctions consistaient à faire le
service particulier de mon maître, à l'accompagner à
cheval aux meetings, à porter son manteau et sa Bible,
et à prendre soin de son cheval; car, entre autres choses,
M. Carleton était connaisseur en chevaux, et il n'aimait
pas à confier le sien à la négligence et à la maladresse
habituelles des grooms de ses voisins.

Mon maître eut bientôt découvert mes talents en fait
de lecture et d'écriture, car je trahis par inadvertance
un secret que j'avais résolu de garder. D'abord, il en
parut mécontent; mais, comme il ne pouvait pas me
les faire perdre, il se détermina à en tirer parti. Il avait
beaucoup d'écritures à faire, et il m'employa comme
copiste. En ma qualité de secrétaire, lorsque mon maître
était occupé, j'étais souvent appelé à délivrer des passes.
Cela augmenta beaucoup mon importance, et mes camarades commencèrent à me considérer comme le premier après « maître. »

M. Carleton était naturellement bon et humain, et,
quoique ses accès subits d'impatience et de mauvaise
humeur fussent souvent assez fâcheux, cependant, si
on le ménageait, ils ne duraient pas long-temps en
général; et, comme s'il s'était reproché de n'avoir pas
plus d'empire sur lui-même, il montrait, à leur suite,

plus d'affabilité et d'indulgence qu'à l'ordinaire. Je sus bientôt le prendre comme il fallait, et j'avançais chaque jour dans sa faveur.

J'avais passablement de loisir, et je trouvais moyen de l'employer innocemment et agréablement. M. Carleton avait une bibliothèque, chose fort inusitée chez un planteur de la Caroline du Nord. Cette bibliothèque pouvait contenir de deux à trois cents volumes. Elle faisait l'admiration de tout le pays d'alentour, et ne contribuait pas peu à faire à son possesseur une réputation d'homme très-instruit. Ma position de domestique de confiance m'y donnait un libre accès. La plupart des volumes traitaient de théologie ; mais il y en avait d'autres d'un genre plus attrayant, et je pouvais de temps en temps et à la dérobée (car je n'aimais pas qu'on me vît lire autre chose que la Bible), satisfaire le goût pour l'instruction que j'avais contracté dans mon enfance, et que toutes les dégradations de la servitude n'avaient pas entièrement détruit en moi. Tout bien considéré, je me trouvais dans une meilleure situation que je ne l'avais jamais été depuis la mort de mon premier maître.

J'aurais voulu, dans leur intérêt comme dans le sien, que tout le reste des esclaves de M. Carleton eussent été aussi bien traités que moi. Ceux qui étaient attachés au service de la maison, il est vrai, n'avaient pas à se plaindre, si ce n'est de ces maux inséparables de la servitude, et que nulle indulgence de la part du maître ne saurait empêcher. Mais les ouvriers de la plantation (au nombre d'une cinquantaine) étaient dans une condition bien différente. M. Carleton, comme une grande partie des planteurs américains, n'entendait rien à l'agriculture et n'en avait aucunement le goût. Il ne s'était jamais occupé des affaires de sa plantation ; sa

eunesse avait été fort dissipée, et, depuis sa conver-
ion, il s'était entièrement voué à la cause de la reli-
ion. Naturellement ses affaires de ce genre, et tout ce
ui y avait rapport, étaient complétement aux mains
e son contre-maître, qui était fin, intelligent et bien
u fait de la besogne ; mais chef sévère, acariâtre, et,
i tous les bruits étaient vrais, ayant une très-faible
lose de probité. M. Warner (c'était le nom du contre-
naître) avait été engagé à des conditions qui, bien
[ue ruineuses pour le planteur et pour sa plantation,
taient fort communes dans la Virginie et dans les Caro-
ines. Au lieu de recevoir un salaire régulier en argent,
l prenait une portion de la récolte. Il était donc de son
ntérêt d'avoir la récolte la plus abondante possible,
ans égard aux moyens d'y parvenir. Que lui importait
[ue les terres fussent épuisées et les esclaves accablés
le lourdes tâches et de travaux déraisonnables ? ni les
erres ni les esclaves ne lui appartenaient ; et si dans
lix ou douze ans (à peu près le temps qu'il aurait
passé à Carleton-Hall) il pouvait leur ôter toute leur va-
eur, le profit serait pour lui et la perte pour son pa-
ron. Ce but désirable, il semblait assez près de l'at-
eindre. Les terres de Carleton-Hall n'avaient jamais
été cultivées, vraisemblablement, avec quelque habileté ; mais M. Warner avait poussé le procédé de
l'épuisement jusqu'à sa dernière limite. Les champs,
l'un après l'autre, avaient été « retournés, » comme ils
disent (c'est-à-dire laissés, sans culture et sans haies,
se couvrir de genêts et servir de pâture à tout le bétail
du voisinage. D'année en année de nouvelles terres
avaient été exposées au même procédé d'épuisement,
qui avait détruit les champs déjà abandonnés), jusqu'à
ce qu'enfin il ne restât plus aucune terre vierge sur la
plantation.

Alors M. Warner commença à parler de sa démission, et ce ne fut qu'à force de sollicitations, et en lui assignant une plus forte part dans le produit fort amoindri, que M. Carleton le décida à demeurer encore une année.

Mais ce n'était pas seulement la terre qui souffrait. Les esclaves étaient soumis au même procédé d'épuisement, et, tant par l'excès du travail, l'insuffisance de la nourriture, que par une sévérité pleine de caprice, ils étaient devenus mécontents, maladifs et propres à peu de chose. Il y en avait toujours deux ou trois d'évadés (et parfois beaucoup plus) qui erraient dans les bois ; et cela donnait lieu à de nouveaux tracas et à des rigueurs nouvelles.

M. Carleton avait expressément ordonné de distribuer à ses serviteurs une ration de maïs et surtout de viande, ce qui, dans cette partie du monde, était regardé comme une grande libéralité ; et je crois que, si nous avions reçu fidèlement la ration, le plus vigoureux d'entre nous aurait eu pour sa part la moitié autant de viande environ qu'en consommait la plus jeune fille de M. Carleton, enfant de dix à douze ans. Mais, si les esclaves étaient dignes de foi, ni les balances de M. Warner ni ses mesures n'étaient très-exactes ; et, à les entendre, tout ce qu'il pouvait soustraire à leur ration de la semaine allait grossir sa part dans le produit annuel de la plantation.

Une ou deux fois des plaintes avaient été portées à M. Carleton, mais il n'avait pas daigné les examiner. M. Warner, disait-il, était un homme et un chrétien (c'était en effet sa réputation de chrétien qui avait été sa première recommandation auprès de son patron), et ces propos calomnieux étaient dus à l'animosité que les esclaves ressentent toujours contre le surveillant qui les

blige à faire leur devoir. Cela pouvait être ; je ne pré-
nds pas positivement dire le contraire. Cependant, je
ais que ces imputations d'improbité n'étaient pas bor-
ées à la plantation, et qu'elles circulaient assez libre-
ient dans le voisinage ; et, s'il n'était pas un coquin,
[. Carleton, par sa confiance sans limite, sans soup-
on et sans prudence, faisait de son mieux pour le
endre tel.

Que les esclaves fussent ou non frustrés de leur ra-
on, toujours est-il incontestable qu'ils étaient accablés
e travail et durement traités. M. Carleton prenait tou-
urs le parti de son contre-maître, et avait coutume
e soutenir qu'il était impossible de mener une plan-
ition sans être très-sévère et sans user fréquemment
u fouet ; et pourtant, comme il avait bon cœur, il était
einé lorsqu'il s'en présentait quelque occasion sérieuse.
Iais il était souvent hors de chez lui, par conséquent,
rt peu au fait de ce qui s'y passait ; et le reste du
emps, soigneux de ménager sa sensibilité, le contre-
aître avait défendu, sous les peines les plus sévères,
u'il appliquait avec une rigueur impitoyable, de ja-
ais rien rapporter à la maison de ce qui se faisait sur
ı plantation. Par ce moyen ingénieux, quoique très-
ommun, M. Warner n'en faisait qu'à sa tête. En réalité,
[. Carleton avait aussi peu d'autorité sur sa plantation
ue sur aucune autre du comté, et il ne la connaissait
as davantage.

Dans sa jeunesse, mon maître avait parié aux courses
e chevaux et aux tables de jeu, et jeté son argent par
es fenêtres de mille manières absurdes. Depuis qu'il
tait devenu dévot, il avait cessé ces dépenses-là, mais
. en faisait d'autres. Ce n'était pas une faible somme
u'il consacrait chaque année à acheter des Bibles, à ré-
arer des églises et autres pieux objets. Depuis plusieurs

années son revenu avait été en diminuant, mais sans
qu'il eût diminué en proportion de ses dépenses. Comme
conséquence naturelle, il s'était fort endetté. A mesure
qu'il s'appauvrissait, son contre-maître s'enrichissait.
Ses terres et ses esclaves étaient grevés d'hypothè-
ques, et il commençait à être tourmenté par l'officier du
shériff. Mais ces perplexités ne lui faisaient point aban
donner ses travaux spirituels, et il les poursuivait
même avec plus de diligence qu'auparavant, s'il est possible.

Il y avait six à sept mois que je vivais chez lui, et
j'étais complétement en faveur, lorsque, un dimanche
matin, nous partîmes ensemble pour un endroit situé à
huit milles de distance, et où il n'avait pas prêché depuis
que j'étais à son service. Le meeting avait lieu en plein
air ; du reste l'endroit était joli et tout à fait convenable, car c'était un petit tertre parsemé çà et là de
vieux chênes touffus. Leurs branches, qui s'étendaient
au loin, donnaient une ombre épaisse, sous laquelle il
n'y avait pas d'autre végétation qu'une espèce de gazon
qu'on rencontre fréquemment dans ce pays. Presque au
sommet du tertre, quelqu'un avait placé des bancs grossiers, et, adossé à l'un des plus grands arbres, était un
informe petit échafaudage où étaient une ou deux chaises,
et qui paraissait destiné à servir de chaire.

Tout un escadron de chevaux, et jusqu'à dix ou douze
voitures, étaient rassemblés au bas du tertre, et déjà les
bancs étaient occupés par une grande quantité de personnes. Le nombre des blancs, toutefois, était bien dépassé par celui des esclaves, qui formaient çà et là des
groupes, la plupart dans leurs habits du dimanche, et
beaucoup d'entre eux ayant l'air fort décent. Quelques-
uns, cependant, étaient fort sales et fort déguenillés ; et
il y avait une foule d'enfants entre deux âges, venus des

plantations voisines, lesquels n'avaient pas même un haillon pour couvrir leur nudité.

Mon maître eut l'air enchanté à la vue d'un si nombreux auditoire. Il mit pied à terre au bas de la colline, si une si petite hauteur mérite ce nom, et il me donna son cheval à garder. Je cherchai une place convenable pour attacher les chevaux ; et, comme je savais que le service ne commencerait pas immédiatement, je me promenai çà et là, regardant les équipages et les assistants. Tandis que j'étais occupé de la sorte, une élégante voiture survint. Elle s'arrêta ; un domestique sauta, ouvrit la portière et abaissa le marchepied. Une dame d'un certain âge, et une autre de dix-huit à vingt ans, occupaient le fond. Sur le devant était une femme que je pris pour leur femme de chambre, quoique je ne pusse pas la voir distinctement. Mon attention fut appelée ailleurs, et je me tournai d'un autre côté. Quand je regardai de nouveau, les deux dames gravissaient la butte et la femme de chambre était descendue. Je ne la voyais que par derrière ; elle prenait quelque chose dans la voiture. L'instant d'après elle se retourna. C'était Cassy !... c'était ma femme !

Je m'élançai et la saisis dans mes bras. Elle m'avait reconnu ; et, poussant un cri de surprise et de joie, elle serait tombée si je ne l'eusse soutenue. Elle se remit aussitôt et me dit de la laisser aller ; elle était venue chercher l'éventail de sa maîtresse, et elle devait le lui porter en toute hâte. Elle m'engagea pourtant à l'attendre, car, si elle pouvait en obtenir la permission, elle reviendrait sur-le-champ. Elle monta lestement la hauteur et rejoignit sa maîtresse. Je pouvais voir, à ses gestes, avec quelle chaleur elle présentait sa requête. On la lui accorda, et en un moment elle fut à mon côté. De nouveau je la pressai sur mon cœur, et de nouveau elle me rendit

mes embrassements. Je sentis encore une fois ce que
c'était que le bonheur. Je la pris par la main et la con-
duisis à un petit bois, de l'autre côté de la route. C'était
un épais taillis, où nous pouvions être à l'abri des regards. Nous nous assîmes sur un arbre tombé, et, ses
mains serrées dans les miennes, nous nous fîmes mille
questions.

Après les premières émotions de notre rencontre,
Cassy me demanda un récit détaillé de mes aventures
depuis notre séparation. Comme son œil s'alluma, comme
son sein se gonfla en m'écoutant! A chaque incident douloureux, d'abondantes larmes ruisselaient sur ses joues,
tantôt pâles, tantôt colorées; à chaque lueur de bien-être
ou de consolation, un tendre sourire de sympathie répandait comme une vie nouvelle dans mon âme. Vous
qui avez aimé comme nous aimions; vous qui avez été
séparés comme nous l'avions été, sans espérance de
jamais nous revoir; vous qui vous êtes revus, comme
nous nous revoyions, par un effet du hasard ou de la
Providence; vous, vous seuls, pouvez vous imaginer
l'émotion qui remplit mon cœur quand je pressai la
main de ma femme, de ma femme qui, tout esclaves
que nous étions, ne m'était pas moins chère que peut
l'être la sienne au plus orgueilleux de vous autres,
hommes libres!

Mon récit achevé, Cassy me serra de nouveau dans
ses bras en m'appelant son mari; des larmes inondaient
encore ses joues, mais c'étaient des larmes de joie. Puis,
pour quelque temps, elle resta silencieuse et comme
perdue dans une sorte de rêverie, ou même comme dou-
tant presque si tout ce qu'elle venait d'entendre, si
l'époux qu'elle avait devant les yeux, si notre rencontre inespérée étaient rien de plus qu'un rêve trom-
peur. Mais un ou deux baisers la rappelèrent à elle et

ui firent comprendre que je n'étais pas moins impatient
l'entendre son histoire qu'elle l'avait été d'écouter la
nienne.

CHAPITRE XXI.

La pauvre enfant parut avoir la plus grande répu-
nance à se reporter au jour terrible qui nous avait sé-
arés, à ce que nous pensions alors, pour jamais. Elle
ésita, elle semblait honteuse; il lui coûtait de parler de
e qui avait suivi cette séparation. J'eus pitié d'elle,
t, quelque vive que fût ma curiosité, si mes sentiments
n cette circonstance méritent un pareil nom, j'aurais
resque désiré que cet intervalle fût passé sous si-
nce. J'étais assailli de doutes cruels, d'appréhensions
ffroyables, et je redoutais de l'entendre parler; mais
le cacha son visage dans mon sein, et, murmurant
'une voix à moitié étouffée par les sanglots : « Mon
ari doit le savoir, » elle commença son récit.
Elle était déjà, me dit-elle, plus qu'à demi-morte d'é-
ouvante et d'horreur, et le premier coup que lui porta
: colonel Moore l'étendit par terre sans connaissance.
orsqu'elle revint à elle, elle se trouva couchée sur un
t, dans une chambre qu'elle ne se souvenait pas d'avoir
mais vue. Elle se leva tant bien que mal du lit, car ses
ontusions ne lui laissaient guère les mouvements libres.
a chambre était bien meublée; le lit était entouré de
déaux élégants; dans un coin était une table de toi-
tte; enfin, il y avait tout l'ameublement habituel d'une
ambre à coucher de dame, mais aucune autre chambre
e Spring-Meadow ne ressemblait à celle-là.

La pièce avait deux portes qu'elle essaya d'ouvrir, mais elles étaient fermées au verrou. Elle regarda par les fenêtres, dans l'espoir de reconnaître l'endroit où elle était ; mais tout ce qu'elle put découvrir, c'est que la maison semblait entourée d'arbres ; car les fenêtres étaient garnies à l'extérieur de persiennes qu'elle ne pouvait pas ouvrir. L'état des portes et des fenêtres lui prouva qu'elle était prisonnière, et confirma ses plus sinistres soupçons.

Comme elle passait devant la toilette, elle jeta un coup d'œil sur la glace ; son visage était d'une pâleur mortelle, ses cheveux tombaient en désordre sur ses épaules ; et, en abaissant ses regards, elle vit sur sa robe des taches de sang : était-ce son sang ou celui de son mari ? Elle ne pouvait le dire. Elle s'assit sur le bord du lit : la tête lui tournait, et elle savait à peine si elle était éveillée ou si elle rêvait.

Bientôt une des portes s'ouvrit, et une femme entra. C'était miss Ritty [1], comme l'appelaient les domestiques de Spring-Meadow, jolie brune qui occupait le rang de favorite du colonel Moore. Le cœur battit fort à Cassy lorsqu'elle entendit fouiller dans la serrure, et elle fût bien aise de voir que c'était une femme, et une femme qu'elle connaissait. Elle courut à elle, la saisit par la main et implora sa protection. La fille se mit à rire, et lui demanda de quoi elle avait peur. Cassy sut à peine quelle réponse faire. Après un moment d'hésitation, elle pria miss Ritty de lui dire où elle était et ce qu'on comptait faire d'elle.

« Vous êtes dans un joli endroit, fut la réponse ; et, quand maître viendra, vous pourrez lui demander ce qu'on doit faire de vous. »

1. Henriette.

Ceci fut dit avec un ricanement significatif que Cassy ne sut que trop interpréter.

Quoique miss Ritty eût évité de répondre directement, Cassy crut comprendre où elle devait être. Cette femme, elle se le rappelait, occupait une petite maison, la même qu'avaient jadis habitée la mère de Cassy et la mienne. Cette maison était entourée d'un petit bois qui la dérobait presque à la vue, et elle était rarement visitée par les domestiques. Miss Ritty se considérait, et, dans le fait, était regardée par nous autres comme une personne de conséquence ; et, quoiqu'elle daignât parfois faire des visites, elle n'était pas souvent désireuse qu'on les lui rendît. Cependant, Cassy avait été une ou deux fois chez elle. Il y avait sur le devant deux petites chambres où elle avait un libre accès, mais celles de derrière étaient fermées, et les domestiques se disaient à l'oreille que le colonel Moore en gardait si bien la clef, que miss Ritty elle-même n'y entrait pas sans lui. Ce n'étaient peut-être que des calomnies, mais Cassy se souvenait d'avoir remarqué que les fenêtres de cette chambre étaient protégées en dehors par des persiennes contre une impertinente curiosité, et elle n'eut plus de doutes sur l'endroit où elle était.

Elle le dit à miss Ritty, et elle s'informa si sa maîtresse savait son retour.

Miss Ritty ne put le lui dire.

Elle s'informa si sa maîtresse avait pris une autre femme de chambre.

Miss Ritty ne le savait pas.

Elle réclama la permission d'aller voir sa maîtresse ; mais miss Ritty lui dit que c'était impossible.

Elle demanda que sa maîtresse fût informée du lieu où elle se trouvait et ajouta qu'elle désirait beaucoup la voir.

Miss Ritty dit qu'elle serait charmée de l'obliger, mais

qu'elle n'était pas dans l'habitude d'aller à la maison, et que, la dernière fois qu'elle y était allée, mistress Moore lui avait parlé d'une façon si dure, qu'elle s'était bien promis de n'y plus revenir, à moins d'y être absolument obligée.

Ayant ainsi épuisé toute ressource, la pauvre Cassy se jeta sur son lit, cacha sa figure dans ses draps, et chercha du soulagement dans ses larmes.

Ce fut alors le tour de miss Ritty. Elle frappa doucement l'épaule de la pauvre fille, lui dit de ne pas se laisser abattre, et, ouvrant une commode qui était dans la chambre, elle en tira une robe, qu'elle déclara « merveilleusement belle. » Elle engagea Cassy à se lever et à la mettre, attendu que son maître allait venir. C'était ce que craignait Cassy ; mais elle espéra retarder la visite, si elle ne pouvait l'éviter. Elle dit donc à miss Ritty qu'elle était trop malade pour voir personne ; elle refusa positivement de regarder la robe, et supplia qu'on la laissât mourir en paix. Miss Ritty se mit à rire à ces paroles ; cependant elle parut un peu alarmée de cette idée de mort, et lui demanda ce qu'elle avait.

Cassy répondit qu'elle en avait assez vu et assez souffert pour en mourir ; qu'elle avait la tête et le cœur brisés, et que plus tôt la mort viendrait à son secours, mieux ce serait. Puis, s'armant de tout son courage, elle prononça mon nom, et s'efforça de découvrir ce que j'étais devenu. Miss Ritty secoua de nouveau la tête, et déclara qu'elle ne pouvait donner aucun renseignement.

En ce moment, la porte s'ouvrit, et le colonel Moore entra. Il avait l'air d'un coupable. La rougeur qui couvrait son visage la dernière fois qu'elle l'avait vu avait disparu entièrement ; il était pâle et sombre. Elle ne l'avait jamais vu ainsi, et elle trembla à cet aspect. Il ordonna à

Ritty de sortir, mais il lui dit d'attendre dans la pièce de devant; peut-être aurait-il besoin de son assistance. Il ferma la porte au verrou, et prit place sur le lit, à côté de Cassy. Elle se leva effrayée, et se retira à l'autre bout de la chambre. Il sourit dédaigneusement, lui ordonna de revenir et de s'asseoir près de lui. Elle obéit, car, malgré sa répugnance, elle ne pouvait faire autrement. Il lui prit la main, et lui passa un bras autour de la taille. Elle recula de nouveau, et voulait fuir; mais il frappa du pied avec impatience, et lui commanda avec dureté de se tenir tranquille.

Il garda un instant le silence; puis, changeant de ton, il reprit son sourire habituel, et se servit de cette voix douce et insinuante pour laquelle il n'avait pas son pareil. Il l'attaqua par la flatterie, par des paroles dorées et de généreuses promesses. Il lui reprocha, mais sans dureté, ses tentatives pour échapper aux bontés qu'il lui témoignait. Ensuite, il parla de moi; mais, en abordant ce sujet, sa voix s'éleva, le rouge lui remonta au visage, et il parut tout prêt à perdre son sang-froid.

Elle l'interrompit, et le conjura de lui apprendre ce que j'étais devenu. Il répondit que j'étais assez bien, beaucoup mieux que je ne méritais d'être; mais qu'elle n'avait pas besoin d'y songer davantage, attendu que son intention était de m'envoyer hors du pays, dès que je serais en état de voyager, et qu'elle ne devait pas espérer de jamais me revoir.

Elle le supplia vivement de la faire vendre avec moi. Il feignit d'être tout surpris de cette prière, et demanda pourquoi elle la faisait. Elle lui dit qu'après tout ce qui était arrivé, il était mieux qu'elle ne vécût plus dans sa maison; d'ailleurs, si elle était vendue en même temps, elle pourrait être achetée par la personne qui aurait acheté son mari. Ce mot de mari le jeta dans une violente colère. Il lui dit qu'elle n'avait pas de mari, et n'en avait pas besoin, car il serait pour elle mieux qu'un mari. Il ajouta qu'il était las de sa folie ; et, avec un regard significatif, il l'invita à ne pas faire la bête, à cesser toutes ces pleurnicheries, à être une bonne fille, et à faire ce que son maître désirait. N'était-ce point le devoir d'une domestique d'obéir à son maître ?

Elle lui dit qu'elle était malade et misérable, et le conjura de la laisser. Au lieu de le faire, il lui passa les bras autour du cou, et déclara que sa maladie était pure imagination, car il ne l'avait jamais vue à moitié si jolie.

Elle se leva, mais il la saisit dans ses bras, et l'entraîna vers le lit. Même en ce moment terrible, elle ne perdit pas sa présence d'esprit. Elle résista de toute sa force, et réussit à s'arracher à ces odieux embrassements. Alors, rassemblant toute son énergie, elle le regarda au visage, autant que ses pleurs le lui permirent, et, tâchant de retrouver un peu de voix : « Maître ! père ! s'écria-t-elle, que voulez-vous de votre fille ? »

Le colonel Moore chancela comme si une balle l'eût frappé. Sa face se couvrit d'une rougeur brûlante ; il voulut parler, mais les paroles semblèrent s'arrêter dans sa gorge. Cette confusion ne dura qu'un moment. Il redevint maître de lui-même, et, sans tenir compte de ce dernier appel, il se contenta de dire que, si elle était vraiment malade, il ne voulait pas la tourmenter. A ces mots, il ouvrit la porte et sortit de la chambre.

Elle l'entendit causer avec miss Ritty, qui entra quelques instants après. Elle commença par une longue série de questions sur ce qu'avait dit et fait le colonel ; mais, voyant que Cassy n'était pas disposée à répondre, elle se prit à rire et lui dit de ne pas se mettre en peine, attendu qu'elle avait écouté et regardé tout le temps par le trou de la serrure. Elle n'imaginait pas pourquoi Cassy faisait tant de difficultés. Cela serait excusable chez une très-jeune fille, mais chez une de son âge, et mariée, qui plus est, elle ne le comprenait pas. Telles sont la moralité, la modestie que l'on attend d'une esclave !

La pauvre Cassy n'était pas d'humeur à discuter ; elle écouta donc ces propos licencieux sans y répondre. Toutefois, même en ce moment, elle eut une faible lueur d'espoir. L'idée lui vint qu'en faisant comprendre à miss Ritty le risque qu'elle courait si elle aidait à se créer une rivale, elle ne serait pas bien aise de la perspective d'être supplantée dans une situation qu'elle paraissait trouver si agréable. Cette idée semblait offrir quelque chance de décider miss Ritty à favoriser son évasion de Spring-Meadow, et elle résolut de le tenter. Il était nécessaire de sonder le terrain avec prudence ; il ne fallait pas, en piquant l'orgueil de cette fille, se priver de tout l'avantage qu'il y avait à exciter ses craintes.

Elle aborda le sujet par degrés, et le fit envisager à sa compagne sous un jour évidemment tout nouveau. A la première ouverture, celle-ci montra beaucoup de confiance dans sa beauté, et affecta de ne rien craindre ; cependant il devint bientôt manifeste que, malgré toute sa forfanterie, elle était fort alarmée. En effet, il était impossible de regarder en face sa future rivale et de ne pas apercevoir le danger. Cassy fut enchantée de voir l'effet de ses suggestions, et commença à avoir de sérieuses espérances de s'évader encore une fois.

C'était assurément une misérable et bien probablement une insuffisante ressource. Mais que faire ? Quelle autre chance d'échapper à un sort que tous ses sentiments de femme et de chrétienne lui faisaient envisager avec horreur ? Elle n'en avait pas d'autre ; elle la tenterait, et se fierait à Dieu pour le succès.

Elle expliqua alors à miss Ritty ce qu'elle comptait faire, et l'assistance qu'elle demandait. Sa nouvelle alliée applaudit à sa résolution. Certainement, si le colonel Moore était vraiment son père, cela faisait une différence; et puis elle était méthodiste, et l'on sait que les gens de cette secte sont singulièrement stricts dans toutes leurs idées.

Mais, quoique miss Ritty fût assez disposée à encourager et à applaudir, elle paraissait avoir beaucoup de répugnance à favoriser, activement, une évasion qui, bien que favorable à ses intérêts, pouvait la compromettre et la faire tomber en disgrâce si son intervention venait à se découvrir.

Plusieurs plans furent proposés, mais miss Ritty trouva des objections à tous. Elle préférait tout au risque d'être soupçonnée de conspirer contre les vues de son maître. Comme elles n'étaient parvenues à trouver aucun projet réalisable, il fut convenu que, pour gagner du temps, on annoncerait que Cassy était extrêmement malade. C'était, du reste, à peine une fiction ; car il n'avait fallu rien moins que le courage du désespoir pour que la pauvre enfant eût pu résister aux secousses de ces vingt-quatre dernières heures. Ritty se chargea de persuader à son maître que ce qu'il avait de mieux à faire était de la laisser tranquille jusqu'à ce qu'elle fût mieux. Elle promettrait de la chapitrer pendant ce temps-là, et assurerait au colonel Moore qu'elle saurait bien lui faire comprendre qu'il était de son intérêt et de son devoir de céder aux désirs de son maître.

Jusque-là tout allait parfaitement bien. Elles avaient à peine combiné leur plan, qu'elles entendirent le pas du colonel dans la chambre voisine. Ritty courut à lui et parvint à lui persuader de partir sans essayer de voir Cassy. Il loua son zèle et promit de suivre son avis. Le lendemain il arriva une circonstance que ni Cassy ni Ritty n'avaient prévue, mais qui se trouva être très-favorable à leur dessein. Le colonel Moore fut obligé de se rendre sans retard à Baltimore pour affaires. Avant de se mettre en route, néanmoins, il trouva le temps de voir Ritty et de lui enjoindre d'avoir l'œil sur Cassy, et de prendre soin de la rendre raisonnable pour son retour.

Si Cassy devait jamais s'échapper, c'était le moment. Elle eut bientôt arrêté son plan. Son but était autant de garantir Ritty de tout soupçon, que d'assurer sa fuite. Heureusement tout pouvait se concilier. Cassy ne pouvait s'échapper que par la porte ou par les fenêtres. Par la porte, il n'y fallait pas songer, attendu que Ritty en avait la clef et était censée se tenir toujours, endormie ou éveillée, dans la chambre de devant. L'évasion devait donc se faire par une des fenêtres. Ces fenêtres n'étaient pas à guillotine, comme c'est l'usage du pays, mais elles s'ouvraient sur gonds à l'intérieur. Les persiennes dont elles étaient garnies au dehors étaient clouées sur le châssis des fenêtres, et n'étaient pas destinées à être ouvertes. Il fallait les couper ou les briser; et, comme elles étaient en bois de pin, la chose n'était pas bien difficile. Ritty apporta deux couteaux de table, et aida à les couper; quoique, suivant l'histoire qu'elle devait faire à son maître, elle fût censée avoir dormi tout le temps très-profondément et sans aucun soupçon, et Cassy avoir secrètement coupé les persiennes avec un couteau de poche.

Le soir du départ du colonel, tout fut prêt de bonne heure, et Cassy devait s'échapper dès qu'elle oserait tenter l'aventure. Ritty convint de ne divulguer l'évasion que le lendemain assez tard. Ce délai devait s'expliquer par la difficulté qu'elle aurait eue à trouver le contre-maître, et par l'incertitude où elle aurait été de savoir si le colonel était bien aise que le contre-maître fût mis au fait de toute cette affaire. En tous cas, elles espéraient qu'il ne serait fait aucune poursuite vigoureuse avant le retour du colonel.

Cassy se tint prête à partir. Elle éprouvait une angoisse à l'idée de me quitter; mais, comme Ritty ne pouvait ou ne voulait pas lui dire ce que j'étais devenu, et qu'elle savait que, séparés et sans appui comme nous étions, il nous serait impossible de nous prêter l'un l'autre aucune assistance, elle jugea avec raison qu'elle me servirait mieux et répondrait plus à mes vœux, en adoptant le seul plan qui parût offrir une chance d'éviter la violence qu'elle redoutait.

Ritty lui avait fourni sur sa ration de quoi se sustenter plusieurs jours. Il faisait complétement nuit et il était temps de partir. Elle embrassa sa confidente, qui paraissait très-affectée de la laisser tenter seule une aventure si désespérée, et qui lui donna sans hésiter le peu d'argent qu'elle possédât. Cassy fut très-touchée de cette générosité inattendue. Elle descendit par la fenêtre, dit adieu à Ritty, et, rassemblant toute sa résolution, elle se dirigea vers la grande route à travers champs par le chemin le plus court. Ce chemin n'était guère fréquenté que par les gens de Spring-Meadow et d'une ou deux autres plantations voisines, et, à cette heure du soir, il y avait peu de danger d'y rencontrer personne, excepté peut-être un esclave évadé, aussi désireux qu'elle de n'être point vu. Il n'y avait pas de lune; mais la clarté des étoiles servait à guider ses pas. Elle n'avait aucune appréhension de se perdre, car elle avait été fréquemment en voiture avec sa maîtresse jusqu'au petit village où était le palais de justice du comté, et c'était là que pour la première fois elle s'était déterminée à partir.

Elle y arriva sans avoir rencontré une seule âme. Jusqu'alors rien n'annonçait encore le matin. Tout était silencieux, à l'exception du cri monotone des insectes de l'été, interrompu de temps à autre par le chant d'un coq ou l'aboiement d'un chien de garde. Le village se composait d'un palais de justice délabré, d'une boutique de forgeron, d'une taverne, de deux ou trois magasins, et d'une demi-douzaine de maisons éparses. Il était situé au confluent de deux routes. L'une d'elles, elle le savait, conduisait au chemin qui mène à Baltimore. Elle s'était flattée de l'idée d'atteindre cette ville, où elle avait beaucoup de connaissances, et où elle espérait trouver de la protection et de l'emploi. Sa chance d'y jamais arriver était très-faible, Baltimore étant à deux ou trois cents milles de distance ; et elle ne savait même pas laquelle des routes se rejoignant au palais de justice elle devrait choisir. Elle ne pouvait s'en informer, demander un verre d'eau froide, ou même être vue sur la route sans courir le risque d'être prise comme évadée, et ramenée au maître qu'elle fuyait.

Après avoir hésité quelque temps, elle prit une des routes qui s'offraient à son choix, et marcha avec vigueur. Les émotions des deux derniers jours semblaient l'avoir douée d'une force surnaturelle ; car, après une marche d'une vingtaine de milles, elle se sentit plus forte que jamais. Mais la clarté du matin, qui commençait à se montrer, lui rappela qu'il n'était pas prudent d'aller plus loin. Tout près de la route était un fourré propice, dont les arbrisseaux et les herbes étaient tout ruisselants de rosée. Elle y était à peine entrée, qu'elle le trouva assez haut et assez serré pour lui fournir une retraite suffisante. Elle s'agenouilla, et, dénuée comme elle l'était de toute assistance humaine, elle implora la protection du ciel. Après avoir fait un maigre

repas (car il était nécessaire de ménager ses provisions),
elle ramassa assez de feuilles pour se faire un lit grossier, et se mit à dormir. Les trois nuits précédentes, elle
avait à peine dormi ; mais cette fois elle prit sa revanche, car elle ne s'éveilla que fort tard dans l'après-midi.
Dès que le soir arriva, elle se remit en marche avec
autant de nerf qu'auparavant. Le chemin se bifurquait
fréquemment ; mais elle n'avait aucun moyen de déterminer la direction à suivre. Elle prenait l'une ou
l'autre, suivant que son jugement ou plutôt sa fantaisie
en décidait; et elle se consolait à l'idée qu'elle avait beau
choisir bien ou mal, puisqu'en tout cas elle s'éloignait
toujours de Spring-Meadow.

Dans le cours de la nuit, elle rencontra plusieurs
voyageurs ; quelques-uns passèrent sans avoir l'air de la
remarquer. Elle en aperçut d'autres à distance, et elle
se cacha dans les buissons jusqu'à ce qu'ils fussent passés. Mais elle ne se tira pas toujours si facilement d'affaire : plus d'une fois elle fut arrêtée et questionnée ; heureusement elle réussit à donner des réponses satisfaisantes.
A la vérité, surtout à la lueur incertaine du soir, il n'y
avait rien dans son teint qui pût indiquer positivement
sa condition d'esclave ; et, en répondant aux questions
qui lui étaient faites, elle prit soin de ne rien dire qui
la trahît. Un des questionneurs secoua la tête et ne parut
pas satisfait; un autre resta immobile sur son cheval,
et la regarda jusqu'à ce qu'elle fût hors de vue ; un troisième lui dit que c'était bien louche ; mais tous trois la
laissèrent passer. Elle n'était pas très-exposée à ces fâ-
cheuses rencontres, parce que, en Virginie, les habitations ne sont pas situées, en général, sur le bord des
routes. Les planteurs préfèrent ordinairement bâtir à
quelque distance ; et les chemins, traversant des lieux
très-élevés et très-arides, ne montrent au voyageur

fatigué qu'un pays désolé et semblant presque in-
habité. Au retour du matin, elle se cacha comme la
veille, et attendit que la nuit revînt pour se remettre en
marche.

Elle continua de cette manière pendant quatre jours,
ou plutôt quatre nuits, au bout desquelles ses provisions
furent entièrement épuisées. Elle avait erré sans savoir
où, et l'espoir d'atteindre Baltimore, qui avait d'abord
allégé sa fatigue, s'était presque évanoui. Elle ne savait
que faire ; aller beaucoup plus loin sans assistance n'é-
tait guère possible. Cependant, si elle demandait des
aliments ou un guide, quoiqu'elle eût quelque chance,
peut-être, de passer pour une femme libre, son teint et
la circonstance de voyager seule pourraient la faire soupçonner d'évasion, et bien probablement elle serait arrêtée, mise en prison, et retenue jusqu'à ce que le soupçon se fût changé en certitude.

Elle marchait lentement la cinquième nuit, épuisée
de faim et de fatigue, et réfléchissant à sa malheureuse
situation, lorsqu'à la descente d'une colline la route l'a-
mena brusquement sur le bord d'une large rivière. Il n'y
avait pas de pont ; mais un bac était attaché à la rive, et
tout à côté était la maison du passeur, qui paraissait
être aussi une taverne. C'était une nouvelle perplexité ;
elle ne pouvait traverser la rivière sans appeler les gens
du bac ou sans attendre qu'ils parussent, et c'était s'exposer sur-le-champ au risque d'être découverte qu'elle
avait résolu de retarder le plus possible. Cependant,
s'en retourner chercher une autre route semblait un
expédient non moins désespéré. Tout autre chemin
qui ne conduisait pas dans une direction opposée à
celle qu'elle voulait suivre la ramènerait vraisemblablement sur le bord de la même rivière, et, comme elle ne
pouvait vivre sans manger, elle serait bientôt forcée de

demander assistance quelque part, et de braver le danger qu'elle tenait tant à éviter.

Elle s'assit au bord de la route, résolue à attendre le matin et à en courir la chance. Il y avait près de la maison un champ de maïs, et les tiges étaient couvertes d'épis dorés ; elle n'avait ni feu ni moyen d'en allumer, mais ce goût de lait sucré qu'ont les grains non encore mûrs suffit à satisfaire les exigences de sa faim.

Elle avait choisi une place d'où elle pouvait observer les premiers mouvements qui se feraient autour de la maison du passeur; le matin se levait à peine, qu'elle vit un homme en ouvrir la porte et sortir. Il était noir ; elle marcha hardiment à lui, et lui dit qu'elle était très-pressée, et qu'elle désirait passer l'eau immédiatement. L'homme eut l'air assez surpris de voir une voyageuse seule et si matin. — Mais, après être resté une ou deux minutes à ouvrir de grands yeux, il parut se rappeler que c'était une occasion de gagner honnêtement deux sous, et, tout en marmottant qu'il était de bien bonne heure et que le bac ne marchait qu'après le lever du soleil, il offrit de la passer dans un canot pour un demi-dollar. Elle acquiesça sans hésitation à ce prix, et le drôle, sans aucun doute, empocha la somme sans se souvenir de la donner à son maître ni de faire aucune mention de cette voyageuse si pressée.

Ils entrèrent dans le bateau, et il se mit à pagayer. Elle n'osait faire aucune question, de peur de se trahir, et elle fit de son mieux pour apaiser la curiosité du batelier, qui, toutefois, était fort poli et même enjoué. Ayant débarqué de l'autre côté, elle avança d'un ou deux milles; dans l'intervalle, le jour s'était levé complétement, et elle se cacha comme d'habitude.

La nuit elle se remit en marche. Mais elle était affaiblie par la faim, ses souliers étaient presque usés, ses pieds étaient enflés et très-douloureux, et, certes, sa situation n'était rien moins qu'agréable. Il lui parut avoir quitté la grande route, et suivre quelque chemin de traverse, qui serpentait à travers des champs déserts et tristes, et semblait très-peu fréquenté. Toute cette nuit-là, elle ne rencontra pas une seule âme, pas une seule maison. Quoiqu'il lui en coûtât, elle persista à se traîner en avant; mais elle avait perdu courage, le cœur lui manquait, et ses forces étaient presque épuisées. Enfin, le matin parut; mais la malheureuse Cassy ne chercha pas à se cacher comme de coutume. Elle continua d'aller dans l'espoir d'atteindre quelque maison. Elle était tout à fait abattue, et elle aimait mieux risquer sa liberté, et même s'exposer à être ramenée à Spring-Meadow et soumise à la terrible destinée qui l'avait décidée à fuir, que de périr de faim et de fatigue. Il est vraiment triste que la plus noble résolution, que la plus fière obstination de l'âme, soient forcées si souvent de céder aux basses nécessités de l'humaine nature, et par une pitoyable et absurde crainte de la mort, — crainte que les tyrans ont toujours si bien su exploiter, — de descendre des hauteurs sublimes de l'héroïsme à la lâche soumission de l'esclavage!

Elle n'avait pas été loin lorsqu'elle vit sur le bord de la route une maison basse et de mauvaise mine. C'était une petite construction de troncs d'arbres, noircie par l'âge et passablement détériorée. La moitié au moins des vitres manquait aux deux ou trois petites fenêtres dont elle était pourvue, et on les avait remplacées par de vieux chapeaux, de vieux habits et des morceaux de planches. La porte semblait prête à tomber de ses gonds, et il n'y avait aucune espèce de clôture autour de la maison, à moins qu'il ne fût permis de donner ce nom aux hautes mauvaises herbes dont elle était environnée. Somme toute, elle présentait des signes manifestes d'incurie et de délaissement.

Cassy frappa doucement à la porte, et une voix féminine, mais rude, lui dit d'entrer. L'appartement se composait d'une seule pièce sans antichambre, que Cassy trouva occupée par une femme entre deux âges, pieds nus, salement habillée, et dont les cheveux mal peignés pendaient le long d'un visage brûlé du soleil. Elle posait une table vermoulue, et semblait faire les apprêts d'un déjeuner. Un côté de la chambre était presque entièrement occupé par une énorme cheminée. Elle était allumée, et des gâteaux de maïs cuisaient dans les cendres. Au coin opposé était une couchette basse sur laquelle un homme, qui paraissait être le maître de la maison, était encore endormi, en dépit des pleurs et des cris d'une demi-douzaine de marmots, non lavés, non peignés et à demi nus, qui ne faisaient que se bousculer et crier, mais qui rentrèrent bien vite dans le silence et se cachèrent derrière leur mère à la vue d'une étrangère.

La femme indiqua une espèce d'escabeau ou de banc grossier, qui semblait être le seul meuble de la maison en fait de siége, et invita Cassy à s'asseoir. Cassy y prit place, et son hôtesse, fixant sur elle un œil perçant, parut éprouver une grande curiosité de savoir qui elle était et ce qu'elle voulait. Dès que Cassy put rassembler ses idées, elle raconta à son hôtesse qu'elle allait de Richmond à Baltimore pour voir une sœur malade. Elle était pauvre, sans amis, et était obligée de faire la route à pied. Elle s'était égarée et avait erré toute la nuit sans savoir où elle était ni où elle allait. Elle était à moitié morte de faim et de fatigue, et avait besoin de nourriture, de repos et d'indications qui lui permissent de continuer son voyage. En même temps elle tira sa bourse, afin de montrer qu'elle était en état de payer sa dépense.

La maîtresse du logis, malgré son air de rudesse et de pauvreté, parut touchée de cette attendrissante histoire. Elle engagea Cassy à garder son argent, disant qu'elle ne tenait point une taverne, et qu'elle avait le moyen de donner à déjeuner à une pauvre femme sans se faire payer.

Cassy était trop faible pour être en humeur de causer; d'ailleurs, elle tremblait à chaque instant de se trahir par quelque parole imprudente. Mais, une fois la glace rompue, il n'y eut pas à contenir la curiosité de son hôtesse. Celle-ci l'accabla donc d'un torrent de questions, et, chaque fois que Cassy hésitait ou donnait le moindre signe d'embarras, l'autre tournait sur elle ses yeux gris perçants d'un air de pénétration qui augmentait le trouble de l'infortunée.

Quand les gâteaux qui cuisaient sous la cendre furent prêts, et que les autres préparatifs du déjeuner furent terminés, la femme secoua rudement son mari par l'épaule, et lui dit de se dépêcher. Ce salut conjugal réveilla le dormeur. Il se mit sur son séant, et promena dans la chambre un regard éperdu; mais la rougeur de ses yeux et la pâleur blafarde de son visage semblaient démontrer qu'il n'avait pas encore cuvé les suites de ses fredaines de la veille. La femme eut l'air de voir ce dont il avait besoin, car elle apporta sur-le-champ le pot de whisky et lui versa une large dose de ce spiritueux dans toute sa pureté. Le mari l'avala avec satisfaction, et, d'une main tremblante, rendit le verre cassé à sa femme, qui l'emplit à moitié et le vida elle-même. Puis, se tournant vers Cassy, et faisant la remarque que l'on n'était bon à rien avant d'avoir pris, le matin, sa petite goutte de liqueur, elle lui en offrit, et ne parut pas médiocrement étonnée de se voir refusée.

Le mari commença à s'habiller sans se presser, et il

avait à moitié mis ses vêtements avant de voir qu'il
y eût quelqu'un dans la maison. Alors il s'avança et
souhaita le bonjour à l'étrangère. Sa femme le tira aussitôt à part, et ils se mirent à parler tout bas avec chaleur. De temps en temps ils regardaient Cassy au visage,
et, comme elle sentait qu'elle devait être l'objet de leur
conversation, elle commença à éprouver un grand embarras, qu'elle n'avait pas assez l'habitude de la ruse
pour être en état de cacher. Après cette conférence matrimoniale, la brave femme invita Cassy à approcher son
escabeau et à prendre part au déjeuner. Le déjeuner se
composait de gâteaux de maïs bouillants et de lard froid,
manger assez agréable en tout état de chose, mais que
le long jeûne de Cassy lui fit regarder comme le plus délicieux qu'elle eût jamais rencontré.

Elle mangeait avec un appétit qu'elle ne pouvait mo-
dérer; et son hôtesse semblait fort surprise et un peu
alarmée de la rapidité avec laquelle tout disparaissait
sur la table. Le déjeuner fini, le maître de la maison
commença à interroger l'étrangère. Il la questionna sur
Richmond, et lui demanda si elle connaissait telles et
telles personnes qui y vivaient, disait-il. Cassy n'avait
jamais été à Richmond, et ne connaissait la ville que de
nom. Naturellement ses réponses n'étaient guère satisfaisantes. Elle rougissait, balbutiait, tenait la tête bais-
sée, et l'homme acheva de la rendre toute confuse en lui
disant qu'évidemment elle ne venait pas de Richmond,
comme elle le prétendait. Il ajouta que toute dénégation
était inutile, que sa figure la trahissait, et qu'au fait et
au prendre elle ne devait pas être autre chose qu'une évadée. A cette parole, le sang lui monta au visage, et elle se
sentit défaillir. Ce fut en vain qu'elle nia, protesta, supplia. Sa terreur, sa confusion et son inquiétude ne servirent qu'à augmenter l'assurance des dignes époux, qui

paraissaient se réjouir de leur capture et s'amuser de sa détresse et de son effroi, comme un chat joue avec la souris qu'il a prise.

L'homme lui dit que, si elle était vraiment une femme libre, elle n'avait pas le moindre sujet de s'alarmer. Si elle n'avait pas ses papiers sur elle, elle en serait quitte pour rester en prison jusqu'à ce qu'elle pût les faire venir de Richmond. C'était tout!

Mais c'était plus qu'il n'en fallait pour la pauvre Cassy. Elle ne pouvait fournir aucune preuve qu'elle fût libre; et, si elle allait en prison, il était à peu près certain qu'elle serait rendue au colonel Moore, et deviendrait victime de sa fureur et de son libertinage. Il fallait éloigner ce sort autant que possible, et elle ne voyait qu'un moyen d'y échapper.

Elle avoua qu'elle était esclave et qu'elle s'était évadée; mais elle refusa positivement de dire le nom de son maître. Il demeurait, dit-elle, à une grande distance, et elle s'était enfuie de chez lui non par aucun esprit de mécontentement ou de désobéissance, mais parce que sa cruauté et son injustice ne pouvaient pas se supporter. Il n'était rien qu'elle n'aimât mieux que de retomber dans ses mains; s'ils voulaient la préserver de ce malheur, s'ils voulaient la laisser vivre avec eux, elle les servirait fidèlement jusqu'à la fin de ses jours.

Les deux époux se regardèrent et eurent l'air de goûter cette idée. Ils s'éloignèrent pour en conférer. N'était la crainte d'être découverts hébergeant une fugitive, ils semblaient tout disposés à accepter sur-le-champ la proposition. Cassy fit son possible pour calmer leurs appréhensions; et, après un combat assez court, la cupidité et l'amour du pouvoir l'emportèrent, et Cassy devint la propriété de M. Proctor, — c'est ainsi que s'appelait notre homme; — sa propriété volontaire, pouvait-il arguer spécieusement, titre dix fois meilleur que n'en pouvaient faire valoir la grande majorité de ses compatriotes.

Pour prévenir les soupçons des voisins, il fut convenu que Cassy passerait pour une femme libre que M. Proctor avait prise à son service ; et, comme ce gentleman avait le bonheur d'avoir été initié aux mystères de l'art d'écrire, — talent assez rare parmi les « pauvres blancs » de la Virginie, — afin de mettre Cassy en état de répondre à d'impertinentes questions, il lui donna des papiers qu'il forgea pour la circonstance. C'était un grand point d'avoir évité de retourner à Spring-Meadow.

Malgré cela, Cassy ne tarda point à découvrir que sa condition présente ne serait pas fort agréable. M. Proctor était le descendant et le représentant d'une famille qui, à une époque peu éloignée, était riche et considérée. Le fréquent morcellement d'un grand bien que personne ne prenait la peine d'accroître, tandis que tous le diminuaient à force d'oisiveté, de dissipation et de mauvaise gestion, avait laissé le père de M. Proctor en possession de quelques esclaves et d'une étendue considérable de terre épuisée. A sa mort, les esclaves avaient été vendus pour payer les dettes, et, la terre ayant été divisée entre les nombreux enfants, M. Proctor ne se trouva possesseur que de quelques acres stériles. Mais, quoique réduit à cette misérable pitance, il avait été élevé dans les habitudes de dissipation et d'indolence d'un gentleman de la Virginie ; la terre qu'il possédait, bien que si mauvaise et de si peu de valeur que pas un de ses nombreux créanciers ne jugea qu'il valût la peine de lui en disputer la possession, ne lui en conférait pas moins les droits de propriétaire foncier libre et d'électeur ; et il se sentait aussi bien au-dessus de ce qui est regardé dans ce pays-là comme la condition dégradée de travailleur

que le plus riche aristocrate de tout l'État. Il était aussi
orgueilleux, aussi paresseux et aussi dissipé qu'aucun
les nababs, ses voisins; et, comme eux, il consacrait la
plus grande partie de son temps à jouer, à faire de la
politique et à boire.

Par bonheur pour M. Proctor, sa femme était une
personne fort remarquable. Elle ne se vantait pas d'être
le sang patricien; et, lorque son mari commençait à
parler, ce qui lui arrivait souvent, de l'ancienneté de sa
famille, elle l'arrêtait court en faisant observer qu'elle
croyait valoir tout autant que lui, mais qu'après tout ses
ancêtres à elle avaient été de « pauvres hères, » d'aussi
loin qu'on se souvînt d'eux. Si la question pendante
entre l'aristocratie et la démocratie devait se décider
d'après l'expérience des Proctor, les plébéiens l'empor-
teraient indubitablement; car, tandis que son mari ne
faisait à peu près que s'amuser, boire et courir le pays,
mistress Proctor labourait, plantait et récoltait. Sans son
énergie et son activité, il est fort à craindre que les habitudes aristocratiques de M. Proctor ne l'eussent mis,
lui et sa famille, à la charge du comté.

Les services de Cassy étaient une bonne acquisition
pour la maison. La nouvelle maîtresse paraissait résolue à en tirer tout le parti possible; et avant peu la
pauvre fille fut presque complétement épuisée par un
excès et une nature de travail auxquels elle n'était nullement habituée. Deux ou trois fois par semaine, au
moins, M. Proctor rentrait ivre; et, dans ces occasions,
il tempêtait, menaçait sa femme, et accablait ses enfants
d'injures et de coups sans aucune espèce de merci. Cassy
ne pouvait guère s'attendre à être mieux traitée; et, en
effet, sa grossièreté d'ivrogne serait devenue tout à fait
intolérable si l'énergique mistress Proctor n'avait su la
réprimer. D'abord, elle employait la douceur, et apai-

sait par des câlineries et des flatteries ; mais, lorsque ces moyens échouaient, elle fourrait M. Proctor au lit de force, et le contraignait à y rester par la terreur du balai.

Il fallait la salutaire autorité que mistress Proctor exerçait sur son mari pour protéger Cassy contre ce qu'elle redoutait plus encore que la grossièreté du soulard. Toutes les fois qu'il pouvait la trouver seule, il la tourmentait de ses sollicitations ; et elle ne put se délivrer de ses importunités qu'en le menaçant de se plaindre à mistress Proctor. Mais ses ennuis ne finirent même pas là. Mistress Proctor écouta ses plaintes, la remercia du renseignement, et dit qu'elle en parlerait à M. Proctor. Mais elle ne put se figurer qu'une esclave eût la moindre parcelle de cette vertu que les femmes libres de la Virginie s'attribuent exclusivement. Pleine de cette idée, elle jugea tout à fait improbable, quelles que pussent être les prétentions de Cassy, que cette fille eût réellement résisté aux importunités et aux sollicitations d'un homme aussi séduisant que M. Proctor ; et, animée de toute la rage de la jalousie féminine, elle se fit un plaisir de torturer l'objet de ses soupçons. Mistress Proctor, avec tout son mérite, avait un petit faible qu'elle s'était très-vraisemblablement donné pour être agréable à son mari. Elle croyait indispensable de prendre chaque jour une goutte de whisky pour se préserver de la fièvre ; et, lorsque par inadvertance, ce qui arrivait parfois, elle doublait la dose, c'était comme un nouveau fil donné au tranchant de sa méchanceté. En pareille occurrence, paroles et coups pleuvaient avec une terrible violence ; et, quoique peut-être il fût difficile de dire lequel des deux époux était le plus à redouter, à eux deux ils suffisaient à épuiser la patience d'un saint.

La pauvre Cassy ne pouvait trouver aucun moyen de sortir de cette complication de misère, sous laquelle

lle était près de succomber, lorsque, contre toute at-
ente, elle en fut tirée par l'intervention spontanée de
eux voisins de M. Proctor. C'étaient des hommes de
oisir comme lui; comme lui aussi, ils étaient de bonne
amille; l'un d'eux avait reçu une excellente éducation,
t avait pour parents, plus ou moins éloignés, plusieurs
es personnes les plus distinguées de l'État. Mais une
ie de folle dissipation les avait depuis longtemps dé-
ouillés des biens qu'ils avaient hérités, et les avait
éduits à vivre de leur industrie, qu'ils exerçaient, dans
ne sorte d'association, principalement aux courses de
hevaux et dans les maisons de jeu.

Ces deux spéculateurs étaient sur un pied d'intimité
vec M. Proctor, et ils savaient qu'il avait chez lui une
emme libre, car ils croyaient que Cassy l'était. En com-
nun avec beaucoup de Virginiens, ils considéraient
existence d'une classe d'affranchis comme une calamité
ociale qui devait finir par compromettre sérieusement
es « droits sacrés de la propriété, » pour la défense des-
uels il n'est rien qu'un digne fils de la liberté ne fût
er d'entreprendre. Poussés sans aucun doute par des
dées si patriotiques, ces bons citoyens jugèrent qu'ils
endraient service à l'État, sans parler de l'argent qu'ils
nettraient dans leurs poches, en appliquant à ce grand
nal politique, en tant qu'il concernait Cassy, un remède
ue les doctrines de plus d'un homme d'État de la Vir-
inie et l'esprit de plus d'un des statuts virginiens sem-
laient pleinement sanctionner. En bon anglais, ils ré-
olurent de s'emparer de Cassy et de la vendre comme
sclave.

Le métier de faire des enlèvements est un des fruits
aturels du système de l'esclavage; il est aussi commun
t aussi bien organisé, dans plusieurs parties des États-
Inis, que le métier de voler des chevaux l'est dans beau-

coup d'autres pays. Lorsqu'ils se font voleurs d'esclaves, les opérations de ces aventuriers deviennent très-hasardeuses ; mais, lorsqu'ils se bornent à ne voler que des gens libres, ils peuvent exercer leur industrie sans grand danger. Ils peuvent sans doute porter quelque préjudice aux individus ; mais, d'après les doctrines de quelques-uns des hommes politiques les plus populaires de l'Amérique, ils rendent au public un service considérable, puisque, dans cette opinion, la seule chose qui manque pour que les États à esclaves soient un vrai paradis, c'est l'extermination de la classe émancipée. C'était évidemment par d'aussi grandes idées du bien public qu'étaient poussés les amis de Cassy. En tout cas, les sophismes inventés par la tyrannie pour justifier l'oppression peuvent aussi bien leur servir d'excuse qu'à tout autre.

Autant que Cassy put le savoir, leur plan était celui-ci : ils invitèrent M. Proctor à une orgie, et, dès que le whisky l'eut réduit à un état d'insensibilité, un message fut envoyé à sa femme pour l'informer que son mari était tombé dangereusement malade, et qu'elle eût à venir sur-le-champ. Malgré quelques dissensions domestiques, M. et mistress Proctor étaient un couple très-tendre, et la brave femme, tout alarmée de cette nouvelle inattendue, se mit immédiatement en route. Les conspirateurs avaient suivi leur messager et étaient cachés dans un fourré voisin de la maison épiant son départ. A peine l'eurent-ils perdue de vue, qu'ils coururent au champ où Cassy était à l'ouvrage, lui lièrent les mains et les pieds, la mirent dans une sorte de chariot dont ils s'étaient pourvus à cet effet, et partirent aussi vite que possible. Ils voyagèrent toute la journée et toute la nuit ; le matin, de bonne heure, ils arrivèrent à un petit village où ils rencontrèrent un marchand d'es-

:laves qui en menait une bande à Richmond. Nos voleurs
gentlemen eurent bientôt traité avec le marchand gentle-
nan, et, ayant reçu l'argent, ils lui remirent la mar-
:handise.

Il fut touché de la beauté et de la douleur de Cassy, et
ui témoigna une bonté qu'elle n'attendait guère d'un
nomme de sa profession. Ses souliers et ses habits étaient
oresque usés; il lui en acheta de neufs, et, comme elle
:tait à moitié morte de fatigue, de terreur et d'insomnie,
l poussa les ménagements jusqu'à attendre un jour dans
e village, afin qu'elle pût se rétablir un peu avant de se
nettre en route pour Richmond.

Mais elle sut bientôt qu'il attendait quelque chose en
·etour de ces faveurs; lorsqu'ils s'arrêtèrent pour la nuit,
après le premier jour de marche, elle reçut avis qu'elle
levait partager le lit de son maître, et il lui fut expliqué
quand et comment elle devait s'y rendre. Elle crut de-
/oir mépriser cet ordre. Le lendemain matin, son maître
ui demanda compte de cette désobéissance. Il lui rit au
1ez lorsqu'elle parla de l'immoralité de son ordre, et lui
lit qu'il n'avait pas besoin qu'elle vînt lui faire des ser-
nons : il voulait bien l'excuser pour cette fois, mais elle
levait prendre soin de ne pas recommencer.

Le soir, elle reçut les mêmes ordres que la veille et n'y
obéit pas davantage. Son maître, qui avait passé la moi-
:ié de la nuit à boire et à jouer avec de joyeux compagnons qu'il avait trouvés à la taverne, furieux de ne pas
la trouver chez lui comme il s'y attendait, se mit à sa
recherche. Heureusement, il était trop gris pour savoir
très-bien où il allait; il n'était qu'à quelques pas de la
taverne lorsqu'il tomba par-dessus une pile de bois et se
fit beaucoup de mal. Ses cris attirèrent bientôt à son secours des gens de la taverne; on le porta dans sa chambre, on bassina ses contusions, et on le mit au lit.

Il ne put se lever que tard le lendemain matin; mais il ne fut pas plutôt debout qu'il résolut de tirer ample vengeance de son désappointement et de ses contusions. Il arriva en boitant à la porte de la taverne, une béquille d'une main et un fouet de l'autre. Il avait fait ranger tous ses esclaves devant la maison, et deux des plus vigoureux tinrent Cassy par les bras tandis qu'il la frappait. Les cris de l'infortunée eurent bientôt attiré les oisifs et les badauds, qui semblent composer la principale population d'un village de la Virginie. Quelques-uns s'informèrent du motif de cette exécution, mais sans paraître croire la question assez importante pour attendre une réponse. L'opinion générale semblait être que le maître était gris et avait choisi cette manière de cuver son vin; mais, qu'il fût gris ou sobre, personne ne songeait à entraver ses « droits incontestables. » Au contraire, tout le monde voyait cela avec indifférence, sinon avec approbation, et le plus grand nombre avait l'air de prendre autant de plaisir à ce divertissement que des enfants à battre un malheureux chat.

Au milieu de cette scène, une belle voiture de voyage s'arrêta à la porte. Deux femmes étaient dedans, et elles n'eurent pas plutôt vu ce qui se passait qu'avec cette humanité si naturelle aux femmes, que même l'horrible habitude de la tyrannie ne peut l'éteindre entièrement dans leurs cœurs, elles prièrent ce brutal de cesser de battre cette pauvre fille, et de leur dire ce qu'elle avait fait.

Le misérable abaissa son fouet avec répugnance, et répondit d'un ton bourru que c'était une insolente drôlesse qui ne méritait pas l'attention de deux dames comme elles, et qu'il ne faisait que lui administrer une petite correction salutaire.

Cette réponse, toutefois, ne parut pas les satisfaire, et

elles descendirent de voiture. La pauvre Cassy sanglo-
tait, à peine en état de prononcer une parole; ses cheveux étaient tombés sur son visage et sur ses épaules,
et ses joues étaient toutes sillonnées de pleurs. Cependant,
même en cet état, les deux dames semblèrent frappées de
son apparence. Elles entrèrent en conversation avec elle,
et virent bientôt qu'elle avait été élevée pour être femme
de chambre, et que son maître actuel était un vendeur
d'esclaves. Ces dames, à ce qu'il paraît, avaient voyagé
au Nord, et, en route, elles avaient perdu une domestique d'un subit et violent accès de fièvre. Elles s'en
retournaient à la Caroline, et la plus jeune des deux
suggéra à sa mère (car l'autre était sa mère) d'acheter Cassy pour remplacer la femme de chambre qu'elles
avaient perdue. La mère fit quelques difficultés d'acheter une étrangère qui leur était complétement incon-
nue, et qui avait été vendue par son précédent maître,
et Dieu sait pour quelle raison. Mais quand les larmes,
les prières et les supplications de Cassy se joignirent aux instances de sa fille, elle ne put résister,
et demanda à l'homme le prix. Il le dit. La somme
était forte; mais mistress Montgomery (c'était le nom
de la dame) était de ces gens qui, lorsqu'ils se sont
décidés à une action généreuse, ne sont pas facilement
détournés de leur dessein. Elle emmena Cassy dans la
maison, ordonna d'apporter les malles, et dit à l'homme
de dresser son acte de vente. Dès que l'acquisition fut
terminée, elle monta avec Cassy dans sa chambre, et lui
fit mettre des vêtements plus conformes à sa nouvelle
situation que ne l'étaient la robe grossière et les lourds
souliers dus par la pauvre fille à la générosité si désin-
téressée de son dernier maître.

Cassy était habillée, l'acte de vente remis et l'argent
payé, lorsque survint le frère de mistress Montgomery

et son compagnon de voyage. Il railla beaucoup sa sœur
de ce qu'il appelait son absurde disposition à s'interpo-
ser entre les maîtres et les domestiques ; il la tança assez
vertement sur l'imprudence de son acquisition et du
prix élevé qu'elle avait donné, et lui dit, en souriant
et en hochant la tête, qu'un jour ou l'autre elle se per-
drait avec sa folle confiance et sa folle générosité.
Mistress Montgomery prit en assez bonne part les
railleries de son frère. La voiture fut commandée, et ils
partirent ensemble.

Les dames avec lesquelles Cassy était venue au meeting
étaient mistress Montgomery et sa fille. Elles demeu-
raient à une dizaine de milles de Carleton-Hall. Cassy
et moi nous étions si près l'un de l'autre depuis six mois
et plus, sans le savoir ! Cassy parlait de sa maîtresse avec
la plus grande affection. Sa reconnaissance était sans
bornes, et elle paraissait éprouver un plaisir réel à
servir une bienfaitrice qui la traitait avec une bonté et
une douceur toujours égales, qu'on rencontre bien rarement, même chez ceux qui sont capables des plus
grands actes de générosité.

En terminant son histoire, Cassy jeta ses bras autour
de mon cou, appuya sa tête sur ma poitrine, et, me regardant au visage, toute ruisselante de pleurs, elle poussa
un soupir, et dit tout bas qu'elle était heureuse. Avec
une telle maîtresse, et se retrouvant, contre toute attente,
dans les bras de son mari bien-aimé, qu'elle croyait
avoir perdu pour toujours, que pouvait-elle désirer ?

Hélas ! pauvre enfant ! elle oubliait que nous étions
esclaves, et que le lendemain même pouvait encore
nous séparer, nous donner d'autres maîtres et renouveler ses souffrances et mes misères !

CHAPITRE XXII.

Avant que nous ne nous fussions dit la moitié de ce que nous avions à nous dire, le mouvement de la foule sur le revers de la colline nous avertit que les offices du matin étaient finis. Jamais sermon de mon maître ne m'avait paru si court. Nous allâmes à la hâte prendre chacun les ordres de nos maîtres. Comme nous approchions de l'agreste chaire, j'aperçus M. Carleton en conversation avec deux dames, qui se trouvèrent être mistress Montgomery et sa fille. Nous nous arrêtâmes à une petite distance. Miss Montgomery regarda autour d'elle, et, nous voyant ensemble, elle fit signe à Cassy de venir, et lui demanda, en me désignant, si c'était là le mari qui l'avait mise dans un tel émoi le matin. Cette question attira l'attention des deux autres personnes, et mon maître eut l'air un peu surpris de me voir dans ce nouveau rôle,

« Qu'est-ce donc, Archy ? dit-il ; que signifie tout ceci ? c'est la première fois que j'entends parler de votre mariage. Vous ne prétendez pas revendiquer cette jolie fille comme votre femme ? »

Je répondis qu'elle l'était effectivement, quoique depuis deux ans et plus nous fussions sans nouvelles l'un de l'autre. J'ajoutai que je ne lui avais jamais parlé de mon mariage, parce que j'avais désespéré de revoir ma femme, et que c'était un pur hasard qui nous avait réunis.

« Eh bien ! Archy, si elle est votre femme, je ne vois pas ce que j'y puis faire, quoique je prévoie que vous passerez la moitié de votre temps à Poplar-Grove. N'est-ce pas le nom de votre campagne, mistress Montgomery ? »

Elle dit que oui ; et, après un moment de silence, elle fit l'observation qu'on avait souvent trop peu d'égards, elle en avait peur, pour les unions matrimoniales des domestiques. Pour sa part, elle ne pouvait s'empêcher de les considérer comme sacrées ; et si, Cassy et moi, nous étions réellement mariés, et que je fusse un garçon convenable et poli, elle n'avait aucune objection à ce que je vinsse à Poplar-Grove aussi souvent que M. Carleton le permettrait.

Mon maître prit sur lui de répondre de ma bonne conduite ; et, se tournant vers moi, il me dit d'amener les chevaux. Je fis toute la diligence que je pus ; mais, avant mon retour, mistress Montgomery était partie, et Cassy avec elle. Nous montâmes à cheval, et nous étions déjà en route pour Carleton-Hall, quand mon maître parut se rappeler que je venais de retrouver une femme dont j'avais été longtemps séparé, et l'idée lui vint que nous pourrions avoir plaisir à nous trouver quelques instants de plus ensemble. Il me félicita de ma découverte d'un air moitié sérieux, moitié plaisant (comme s'il n'était pas bien sûr qu'un esclave crût réellement à la sympathie de son maître) ; et, d'un ton indifférent, il fit la remarque que peut-être je ne serais pas fâché de passer le reste de la journée à Poplar-Grove.

Comme je savais que M. Carleton avait vraiment le cœur très-bon, j'avais appris depuis longtemps à faire la part de son ton cavalier ; et, quelque peu satisfait que je pusse être de la manière dont il la faisait, la proposition était tellement de mon goût, que je l'acceptai avidement. Il tira son crayon de sa poche, et me donna une passe ; je lui demandai, et il me donna quelques renseignements sur la route que je devais prendre ; et, piquant des deux, j'eus bientôt rattrapé la voiture de mistress Montgomery, que je suivis à Poplar-Grove.

C'était une de ces jolies et même élégantes campagnes qu'on rencontre parfois, quoique très-rarement, dans la Virginie et dans les Carolines, et qui peuvent servir à prouver que les habitants de ces États, malgré leur négligence presque générale à cet égard, ne sont pas dénués de toute espèce de goût pour l'architecture et le confort domestique. On arrivait à la maison par une vénérable avenue de vieux chênes. Les bâtiments paraissaient eux-mêmes fort anciens ; mais ils étaient en parfait état de réparation, et le parc, comme les haies, était entretenus avec beaucoup de soin.

Lorsque les dames descendirent de voiture, je m'avançai. Je dis à mistress Montgomery que mon maître m'avait permis de venir voir ma femme, et que j'espérais qu'elle n'aurait pas d'objections à me laisser passer chez elle l'après-midi.

Mistress Montgomery répondit que Cassy était une trop bonne fille pour qu'on lui refusât aucune faveur raisonnable : et que, tant que je me comporterais bien, elle n'aurait jamais d'objection à ce que je vinsse voir ma femme. Elle me fit plusieurs questions sur notre mariage et sur notre séparation ; et la douceur de sa voix, l'aménité naturelle de ses manières, me prouvèrent que c'était une bonne et aimable femme.

Assurément, sur toute la surface des États à esclaves, il est beaucoup de femmes aimables et de bonnes maîtresses. Mais à combien peu sert leur bonté ? Elle n'a qu'une portée bien restreinte ; elle n'a pas le pouvoir d'alléger les souffrances de tant de milliers d'infortunés qui n'entendent jamais de voix plus douce que celle du contre-maître, et qui ne connaissent pas de discipline plus douce que le fouet.

Les domestiques de Poplar-Grove étaient traités avec bonté, même avec indulgence, et ils étaient très-attachés à la famille ; mais, comme il arrive si souvent, la condition des esclaves qui travaillaient aux champs était bien différente. Il y avait environ trois ans que mistress Montgomery, par la mort de son mari et en vertu du testament qu'il avait laissé, était devenue propriétaire et unique maîtresse de sa fortune. En cette occasion, son bon cœur et ses sentiments de justice la portèrent à étendre à l'administration de la plantation le système d'humanité qui l'avait toujours dirigée dans le gouvernement de son ménage. Du vivant de son mari, le quartier des esclaves était à trois milles et plus de la maison ; et, comme les esclaves n'avaient pas la permission de venir à la maison sans être mandés, mistress Montgomery les voyait à peine, et n'était guère au fait de leurs besoins et de leurs griefs. Elle passait même la plus grande partie de l'année à visiter ses parents en Virginie, ou à faire des excursions dans les villes du Nord ; et, lorsqu'elle était chez elle, la répugnance évidente de son mari à la voir se mêler de ces sortes de choses, l'avait toujours empêchée de songer aux affaires de la plantation.

Mais son mari mort, et la plantation et les esclaves devenus sa propriété, elle ne put se faire à l'idée de ne prendre aucun souci du bien-être de plus de cent créatures qui travaillaient du matin au soir à son seul profit. Elle résolut de changer totalement de système et ordonna de rapprocher de la maison le quartier des esclaves, afin qu'elle pût y aller tous les jours.

Elle fut choquée de la misérable ration d'aliments et d'habits que son mari leur avait allouée, et de la somme de travail qu'il avait exigée. Elle fit augmenter l'une et diminuer l'autre. Plusieurs exemples de rigueur excessive étant parvenus à sa connaissance, elle renvoya son contre-maître et en prit un nouveau. Les esclaves n'eurent pas plus tôt découvert que leur maîtresse s'intéressait à leur bien-être, qu'elle fut accablée de pétitions, de réclamations et de plaintes. L'un avait besoin d'une couverture, l'autre d'une bouilloire, et un troisième d'une paire de souliers. Chacun demandait quelque bagatelle, qu'il semblait bien dur de refuser ; et chaque demande octroyée était suivie d'une demi-douzaine d'autres, également importantes et également raisonnables. Mais avant la fin de l'année ces petits articles montèrent à une somme suffisante pour absorber la moitié des bénéfices habituels de la plantation. Il ne se passait guère de jours que mistress Montgomery ne fût assaillie de plaintes sur la sévérité du nouveau contre-maître ; et les esclaves venaient continuellement solliciter la remise de quelques peines dont ils étaient menacés. Deux ou trois circonstances dans lesquelles le contre-maître fut contrarié dans l'exercice tyrannique de son autorité, ne servirent qu'à augmenter cet abus. Elle était harcelée de réclamations incessantes sur lesquelles il lui était presque impossible de savoir la vérité, le contre-maître lui disant une chose et les esclaves une autre. Le second contre-maître fut renvoyé, un troisième donna sa démission de dégoût ; et un quatrième, qui avait pris le parti de flatter les dispositions indulgentes de sa maîtresse, laissa les esclaves faire à peu près ce qui leur plaisait. Naturellement, ils ne se souciaient pas de travailler quand ils pouvaient rester oisifs. Chaque saison, depuis que mistress Montgomery avait commencé ses expériences, la récolte avait été déplorable ; mais cette année il n'y en avait presque pas eu.

Ses amis crurent devoir intervenir. Son frère, qu'elle aimait et dont elle respectait beaucoup l'opinion, lui avait tout le temps fait des représentations sur la marche qu'elle suivait. Il lui parla, cette fois, d'un ton plus positif. Il lui dit que les absurdes idées qu'elle s'était faites sur le bonheur des esclaves la ruineraient infailliblement. Quel besoin avait-elle d'être plus humaine que ses voisins? Et quelle folie pouvait être plus grande que de se réduire, soi et ses enfants, à la mendicité, à poursuivre un projet sentimental et impraticable?

Mistress Montgomery se défendit avec beaucoup de chaleur. Elle allégua ses devoirs envers les infortunés que Dieu avait mis sous sa garde. Elle donna même à entendre qu'il était injuste de vivre dans le luxe sur les fruits d'un travail forcé, et elle parla avec sensibilité de la brutalité des contre-maîtres et du supplice du fouet. Son frère répliqua que tout cela était très-joli, très-généreux, très-philanthropique, et que, tant que ce n'étaient que des paroles, il n'avait pas la moindre objection à y faire. Mais, tout joli et tout philanthropique que cela était, cela ne produisait ni maïs ni tabac. Elle pouvait parler comme elle voudrait; mais, si elle comptait vivre de sa plantation, il fallait la gérer comme faisaient les autres. Tous ceux qui s'y connaissaient le moins du monde lui disaient que, si elle voulait avoir une récolte, il fallait avoir un vigoureux contre-maître, lui mettre un fouet à la main, et lui donner carte blanche pour en user. Si elle voulait prendre ce parti, elle pourrait avec raison se dire la maîtresse de la plantation; mais, tant qu'elle suivrait ses errements actuels, elle ne serait que l'esclave de ses esclaves; et sa philanthropie n'aboutirait qu'à lui faire vendre ses esclaves pour payer ses dettes, et à la réduire elle-même à la mendicité.

Ces chaleureuses remontrances firent une profonde impression sur mistress Montgomery. Elle ne pouvait nier que la plantation n'eût presque rien produit depuis qu'elle l'avait en sa possession, et elle sentait qu'en dépit de tous ses efforts en leur faveur, ses serviteurs étaient mécontents, oisifs et insubordonnés. Cependant, elle n'était pas disposée à céder. Elle persista à dire que ses idées sur les relations mutuelles du maître et de l'esclave étaient évidemment dictées par la justice et par l'humanité, dont on ne pouvait méconnaître la voix lorsqu'on avait quelque prétention à la vertu et à la conscience. Elle soutint que le système qu'elle essayait d'introduire était bon, et qu'il ne lui fallait qu'un contremaître assez sensé pour l'appliquer d'une manière judicieuse. Il pouvait bien y avoir du vrai là-dedans. Si elle avait pu trouver un homme comme le major Thornton et en faire un contre-maître, elle aurait peut-être réussi. Mais de tels hommes sont rares partout, et ils sont très-rares dans les États à esclaves. Dans l'ensemble, les contre-maîtres américains sont la race la plus ignorante, la plus intraitable, la plus stupide, la plus entêtée qui ait jamais existé. Que pouvait faire une femme obligée de recourir à leur assistance, et contre laquelle on ameutait les préjugés de tous ses voisins? Les choses empiraient; l'argent comptant qu'avait laissé son mari était entièrement dépensé, et ses affaires ne tardèrent pas à s'embrouiller si fort, qu'elle fut forcée d'appeler son frère à son aide. Il refusa positivement de se mêler de rien, à moins qu'elle ne lui remît entièrement le maniement de ses affaires. Après une courte et vaine résistance, elle dut accepter ces dures conditions.

Il prit immédiatement en main sa plantation. Il reporta les cases à leur première place, rétablit l'ancienne règle, qu'aucun esclave ne devait venir à la maison

sans y être mandé. Il les réduisit à leur précédente
ration d'aliments et d'habits, et il engagea un contre-
maître, sous la condition expresse que mistress Montgomery n'écouterait jamais aucune plainte contre lui, et
ne se mêlerait en rien de la manière dont il conduirait la
plantation.

Un mois après ce retour à l'ancien système, près
d'un tiers des travailleurs s'étaient évadés. Le frère de
mistress Montgomery lui dit qu'il n'y avait rien là à
quoi on ne dût s'attendre : car les drôles avaient été
tellement gâtés, qu'ils étaient incapables de supporter la
salutaire sévérité de la discipline indispensable sur une
plantation. Après de longues recherches et beaucoup
d'ennuis et de dépenses, les évadés, à l'exception d'un
ou deux, avaient fini par être repris, et Poplar-Grove,
sous la nouvelle administration, était retombé par degrés dans sa routine de coups de fouet et de rude travail.
De temps à autre, malgré toute la peine qu'on prenait
pour l'empêcher, quelque acte de sévérité parvenait à
l'oreille de mistress Montgomery, et, dans le premier
mouvement de son indignation, elle déclarait parfois
que la plus extrême pauvreté vaudrait mieux que la richesse et le luxe dont elle était redevable au fouet du
piqueur. Mais elle s'était à peine laissée aller à ses élans
de généreuse passion qu'elle reconnaissait elle-même,
qu'elle ne devait pas songer à renoncer au luxe dont
elle avait l'habitude depuis son enfance. Elle tâcha de
ne pas savoir ou d'oublier l'injustice et la cruauté que
condamnait son cœur, mais qu'elle n'avait pas le pouvoir ou plutôt le courage d'empêcher. Elle s'enfuit d'une
maison où elle était toujours poursuivie par le spectre
de cette tyrannie déléguée, dont, malgré tous ses efforts
pour se le nier ou se le déguiser, elle se sentait responsable ; et, tandis que ses esclaves s'exténuaient sous le

soleil brûlant d'un été de la Caroline, et gémissaient
sous le fouet d'un impitoyable contre-maître, elle essayait
de noyer le souvenir de leurs griefs dans les dissipations
de Saratoga ou de New-York.

Mais elle était obligée de passer une partie de l'année
à Poplar-Grove, et, bien qu'elle eût, elle ne pouvait toujours garantir sa sensibilité de quelque rude atteinte.
J'en eus un exemple frappant à ma première visite. Un
des travailleurs de la plantation avait obtenu de la condescendance du contre-maître, qui, par parenthèse,
était un très-rigide presbytérien, une passe pour assister au meeting de M. Carleton. Après le meeting, sa
maîtresse l'y rencontra, et, comme elle voulait envoyer
un message à un de ses voisins, elle l'appela et le lui
confia. Il se trouva que le contre-maître de mistress Montgomery était chez ce voisin lorsque l'esclave y arriva
avec le message de sa maîtresse. Le contre-maître, le
voyant, lui demanda quel besoin il avait de venir ici
lorsque sa passe ne lui permettait que d'aller au meeting
et d'en revenir. Ce fut en vain que le pauvre diable allégua les ordres de sa maîtresse. Le contre-maître dit
que cela ne faisait aucune différence, attendu que mistress Montgomery n'avait point à s'occuper des hommes
de la plantation ; et pour graver ce fait dans sa mémoire,
il lui administra une douzaine de coups de fouet sur le
lieu même.

Le malheureux fut assez hardi pour aller à la maison
et faire sa plainte à mistress Montgomery. Le ressentiment de celle-ci fut au comble ; mais les conventions
qu'elle avait faites avec son frère la laissaient désarmée.
Elle fit un beau présent à l'esclave, lui dit qu'il avait été
injustement puni, et le pria de s'en retourner et de ne
rien dire à personne. Elle se résigna à la mortification
de faire cette demande, dans l'espoir d'épargner à ce

pauvre hère une seconde punition. Mais, de façon ou d'autre, à ce que j'appris plus tard, le contre-maître découvrit ce qui s'était passé ; et, pour venger son autorité suprême et maintenir la discipline de la plantation, il fit fouetter le rebelle plus cruellement que la première fois.

Tels sont les désastreux effets du système de l'esclavage, que, dans beaucoup trop de cas, le bon vouloir le plus sincère et les efforts les mieux intentionnés en faveur de l'esclave n'aboutissent qu'à le plonger plus avant dans le malheur. Il est impossible d'édifier rien de bon sur une base si mauvaise. La bienveillance d'un propriétaire d'esclaves est aussi peu méritoire que celle du bandit qui, après avoir dépouillé un voyageur, tire généreusement de son porte-manteau de quoi couvrir sa nudité. Quelle absurdité plus grossière que de vouloir être humainement cruel et généreusement injuste ! La première mesure à prendre en faveur de l'esclave, sans laquelle tout autre est superflue, et pis que superflue, c'est de le rendre libre !

CHAPITRE XXIII.

J'ai déjà dit que le dimanche est le jour férié des esclaves. Lorsqu'il est permis de se marier entre esclaves de différentes plantations, c'est en général la seule occasion que les membres épars de la famille aient de se voir. Beaucoup de planteurs, qui s'enorgueillissent de l'excellence de leur discipline, interdisent totalement ces sortes de mariages, et, lorsqu'ils ont une surabondance d'esclaves

mâles, ils aiment mieux qu'une femme ait une demi-douzaine de maris que de souffrir que leurs esclaves se cor-
rompent en courant sur les plantations étrangères.

D'autres administrateurs, tout aussi entendus en fait
de discipline, et un peu plus fins que leurs voisins, ne
défendent qu'aux hommes de se marier au dehors; ils
laissent très-volontiers les femmes prendre des maris où
elles peuvent. Leur raisonnement est celui-ci : lorsqu'un
mari va voir sa femme qui vit sur une autre plantation,
il n'y saurait aller les mains vides; il apporte quelque
chose, probablement quelque chose à manger, qu'il a dérobé dans les champs de son maître afin de se faire bien
venir et que son arrivée soit une espèce de fête. Or, tout
ce qui s'apporte ainsi sur une plantation est autant de
gagné, et, autant que cela peut s'étendre, on nourrit ses
esclaves aux dépens de ses voisins.

Le dimanche, comme j'ai dit, est le jour où les esclaves
mariés se rendent visite. Mais le dimanche n'était pas
pour moi un jour de fête; car, en général, ce jour-là,
j'étais obligé d'accompagner mon maître dans ses dévotes
excursions. Pour m'en dédommager, M. Carleton m'accordait l'après-midi des jeudis, de sorte que je pouvais
voir Cassy une fois au moins par semaine.

L'année qui suivit fut la plus heureuse de ma vie, et,
malgré les mortifications et les misères inséparables de
l'esclavage, même sous sa forme la moins repoussante,
je me rappelle toujours cette année avec plaisir, et ce
souvenir a toujours le pouvoir de me réchauffer le cœur,
si rempli qu'il soit de tristesse et d'amertume.

Avant la fin de l'année, Cassy me rendit père. Notre
petit garçon avait toute la beauté de sa mère; et il faut
être père et mari aussi tendre que je l'étais pour comprendre ce que j'éprouvais en pressant ce petit trésor
sur mon cœur.

Oui, pour comprendre ce que j'éprouvais, il faut, comme moi, non-seulement être père, mais hélas! être père d'un esclave!

Est-il donc vrai que cet enfant de mes espérances et de mes vœux, ce gage d'amour mutuel, ce fils bien-aimé dont je suis le père, est-il vrai qu'il ne m'appartienne pas?

N'est-ce pas mon devoir et mon droit, un droit et un devoir plus chers que la vie, de l'élever avec toute la tendresse paternelle, afin que, devenu homme, il me paye de mes soins, et, à son tour me soutienne et me soigne quand je serai un vieillard faible et chancelant?

C'est peut-être mon devoir, mais ce n'est pas mon droit. Un esclave n'a pas de droits; sa femme, son enfant, son travail, son sang, sa vie, rien de ce qui donne du prix à la vie n'est à lui : il tient tout du bon plaisir de son maître; il ne peut rien posséder, et, s'il semble avoir quelque chose, c'est par pure tolérance de son propriétaire.

Ce petit enfant lui-même peut être arraché de mes bras, vendu demain à un étranger, et je n'aurai le droit de rien dire. Ou, si cela n'arrive pas, si son enfance obtient quelque compassion, et s'il n'est pas arraché du sein de sa mère lorsqu'il n'a pas encore le sentiment de son malheur, quelle triste et déplorable destinée l'attend! privé, même en espoir, de tout ce qui vaut la peine de vivre, élevé pour être esclave!

Esclave! ce seul mot en dit plus que des volumes! Il parle de chaîne, de fouet et de torture, de travail forcé, de faim et de fatigue, de toutes les misères que souffrent nos malheureux corps. Il parle de pouvoir hautain et d'ordres insolents; d'avarice insatiable, d'orgueil repu et de luxe vaniteux; de la froide indifférence et de l'insouciance

dédaigneuse dont l'oppresseur regarde ses victimes. Il
parle de crainte rampante et de basse servilité; de méprisable ruse et de vengeance traîtresse. Il parle d'humanité outragée, dégradée; de liens sacrés de famille
foulés aux pieds; d'aspirations étouffées, d'espoir détruit,
et de mains sacriléges éteignant le flambeau de l'intelligence. Il parle de l'homme privé de tout ce qui le fait
aimable, de tout ce qui le fait noble; dépouillé de son
âme, et réduit à la bestialité.

Et toi, mon enfant, voilà donc ta destinée! que le ciel
ait pitié de toi, car tu ne dois rien attendre de l'homme!

Le premier accès de joie instinctive que j'avais ressenti
à la vue de mon petit garçon se dissipa sans retour, dès
que je fus assez maître de moi pour me rappeler le sort
qui lui était réservé. C'est avec des sentiments bien divers mais toujours douloureux que je le contemplais lorsqu'il dormait sur le sein de sa mère, ou que, s'éveillant,
il souriait à ses caresses. Il était vraiment bien joli! je
l'aimais pour l'amour de sa mère, oh! comme je l'aimais!
Cependant, j'avais beau faire, je ne pouvais échapper
un seul moment à l'arrière-pensée du sort qui l'attendait. Je savais bien que, s'il devenait jamais homme, il
payerait mon amour de justes malédictions, de malédictions sur son père, qui ne lui avait donné qu'une vie
grevée du legs de la servitude.

Je ne trouvai plus dans la société de Cassy le même
plaisir qu'auparavant; ou plutôt le plaisir que je ne pouvais m'empêcher d'y trouver était mélangé de beaucoup
de chagrin. Je ne l'aimais pas moins; mais la naissance
de cet enfant avait répandu une nouvelle amertume dans
la coupe de l'esclavage. Chaque fois que je le regardais,
mon esprit se remplissait d'horribles images. L'avenir
tout entier semblait se révéler à moi. Je le voyais nu, enchaîné, et saignant sous le fouet; je le voyais, tout trem-

blant, faire le chien couchant pour échapper; je le voyais complétement avili, et tout sentiment mâle éteint en lui; il m'apparaissait déjà sous cet ignoble aspect : un esclave content de son sort !

Je ne pus le supporter. Je me levai dans un accès de frénésie; j'arrachai l'enfant des bras de sa mère; et, tout en le comblant de caresses, je cherchai les moyens d'éteindre une vie qui, émanée de la mienne, semblait destinée à n'être qu'une prolongation de ma misère.

Je roulais des yeux égarés, sans aucun doute; et ma sombre détermination devait se trahir visiblement sur mon visage, car malgré sa douceur et sa confiance, et quoique incapable de la fureur sauvage qui déchirait mon cœur, ma femme, avec la vigilance instinctive d'une mère, parut deviner quelque chose de mon intention. Elle se leva précipitamment, et, sans dire un mot, elle prit l'enfant de mes mains tremblantes; et, le pressant sur son sein, elle me lança un regard qui disait toutes ses craintes, qui disait que la vie de la mère était liée à celle de l'enfant.

Ce regard me désarma. Mes bras furent comme paralysés, et je tombai dans une sombre stupeur. Je n'avais pu accomplir mon dessein; mais, en y renonçant, je n'étais pas convaincu d'avoir rempli mon devoir de père. Plus j'y pensais, et cette pensée absorbait entièrement mon esprit, plus j'étais persuadé qu'il valait mieux pour l'enfant qu'il mourût. Et, si sa mort devait mettre en danger mon âme, j'aimais assez mon fils pour ne pas reculer même devant cela!

Mais sa mère!

J'aurais voulu la raisonner; mais je savais combien il serait inutile de mettre aux prises le jugement de la femme contre les sentiments de la mère; et je comprenais qu'une seule larme coulant sur sa joue, un seul de es regards, et celui notamment qu'elle m'avait lancé lorsque je lui avais arraché l'enfant, l'emporterait de beaucoup, dans mon esprit, sur le plus fort de mes arguments.

L'idée de préserver l'enfant, par un seul acte hardi, de tous les malheurs qui le menaçaient, avait traversé mon esprit comme une faible étoile éclaire les ténèbres d'une nuit orageuse. Mais cette lueur de consolation était éteinte; l'enfant devait vivre.

La vie que je lui avais donnée, je ne devais pas la lui reprendre. Non! quand même chaque jour de cette vie attirerait de nouvelles malédictions sur ma tête, et quelles malédictions! celles de mon enfant! Tel est le dard qui reste enfoncé dans mon cœur, la fatale blessure que rien ne peut guérir!

CHAPITRE XXIV.

Un dimanche matin, l'enfant avait alors environ trois mois, deux étrangers arrivèrent à l'improviste à Carleon-Hall. Par suite de leur arrivée, des affaires urgentes occupèrent mon maître, en sorte qu'il se trouva obligé de manquer le meeting qu'il avait indiqué pour ce jour-là. Je n'en fus pas fâché; car cela me laissait la liberté d'aller voir ma femme et mon enfant.

On était en automne. La chaleur de l'été avait diminué, et la matinée était brillante et embaumée. L'air était d'une douceur charmante, et les bois offraient une variété de couleurs qui surpassait presque celle du printemps. Comme je me dirigeais à cheval vers Poplar-Grove, la

sérénité du ciel et la beauté de la perspective semblaient
répandre dans mon cœur un calme plaisir. J'en avais
d'autant plus besoin, que j'avais eu plusieurs motifs sérieux d'irritation dans le cours de la semaine; et à
chaque nouvelle indignité à laquelle ma situation m'exposait, je souffrais doublement, une fois pour moi-même,
et une seconde fois, par anticipation, pour mon enfant.
Je m'étais mis en route dans une disposition d'esprit peu
agréable; mais l'exercice, la vue, et ce bon air d'automne, m'avaient inspiré une joyeuse activité d'esprit
que je n'avais pas éprouvée depuis plusieurs semaines.

Cassy m'accueillit avec un sourire et avec ces caresses
qu'une femme prodigue si facilement à un mari qu'elle
aime. La veille, sa maîtresse lui avait donné des vêtements neufs pour l'enfant, et elle venait de l'habiller
pour mettre le petit homme en état, disait-elle, de recevoir son père. Elle apporta l'enfant et le mit sur mon
genou. Elle loua sa beauté; et, me passant le bras autour du cou, elle essaya de retrouver les traits du père
sur le visage du fils. Dans l'élan de sa tendresse maternelle, elle paraissait oublier l'avenir; et, par mille tendres
caresses et tous les petits artifices de l'amour féminin,
elle cherchait à me le faire oublier aussi. Elle n'eut que
peu de succès. La vue de ce pauvre enfant qui souriait,
sans soupçon de sa destinée, me rejeta dans la mélancolie. Cependant je ne pouvais supporter l'idée de tromper
les espérances et les efforts de ma femme; et, pour lui
faire croire qu'elle avait réussi, je m'efforçai d'affecter
une gaieté que je n'éprouvais pas.

La beauté de la journée nous tenta de sortir. Nous
nous promenâmes dans les champs et dans les bois, portant l'enfant tour à tour. Cassy avait cent petites choses
à me raconter sur les premiers indices d'intelligence que
donnait notre fils. Elle parlait avec toute la verve et toute

a chaleur d'une mère. J'osais à peine ouvrir la bouche. Si j'avais commencé, je n'aurais pu m'arrêter ; et je ne voulais pas empoisonner son plaisir en laissant déborder l'amertume que je sentais bouillonner au fond de mon cœur.

Les heures s'écoulaient insensiblement, et déjà le soleil déclinait. Mon maître m'avait ordonné de revenir pour la nuit, et il était temps pour moi de partir. Je pressai l'enfant sur mon cœur, j'embrassai Cassy sur la joue, et lui serrai la main. Elle ne parut pas satisfaite d'un adieu si froid, car elle jeta ses bras autour de mon cou, et m'accabla de caresses. Cette effusion différait tellement de sa réserve habituelle que je n'y comprenais rien. Était-il possible qu'elle eût quelque pressentiment instinctif de ce qui allait arriver ? Lui était-il venu à l'esprit que c'était notre dernier adieu ?

CHAPITRE XXV.

Quand je revins à Carleton-Hall, j'y trouvai tout dans la plus grande confusion. Je ne fus pas longtemps sans en savoir la cause. Il paraît qu'il y avait environ un an, M. Carleton s'était trouvé très-pressé d'argent, ce qui l'avait obligé de s'occuper un peu de ses affaires. Il avait reconnu qu'il était endetté à un point dont il ne se doutait pas encore ; et, comme ses nombreux créanciers, qu'on endormait depuis trop longtemps avec des promesses, commençaient à devenir très-importuns, il comprit la nécessité de quelque remède énergique. Un emprunt semblait le plus prompt moyen, et il réussit à emprunter une forte somme à des prêteurs d'argent de Baltimore en hypothéquant ses esclaves, y compris ceux de la maison, et moi-même dans le nombre. Cette somme, il l'employa à se garantir de jugements obtenus contre lui, et à éteindre ses dettes les plus criardes. L'emprunt avait été fait pour un an : non que M. Carleton s'attendît à pouvoir se libérer à l'échéance avec ses propres ressources ; mais il espérait obtenir d'ici là un emprunt permanent qui lui permettrait de purger l'hypothèque.

Jusqu'alors cet espoir avait été déçu, et il négociait encore lorsque survint l'époque du remboursement. Il y avait eu de cela un mois ; et, quand je revins à Carleton-Hall, j'appris que les étrangers arrivés dans la matinée étaient les agents des prêteurs d'argent de Baltimore, qu'on avait envoyés prendre possession de la propriété. Ils avaient déjà saisi tous les esclaves qu'ils avaient pu trouver ; et je ne fus pas plus tôt dans la maison que je fus pris et mis sous bonne garde. Ces précautions étaient jugées nécessaires pour empêcher les esclaves de s'enfuir ou de se cacher.

Mon pauvre maître était dans la plus grande peine qu'on pût imaginer. Ce fut en vain qu'il demanda un délai et proposa divers accommodements ; les agents déclarèrent que leurs pouvoirs n'allaient pas jusque-là : ils étaient chargés de prendre l'argent ou les esclaves, et, en cas que l'argent ne fût pas prêt, de se rendre avec les esclaves à Charlestown, dans la Caroline du Sud, qui, à cette époque, était considérée comme le meilleur marché pour se défaire de cet article.

Quant à solder sur-le-champ, il n'y avait pas à y songer ; mais M. Carleton espérait pouvoir dans quelques jours, sinon contracter l'emprunt qu'il négociait, du moins obtenir une assistance temporaire qui le mettrait à même de purger l'hypothèque. Les agents consentirent à lui donner vingt-quatre heures de répit, mais refusèrent d'attendre plus longtemps. M. Carleton désespérait de rien faire dans un si court espace de temps, et ne jugea pas que ce fût la peine de le tenter. Les esclaves de la plantation devaient partir : la chose paraissait sans remède ; mais il voulait sauver au moins ceux de la maison, et il pria les agents de ne pas le laisser sans un domestique pour faire son lit ou son dîner.

Les agents répondirent qu'ils étaient vraiment fâchés de la situation désagréable où il se trouvait, mais que, depuis que l'hypothèque avait été prise, plusieurs des esclaves inscrits dans l'inventaire étaient morts, que plusieurs autres n'avaient pas l'air de valoir la somme à laquelle ils avaient été estimés ; que le prix des esclaves avait considérablement baissé depuis et menaçait de baisser encore, et que, tout considéré, ils croyaient plus que douteux que la propriété suffît à payer la dette. Toutefois, comme ils désiraient lui offrir toutes les facilités compatibles avec leurs devoirs, s'il voulait payer la valeur des domestiques qu'il tenait à conserver, ils ne demandaient pas mieux que de recevoir l'argent au lieu des esclaves.

M. Carleton n'avait pas cinquante dollars chez lui ; mais il alla voir immédiatement ce qu'il pourrait emprunter dans le voisinage. Partout où il se présenta, il avait été devancé par la funeste nouvelle. Outre cette hypothèque de Baltimore, on lui connaissait beaucoup d'autres dettes, et ses voisins le regardaient généralement comme ruiné. Naturellement, la plupart d'entre eux ne furent pas disposés à lui prêter leur argent ; et, par le fait, beaucoup n'avaient guère plus d'argent à prêter que M. Carleton. Après avoir couru la plus grande partie de la journée, il réussit à emprunter quelques centaines de dollars, à la condition, toutefois, d'en assurer le remboursement par une hypothèque sur ceux des esclaves qu'il rachèterait. Il était revenu à la maison un peu avant moi, et se demandait déjà quels esclaves il garderait. Il me dit que j'avais été un bon et fidèle serviteur, et qu'il lui en coûtait beaucoup de se séparer de moi; mais il n'avait pas assez d'argent pour nous racheter tous, et il devait donner la préférence à sa vieille nourrice et à la famille de cette pauvre femme. Les agents relâchèrent donc ceux des esclaves qu'il avait choisis : le reste fut tenu sous clef et prévenu d'être prêt à partir le lendemain de bonne heure.

J'avais encore une espérance; je pensais que, si mistress Montgomery pouvait être informée de ma situation, elle m'achèterait certainement. J'en parlai à mon maître; il me dit de ne pas trop me flatter de cette idée, car mistress Montgomery avait déjà plus de domestiques qu'il ne lui en fallait. Cependant il se chargea volontiers d'écrire pour lui expliquer ma situation. Son billet fut expédié par un domestique, et j'attendis la réponse avec un espoir plein d'anxiété.

Enfin le messager revint. Mistress Montgomery était partie le matin avec sa fille pour aller voir son frère, qui vivait à une dizaine de milles de Poplar-Grove, et leur absence devait durer trois ou quatre jours. Je crois que j'en avais entendu dire quelque chose dans la matinée; mais, dans le trouble où j'étais, cela m'était sorti de la mémoire.

Ma dernière espérance était donc perdue, et le choc fut terrible. Jusqu'à ce moment je m'étais fait illusion sur ma position. J'avais l'habitude du malheur, mais ceci dépassait tout. J'avais bien été déjà séparé de ma femme, mais mes souffrances corporelles, mon délire et ma fièvre, avaient amorti l'angoisse de cette séparation.

A présent, d'ailleurs, on m'arrachait aussi à mon enfant ! Mon cœur était gonflé d'une rage impuissante ; il
battait comme s'il eût voulu s'élancer hors de ma poitrine. Mon front était brûlant. J'aurais voulu pleurer,
mais ce soulagement même m'était refusé : la fièvre de
mon cerveau avait tari mes larmes.

Mon premier mouvement fut d'essayer de m'enfuir ;
mais mes nouveaux maîtres connaissaient trop bien leur
métier pour m'en laisser la possibilité. Nous étions tous
réunis ensemble, et soigneusement enfermés. Pour beaucoup des esclaves de la plantation, la précaution était
fort peu nécessaire : un grand nombre d'entre eux
étaient tellement las de la tyrannie du contre-maître de
M. Carleton, que tout changement leur plaisait ; et,
quand leur maître leur fit sa visite d'adieu et commença
à les plaindre de leur malheur, plusieurs eurent la hardiesse de lui dire qu'ils ne se regardaient pas du tout
comme à plaindre : car, n'importe ce qui arriverait, ils
ne pouvaient pas être plus maltraités que par son contre-maître. M. Carleton n'eut pas l'air satisfait de cette
audacieuse déclaration, et prit congé d'eux assez brusquement.

Au lever du jour, on nous mit en ordre pour le voyage.
Un chariot portait les provisions et les enfants ; quant à
nous, nous étions enchaînés ensemble, et nous marchions à la manière habituelle.

C'était un long voyage, et nous fûmes deux ou trois
semaines en route. Pour des esclaves qu'on menait au
marché, nous fûmes traités, en somme, avec une humanité inattendue. Au bout de trois ou quatre jours,
les femmes et les enfants furent délivrés de leurs chaînes ;
et, deux ou trois jours après, la même faveur fut faite
à ceux des hommes dont on se défiait le moins. Nos
conducteurs semblaient vouloir nous mettre en bon état

afin d'augmenter notre prix. Nos étapes étaient très-
modérées. Nous avions tous des souliers, et abondamment de quoi manger. La nuit, nous campions sur le
bord de la route ; nous allumions un grand feu, nous
faisions cuire notre *hominy*, et construisions une hutte
de branchages pour y dormir. Plusieurs d'entre nous
déclarèrent qu'ils n'avaient jamais été si bien traités de
leur vie ; et ils marchaient en riant et en chantant, plutôt
comme des hommes qui voyagent pour leur plaisir que
comme des esclaves qu'on mène vendre. L'esclave est si
peu accoutumé à aucune espèce de douceurs, que la plus
petite bagatelle suffit pour le mettre en extase. La moindre chose ajoutée à sa ration lui fait adorer même un
conducteur d'esclaves.

Les chants et les rires de mes compagnons ne faisaient
qu'augmenter ma tristesse. Ils le remarquèrent, et firent
leur possible pour m'égayer. Je n'avais jamais eu de
meilleurs camarades, et je trouvai quelque soulagement
dans leurs grossiers efforts pour me consoler. J'étais un
favori parmi les esclaves de Carleton-Hall ; je m'étais
donné pour cela quelque peine : car j'avais renoncé depuis longtemps au préjugé absurde et à la sotte fierté
qui, à une autre époque, m'avaient tenu éloigné de mes
camarades, et m'avaient justement valu leur haine.
L'expérience m'avait rendu plus sage, et je ne faisais
plus cause commune avec nos oppresseurs en m'asso-
ciant à la fausse idée qu'ils se font de leur supériorité
naturelle, idée qui n'a d'autre fondement qu'une arro-
gante ignorance, et repoussée depuis longtemps par les
esprits libéraux et éclairés, mais qui est encore la
croyance orthodoxe de toute l'Amérique, et la principale,
je pourrais dire la seule base, sur laquelle s'appuie
l'inique édifice de l'esclavage dans ce pays. Je m'étais
fait un devoir de gagner la bienveillance et l'affection de

mes camarades en me mêlant à eux, en prenant intérêt
à tout ce qui les concernait, et en leur rendant les petits
services que me permettait ma faveur auprès de M. Carleton. Une ou deux fois même j'avais dépassé le but,
et je m'étais attiré de sérieux désagréments en lui faisant
savoir les excès auxquels se portait son contre-maître.
Mais, quoique mes tentatives ne fussent pas toujours
heureuses, ils n'en étaient pas moins reconnaissants.

Quand mes compagnons remarquèrent ma tristesse,
ils cessèrent leurs chants, et, après avoir épuisé leur
court répertoire de condoléances, ils se remirent à
causer plus bas. Mon cœur leur sut gré de leur bonne
intention; mais je ne voulais pas que mon chagrin as-
sombrît la seule fête que leur accorderait peut-être
jamais leur misérable destinée. Je leur dis que rien n'é-
tait plus propre à m'égayer que de les voir joyeux; et,
quoique mon cœur fût près d'éclater, je m'efforçai de
rire, et j'entonnai une chanson. Ils firent chorus avec
moi; les chants et les rires recommencèrent de plus belle,
et la turbulence de leur gaieté me permit bientôt de retomber dans mon humeur silencieuse.

J'avais les sentiments naturels à l'homme : j'aimais ma
femme et mon enfant. S'ils m'avaient été arrachés par la
mort, ou que j'eusse été séparé d'eux par quelque nécessité réelle, inévitable, j'aurais pleuré sans doute;
cependant mon chagrin n'aurait pas eu cette amertume.
Mais voir les liens les plus indissolubles, ceux d'époux
et de père, si violemment et si subitement brisés par le
caprice d'un créancier, et encore créancier d'un autre;
me voir enchaîné, enlevé de chez moi, traîné au marché
et vendu pour payer les dettes d'un homme qui se disait
mon maître! cette pensée soulevait dans mon âme une
haine amère et une indignation brûlante contre les lois
et contre le peuple qui tolèrent de pareilles choses.

Mais les émotions les plus violentes tendent toujours à se calmer. Si l'on survit au premier accès, l'esprit commence promptement à reprendre son équilibre naturel. Je l'éprouvai. Mon impuissante fureur s'apaisa par degrés, et finit par faire place à un morne chagrin, chagrin qu'une distraction violente peut me faire oublier un instant, mais qui, comme le remords du coupable, a des racines trop profondes pour être jamais arrachées.

CHAPITRE XXVI.

Nous arrivâmes enfin à Charlestown, capitale de la Caroline du Sud, et passâmes d'abord quelques jours à nous remettre des fatigues de notre long voyage. Mais, dès que nous fûmes un peu reposés, on nous donna de nouveaux habits et on nous para de manière à figurer avec avantage au marché, où nous fûmes conduits et offerts à l'examen des acheteurs. Les femmes et les enfants étaient charmés de leurs beaux costumes ; ils semblaient jouir de la nouveauté de leur position, et on aurait dit, à l'empressement qu'ils manifestaient de trouver un maître et d'être vendus à un prix élevé, que le profit était pour eux. Je fus acheté, ainsi que le plus grand nombre de mes compagnons, par le général Carter, un des plus riches planteurs de la Caroline du Sud ; sa fortune était vraiment princière. On nous expédia tout de suite à une de ses plantations, située à quelque distance de la ville.

Les basses terres de la Caroline du Sud, comprenant un espace de quatre-vingts milles, qui s'étendent de l'Océan atlantique vers l'intérieur du pays, c'est-à-dire plus de la moitié de l'État, sont une des contrées les plus tristes, les plus misérables et les moins attrayantes qui existent, si toutefois on en excepte un endroit dont nous parlerons tout à l'heure. Le sol de ces basses terres n'offre à la vue qu'une plaine de sable desséchée et couverte, pendant d'interminables milles, de forêts de pins à longues feuilles. On a donné à cette vaste étendue de terrain le nom expressif de *Pine barrens*, qui, dans le dialecte du pays, signifie à peu près *lande stérile couverte de pins*. Cette plaine est parfaitement unie, et élevée à peine de quelques pieds au-dessus de la surface de la mer. Les troncs clair-semés de ces pins, droits et dépouillés de leurs branches, s'élèvent comme de grêles colonnes couronnées d'amas de nœuds entrelacés et de longues feuilles sèches et rudes à travers lesquelles la brise murmure des sons monotones et plaintifs qui ressemblent tantôt à un bruit de cascades, tantôt à celui de vagues se brisant contre les rochers. Jamais on ne voit sous ces arbres d'autre végétation que le petit palmier à scie[1], toujours vert, ou une herbe rare et sèche, dont des troupeaux à demi sauvages se nourrissent en été, et près de laquelle ils meurent de faim en hiver. Les troncs de pins n'empêchent que bien peu la vue de s'étendre au loin sur cette contrée toujours la même, et seulement coupée çà et là par des marais qu'une multitude d'arbres et de plantes rend presque impénétrables. Ce sont, pour la plupart, des lauriers, des chênes aquatiques, des cyprès et d'autres grands arbres. Autour de leurs branches et de leurs troncs blanchis pendent, en tombant jusqu'à terre, de longs et mélancoliques festons de mousse noire : on dirait vraiment les tentures de la maladie et de la mort. Les rivières qui coulent dans ce

1. Saw-palmetto.

triste pays sont larges et basses. Au printemps et en
hiver, dans la saison des pluies torrentielles, elles se
gonflent, débordent, et augmentent encore l'étendue des
immenses marais dont les exhalaisons fébriles corrom-
pent l'air. Même lorsque la pluie finit, la contrée conserve longtemps son caractère de stérilité. C'est un amas
de petits tertres, espèces de dunes sablonneuses jetées en
quelque sorte les unes à côté des autres d'une manière
bizarre et confuse. Dans quelques endroits, le sol est
tellement ingrat que le pin lui-même refuse d'y pousser,
et qu'on y voit tout au plus de rares buissons de chênes
nains ; dans d'autres, ce sont des sables mouvants où
les buissons eux-mêmes ne peuvent végéter.

Et pourtant, quelque stérile que soit cette contrée, l'esprit d'entreprise qui naît de la liberté pourrait en rendre
fertile une grande partie, tandis que le système dispendieux de l'esclavage qui règne encore aujourd'hui permet
d'en cultiver seulement quelques bandes situées le long
des rivières. Tout le reste conserve son état de désolation
originaire et son aspect sauvage et monotone.

La description que nous venons de faire ne peut en
rien convenir à cette partie du rivage qui s'étend de
l'embouchure de la Santee jusqu'à celle de la Savannah,
et qui s'enfonce parfois dans l'intérieur des terres jusqu'à une distance de vingt et trente milles. C'est une
suite de petites îles, les fameux *sea-islands* des marchés
de coton ; le continent, séparé de ces États par d'innombrables canaux tournants, est tout festonné par un grand
nombre de criques et de baies, dont quelques-unes en-
trent assez avant dans la terre ferme. Ces îles, du côté
de l'Océan, offrent à la vue un rivage élevé, mais la partie opposée est le plus souvent marécageuse. Elles étaient
couvertes, dans l'origine, de superbes bois de chênes
verts, un des plus beaux arbres qu'il soit possible de

voir. Le sol de ces petites îles est léger, mais d'une fertilité qu'il n'a pu atteindre dans les contrées sablonneuses de l'intérieur. Les champs y sont protégés contre
la marée par des bancs de sable; ils sont coupés par des
fossés et arrosés par de petits canaux. Le riz croît dans
ceux de ces champs où l'irrigation se fait d'une manière favorable; dans les autres, c'est le long coton de
sea-island, espèce de laine végétale dont la fibre dépasse
en longueur tout autre coton, et rivalise presque avec la
soie pour la force et le moelleux.

La beauté de ces paysages et de ces îles contraste singulièrement avec tout le reste des basses terres de la Caroline du Sud. La vue, aussi loin qu'elle peut s'étendre,
ne rencontre que des champs plats, unis, admirablement
cultivés, et coupés dans toutes les directions par des criques et des rivières. Les habitations des planteurs sont,
pour la plupart, de belles maisons élevées sur des émi-
nences, entourées et ombragées de buissons de choix et
d'arbres magnifiques. Ces maisons ne sont occupées
qu'en hiver. Leurs maîtres en sont chassés pendant l'été,
en partie par l'ennui d'une vie monotone et indolente,
en partie par le mauvais air habituel au pays, et que la
culture du riz augmente encore. Cette aristocratie se
transporte d'ordinaire à Charlestown ou dans les villes
et aux eaux du Nord, où elle ne s'occupe qu'à briller en
affichant un faste extravagant et en s'abandonnant à une
folle dissipation. Les plantations sont alors laissées sous
la direction de contre-maîtres qui, avec leurs familles,
forment presque l'unique population libre de ces pays.
Les esclaves y sont dix fois plus nombreux que les
hommes libres, et toute cette riche et belle contrée ne
sert qu'à entretenir quelques centaines de familles dans
une fastueuse et seigneuriale indolence, qui les rend non-
seulement inutiles au monde, mais un fardeau à elles-

mêmes. Et, pour les entretenir ainsi, plus de cent mille êtres humains sont plongés dans le plus profond abîme de dégradation et de misère.

Le général Carter, notre nouveau maître, était un des plus riches de ces grands seigneurs. La plantation où nous fûmes envoyés s'appelait Loosahachee, et, quoique très-étendue, ne formait qu'une partie de ses vastes propriétés. Pour moi, qui venais de la Virginie, bien des choses me semblaient entièrement neuves et inaccoutumées, tant en ce qui concernait la nature du pays que par la manière dont nous étions traités. D'abord, nous trouvâmes, mes compagnons et moi, qui avions été habitués à recevoir journellement une petite quantité de viande, notre hominy, non assaisonné, moins bon et moins nourrissant que nous ne pouvions raisonnablement le désirer. Étrangers et nouveaux venus, nous étions ignorants des usages du pays, et ne connaissions nullement les moyens qu'employaient les esclaves pour augmenter leur insuffisante pitance. Notre seule ressource était donc de faire appel à la générosité de notre maître.

Il arriva qu'une quinzaine de jours après notre installation, le général Carter, accompagné de quelques amis, fit une course rapide de Charlestown à Loosahachee pour examiner ses moissons. Nous voulûmes profiter de cette occasion pour obtenir une meilleure nourriture, décidés pourtant à ne pas demander trop, de crainte d'être refusés. Après mûre délibération, et résolus à être aussi peu exigeants que possible, nous nous décidâmes à demander que l'on nous accordât un peu de sel pour ajouter à notre pitance. C'était un luxe auquel on nous avait accoutumés; à Loosahachee on ne nous donnait qu'un picotin de blé par semaine. Mes compagnons me prièrent de prendre sur moi la tâche de parler à notre maître au nom de tous : je le leur promis.

Lorsque le général et ses amis se furent approchés, je m'avançai. Il me demanda pourquoi j'abandonnais ainsi mon ouvrage et ce que je voulais. Je lui répondis que j'étais un des esclaves qu'il venait d'acheter; que quelques-uns d'entre nous étaient nés et avaient été élevés dans la Virginie, les autres dans la Caroline du Nord; que nous n'avions pas l'habitude d'être nourris d'hominy seul, et que nous implorions de lui la grâce de nous faire donner un peu de sel.

Il me sembla très-surpris de l'audace de ma demande et s'enquit de mon nom.

« Archy Moore, répondis-je.

— Archy Moore, s'écria-t-il avec ironie, veuillez me dire depuis quand vous avez l'habitude, vous autres, d'avoir deux noms. Vous êtes le premier drôle que j'aie jamais vu se rendre coupable d'une pareille impertinence; oui, vous êtes diablement insolent. Je le vois dans vos yeux, et je vous prie, la première fois que j'aurai l'honneur de vous parler, de vous contenter du nom d'Archy tout seul. »

J'avais pris un second nom en quittant Spring-Meadow; ce qui a souvent lieu en Virginie et ce qui est regardé comme très-innocent. Mais les planteurs de la Caroline du Sud, qui, de tous les Américains, semblent avoir porté le plus loin la théorie et la pratique de l'esclavage, sont envieux de tout ce qui pourrait élever leurs esclaves au-dessus de leurs chevaux et de leurs chiens.

Les paroles et les manières de mon maître étaient très-irritantes; mais je ne me tins pas pour battu, et j'essayai de renouveler ma demande en me servant des expressions les plus respectueuses.

« Vous êtes un tas de drôles diablement exigeants, et jamais satisfaits, répondit-il. Comment, coquins, ne savez-vous pas que ce que je vous donne me ruine déjà?

c'est tout ce que je puis faire que de vous acheter du blé. Si vous voulez du sel en outre, il y a assez d'eau de mer à cinq milles d'ici. Personne ne vous empêche d'en faire. »

En disant ces mots, le général et ses compagnons tournèrent leur chevaux, et partirent en riant aux éclats de cette plaisanterie.

CHAPITRE XXVII.

Au nombre des nouveaux esclaves du général Carter était un nommé Thomas, avec lequel je m'étais lié chez M. Carleton. Il était de pur sang africain, avait de beaux traits, de la force musculaire, et offrait un ensemble remarquable sous bien des rapports. Doué, en outre, d'une grande force morale, il savait endurer avec patience les plus grandes fatigues et les plus cruelles privations. Quoique ses passions fussent des plus violentes, il avait pris (chose rare parmi les esclaves) l'habitude de les dompter, et, dans ses paroles et dans ses actions, il se montrait doux comme un agneau. Le fait est que, tout jeune, il avait été instruit par des méthodistes de son voisinage, dont les leçons lui avaient laissé une impression si profonde qu'on aurait dit qu'ils étaient parvenus à déraciner en quelque sorte de son cœur les sentiments les plus forts de la nature.

Ses maîtres en religion avaient fait entrer dans son âme fière et énergique cette foi à l'obéissance passive et cette patience à toute épreuve qui, inspirées par le sentiment religieux, font plus que le fouet et les fers pour

ompter les pauvres esclaves. On lui avait enseigné que
lieu exigeait qu'il obéît à son maître, qu'il fût content
e son sort, que, quelles que fussent les cruautés d'un
nsolent despotisme à son égard, il était de son devoir
e s'y soumettre en silence et avec humilité. Lorsque son
maître l'avait frappé sur une joue, on lui avait dit de tendre
autre joue, et, chez Thomas, ce n'étaient pas des paroles
ubliées aussitôt que dites. Non, jamais je n'ai rencontré
n homme en qui la foi eût autant de force pour maîtri-
er la passion.

La nature l'avait sans doute formé pour être un de
es esprits élevés qui sont la terreur des tyrans et les
hampions de la liberté; mais les méthodistes en avaient
it un esclave humble, obéissant et passif, qui regar-
nit comme son premier devoir la fidélité à son maître.
amais il ne buvait une goutte de whisky, jamais il ne
olait, et il aurait mieux aimé être fouetté que de dire
n mensonge. Ces qualités, si rares chez un esclave,
iées à une grande activité, lui avaient gagné la bien-
illance du contre-maître de M. Carleton. Il le traitait
mme un domestique de confiance, lui confiait les clefs
le chargeait de distribuer la ration. Thomas remplissait
devoir si scrupuleusement, que même l'humeur capri-
euse du contre-maître n'y trouvait rien à redire. Pendant
x ans qu'il avait passés à Carleton-Hall, il n'avait ja-
ais été fouetté. Et non-seulement il était aimé de l'in-
ndant, mais, ce qui est plus extraordinaire encore, ses
mpagnons d'esclavage lui voulaient du bien. Jamais,
crois, il n'exista un homme d'un cœur aussi dévoué,
un caractère aussi facile. Quand il s'agissait de rendre
rvice à un de ses camarades malheureux, il était prêt
tous les sacrifices. Il partageait sa nourriture avec
ux qui avaient faim, il travaillait pour ceux qui étaient
bles. En outre, il était le guide spirituel de la planta-

tion, et prêchait et priait aussi bien que son maître. Je
n'avais aucune sympathie pour son enthousiasme religieux, mais je l'aimais et l'admirais.

Thomas était marié à une fille nommée Anne, qui était
jolie, spirituelle et d'un excellent caractère. Il l'aimait
tendrement : aussi était-il bien heureux qu'on ne l'eût pas
séparé d'elle lors de son départ de Carleton-Hall, et il en
remerciait la Providence comme d'un bienfait tout particulier. Jamais on ne vit un homme plus heureux et plus
reconnaissant que Thomas, lorsqu'il apprit que sa femme
avait été achetée par le général Carter en même temps
que lui. Aussi reporta-t-il avec joie sur son nouveau maître tout son zèle et tout son dévouement innés. Tandis
qu'à Loosahachee mes autres compagnons et moi n'avions
fait que nous lamenter de notre rude tâche et de l'exiguïté
de notre nourriture, Thomas ne s'était jamais plaint, et
il avait travaillé avec tant de vigueur et d'activité, qu'il
passa bientôt pour un des meilleurs ouvriers de l'établissement.

Il avait un enfant de quelques semaines que, selon les
usages de la Caroline, on apportait à sa mère pour qu'elle
l'allaitât pendant le travail des champs : car les planteurs de la Caroline, si prodigues en toute chose, sont
plus qu'économes lorsqu'il s'agit de leurs esclaves. Par
une soirée brûlante, Anne, assise sous un arbre, prit
son enfant des mains d'une très-petite fille, qui en avait
la garde pendant le jour ; elle venait de remplir son devoir de mère et retournait doucement, et peut-être un peu
de mauvaise grâce à sa besogne, quand le contre-maître
parut à cheval dans le champ. Il s'appelait M. Martin ;
c'était un vigoureux gaillard et qui maintenait bien la
discipline. Il ne pardonnait pas la moindre paresse pendant le travail, et ne permettait pas à l'esclave qui allait
d'un bout du champ à l'autre de marcher ; il exigeait

que l'on courût. Anne avait peut-être oublié cet ordre
ridicule; aussi le cruel homme, galopant vers elle, l'appela en jurant maudite fainéante, et lui porta des coups
de cravache sur la tête. Thomas vit cela et crut sentir
lui-même, et au centuple, les coups que recevait sa pauvre
femme. C'était une épreuve trop forte pour sa foi; il s'avança au secours d'Anne. Nous le priâmes de s'arrêter;
mais les cris et les pleurs de sa femme le rendirent sourd
à nos conseils. Il s'élança donc, et, avant que le contremaître eût le temps de s'en apercevoir, il lui arracha la
cravache des mains et lui demanda de quel droit il maltraitait ainsi une femme qui ne s'était rendue coupable
d'aucune faute.

M. Martin n'était certes pas préparé à un tel acte d'insubordination. Il fit reculer son cheval de quelques pas,
et, tirant un pistolet de sa poche, ajusta Thomas, qui
laissa tomber la cravache et s'enfuit à toutes jambes.
M. Martin fit feu, mais sa main tremblait; il manqua
son coup, et Thomas, continuant à fuir, sauta par-dessus
la haie et disparut dans le fourré.

Le contre-maître, furieux, se tourna alors vers Anne,
qui tremblait et criait. Il appela le piqueur de la bande
et deux ou trois autres hommes, auxquels il donna l'ordre de la dépouiller de ses vêtements. Alors commença
la torture; le fouet à chaque coup entrait dans les chairs
de la malheureuse; son sang coulait en abondance, ses
cris étaient affreux. Quoique habitué à ce genre de spectacle, le cœur me manqua et je sentis comme un vertige. J'aurais voulu saisir le monstre au gosier et le jeter
par terre. Je ne sais comment je me retins; mais ce dont
je suis sûr, c'est qu'il n'y a que l'esclavage qui puisse
rendre un homme capable d'assister ainsi à la torture
d'une femme sans prendre sa défense.

Avant la fin du supplice, la pauvre Anne tomba à terre

dans un état d'insensibilité complète. Le contre-maître nous ordonna de faire une litière de branches sèches et de la transporter chez lui. Nous obéîmes, et, à peine fut-elle dans le vestibule, qu'il lui passa au cou une lourde chaîne qu'il attacha à une poutre, en disant que son évanouissement n'était qu'une feinte et que, s'il ne l'enchaînait pas, elle s'empresserait de courir après son mari.

On nous ordonna alors de donner la chasse à Thomas. A cet effet, nous nous séparâmes en feignant de le chercher dans tous les coins du bois ; mais, à l'exception du piqueur et de deux ou trois lâches coquins, personne de nous ne poursuivit sérieusement. Non loin de la haie s'étendait un marais tout couvert de joncs et de gommiers. Tout à coup, j'aperçus Thomas appuyé contre un arbre ; il me mit la main sur l'épaule et me demanda ce qu'on avait fait de sa femme. Je lui cachai de mon mieux la torture qu'elle avait endurée ; mais je lui dépeignis l'état de rage de M. Martin, lui conseillai de se tenir caché jusqu'à ce que sa fureur fût calmée, et lui assurai qu'on ne le découvrirait pas facilement.

Bientôt nous fûmes rappelés pour reprendre notre travail. Je terminai ma tâche le plus promptement possible, je m'empressai de rentrer pour préparer un peu de nourriture et allai voir la pauvre Anne. Je la trouvai dans le vestibule, encore enchaînée comme nous l'avions laissée. Ses sourds gémissements faisaient voir qu'elle avait repris assez de force pour sentir sa douleur. Elle se plaignit à moi que la chaîne qu'elle avait autour du cou la blessât et l'empêchât de respirer. Je m'étais mis en devoir de la lui rendre un peu plus aisée, lorsque M. Martin parut à la porte, et, me demandant avec sévérité de quel droit je m'occupais de cette fille, m'ordonna de me retirer. Je voulus laisser là la nourriture que j'a-

ais apportée ; mais il me le défendit, disant que la faim
endant quelques jours apprendrait à cette coquine à se
nieux conduire dorénavant.

J'emportai donc les provisions le cœur bien gros. Dès
ue la nuit fut venue, je pris, en faisant un grand dé-
our, afin de n'être pas vu, le chemin de la cachette de
Thomas, que je trouvai facilement. Les questions qu'il
m'adressa au sujet de sa femme furent si pressantes que
e ne pus lui taire la triste vérité. Il était profondément
mu, et parfois il pleurait comme un enfant ; puis il fai-
ait des efforts sur lui-même, et priait ou répétait quelque
erset de la sainte Écriture. Néanmoins la nature l'em-
orta sur la résignation, et, oubliant un instant ses prin-
ipes religieux, il maudit le brutal contre-maître avec
oute l'énergie d'une ardente soif de vengeance. Il s'ac-
usait néanmoins lui-même d'avoir enflammé la rage de
I. Martin, et la pensée que son affection et son désir
.e protéger Anne n'avaient eu pour effet que d'aggraver
es souffrances l'agitait cruellement. Enfin, après d'inu-
iles efforts pour se vaincre, il se laissa aller à la violence
le sa passion, et ne se calma qu'après avoir articulé
les menaces et des imprécations.

Nous causâmes alors de ce qu'il y avait à faire. Je sa-
ais que l'intendant était exaspéré, et je lui avais en-
endu dire que, si une telle insolence n'était pas punie
l'une manière exemplaire, il s'ensuivrait des actes d'in-
ubordination parmi tous les esclaves du voisinage. Je
avais néanmoins que M. Martin n'oserait pas mettre
Thomas à mort : c'est là, et là seulement que s'arrête
'autorité d'un contre-maître ; mais il a le droit d'infliger
les tortures qui sont cent fois pires que les angoisses de
a mort. Mon avis fut donc que Thomas cherchât son saut dans la fuite, d'autant plus que, si même il était re-
oris, le châtiment qu'on lui ferait subir ne serait certes

pas plus terrible que celui qui l'attendait dans le cas où il se rendrait volontairement.

D'abord ce conseil sembla lui plaire, et je vis briller sur son visage une expression d'énergie et d'audace que je n'y avais encore jamais observée. Mais ce ne fut qu'un éclair.

« Anne est entre ses mains, dit-il; je ne puis l'abandonner! et elle, pauvre créature, elle n'aurait jamais le courage de fuir avec moi! Non, je ne puis m'y résoudre, Archy, je ne puis abandonner ma femme!... »

Que pouvais-je répondre? je comprenais toute l'horreur de sa position, et j'étais vaincu par la force de ses arguments. Aussi, persuadé qu'il serait inutile de chercher à les combattre, je gardai le silence.

Pendant quelque temps, il sembla comme perdu dans ses réflexions; ses regards étaient fixés sur la terre. Enfin il m'annonça que sa résolution était prise et qu'il irait à Charlestown faire un appel à la générosité de notre maître.

D'après ce que je savais du général Carter, je n'attendais pas beaucoup de cette démarche; mais, comme Thomas n'avait pas d'autre ressource, je ne fis aucune opposition. Il mangea ce que je lui avais apporté et résolut de partir aussitôt. Depuis notre arrivé à Loosahachee, il n'était allé qu'une fois à Charlestown; mais il avait une excellente mémoire locale, et je ne doutai nullement qu'il n'y arrivât.

De retour à ma case, je me couchai; mais le trouble dans lequel j'étais par rapport à Thomas et aux chances de son projet m'empêcha de dormir. A l'aube, j'allai travailler, et mon anxiété me stimulait tellement que j'eus terminé ma tâche longtemps avant mes compagnons. En rentrant, je vis passer sur la route la voiture du général Carter, et le pauvre Thomas enchaîné derrière, sur le marchepied du domestique.

Dès qu'il fut arrivé devant la maison, le général des-
endit de voiture et envoya chercher M. Martin, qui,
rmé de son fouet et accompagné de son chien de chasse,
attait les bois depuis le matin en quête du fugitif.
e général donna ordre à tous les esclaves de se réunir.

Enfin M. Martin arriva. Dès que le général l'aperçut,
s'écria :

« Eh bien ! monsieur, voilà un déserteur que je vous
amène; figurez-vous que le drôle s'est permis de venir
Charlestown pour me parler de ses griefs contre vous.
lais, d'après son propre récit, il a été coupable de la
lus grande insolence ! Arracher une cravache des mains
'un contre-maître ! mais où irons-nous, si de semblables
rôles se mettent en tête de vouloir justifier un tel acte
'insubordination ? Si on les laisse faire, ils en viendront
nous égorger ! Aussi ne lui ai-je pas même permis de
ontinuer son discours, et je lui ai signifié que je par-
onnerais tout plutôt qu'une insolence vis-à-vis de mon
ontre-maître. Je serais moins sévère s'il s'était agi de
10i; mais mon contre-maître !... Aussi vous l'ai-je ra-
1ené en toute hâte et au risque de prendre la fièvre en
assant la nuit à la campagne. Que ce coquin soit
igoureusement fouetté, monsieur Martin, vigoureuse-
1ent, vous dis-je !... J'ai fait assembler tous les ou-
riers, afin qu'ils assistent au châtiment; cela leur sera
1on !... »

M. Martin s'élança sur sa proie avec la férocité d'un
igre; mais je ne veux pas décrire une seconde fois ces
pouvantables scènes, qui ne peuvent inspirer que le dégoût. Que celui qui est curieux de les connaître aille
asser six mois dans une plantation américaine : il se
onvaincra que la question était une découverte super-
lue, et que le fouet suffit à la torture.

Quoique le corps de Thomas fût déchiré, et qu'il s'é-

vanouît par la perte du sang et sous les coups des deux
piqueurs chargés de le fouetter, son énergie morale et
sa force physique étaient telles qu'il dédaigna de demander grâce et qu'il ne laissa pas échapper une plainte.
Peu de jours après, il était rétabli et travaillait comme
d'habitude.

Il n'en fut pas ainsi de sa femme : d'une constitution
délicate et non encore remise de ses couches, elle souffrit
pendant longtemps des suites de la torture qu'on lui
avait fait subir ; bientôt il lui survint une espèce de fièvre
nerveuse qui la laissa sans force, sans appétit, et même
sans le désir de guérir. Son pauvre enfant s'affaiblissait
aussi à vue d'œil : bientôt il mourut, et Anne ne lui sur-
vécut que d'une quinzaine de jours. Pendant sa maladie,
Anne n'avait eu pour l'assister qu'une vieille femme à
moitié sourde et aveugle. Thomas, qui était naturellement obligé de travailler, la trouva morte un soir qu'il
revenait des champs.

Un des piqueurs, dont l'âme était basse, et le plus
actif des espions de M. Martin, était le seul prédicateur
de Loosahachee, et l'exécuteur de ces momeries auxquelles les esclaves ignorants et superstitieux donnent le
nom de religion. Il alla voir le malheureux mari d'Anne
et lui offrit ses services. Thomas avait assez d'esprit
pour ne pas se laisser imposer par l'hypocrisie d'une
fausse sainteté. Il connaissait le drôle et le méprisait sou-
verainement. Il refusa donc ses offres, et, me montrant
de la main, répondit qu'il n'avait besoin que de l'assistance de quelques amis pour enterrer le corps de
la pauvre fille. Il voulut ajouter quelques paroles,
mais la douleur l'empêcha de continuer, et la voix lui
manqua au milieu des sanglots.

C'était un dimanche. Le prédicateur eut bientôt terminé son discours, et le pauvre Thomas veilla tout le

our près du corps de sa femme. Je restai avec lui ; mais
e savais que toute parole de consolation serait superflue,
t je ne dis presque rien.

Vers le soir, quelques-uns de nos compagnons entrè-
ent dans la case, et nous emportâmes le corps au cime-
ère : c'était une jolie prairie parsemée d'arbres et
ouverte de tombes, quelques-unes toutes fraîches et
'autres déjà anciennes.

Le mari resta penché sur le corps de sa femme, tandis
ue nous étions occupés à creuser la fosse ; et, quand
lle fut prête à recevoir la dépouille mortelle de la
auvre Anne, nous fîmes silence, attendant que Thomas
rononçât quelque prière. Mais il l'essaya en vain ; sa
oix entrecoupée expirait sur ses lèvres. Il nous fit signe
e mettre le corps dans le sépulcre ; ce triste devoir fut
ientôt rempli, et la terre couvrit les restes de celle qu'il
vait tant aimée !

La nuit était venue quand nous retournâmes en hâte à
otre habitation ; mais Thomas resta encore auprès de la
ombe. J'avais essayé de l'en éloigner, mais en vain. Je
oulus, une seconde fois, lui prendre le bras, le forcer à
e suivre ; mais il me repoussa, et, levant la tête et la
ain :

« Assassinée ! me dit-il tout bas ; elle a été assas-
inée ! »

Et dans ses yeux brillaient des éclairs d'indignation
t de douleur. Le sentiment de la nature l'emportait en
ui sur la force factice qu'il s'était imposée. Je me sentais
empli de sympathie pour sa douleur et je lui pressai la
ain. Il répondit à cette pression, et après un moment
e silence :

« Le sang demande du sang, me dit-il, n'est-ce pas,
rchy ? »

Il y avait quelque chose de terrible dans le son de sa

voix et dans sa parole lente et brève. Je ne sus que répondre. Il n'avait pas, d'ailleurs, l'air d'attendre une réponse de ma part. Il semblait s'être adressé cette question à lui-même. Je lui pris le bras, et nous nous éloignâmes.

CHAPITRE XXVIII.

Il est d'usage, dans la Caroline du Sud, de donner aux esclaves, de la semaine de Noël au jour de l'an, des espèces de vacances. On leur permet même, pendant cette époque, de s'éloigner de l'établissement, ce théâtre de leurs fatigues et de leurs douleurs, et de parcourir les environs, presque comme s'ils étaient libres. Les grandes routes présentent alors un singulier spectacle. Des esclaves de tout âge et de tout sexe y accourent en grand nombre des populeuses plantations qui bordent la mer, vêtus de leurs plus beaux habits : ils se réunissent sur les chemins, se pressent autour de petites boutiques de whisky, et présentent à la vue des scènes de confusion et de désordre dont on n'a l'idée qu'à l'époque des fêtes de Noël.

Ces boutiques se soutiennent surtout au moyen d'un trafic de riz et de coton volés par les nègres, et que la fureur vindicative des planteurs, aidée de lois draco- niennes, n'a jamais pu détruire. Elles sont le soutien principal, on pourrait dire le seul moyen d'existence d'une grande partie de la petite aristocratie blanche du pays. Tant dans la Caroline que dans la Basse-Virginie, les blancs pauvres sont grossiers, ignorants, et peu ha- bitués aux aises de la vie. Paresseux, dissipés et adonnés

au vice, ils ont en outre cette brutalité du mal que la
pauvreté et l'ignorance rendent si repoussante et si ca-
ractéristique. Ne possédant pas de terres, ou ayant tout
au plus quelques landes stériles, ne s'occupant ni de
commerce ni d'industrie, et considérant le travail comme
dégradant aux hommes libres, et bon seulement à l'état
de servitude, ces blancs pauvres sont devenus la risée des
esclaves eux-mêmes, et sont craints en même temps que
haïs par la riche aristocratie des planteurs. Ce n'est qu'à
leur droit de suffrage qu'ils doivent encore l'espèce de
considération avec laquelle on les traite. Ce droit, dont
la noblesse riche voudrait les priver, est leur unique sau-
vegarde; sans ce droit, ils seraient écrasés, impitoya-
blement foulés aux pieds, et réduits bientôt, par la loi
elle-même, à un état presque aussi triste que celui des
esclaves.

Aux fêtes de Noël qui suivirent mon arrivée à Loosahachee, j'étais avec beaucoup d'esclaves devant un de
ces petits cabarets de la grande route voisine, riant,
causant, buvant et nous divertissant chacun à sa manière, lorsque je vis passer à cheval un homme de mauvaise mine et misérablement vêtu. Il avait cette couleur
cadavéreuse qui distingue les classes inférieures des
blancs de la Basse-Caroline. Le cheval qu'il montait était
efflanqué, décharné, et n'avançait que sous les coups
d'un énorme fouet que son maître maniait avec cette
grâce familière qui est propre aux piqueurs d'esclaves.
J'observai, lorsqu'il passa devant nous, que tous mes
compagnons le saluèrent; quant à moi, je gardai mon
chapeau sur la tête, car je ne voyais en lui rien qui
m'inspirât le respect, et je ne connaissais pas l'étiquette
de la Caroline, qui exige de la part de l'esclave beaucoup
d'obséquiosité envers tout homme libre. Le drôle s'en
aperçut, arrêta sa rosse, et fixa sur moi des yeux per-

çants. Ma couleur lui fit peut-être supposer un instant
que j'étais libre, mais mon costume et la société dont je
faisais partie le détrompèrent sans doute. Il demanda qui
j'étais, et, l'ayant appris, il s'avança sur moi en brandissant sa cravache, me demanda pourquoi je ne l'avais pas
salué, et, sans attendre ma réponse, m'appliqua quelques coups sur les épaules. Le misérable était évidemment ivre, et mon premier mouvement fut de lui arracher la cravache des mains; mais je ne cédai pas à mon
indignation, et ce fut heureux : car toute tentative de
résistance à un blanc, même ivre, peut, selon les équita-
bles lois de la Caroline, coûter la vie à un esclave.

J'appris que ce drôle avait été contre-maître, mais
qu'on l'avait destitué pour sa malhonnêteté. Il avait, depuis, ouvert un cabaret, situé à un demi-mille de distance. Ce cabaret, selon ce qu'il raconta au maître de la
boutique devant laquelle nous nous trouvions, était moins
fréquenté qu'il ne l'avait espéré, et c'était sans doute
pour décharger sa bile qu'il m'avait si rudement traité.
Il s'appelait Christie, et était cousin et ami de M. Martin;
mais il s'était violemment querellé avec notre contre-
maître, et, depuis peu, ils étaient brouillés. Christie
avait donné à Martin un coup de poignard, et Martin
avait fait feu sur Christie; en outre, Martin s'était vengé
plus cruellement encore en arrêtant, entre le cabaret de
son cousin et Loosahachee, le commerce de riz, de coton
et de whisky, dont le général Carter supportait seul les
frais.

La connaissance de ces détails me fit penser que le
drôle était en quelque sorte à ma merci, et je résolus de
me venger sur lui des coups qu'il m'avait donnés. Il est
vrai que pour atteindre ce but je devais jouer le rôle
d'espion et de délateur ; mais ce sont les seuls moyens
dont puisse disposer un esclave. A peine rentré, je me

présentai au contre-maître, avec beaucoup d'hypocrisie et force protestations de zèle pour le service de mon maître, et racontai que M. Christie avait l'habitude de trafiquer avec les esclaves, et de leur acheter tout ce qu'ils lui apportaient.

M. Martin me répondit qu'il le savait, et me promit cinq dollars si je l'aidais à prendre Christie sur le fait. Le traité fut vite conclu entre nous, et, peu de temps après, je me dirigeai, par une belle nuit, et chargé d'un ballot de coton, que m'avait remis notre contre-maître, vers le cabaret de Christie. Il me reconnut tout de suite, et plaisanta beaucoup à propos des coups de fouet qu'il m'avait donnés. Pour mieux le tromper, je fis mine d'en rire avec lui. Il ne demandait pas mieux que d'échanger mon coton pour du whisky, qu'il m'aurait livré au prix d'un dollar le pot. Peu de jours après, je lui fis une seconde visite; mais, cette fois, M. Martin et un de ses amis s'étaient postés en dehors du cabaret, dans un endroit d'où ils pouvaient voir et entendre à travers des fentes tout ce qui se passait entre Christie et moi.

Un des plus grands crimes que l'on puisse commettre, d'après la législation de la Caroline, est d'acheter d'un esclave du riz ou du coton volé. M. Christie fut traduit en justice, déclaré coupable et condamné à une amende de mille dollars et à une année de prison. Cette amende le ruina complétement et je n'en entendis plus parler. Parmi les jurés qui le déclarèrent coupable, il y en eut plus d'un soupçonné d'avoir commis le même délit que Christie; mais la crainte et l'envie rendirent ces coquins encore plus sévères qu'ils ne l'auraient été sans cela.

M. Martin était très-content de moi; il s'imaginait bonnement que je ne demanderais pas mieux que de continuer à tirer pour lui les marrons du feu, et voulut faire de moi un espion et un délateur. C'est que, en grand comme en petit, la tyrannie ne peut se maintenir que par un système organisé d'espionnage et de délation, dans lequel les plus vils parmi les opprimés se font les instruments des oppresseurs. L'indulgence ou la faveur d'un contre-maître peut beaucoup pour alléger le joug de l'esclave. On conçoit donc que cette faveur soit une forte tentation. D'ailleurs, les moyens dont dispose le pouvoir sont malheureusement tels, que, même dans l'état de liberté, on voit tous les jours des milliers d'hommes prêts à devenir, contre les droits les plus chers et les plus sacrés de leurs concitoyens, les vils instruments de leurs tyrans. Que peut-on donc attendre d'une race qui a été soigneusement et systématiquement dégradée ?

Dans l'intention de profiter de la faveur de M. Martin pour un bon usage, je me gardai de lui laisser soupçonner l'horreur que m'inspirait l'emploi que je faisais mine d'accepter. Plus d'une fois, tandis qu'il me croyait à lui corps et âme, j'empêchai la réussite de ses plans et de ses stratagèmes, en faisant prévenir ceux qu'il voulait prendre sur le fait. C'était un homme ignorant et d'une intelligence très-médiocre. S'il avait été plus adroit, il aurait bientôt découvert mes manœuvres ; mais je jouai si bien mon rôle, que sa confiance en moi fut illimitée : il m'en donna bientôt une nouvelle preuve.

Un jour qu'il visitait le champ où je travaillais, n'ayant pas trouvé que l'ouvrage allât assez vite, il appela le piqueur de la bande, lui enleva le fouet qu'il tenait à la main, comme symbole et instrument de son autorité, et m'ayant appliqué, selon l'usage dans un cas pareil, une vingtaine de coups, me remit le fouet et me confia l'office de piqueur, m'ordonnant en même temps de commencer l'exercice de ma nouvelle charge sur le dos de mon prédécesseur.

La culture d'une plantation de la Caroline se fait toujours sous la surveillance des piqueurs. Les contremaîtres ont trop pris les habitudes de luxe et d'indolence de leurs maîtres pour se fatiguer eux-mêmes, surtout pendant la forte chaleur. Les esclaves sont partagés en bandes; chaque bande est confiée à un piqueur, choisi d'ordinaire pour sa lâche complaisance envers le contremaître et pour sa promptitude à dénoncer ses compagnons. Il est revêtu du pouvoir absolu, illimité, dont dispose le maître lui-même. Il reçoit double ration, ne travaille pas, et sa seule besogne est de surveiller la bande au milieu de laquelle il se tient armé de son terrible fouet. Lorsque le contre-maître paraît, tous les piqueurs se rassemblent autour de lui : chacun de ces derniers répond de l'ouvrage de la bande qui lui est confiée; et, pour qu'il ne se trompe pas sur les moyens à employer vis-à-vis des nègres, il est d'usage de commencer par lui faire sentir rudement le fouet dont il doit se servir sur le dos de ses compagnons.

Si le contre-maître abuse toujours de son pouvoir absolu, le piqueur en abuse bien davantage. Il copie fidèlement l'arrogance et l'insolence du premier, et son autorité est d'autant plus grande qu'il se trouve toujours au milieu des travailleurs ; ceux-ci supportent naturellement son joug avec plus d'impatience que celui d'un blanc, d'autant qu'il est plus difficile à contenter et plus tyrannique dans les détails : en un mot, il est le maître absolu de tout ce qui est à eux, et leurs femmes, en particulier, lui appartiennent autant qu'au contre-maître ou au maître. D'ailleurs, il serait, même par hasard, disposé à l'indulgence, que la crainte de perdre sa place, et celle de la vengeance qu'exerceraient sur lui ses compagnons, le rendent naturellement emporté, dur et cruel.

Le ciel m'est témoin que, dans mon office de piqueur,

je cherchai à alléger, autant qu'il me fut possible, les souffrances de mes subordonnés. Ma bande était composée des ouvriers de Carleton, que je regardais tous comme mes amis et mes compagnons d'infortune. Il m'arriva souvent, lorsque j'en voyais quelques-uns succomber à leur tâche, de les encourager et de les aider moi-même, au lieu d'employer le terrible fouet. Plus d'une fois, M. Martin me manifesta son mécontentement à ce sujet, en me disant que, si je continuais, je ferais tomber dans le mépris l'office de piqueur.

Cependant il ne m'appartient pas de faire mon propre éloge, et je n'hésite pas à confesser toute la vérité. J'ai abusé quelquefois de mon autorité, j'en conviens ; mais a-t-il jamais existé un homme, revêtu d'un pouvoir absolu, qui n'en ait pas abusé ? La conscience du pouvoir dont je jouissais me rendit insolent et dur ; et, malgré mon expérience et ma haine de la tyrannie, à peine fus-je armé du fouet, que je me surpris à faire le tyran.

Le pouvoir absolu enivre. La nature humaine est trop faible pour le supporter ; s'il n'est à tout moment contrôlé et limité, il dégénère en tyrannie ; et si même la douceur des liens de famille, la tendresse conjugale et l'amour paternel, ne sont pas des garanties suffisantes contre les abus de ce pouvoir dangereux, ne serait-il pas vraiment ridicule et insensé d'en attendre autre chose que des abus, lorsqu'il n'est tempéré ni par le sens moral ni par la législation ?

CHAPITRE XXIX.

Il s'était opéré un grand changement dans Thomas depuis la mort de sa femme. Il avait perdu sa bonne humeur et sa bienveillance, et était devenu triste et morose. Au zèle et à l'activité qui l'avaient distingué dans les champs, avait succédé le dégoût du travail. Il se négligeait autant que cela lui était possible; et, s'il avait été sous les ordres d'un autre piqueur, sa paresse et sa nonchalance lui eussent sans doute attiré des malheurs; mais je l'aimais, j'en avais pitié, et je le ménageais de mon mieux.

L'injustice dont il avait été la victime à Loosahachee semblait avoir changé entièrement tous ses principes. Il n'aimait pas à parler sur ce sujet, et j'évitais de l'en entretenir; mais j'avais de bonnes raisons pour croire qu'il avait abandonné les croyances religieuses qu'on lui avait inspirées, et qui, pendant longtemps, avaient exercé sur lui une si forte influence. Il s'était mis de nouveau à pratiquer certains rites étranges que lui avait enseignés sa mère. Elle aussi avait été volée sur la côte d'Afrique, et avait conservé, à ce qu'il me dit, toutes les superstitions de son pays natal. Parfois il lui arrivait de dire, avec une incohérence sauvage, que l'esprit de sa femme se montrait à lui; il parlait de certaine promesse qu'il avait faite à l'apparition, et je fus porté à croire qu'il avait eu des accès de folie.

En tout cas, il était bien changé sous beaucoup de rapports. Il avait cessé d'être l'humble et obéissant esclave content de son lot, plein de zèle et de dévouement.

Au lieu de veiller aux intérêts de son maître, il semblait s'étudier à faire le plus de mal possible. Il y avait sur la plantation deux ou trois esprits inquiets, artificieux et hardis, dont il s'était tenu éloigné jusqu'alors ; mais il rechercha leur société et ne tarda pas à obtenir leur confiance. Ils le trouvèrent audacieux et prudent, et, qui plus est, fidèle et magnanime. Aussi ils reconnurent bientôt sa supériorité d'intelligence, et l'acceptèrent pour chef. Ils se recrutèrent de quelques autres dont le seul motif était le désir du butin, et ils étendirent leurs déprédations sur toute la plantation.

Dans ce nouveau rôle, Thomas continua de donner la preuve qu'il n'était point un homme ordinaire. Il conduisait ses entreprises avec une singulière adresse ; et, lorsque tous les autres stratagèmes qu'il employait pour empêcher ses compagnons d'être découverts avaient échoué, il avait encore une ressource qui montrait la noblesse de sa nature. Telle était la fermeté inébranlable de son âme et la mâle vigueur de sa constitution, qu'il faisait ce que peu d'hommes pouvaient faire : il était capable de braver même le supplice du fouet, supplice qui, je l'ai déjà dit, n'est pas moins terrible que la torture elle-même. Lorsque toute autre ressource lui manquait, il était prêt à garantir ses compagnons par un aveu volontaire, et à attirer sur lui un châtiment qu'il savait quelques-uns d'entre eux trop faibles de corps et d'esprit pour supporter. Une magnanimité pareille est estimée le comble de la vertu, même dans un homme libre ; comment donc l'admirer suffisamment dans un esclave ?

Grâce à Dieu, la tyrannie n'est pas toute-puissante !

Elle a beau opprimer ses victimes, les fouler aux pieds, les abrutir par tous les moyens possibles, elle ne peut entièrement éteindre en elles l'esprit viril. Il y brille, il y brûle secrètement ; tôt ou tard il jettera des flammes qu'on ne pourra éteindre et qu'on ne peut comprimer.

Tant que j'eus la confiance de M. Martin, je fus à même de rendre à Thomas des services essentiels, en l'informant des soupçons, des plans et des stratagèmes du contre-maître. Mais je n'eus pas longtemps sa confiance : non pas que M. Martin se méfiât de moi, car il était très-aisé de jeter de la poudre aux yeux d'un homme si stupide ; mais parce que je n'étais pas à la hauteur de ses idées sur les devoirs d'un piqueur. La saison était malsaine ; et, comme les ouvriers qui composaient ma troupe étaient d'une contrée plus septentrionale, et non encore acclimatés à l'atmosphère pestilentielle d'une plantation de riz, ils étaient très-souffrants, et souvent plusieurs d'entre eux étaient hors d'état de travailler. Je l'avais expliqué à M. Martin, et il avait paru satisfait de l'explication ; mais un jour, étant allé à cheval dans un champ, de fort mauvaise humeur et un peu excité, je crois, par la boisson, il entra dans une rage effroyable en voyant que plus de la moitié de ma troupe était absente, et que plus de la moitié de la besogne n'était pas faite.

Il en demanda la raison.

Je lui dis que les travailleurs étaient malades.

Il répondit, en jurant, qu'il s'agissait bien d'être malade ! Il était las d'entendre parler de maladie ; il savait bien que c'était un prétexte, et il était déterminé à ne plus se laisser attraper.

« Si on se plaint encore d'être malade, Archy, me dit-il, vous n'avez qu'à fouetter les drôles, et à les mettre à l'ouvrage.

— Mais, repartis-je, s'ils sont réellement malades ?

— Malades ou non, je vous le répète. S'ils ne sont pas malades, le fouet est tout ce qu'ils méritent ; s'ils le sont, rien n'est si propre à leur faire du bien que de leur tirer un peu de sang.

— En ce cas, dis-je, vous feriez mieux de nommer un autre piqueur ; je ne serais pas très-propre à fouetter des malades.

— Tenez votre langue, insolente canaille. Qui vous a permis de me conseiller ou de discuter mes ordres ? Donnez-moi votre fouet, drôle que vous êtes ! »

J'obéis, et M. Martin m'administra une correction pareille à celle qu'il m'avait donnée la première fois qu'il m'avait mis le fouet à la main. Ainsi finit mon rôle de piqueur, et, quoique je perdisse ma double ration et que je fusse obligé de retourner aux champs faire ma tâche comme les autres, je ne peux pas dire que je le regrettai beaucoup. C'était un métier pitoyable, et dont ne peut s'accommoder qu'un gredin.

Je me liai alors plus étroitement avec le parti de Thomas, et me joignis, corps et âme, à toutes leurs entreprises. Nos déprédations devinrent, à la fin, si considérables, que M. Martin fut obligé d'établir une garde régulière, composée de ses piqueurs et de quelques-uns de leurs subordonnés, qui rôdaient toute la nuit sur la plantation, et rendaient l'approche des champs fort dangereuse. Cette mesure fut hâtée par un incident qui arriva sur la plantation et qui donna lieu à une enquête très-rigoureuse, mais sans résultat positif. En une seule et même nuit, le feu prit à la magnifique résidence du général Carter et à ses coûteux moulins à riz, et, malgré tous les efforts, ils furent entièrement consumés. Plusieurs des esclaves, et Thomas entre autres, furent mis à une sorte de torture pour leur faire avouer leur participation à cet incendie. Cette cruauté ne servit à rien ; ils nièrent tous avec énergie. J'étais, comme je l'ai dit, fort avancé dans la confiance de Thomas ; cependant il ne m'avait pas dit un mot de ce feu : comme c'était un de ces hommes qui savent garder leurs secrets, je l'ai toujours soupçonné d'en savoir là-dessus plus qu'il n'en voulut divulguer.

En tout cas, c'était évidemment un sentiment plus fort que le pur amour du butin qui poussait Thomas. Depuis la mort de sa femme, il buvait parfois à l'excès; mais c'était rare, et personne, en général, n'était plus sobre et moins difficile que lui. Autrefois il était très-soigné dans sa mise; maintenant il s'habillait très-négligemment. Il n'aimait pas la société; excepté avec moi, il n'avait guère de relations, et ce n'était même pas toujours qu'il paraissait désirer ma compagnie. Thomas ne savait guère que faire de sa part de butin, et, en effet, il la distribuait communément à ses compagnons.

A la première proposition qui en fut faite, il eut l'air de ne pas se soucier d'étendre nos déprédations au delà de Loosahachee. Mais on ne pouvait plus les continuer sans danger, et, comme ses compagnons avaient trop pris goût au pillage pour l'abandonner, Thomas finit par céder à leurs pressantes sollicitations, et nous conduisit pendant plusieurs nuits sur les plantations voisines. Nous poussâmes les choses si loin, que nous éveillâmes l'attention des contre-maîtres dont nous envahissions les domaines. D'abord ils soupçonnèrent leurs propres esclaves, et ils exercèrent des rigueurs sans nombre. Mais, en dépit de toutes leurs cruautés, les déprédations continuèrent; et telle était l'adresse singulière de Thomas à varier le lieu et la nature de nos visites, que nous échappâmes longtemps à tous les piéges et à toutes les embûches qu'on nous tendait.

Une nuit que nous étions dans un champ de riz et que nous avions presque rempli nos sacs, l'oreille vigilante de Thomas l'avertit que quelqu'un approchait avec précaution. Il supposa que ce devait être la patrouille, qui, depuis peu, au lieu de tuer le temps avec un violon et une bouteille de whisky, était devenue plus active, et remplissait quelques-uns de ses devoirs. Sous cette impression, il nous donna le signal de nous retirer tranquillement et dans un certain ordre qu'il avait réglé à l'avance. Le champ était bordé, d'un côté, par une large et profonde rivière, contre laquelle il était protégé par une digue élevée. Nous étions arrivés près de l'eau, et notre canot était sur la rivière, abrité sous des buissons et des arbustes qui croissaient sur la digue. Nous la franchîmes l'un après l'autre avec circonspection, ayant bien soin de nous tenir à l'ombre des buissons, et nous étions déjà tous dans le bateau, à l'exception de Thomas. Nous attendions notre chef, qui, comme de coutume, formait l'arrière-garde, quand nous entendîmes des cris qui semblaient indiquer qu'il était découvert, sinon pris. Deux décharges, faites coup sur coup, augmentèrent notre effroi. Nous nous hâtâmes d'éloigner le bateau de la rive ; et, le poussant dans le courant de la marée qui montait, nous fûmes emportés rapidement et sans bruit de l'endroit où nous nous étions embarqués. Les cris continuaient toujours, mais de plus en plus faibles, et semblaient partir de la rivière. Nous prîmes alors nos pagayes, et, déployant toutes nos forces, nous atteignîmes bientôt une petite baie qui nous servait à abriter notre bateau. Nous le tirâmes sur le rivage, et le cachâmes soigneusement dans les hautes herbes; puis, emportant nos sacs de riz et laissant nos souliers dans le canot, nous courûmes vers Loosahachee, que nous atteignîmes sans autre aventure.

J'étais fort inquiet de Thomas ; mais à peine m'étais-je jeté sur mon lit, que j'entendis frapper doucement à la porte de ma case : c'était sa manière de frapper. Je

m'élançai hors de mon lit et le fis entrer. Il était tout es-
soufflé et couvert de boue. Il me dit qu'au moment où il
allait gravir l'endiguement, il regarda derrière lui et vit
deux hommes qui approchaient rapidement; ils paraissaient l'avoir vu au même instant, et lui crièrent de
s'arrêter. S'il avait essayé de gagner le bateau, il les aurait attirés de ce côté, et peut-être nous aurait fait découvrir tous. Dès qu'ils l'eurent appelé, il laissa tomber
son sac de riz, et, se baissant le plus qu'il put, il courut
rapidement à travers champs dans une direction opposée
à celle de la rivière. Les gens qui le poursuivaient poussèrent un grand cri et tirèrent sur lui, mais sans effet. Il
franchit plusieurs fossés et se dirigea vers les hautes
terres, attirant la patrouille de ce côté. Elle le suivait de
près; mais, comme il était fort agile et bien au fait de la
localité, il réussit à s'échapper des fossés et des endigue-
ments des champs de riz, gagna les hautes terres et prit
la direction de Loosahachee. Cependant, quoique distan-
cés, ses ennemis étaient toujours sur sa trace, et il s'attendait à les voir arriver sous peu.

Tout en racontant ses aventures, Thomas s'était dépouillé de ses vêtements mouillés et lavait la boue dont
ils étaient couverts. Je lui donnai des habits secs, qu'il
emporta dans sa case, située tout à côté de la mienne;
je courus aux cases de nos compagnons, et leur dis à
quelle visite il fallait s'attendre. Les aboiements de tous
les chiens de la plantation nous avertirent bientôt de l'arrivée de la patrouille; elle avait fait lever le contre-maître, et, torches en mains, elle se mit à fouiller toutes les
cases du quartier. Mais nous étions avertis. On eut beaucoup de peine à nous tirer de notre profond sommeil, et
nous parûmes fort étonnés d'être dérangés à pareille
heure.

La perquisition fut inutile; mais, comme la patrouille

était certaine d'avoir suivi la trace du fugitif jusqu'à Loosahachee, le contre-maître de la plantation que nous avions pillée vint le lendemain matin pour chercher et punir le coupable. Il était accompagné de plusieurs autres hommes qui étaient, à ce qu'il paraît, des propriétaires de biens-fonds du district, choisis avec les formes, ou plutôt avec l'insouciance de toutes formes que prescrivent en pareil cas les lois de la Caroline. Cinq de ces propriétaires de la Caroline, pris au hasard, constituent une cour à laquelle, dans la plupart des autres pays, on ne confierait pas la décision d'affaires entraînant une perte de plus de quarante shillings. Mais, dans cette partie du monde, non-seulement ils ont le pouvoir de juger toutes les accusations portées contre les esclaves et de rendre des arrêts de mort; mais, ce que les habitants de la Caroline regardent assurément comme bien plus grave, ils ont le droit de faire supporter au trésor de l'État le prix d'estimation du condamné. Grâce à cette loi, qui veut qu'on rembourse aux maîtres une partie de la valeur des esclaves condamnés, valeur qu'ils se font payer généralement tout entière à l'aide d'estimations exagérées, ces pauvres malheureux sont privés de la protection qu'ils trouveraient contre une injuste sentence dans l'intérêt pécuniaire de leurs maîtres, et ils restent complétement à la merci des préjugés, de l'insouciance et de la stupidité de leurs juges. Mais pourquoi attendre aucune espèce d'équité ou de bonne foi dans l'exécution de lois qui sont elles-mêmes fondées sur la plus grossière injustice ? Il faut avouer qu'en ceci les Américains sont admirablement conséquents.

Une table fut dressée devant la porte du contre-maître; on y mit des verres et une bouteille de whisky, et la cour entra en séance. Nous fûmes tous amenés et interrogés l'un après l'autre ; les seuls témoins étaient les hommes

e la patrouille qui avait poursuivi Thomas, et la cour
ur ordonna de désigner les prévenus. La chose était as-
z difficile : nous étions de soixante à soixante-dix, la
it avait été nuageuse et sans lune, et la patrouille avait
peine entrevu celui qu'elle poursuivait. La cour pa-
issait contrariée de cette hésitation, qui pourtant n'a-
it peut-être rien de déraisonnable, puisque les témoins
parvenaient pas à s'entendre sur l'identité des indivi-
is. Le premier déclarait que c'était un homme fort et
en bâti, le second l'avait vu très-mince.

Pendant ce temps, la première bouteille de whisky avait
é vidée, et il en fut mis une seconde sur la table. La
ur dit alors aux témoins que cela ne faisait pas l'affaire,
'ils n'approchaient pas du but, et que, s'ils allaient de
train-là, le coupable s'échapperait bel et bien. Au
ême instant arriva le contre-maître de la plantation
llée, et, dès qu'il eut mis pied à terre, il vint au secours
s témoins. Il dit que, pendant que la cour s'organisait,
avait profité de l'occasion pour aller examiner le champ
riz où l'on avait débusqué le drôle; il y avait vu
aucoup de dégât et beaucoup d'empreintes de pas, mais
les étaient toutes semblables et paraissaient avoir été
ites par la même personne. Il tira un petit bâton de sa
che, sur lequel il avait, dit-il, exactement marqué la
ngueur et la largeur.

Or, ceci était un moyen rusé de découverte que Thomas
nnaissait très-bien, et contre lequel il avait eu soin de
prémunir. Nous étions tous pourvus des souliers les
us grands que nous avions pu trouver, et tous de la
ême forme, en sorte que nos traces avaient l'air d'être
ites par une seule personne ayant un très-grand
ed.

Ce discours du contre-maître ranima les espérances
s juges, et ils nous firent tous asseoir par terre pour

qu'on mesurât nos pieds. Il y avait sur la plantation un nommé Billy, un innocent et stupide garçon qui n'était nullement des nôtres ; mais, malheureusement pour lui, c'était le seul des esclaves dont le pied répondît à la mesure. Les juges s'écrièrent tout d'une voix, et dans le style qu'on pouvait attendre d'une pareille cour, « qu'ils voulaient être damnés si ce n'était pas le voleur. » Ce fut en vain que le pauvre diable nia l'imputation et implora miséricorde ; sa terreur, son trouble et sa surprise ne servirent qu'à confirmer l'opinion de sa culpabilité. Plus il niait, plus il protestait de son innocence, et plus les juges se prononçaient contre lui ; sans plus de cérémonie, il fut déclaré coupable et condamné à être pendu.

La sentence ne fut pas plutôt prononcée, qu'on fit les préparatifs de l'exécution. Un tonneau vide fut apporté et placé sous un arbre qui était devant la porte. L'infortuné fut hissé dessus ; la corde lui fut passée au cou et attachée à une branche au-dessus de sa tête. Les juges étaient déjà assez gris pour avoir perdu tout sentiment de décorum. L'un deux donna un coup de pied dans le tonneau, et la malheureuse victime de la justice tomba en se débattant dans l'Éternité.

Cette exécution faite, les esclaves furent envoyés au champ, tandis que M. Martin, avec les juges, les témoins et plusieurs autres personnes, que le bruit du jugement avait attirées à Loosahachee, commençaient une orgie en règle, qui dura toute la journée et toute la nuit.

CHAPITRE XXX.

Sous l'autorité des maîtres, les esclaves vivent généralement dans une terreur continuelle. Une lâche crainte est le seul principe auquel le propriétaire d'esclaves fasse appel. Lorsqu'ils se déterminèrent à pendre le malheureux dont nous avons décrit le sort dans le chapitre précédent, ses juges ne pouvaient pas savoir s'il était innocent ou coupable, et ne s'en inquiétaient pas beaucoup non plus, je suppose. Leur grand objet était d'imprimer l'épouvante, et, par ce qu'ils appelaient une peine salutaire, d'empêcher à l'avenir toute déprédation sur les plantations voisines. Ils y réussirent : car Thomas eut beau vouloir remonter nos esprits, nous étions profondément terrifiés, et peu disposés à seconder son audace, qui semblait grandir avec les obstacles.

Un de nos confédérés, particulièrement, fut tellement frappé du sort du pauvre Billy, qu'il sembla avoir perdu tout empire sur lui-même, et que nous étions dans une crainte continuelle qu'il ne nous trahît. Au plus fort de sa terreur, le soir de l'exécution, je crois qu'il n'aurait pas fait difficulté de tout avouer, s'il avait pu trouver un blanc assez sobre pour l'écouter. Au bout de quelque temps, il devint plus calme; mais, dans le cours de la journée, il lui était échappé certaines allusions qui furent soigneusement recueillies par un des piqueurs. Celui-ci, à ce que je découvris, en fit part au contre-maître; mais M. Martin n'était point encore remis des suites de son orgie, et il était trop ivre et trop hébété pour comprendre un mot de ce que lui dit le piqueur.

Nous commencions à nous rassurer, lorsque survint un nouvel incident qui nous détermina à chercher notre salut dans la fuite. Quelques personnes, en longeant le bord de la rivière, avaient découvert notre canot, que, dans la précipitation de notre retraite, nous n'avions pas caché avec assez de soin. Il contenait non-seulement nos sacs de riz, car nous n'avions pas encore eu le courage de les aller chercher, mais nos souliers, qui répondaient si parfaitement à la mesure produite devant la cour. C'était une preuve évidente qu'un grand nombre de gens avaient trempé dans le complot du pillage, et, comme l'un d'eux avait été suivi jusqu'à Loosahachee, il était logique de chercher les autres sur la même plantation. Heureusement je fus promptement prévenu de cette découverte par une des domestiques du contremaître, avec qui, par politique, j'avais entretenu des relations assez intimes. Un homme était arrivé chez lui, son cheval couvert d'écume, et, d'un air de grande hâte et d'impatience, il avait demandé à le voir. Lorsque celui-ci était entré, l'étranger avait exprimé le désir de lui parler seul, et M. Martin l'avait emmené dans une autre chambre, dans laquelle ils s'étaient enfermés. La fille qui me servait d'espion était adroite et intelligente, sous une apparence de grande simplicité, et elle fut poussée à écouter cette conversation secrète autant par sa curiosité que par le soupçon qu'il pouvait y avoir là quelque chose de nature à m'intéresser. Elle trouva un moyen de se cacher dans un cabinet qui n'était séparé que par une mince cloison de la pièce où se faisait la confidence, et, ayant entendu l'histoire dont j'ai donné la substance, et appris, de plus, que la cour devait tenir une nouvelle session à Loosahachee le lendemain, elle accourut m'avertir.

Je prévins, à mon tour, Thomas. Nous tombâmes

'accord sur-le-champ qu'il fallait fuir, et nous commu-
iquâmes aussitôt notre intention et nos motifs au reste
e nos confédérés. Ils ne demandaient qu'à nous ac-
ompagner, et nous résolûmes tous de partir dans la
uit.

Dès que vint le soir, nous nous échappâmes de la
lantation et gagnâmes les bois. Prévoyant qu'on nous
ercherait avec diligence, nous jugeâmes qu'il valait
ieux nous séparer. Thomas et moi, nous résolûmes de
ester ensemble; les autres se dispersèrent dans diverses
irections. Tant que dura l'obscurité, nous marchâmes
ussi vite que possible. Quand le matin commença à pa-
ître, nous nous enfonçâmes dans un bois marécageux,
t, ayant cassé quelques branchages et de jeunes arbres,
ous en fîmes un lit aussi sec que nous pûmes, et nous
ous couchâmes. Nous étions fatigués de notre longue et
apide course, et nous dormîmes profondément. Il était
idi passé quand nous nous éveillâmes. Nous avions bon
ppétit, mais pas de provisions. Comme nous réfléchis-
ions au meilleur parti à prendre, nous entendîmes dans
e lointain l'aboiement d'un chien. Thomas écouta un
oment, puis s'écria qu'il reconnaissait ce cri. C'était
elui d'un fameux chien, croisé de celui que M. Martin
vait longtemps dressé, et dont il vantait avec tant d'or-
ueil les prouesses à la poursuite des évadés. L'endroit
ù nous nous trouvions était un marais où il était diffi-
ile de se mouvoir et malaisé de se tenir debout. Le tra-
erser était impossible, et nous résolûmes d'en gagner la
isière, où le terrain était plus ferme, la végétation plus
lair-semée, et de continuer à fuir. C'est ce que nous fî-
nes; mais le chien gagnait beaucoup d'avance sur nous,
t ses aboiements se rapprochaient de plus en plus.
Thomas tira un couteau effilé, qu'il portait dans sa poche.
Nous étions juste au bord où le terrain sec descendait

dans le marais, et, regardant derrière nous, à travers les éclaircies du bois, nous pouvions voir le chien qui arrivait le nez contre terre et poussait, par intervalles, un cri sourd et féroce. Plus loin, mais aussi bien en vue, était un homme à cheval que nous reconnûmes pour M. Martin lui-même.

Le chien était évidemment sur nos traces, et, les suivant jusqu'à l'endroit où nous étions entrés dans le marais, il disparut à nos yeux ; mais nous entendions toujours ses cris, de plus en plus bruyants, et maintenant presque continuels : bientôt même, au craquement des broussailles, nous comprîmes qu'il était tout près de nous. Alors nous fîmes volte-face, et nous attendîmes de pied ferme, Thomas en avant, couteau en main, et moi derrière lui, avec un gourdin noueux, la meilleure, ou plutôt l'unique arme que j'eusse pu me procurer. Le chien ne tarda pas à sortir du marais. Du moment où il nous aperçut, il redoubla ses cris, et s'élança écumant et la gueule ouverte. Il avait sauté droit à la gorge de Thomas, mais il ne réussit qu'à lui happer le bras gauche, qui avait paré l'attaque. Aussitôt Thomas lui porta un coup de son couteau, qui pénétra jusqu'à la garde, et ils roulèrent l'un sur l'autre à terre. L'issue de la lutte aurait été fort douteuse : car, bien que le chien eût reçu plusieurs blessures, elles ne faisaient qu'accroître sa férocité, et il s'efforçait toujours de prendre son adversaire à la gorge ; mais mon gourdin fit son office. Deux ou trois bons coups sur la tête du chien l'étendirent tout de son long sans mouvement.

Tandis que nous attendions l'attaque du chien et pendant la lutte, nous n'avions guère songé à son maître ; mais, lorsqu'elle fut terminée, nous aperçûmes que M. Martin était déjà fort près de nous. Il nous mit en joue en nous criant de nous rendre. Thomas, en le

oyant, ne fut plus maître de sa fureur, et, son couteau
à la main, il se précipita vers lui. M. Martin fit feu ; mais
à balle alla se perdre dans les arbres, et, comme il es-
ayait de détourner son cheval, Thomas le saisit par le
ras, et le renversa à terre. Le cheval s'enfuit effrayé à
ravers bois, et j'essayai en vain de l'arrêter. Nous re-
ardâmes aux alentours, nous attendant à voir arriver
'autres chasseurs. Il n'y en avait point. Nous profitâ-
es donc de l'occasion pour faire retraite et pour empor-
r notre prisonnier dans notre cachette du marais.

Nous apprîmes de lui qu'au moment où la cour était
rrivée à Loosahachee, notre fuite avait été découverte et
u'on avait aussitôt résolu de mettre sur pied tout le voi-
nage et de commencer une battue générale. Tout ce
u'on put se procurer de chevaux, de chiens et d'hommes,
t mis en réquisition. Ils furent divisés par bandes, et
ommencèrent sur-le-champ à fouiller les bois et les ma-
ais des environs.

Une troupe de cinq à six hommes, avec M. Martin et
on chien, avait suivi trois de nos compagnons dans un
arais très-boisé, juste au bord d'une rivière. Elle avait
is pied à terre, et, fusil en main, suivi le chien dans le
urré. Nos pauvres camarades étaient tellement acca-
lés de fatigue qu'ils avaient dormi jusqu'au moment où
chien se jeta sur eux. Il en saisit un à la gorge, et le
nt terrassé. Les autres s'enfuirent, poursuivis à coups
e fusil. Un d'eux tomba mort, tout mutilé ; les autres
ontinuèrent de fuir. Dès qu'on put forcer le chien de lâ-
her l'homme qu'il tenait, ce qui ne fut pas sans diffi-
ulté et sans perte de temps, on le mit sur la trace de
autre fuyard. Il le suivit jusqu'à la rivière, où il resta
n défaut. L'homme s'était probablement jeté à l'eau et
vait gagné l'autre bord à la nage ; mais, comme on ne
ut décider le chien à se jeter à l'eau, et comme le ma-

rais sur le bord opposé passait pour très-mou et très-dangereux, on abandonna la chasse dans cette direction, et le pauvre diable put s'échapper pour le moment.

Nos ennemis alors se séparèrent. Deux d'entre eux se chargèrent de ramener à Loosahachee le prisonnier qu'ils avaient fait, et les trois autres, avec M. Martin et son chien, continuèrent de nous poursuivre. Ils apprirent de leur prisonnier l'endroit où nous nous étions séparés, et la direction que chacun avait pris. Après avoir battu quelque temps le pays, le chien tomba sur notre piste, et donna de la voix ; mais les chevaux des compagnons de M. Martin étaient tellement harassés, que, lorsqu'il piqua des deux pour aller du pas de son chien, il les laissa bientôt loin derrière lui. M. Martin termina son récit en nous conseillant d'aller nous rendre, nous donnant sa parole de gentleman et de contre-maître que, si nous ne lui faisions plus aucune violence, il nous préserverait de tout châtiment et nous donnerait une belle récompense.

Le soleil se couchait. Le court crépuscule qui suit un coucher de soleil dans la Caroline fut bientôt remplacé par l'obscurité d'une nuit nuageuse et sans lune, et nous avions peu d'appréhension d'être inquiétés dans notre refuge. Je regardai Thomas, comme pour lui demander ce que nous avions à faire. Il me tira à part, après avoir examiné les liens de notre prisonnier, qu'il avait attaché à un arbre à l'aide de cordes trouvées dans sa poche, et qui, sans doute, avaient une tout autre destination.

Thomas s'arrêta un instant, comme pour recueillir ses pensées ; puis, indiquant M. Martin :

« Archy, dit-il, cet homme mourra ce soir. »

Il y avait dans sa voix une énergie sauvage et en même temps une froideur calme. Je tressaillis, et ne répondis d'abord rien ; je voyais sur le visage de Thomas une joie farouche et une fermeté de décision inébranlable. Ses yeux jetaient des flammes, tandis qu'il répétait à voix basse et d'un ton calme qui contrastait singulièrement avec ses paroles :

« Je vous dis, Archy, que cet homme mourra ce soir. Elle l'ordonne ; je l'ai promis, et l'instant est venu.

— Qui est-ce qui l'ordonne ? m'informai-je vivement.

— Vous me demandez qui ? Archy, cet homme est l'assassin de ma femme ! »

Quoique Thomas et moi nous eussions vécu dans une grande intimité, c'était peut-être la première fois depuis la mort de sa femme qu'il me parlait d'elle en termes aussi explicites. Il avait bien fait de temps en temps quelques allusions à elle, et je me rappelais que plusieurs fois auparavant il lui était échappé des paroles étranges et incohérentes sur des relations qu'il continuait à entretenir avec Anne.

Le nom de sa femme lui fit venir des larmes aux yeux ; mais il les essuya promptement de la main, et, reprenant son air de froide résolution, il répéta de nouveau :

« Archy, cet homme mourra ce soir. »

Quand je repassai dans mon esprit toutes les circonstances de la mort de sa femme, je ne pus m'empêcher de reconnaître que M. Martin l'avait assassinée. Thomas avait eu mes sympathies, et il les avait encore. Il avait le meurtrier en son pouvoir ; il se croyait appelé à faire justice de lui, et j'étais forcé de convenir qu'il était dans son droit.

Cependant j'éprouvais une horreur instinctive à l'idée de verser du sang ; et peut-être aussi se glissait-il dans mon cœur quelque reste de cette timidité servile qu'avait secouée l'esprit plus audacieux de Thomas. Je tombai d'accord avec lui que le contre-maître avait mérité de perdre la vie ; mais je lui rappelai que M. Martin avait promis, si nous le ramenions chez lui sain et sauf, de nous obtenir notre pardon et de nous garantir de tout châtiment.

Un sourire de mépris releva la lèvre de mon camarade tandis que je parlais.

« Oui, Archy, répondit-il, notre pardon.... et cent coups de fouet, et la corde le lendemain, peut-être ! Non ! je ne veux point d'un tel pardon ; je ne veux point des pardons qu'ils accordent ! Il y a trop longtemps que je suis esclave ; maintenant, je suis libre, et, lorsqu'ils me prendront, je leur permets de me prendre aussi la vie ! D'ailleurs nous ne pouvons nous fier à lui ; nous le voudrions, que nous ne le pourrions pas, vous le savez bien. Ils ne se croient obligés de tenir aucune des promesses qu'ils nous font ; ils promettront tout ce qu'on voudra pour nous avoir en leur puissance, et, alors, leurs promesses ne vaudront pas un fétu de paille. Mes promesses, à moi, ne sont pas comme les leurs ; et ne vous ai-je pas dit celle que j'ai faite ? Oui, je l'ai juré, et je vous dis une dernière fois que cet homme mourra ce soir ! »

Il n'y avait pas à résister ; je lui dis de faire à sa guise. Il chargea le fusil qu'il avait pris à M. Martin et qu'il avait encore à la main ; puis il revint au contre-maître, qui était assis au pied de l'arbre auquel nous l'avions attaché. Il leva les yeux avec anxiété à notre approche, et demanda si nous étions décidés à rentrer.

« Nous sommes décidés, répondit Thomas ; nous vous donnons une demi-heure pour vous préparer à la mort : profitez-en de votre mieux ; vous avez beaucoup de péchés sur la conscience, et le délai est court. »

Il est impossible de décrire l'air de terreur, de stupé-faction et d'incrédulité effarée dont le contre-maître entendit ces paroles. Un moment, d'un ton d'autorité, il nous dit de le détacher ; l'instant d'après, il s'efforça de rire et affecta de traiter de pure plaisanterie ce qu'avait dit Thomas. Enfin, cédant à ses craintes, il se mit à pleurer comme un enfant et à implorer notre miséricorde.

« En avez-vous montré, vous ? répliqua Thomas ; en avez-vous montré à ma pauvre femme ? Vous l'avez assassinée, et votre vie doit répondre de la sienne. »

M. Martin prit Dieu à témoin qu'il n'était pas coupable. Il avait puni la femme de Thomas, il l'avouait ; mais il n'avait fait que ce qu'exigeait son devoir, et il était impossible que quelques coups eussent pu causer sa mort.

« Quelques coups ! s'écria Thomas ; remerciez Dieu, monsieur Martin, de ce que nous ne vous torturons pas comme vous l'avez torturée ! Plus un mot, ou vous aggraverez vos souffrances. Confessez vos crimes, dites vos prières ; ne perdez pas vos derniers instants à ajouter le mensonge à l'assassinat ! »

Le contre-maître resta anéanti devant ce reproche énergique. Il couvrit de ses mains son visage, courba la tête et garda quelques moments un silence interrompu seulement par des sanglots étouffés. Peut-être essayait-il de se préparer à mourir ; mais la vie lui était trop chère pour qu'il ne tentât pas un nouvel effort. Il voyait qu'il était inutile d'en appeler à Thomas, mais il se tourna vers moi. Il me supplia de me rappeler la confiance qu'il avait mise en moi et les faveurs qu'il m'avait, dit-il, accordées ; il promit de nous acheter tous les deux et de nous donner notre liberté, tout au monde, si nous voulions seulement épargner sa vie.

Ses larmes et ses lamentations m'émurent ; la tête me tournait, et je sentais une telle faiblesse, un tel délabrement de cœur, que je fus obligé de m'appuyer contre un arbre. Thomas était là debout, les bras croisés, reposant sur son fusil ; il ne répondait point aux prières et aux promesses réitérées du contre-maître, il ne semblait même pas les entendre. Ses yeux étaient fixes, et il paraissait perdu dans ses pensées.

Après un intervalle considérable, pendant lequel le malheureux continuait ses supplications, Thomas se redressa ; il recula de quelques pas et leva son fusil.

« La demi-heure est passée, dit-il ; monsieur Martin, êtes-vous prêt ?

— Non, oh ! non, épargnez-moi ! oh ! épargnez-moi ! Encore une demi-heure ! j'ai beaucoup de choses.... »

Il n'eut pas le temps d'achever sa phrase ; le coup partit, la balle lui pénétra la cervelle, et il tomba roide mort.

CHAPITRE XXXI.

Nous creusâmes une fosse peu profonde, dans laquelle nous déposâmes le corps du surveillant. Nous traînâmes le chien mort au même endroit, et le plaçâmes près de son maître. C'étaient de dignes compagnons.

Alors nous reprîmes la fuite, non, comme on pourrait le supposer, avec la précipitation de meurtriers qu'effraye le cri de leur conscience, mais avec ce noble sentiment de sa dignité vengée et de la tyrannie justement châtiée, qui animait l'âme du héros d'Israël lorsqu'il alla chercher un refuge au pays des Madianites, et qui brûlait le sein de Wallace et de Guillaume Tell, lorsqu'à la faveur de la nuit ils poursuivaient leur course à travers les rochers de leurs montagnes natales, où l'on respire l'air de la liberté.

Il n'y avait pas de montagnes pour nous recevoir et nous abriter. Mais nous fuyions à travers les marais et les landes de la Caroline, résolus à mettre, le plus tôt possible, un bon nombre de milles entre nous et le voisinage de Loosahachee. Il y avait plus de vingt-quatre heures que nous n'avions mangé ; et pourtant nos esprits étaient dans un tel état d'excitation, que nous n'éprouvions ni faiblesse ni fatigue.

Nous nous dirigions au nord-ouest, guidant notre course sur les étoiles, et nous devions avoir fait bien du chemin, car nous ne nous étions pas arrêtés une seule fois, et nous avions marché d'un pas rapide toute la nuit. Nous traversions les bois de pins, qui étaient assez clair-semés pour que nous pussions y passer presque aussi vite que sur une route. Parfois un marais ou une apparence de plantation nous forçait de faire un détour ; mais, dès que nous le pouvions, nous reprenions notre direction.

Les ténèbres, qui, pendant les deux dernières heures de la nuit, avaient été accrues par une brume assez épaisse, commençaient à céder aux premières lueurs grises du matin. Nous suivions sous les pins une légère dépression du sol, qui, desséchée en ce moment, devait à la saison humide former le lit de quelque ruisseau, et nous cherchions en cet endroit où nous cacher, lorsque soudain nous rencontrâmes au milieu d'un buisson, et la tête posée sur un sac de maïs, un homme qui paraissait endormi. Nous le reconnûmes tout d'abord : c'était un esclave appartenant à une plantation contiguë à Loosahachee, et que nous connaissions un peu, mais qui, à ce que nous avions ouï dire, s'était évadé depuis deux ou trois mois. Thomas le secoua par l'épaule, et lui fit en l'éveillant une grande frayeur. Nous lui dîmes de ne point s'alarmer, attendu que nous nous étions évadés nous-mêmes, et que nous avions grand besoin de son assistance, étant à moitié morts de faim, et dans un pays qui nous était totalement inconnu. L'homme eut d'abord l'air très-réservé et soupçonneux. Il semblait craindre que nous ne fussions envoyés pour le prendre au piége; mais, à la fin, nous réussîmes à dissiper ses doutes; et il ne fut pas plutôt rassuré par nos explications, qu'il nous invita à le suivre, disant qu'il allait nous donner à manger.

Son sac de maïs sur l'épaule, il suivit pendant un mille et plus le petit ravin où nous l'avions trouvé, qui aboutissait à un grand marais, ou plutôt à un étang planté d'arbres. Nous quittâmes alors le ravin, et longeâmes pendant quelque temps le bord de l'étang, jusqu'à ce que notre guide, étant entré dans l'eau, nous engagea à faire comme lui. Nous obéîmes; mais, avant d'aller plus loin, il posa son sac de maïs sur un arbre tombé, et, revenant en arrière, il effaça soigneusement les traces de nos pas sur la rive vaseuse de l'étang. Alors il nous mena, comme auparavant, dans la vase et l'eau jusqu'à la ceinture, pendant près d'un demi-mille. Les arbres gigantesques à travers lesquels nous barbotions s'élevaient de la surface de l'eau comme des colonnes, avec des troncs droits, ronds, blanchâtres, dépourvus de branches, et leurs cimes touffues formaient un dais épais au-dessus de nos têtes. Il n'y avait presque pas de végétation au-dessous, excepté une énorme espèce de vignes qui s'entrelaçaient comme de grands câbles autour des arbres, et, s'élevant jusqu'au sommet, épaississaient encore au-dessus de nous le dais formé par le feuillage. Il était si impénétrable à la lumière, et les troncs des arbres étaient tellement rapprochés, qu'on ne pouvait voir qu'à une très-courte distance dans cette forêt aquatique.

L'eau commençait à devenir plus profonde, et le bois

plus sombre , et nous nous demandions où notre guide
nous menait , lorsque nous arrivâmes à une petite île
élevée de quelques pieds au-dessus de la surface de l'eau,
et si régulière de forme, qu'elle avait tout l'air d'être
artificielle. Peut-être était-ce l'œuvre des anciens habitants du pays et le siége d'un de leurs forts. Elle avait
un acre environ d'étendue, et était toute couverte d'arbres
très-différents de ceux du lac qui l'entourait , et bien
inférieurs comme taille et comme majesté. Ses bords
étaient garnis de petits arbustes et de buissons dont l'a-
bondant feuillage lui donnait l'apparence d'une masse de
verdure. Notre guide nous indiqua une ouverture pra-
tiquée dans les buissons, par laquelle nous montâmes ;
et , après avoir gagné la terre ferme , il nous conduisit
à travers ce fourré , par un sentier étroit et tournant,
jusqu'à une hutte grossière faite d'écorce et de branches. Alors il poussa un sifflement particulier, auquel il
fut immédiatement répondu , et deux ou trois hommes
ne tardèrent pas à paraître.

Ils eurent l'air fort surpris de nous voir, surtout moi,
qu'ils prenaient probablement pour un homme libre.
Mais notre guide leur assura que nous étions des amis ,
des compagnons d'infortune, et nous montra le chemin
de la hutte. Nos nouveaux hôtes nous reçurent très-bien,
et, ayant appris que nous n'avions rien mangé depuis
longtemps, avant de nous adresser d'autres questions,
ils se hâtèrent de satisfaire notre appétit. Ils nous servirent du bœuf et du hominy en abondance, dont nous
nous régalâmes à bouche que veux-tu.

Alors nous fûmes appelés à donner des explications.
Nous fîmes donc le récit de nos aventures , sans parler
toutefois de la mort du surveillant, et, comme notre
guide , qui nous connaissait, pouvait confirmer une
partie de notre histoire, nos explications furent dé-

clarées satisfaisantes, et nous fûmes admis dans la communauté.

Elle se composait de six personnes, sans nous compter, tous braves garçons qui, las de la tâche quotidienne et de la tyrannie des surveillants, s'étaient enfuis dans les bois, et avaient reconquis une liberté sauvage qui, malgré toutes ses privations et tous ses dangers, était mille fois préférable au travail forcé et à la déplorable servitude qu'ils avaient répudiés. Notre guide était le seul d'entre eux que nous eussions jamais vu auparavant. Le chef de la troupe s'était enfui avec un seul compagnon, il y avait deux ou trois ans, de la plantation de son maître, située dans le voisinage. Ils ne connaissaient point alors l'existence de cette retraite ; mais, étant vivement poursuivis, ils avaient essayé de traverser l'étang ou marais dont elle est entourée, tentative qui, je suppose, n'avait pas eu lieu jusqu'alors. Ils avaient été assez heureux pour aborder à cet îlot, qui, étant inconnu de tout autre, leur avait depuis offert une retraite sûre. Ils n'avaient pas tardé à faire une ou deux recrues, auxquelles s'étaient joints leurs autres compagnons.

Il paraît que notre guide avait été à une plantation voisine pour y acheter du maïs, trafic que nos amis faisaient avec les esclaves de plusieurs des plantations les plus proches. Son marché fait, les hommes avec qui il venait de traiter avaient apporté une bouteille de whisky, dont notre guide avait bu si copieusement, qu'avant d'avoir fait beaucoup de chemin pour s'en retourner chez lui les jambes lui avaient manqué. Il s'était laissé tomber à l'endroit où nous l'avions trouvé, et s'était endormi profondément.

Boire du whisky hors de chez soi était, d'après les lois prudentes de cette république d'insulaires, un grave délit, punissable de trente-neuf coups d'étrivière, qui

furent immédiatement appliqués à notre guide avec beaucoup d'énergie. Il le prit cependant en bonne part,
comme étant l'exécution d'une loi qui avait obtenu son
assentiment, et qui était autant dans son intérêt que
dans l'intérêt de ceux qui venaient d'en être les inter-
prètes.

La vie que nous allions mener avait au moins le
charme de la nouveauté. Le jour, nous mangions, nous
dormions, nous racontions des histoires, nous faisions le
récit de nos évasions, ou nous nous occupions à préparer des peaux, à faire des vêtements, à saler les provisions. Mais la nuit était notre temps d'aventures et d'entreprises. Quand vint l'automne, nous fîmes de fréquentes
visites aux champs de maïs et aux plants de pommes de
terre des environs, que nous ne nous faisions aucun
scrupule de mettre largement à contribution. Cela ne
dura toutefois qu'un mois ou deux. Nous avions une
ressource régulière et certaine dans les troupeaux de bétail à demi sauvage qui errent à travers les bois de pins,
et se nourrissent de l'herbe grossière qui y croît. Nous
tuions autant de ce bétail que nous en avions besoin,
et nous en faisions sécher au soleil la chair découpée
en longues tranches. Ainsi conservé, c'est un aliment
agréable, et non-seulement nous en gardions toujours
une certaine quantité pour notre propre consommation,
mais c'était le principal objet d'un trafic continuel, mais
prudent, que nous faisions, comme nous l'avons déjà
dit, avec les esclaves de plusieurs plantations voisines.

Cette vie sauvage des bois a ses privations et ses
souffrances, mais elle a aussi ses charmes et ses plaisirs;
et même, à l'envisager sous son plus mauvais aspect,
elle est mille fois, dix mille fois préférable à cette civilisation si mal nommée qui dégrade le noble sauvage, et
en fait un plat esclave, un chien couchant; une civilisa-

tion qui achète l'indolence et le luxe d'un seul maître au prix des soupirs et des larmes, du travail forcé et rebutant, de l'avilissement, de la misère et du désespoir d'une centaine de ses semblables! Oui, il y a plus de l'homme dans le cœur hardi d'un seul proscrit que dans une nation entière de lâches despotes et d'esclaves rampants!

CHAPITRE XXXII.

Vers la fin de l'hiver, les troupeaux qui avaient coutume de fréquenter notre voisinage étaient fort éclaircis, et le pâturage était devenu si maigre et si desséché, que le peu de bétail qui restait n'était guère plus que des squelettes ambulants, et ne valait presque pas la peine d'être tué.

De plus, les surveillants des plantations avoisinantes commençaient à s'apercevoir qu'ils étaient exposés à des déprédations passablement régulières et actives. Nous apprîmes, des esclaves avec lesquels nous trafiquions, qu'on parlait beaucoup de la rapide disparition du bétail, et qu'il se faisait de grands préparatifs pour donner la chasse aux pillards.

Dans le double but de faire avorter ces préparatifs et de chercher de nouveaux troupeaux de bétail, il fut résolu que cinq d'entre nous feraient une excursion à une distance considérable, tandis que les deux autres resteraient au logis et s'y tiendraient tranquilles.

Un de nous se chargea de nous conduire dans le voisinage d'une plantation située au delà du Santee, et sur laquelle il avait été élevé. Il connaissait parfaitement bien tout le pays. Il s'y trouvait, dit-il, plusieurs bonnes cachettes où nous pourrions nous tenir pendant le jour, et les bois, qui étaient fort étendus, contenaient des bestiaux en abondance.

Nous partîmes sous sa conduite, et suivîmes plusieurs jours, ou plutôt plusieurs nuits, la direction du nord. Le cinquième ou sixième soir de notre voyage, nous nous mîmes en chemin peu après le coucher du soleil, et, ayant marché jusqu'à minuit passé à travers des collines sablonneuses et abruptes, notre guide nous annonça que nous touchions au but de notre expédition. Mais, comme la lune s'était couchée et que le ciel était nuageux et tout à fait sombre, il n'était pas très-sûr de l'endroit précis où nous nous trouvions; nous ferions mieux, dit-il, de camper où nous étions jusqu'au jour, et alors il nous mettrait dans une meilleure cachette.

Cet avis n'avait rien de déplaisant, car nous étions excédés de fatigue et de sommeil. Nous allumâmes du feu, nous fîmes cuire le reste des provisions que nous avions emportées, et, ayant mis un des nôtres en sentinelle, le reste se coucha et fut bientôt endormi.

Quant à moi, du moins, je dormais profondément et je rêvais à la pauvre Cassy et à notre petit enfant, lorsque mon rêve fut interrompu par ce qui me parut être une décharge d'armes à feu et un bruit de chevaux au galop. Je fus bien vite sur pied, sachant à peine si j'étais réveillé. Au même instant, mon regard tomba sur Thomas, qui avait dormi à côté de moi, et je vis que ses habits étaient tout tachés de sang. Il était déjà levé, et, sans nous arrêter pour en voir ou en entendre davantage, nous nous jetâmes dans le fourré le plus proche, fuyant sans savoir où ni pourquoi. Enfin, Thomas s'écria qu'il ne pouvait aller plus loin. Le sang qu'il perdait l'avait beaucoup affaibli, et ses blessures devenaient roides et douloureuses. Le jour commençait à poindre. Nous nous assîmes à terre, et tâchâmes de le bander de notre mieux. Une balle ou du gros plomb lui avait traversé la partie charnue du bras gauche, entre l'épaule et le coude. Un autre coup l'avait frappé au côté ; mais, autant que nous en pouvions juger, le plomb avait dévié sur une de ses côtes, et avait passé outre sans faire de blessure mortelle. En regardant autour de nous, nous aperçûmes un petit ruisseau qui nous permit de laver ses plaies et d'étancher notre soif.

Ainsi restaurés, nous nous mîmes à considérer quelle direction il fallait prendre, et ce que nous avions à faire. Nous n'osions pas retourner au camp où nous avions dormi ; nous ne savions même pas si nous le pourrions, car la matinée avait été sombre, et nous avions fui à la hâte sans nous occuper du chemin. L'île qui nous servait de retraite était à sept ou huit jours de marche ; et, comme nous avions voyagé la nuit, et pas toujours dans la même direction, il ne serait pas non plus fort aisé d'y revenir. Cependant Thomas se piquait d'être bon forestier, et, quoiqu'il n'eût pas étudié la route autant qu'il l'aurait désiré, il n'en croyait pas moins qu'il saurait s'orienter.

Mais ses blessures étaient trop récentes, et il se sentait trop faible pour songer à partir immédiatement. D'ailleurs il faisait déjà grand jour, et nous avions d'excellentes raisons pour ne voyager que la nuit. Nous cherchâmes donc un fourré, dans lequel nous nous cachâmes pour attendre qu'elle fût tombée.

Le soir, Thomas déclara qu'il se sentait beaucoup mieux, et nous résolûmes de nous mettre en chemin. Toutefois, nous décidâmes d'essayer d'abord de trouver le camp de la veille, dans l'espoir que quelques-uns de nos compagnons se seraient échappés comme nous, et que nous pourrions les rencontrer.

Après avoir erré quelque temps, nous finîmes par trouver le camp. Deux cadavres roides et sanglants gisaient près des cendres refroidies. Ils paraissaient avoir été tués endormis, et avoir à peine fait un mouvement. Les buissons, tout autour, étaient tachés de sang, et, au clair de la lune, nous suivîmes des traces ensanglantées à une distance considérable. Ce devaient être celles de notre sentinelle, qui s'était probablement endormie et laissé surprendre.

Peut-être était-elle cachée quelque part dans les buissons, blessée et privée de secours. Cette idée nous enhardit. Nous l'appelâmes, mais nos voix se perdirent sans réponse dans les bois. Nous revînmes au camp et contemplâmes encore une fois les visages de nos compagnons morts. Nous ne pouvions supporter la pensée de les laisser sans sépulture. Je creusai à la hâte une fosse peu profonde, et nous les y plaçâmes. Nous répandîmes une larme sur leur tombeau, et, tristes, épouvantés, abattus, nous reprîmes notre long, fatigant et incertain voyage.

CHAPITRE XXXIII.

Nous marchâmes lentement toute la nuit, et, lorsque le jour revint, nous nous cachâmes de nouveau, et nous nous disposâmes à dormir. Les blessures de Thomas allaient beaucoup mieux, et paraissaient tendre à se cicatriser. Le coup qu'il avait reçu au côté était bien moins dangereux que nous ne l'avions d'abord supposé; et, comme la douleur avait diminué, il pouvait sommeiller.

Nous dormîmes assez bien; mais, au réveil, nous

étions très-faibles, faute de nourriture, car il y avait vingt-quatre heures que nous n'avions rien mangé. Le soleil n'était pas encore couché; cependant nous résolûmes de partir immédiatement, dans l'espoir qu'à l'aide du jour nous pourrions trouver de quoi satisfaire notre faim.

Après un trajet considérable à travers bois, juste au moment où le soleil se retirait, nous rencontrâmes une route. Nous nous déterminâmes à la suivre, pensant qu'elle nous conduirait dans le voisinage de quelque ferme. Ce fut une idée malheureuse : car nous n'avions pas fait plus d'un demi-mille, qu'au sommet d'une petite colline nous tombâmes sur trois voyageurs à cheval, que les ondulations de la route nous avaient cachés jusqu'à ce que nous fussions à quelques pas les uns des autres.

On fut surpris de part et d'autre. Les voyageurs arrêtèrent leurs chevaux et nous examinèrent avec un regard perçant. Notre apparence était faite pour attirer l'attention. Nos habits, s'ils méritaient ce nom, étaient tout en loques; au lieu de souliers, nous portions une espèce de hauts mocassins, faits de peau de bœuf non tannée; nous avions des coiffures de la même matière; et nos vêtements, surtout ceux de Thomas, étaient tachés de sang.

Ils me prirent pour un homme libre, et l'un d'eux me cria :

« Holà! étranger, qui êtes-vous? où allez-vous? et à qui appartient cet homme? »

Je fis de mon mieux pour tirer parti de ma couleur, et pour avoir l'air de ce qu'ils me croyaient. Mais je m'aperçus bientôt que c'était inutile : car, bien qu'ils ne m'eussent pas d'abord soupçonné d'être un esclave, notre apparence était si étrange, qu'ils me firent subir un interrogatoire très-sévère. Comme je n'avais pas une idée très-précise de l'endroit où nous étions, et que je n'en connaissais aucunement le voisinage, je fus hors d'état de répondre convenablement aux nombreuses questions qu'ils me posaient, et je tombai bientôt dans mainte contradiction. Leurs soupçons s'éveillèrent, et, tandis que j'étais attentif aux questions de celui qui portait la parole, un d'eux sauta à bas de son cheval, et, me saisissant au collet, jura que j'étais un évadé ou un voleur de nègres. Les deux autres furent aussi à terre en un moment; et, tandis que l'un me prenait par le bras, l'autre essaya de s'emparer de Thomas.

Celui-ci éluda cette tentative et prit la fuite. Il n'était qu'à une petite distance lorsque, se retournant et me voyant par terre, il oublia aussitôt ses blessures, sa faiblesse, son propre danger, et accourut à mon aide. Ils m'avaient tellement serré la gorge, que j'étais presque évanoui; et, tandis que l'un d'eux me maintenait à terre, l'autre se releva pour s'opposer à Thomas, qui avait déjà terrassé son ennemi, et s'avançait le bâton levé. Son nouvel antagoniste, qui était fort et agile, réussit à éviter le coup qui lui était porté, et aussitôt ils se colletèrent. Thomas n'avait pas l'entier usage d'un de ses bras, et la perte de son sang et son long jeûne avaient beaucoup réduit ses forces; mais il lutta vigoureusement, et il commençait à avoir le dessus, lorsque l'homme qu'il avait renversé au début du combat reprit ses sens, et vint au secours de son compagnon. Tous deux ensemble, ils étaient trop forts pour lui; ils l'eurent bientôt jeté à terre, et lui lièrent les mains. Ils m'en firent autant, et l'un d'eux ayant tiré des cordes d'une des poches de sa selle, ils nous les passèrent autour du cou, et nous forcèrent, à coups de fouet, à aller du pas de leurs chevaux.

Au bout d'une demi-heure, nous arrivâmes à une

mauvaise cabane située sur le bord du chemin. Elle avait l'apparence d'une auberge ou d'une taverne, et nous devions y loger. Les seules personnes de la maison semblaient être la maîtresse elle-même et une petite fille de dix ou douze ans. Tout y annonçait le malaise et la pauvreté. Nos vainqueurs n'eurent pas plutôt pris soin de leurs chevaux, qu'ils demandèrent des chaînes. Des chaînes de trait, dirent-ils, ou toute autre espèce de chaînes, feraient leur affaire. Mais, à leur grand désappointement, l'hôtesse déclara qu'elle n'avait rien de semblable. Cependant ils se procurèrent de vieilles cordes, et, nous ayant garrottés de leur mieux, ils nous firent asseoir dans le passage.

L'hôtesse leur dit que, selon toute probabilité, nous étions des évadés, car depuis quelque temps le voisinage en était infesté. Une compagnie de cinq ou six hommes sortait depuis deux ou trois nuits pour donner la chasse à ces coquins, et en avait, à l'improviste, rencontré toute une bande endormie autour d'un feu, dans les bois.

Cette bande paraissait trop forte pour être prise aisément; mais il fut résolu qu'on ne laisserait point échapper les drôles, d'autant plus que l'homme dont on les croyait les esclaves, et qui était du nombre des chasseurs, déclara ouvertement qu'il aimerait mieux qu'on les tuât tous que de les laisser rôder dans le pays sans utilité pour lui et au détriment de ses voisins.

La compagnie se sépara, et chaque homme s'avança d'un point différent. A un signal donné, tous firent feu, puis, piquant des deux, ils s'en revinrent chacun de son côté. Personne n'était resté pour voir le résultat de la décharge; mais, comme ils étaient tous bons tireurs, ils supposèrent que la plupart des évadés étaient tués ou dangereusement blessés; et, comme nos habits étaient ensanglantés et que l'un de nous était blessé, il était probable, dit-elle, que nous faisions partie de cette même bande.

D'après la conversation de cette femme et de ses hôtes, il paraît que l'attaque meurtrière qui avait été si funeste à nos compagnons, mais qui était destinée à une autre troupe d'évadés, s'exécute parfois dans la Basse-Caroline, lorsque des chasseurs tombent sur une bande de fugitifs trop nombreuse pour être facilement arrêtée.

La dispersion des assaillants, leur retour isolé après avoir tiré, n'est que l'effet d'un ancien préjugé traditionnel. D'après la loi de la Caroline, tuer un esclave est considéré comme un meurtre ; et, quoique probablement cette loi n'ait jamais été appliquée, et que sans aucun doute elle fût traitée par un jury de propriétaires d'esclaves comme une absurdité passée de mode, il n'en reste pas moins dans les esprits une certaine impression l'horreur à l'idée de verser du sang de propos délibéré, et une sorte d'appréhension superstitieuse de se voir appliquer cette loi surannée. Pour endormir leur conscience et pour éviter la possibilité d'une investigation judiciaire, chacun des agresseurs a soin de ne point regarder ses compagnons lorsqu'ils font feu, et aucun ne va sur les lieux pour constater le nombre des morts ou des blessés. Les pauvres diables qui n'ont pas eu le bonheur d'être tués sur le coup sont livrés aux longues tortures de la soif, de la fièvre et des plaies qui s'ulcèrent ; et, lorsque enfin ils expirent, leurs squelettes restent à blanchir sous le soleil de la Caroline, en témoignage de civilisation et d'humanité.

Tandis que nos ennemis étaient à souper, la fille de l'hôtesse vint nous regarder dans le passage. C'était une jolie enfant, et ses doux yeux bleus s'emplirent de larmes à notre vue. Je lui demandai de l'eau. Elle courut

nous en chercher, et demanda si nous ne voulions pas
manger. Je lui dis que nous étions à moitié morts de
faim, et, dès qu'elle l'apprit, elle disparut et revint bientôt avec un gros morceau de pain.

Nos bras étaient attachés si serré, que nous ne pouvions nous en servir ; la petite fille rompit le pain et nous
le fit manger.

N'est-ce pas là une preuve que la nature n'a jamais
voulu faire de l'homme un tyran ? L'avarice, un aveugle
besoin de domination, les suggestions mensongères,
mais spécieuses, de l'ignorance et de l'emportement,
s'unissent pour le rendre tel, et la pitié finit par être
bannie de son âme. Alors elle cherche un refuge dans le
cœur de la femme, et, lorsque les progrès de l'oppression l'en chassent, avant de prendre son essor vers le ciel,
elle s'arrête, triste et hésitante, dans le sein de l'enfant !

En écoutant avec attention la conversation des voyageurs, car dans l'intervalle l'hôtesse leur avait apporté
un pot de whisky, et ils étaient devenus très-communi-
catifs, nous apprîmes que nous étions à quelques milles
de la ville de Camden, et sur la grande route qui mène
de cette ville à la Caroline du Nord. Nos vainqueurs, à ce
qu'il paraît, étaient du haut pays. Ils n'avaient point
passé par Camden, mais ils étaient entrés sur cette route
tout près de l'endroit où ils nous avaient rencontrés. Ils
se rendaient en Virginie pour acheter des esclaves.

Après avoir discuté la chose tout au long, ils se déci-
dèrent à différer leur voyage d'un jour ou deux, et à
nous emmener à Camden, dans l'espoir de trouver notre
propriétaire et d'obtenir une récompense pour leur peine.
Si personne ne nous réclamait sur-le-champ, ils pouvaient nous déposer dans la prison, annoncer notre capture dans les journaux, et s'occuper plus amplement de
l'affaire à leur retour.

Le pot de whisky vidé, ils songèrent à se coucher. Il n'y avait que deux chambres dans la maison. L'hôtesse et sa fille en occupaient une, et l'on prépara pour eux des lits dans l'autre. Nous fûmes portés dans leur chambre ; et, après de nouvelles lamentations sur ce que l'hôtesse ne pouvait pas leur procurer des chaînes, ils examinèrent soigneusement et rattachèrent les cordes dont nous étions liés ; puis ils se déshabillèrent et se jetèrent sur leurs lits. Ils étaient probablement fatigués de leur voyage, et le whisky augmentait leur somnolence ; en sorte que bientôt tout annonça qu'ils étaient profondément endormis.

Je leur enviais ce bonheur ; car mes liens et la position que j'étais forcé de garder m'empêchaient d'en faire autant. Les rayons de la lune pénétraient par la fenêtre et éclairaient parfaitement la chambre. Thomas et moi nous déplorions tout bas notre triste condition, et nous y cherchions en vain quelque remède, lorsque la porte s'ouvrit silencieusement. C'était la fille de l'hôtesse, qui venait vers nous d'un pas circonspect et une main levée, comme pour nous faire signe de nous taire. De l'autre, elle tenait un couteau, et, se baissant, elle coupa nos cordes à la hâte.

Nous n'osions parler ; mais le cœur nous battait fort, et je suis sûr que nos regards exprimaient notre reconnaissance. Nous nous étions relevés en faisant le moins de bruit possible, et nous gagnions à pas de loup la porte, lorsqu'une idée vint à Thomas. Il me posa la main sur l'épaule pour attirer mon attention, et il se mit à ramasser l'habit, les souliers et les autres vêtements d'un des dormeurs. Je compris son intention, et j'imitai son exemple. La petite fille parut étonnée et mécontente, et nous fit signe de nous en abstenir. Mais nous fîmes semblant de ne pas comprendre ses gestes ; nous gagnâmes la porte en emportant les habits, et, traversant le passage, nous marchâmes avec lenteur et précaution pendant quelque temps, prenant bien garde que le bruit de nos pas ne donnât l'alarme. La petite fille, cependant, caressait le chien de la maison sur la tête, et le faisait tenir tranquille. Lorsque nous fûmes suffisamment loin, nous partîmes à toutes jambes, et nous ne cessâmes de courir que lorsque nous fûmes tout à fait hors d'haleine.

Dès que nous fûmes un peu remis, nous quittâmes nos haillons et les cachâmes dans les buissons. Par bonheur, les vêtements que nous avions emportés nous allaient passablement et nous donnaient une apparence plus respectable et moins suspecte. Nous refîmes deux ou trois milles, jusqu'à un chemin qui croisait le nôtre et qui allait vers le Sud.

Jusqu'alors, Thomas n'avait pas ouvert la bouche; c'est à peine s'il semblait écouter mes remarques ou les questions que je lui faisais de temps en temps. Quand nous arrivâmes à ce nouveau chemin, il s'arrêta soudain et me prit par le bras. Je supposai qu'il allait se consulter avec moi sur le parti à prendre; et ma surprise fut grande lorsque je l'entendis me dire :

« Archy, je vous quitte ici. »

Je ne pouvais imaginer à qui il en avait, et mes regards lui demandèrent une explication.

« Vous voici, dit-il sur la route du Nord. Vous êtes bien vêtu, et avez assez d'instruction pour être contremaître. Vous pouvez facilement passer pour homme libre. Il vous sera fort aisé de gagner ces États libres, dont je vous ai entendu parler si souvent. Si je vais avec vous, on nous arrêtera tous deux pour nous questionner. Nous serons poursuivis, et, si nous restons ensemble et que nous suivions cette route, nous serons infaillibleient pris. Il y a loin d'ici aux États libres, et j'ai peu de hances et point d'espoir d'y jamais parvenir; et, si j'y arvenais, qu'y gagnerais-je? Je veux essayer encore des ois, et faire comme je pourrai. Je saurai retrouver otre ancienne place; mais vous, Archy, vous pouvez ieux faire; vous êtes sûr de gagner le Nord. Partez, ion garçon; partez, et que Dieu vous bénisse! »

J'étais tout ému, et je fus quelque temps sans pouvoir épondre. L'idée d'échapper à tant de dangers et de mi- ère et de me trouver sur une terre où je pourrais porter e nom et jouir des droits d'homme libre, cette idée m'é- louissait l'esprit au point de me faire oublier tout autre entiment. Cependant mon affection pour Thomas et la econnaissance que je lui devais combattaient ces espé- ances, et une voix partie du fond de mon cœur me di- ait de ne point abandonner mon ami. Après une trop ongue pause et une trop longue hésitation, je répondis. e parlai de ses blessures, de l'amitié que nous nous tions jurée, du danger auquel il s'était si récemment ex- osé pour moi, et je déclarai que je voulais rester avec ii jusqu'au bout.

Je parlai, j'en ai peur, avec trop peu de zèle et de onviction. Du moins, tout ce que je disais ne fit que onfirmer Thomas dans son dessein. Il répliqua que ses lessures étaient en voie de guérison, et qu'il était déjà resque aussi fort qu'auparavant. Il ajouta que, si je res- ais avec lui, je pourrais me faire beaucoup de mal sans ucune chance de lui faire du bien. Il m'indiqua la route t, d'une voix pleine d'énergie et d'autorité, il m'invita à a suivre, tandis qu'il prendrait celle du Sud.

Une fois que Thomas avait pris son parti, il parlait vec une fermeté suffisante pour intimider les plus ré- alcitrants. En ce moment, je n'étais que trop disposé à éder. Il vit que je faiblissais et poursuivit sa victoire.

« Allez, Archy ! répéta-t-il, allez ! Si ce n'est pas pour vous, que ce soit pour moi ! Si vous restez avec moi et que vous soyez pris, je ne vous le pardonnerai jamais ! »

Peu à peu mes bons sentiments m'abandonnèrent, et je finis par consentir à notre séparation. Je pris Thomas par la main, et je le pressai sur mon cœur. Jamais il n'exista de plus noble caractère ; je n'étais pas digne de m'appeler son ami.

« Dieu vous bénisse, Archy ! » dit-il en me quittant.

Je restai à le contempler tandis qu'il s'éloignait d'un pas rapide ; et je me sentais près de rentrer sous terre de honte et de mortification. Une ou deux fois, je fus sur le point de le suivre, mais une prudence égoïste me retint. Lorsqu'il fut hors de vue, je me remis en route. C'était un lâche abandon que l'amour même de la liberté ne pouvait excuser.

CHAPITRE XXXIV.

Je marchai aussi vite que je pus jusqu'au grand jour, sans rencontrer un seul individu, ni plus de deux ou trois maisons de pauvre apparence. Au moment où le soleil se levait, j'étais au sommet d'une haute colline. Il y avait au bord de la route une petite maison près de laquelle un cheval sellé et bridé était attaché à un arbre. L'animal avait le poil luisant et était en bon état ; et, d'après la forme des poches de la selle, je jugeai qu'il devait appartenir à quelque médecin qui était venu de si bonne heure visiter un malade. L'occasion était faite pour tenter. Je détachai le cheval et sautai sur la selle. Je le tins

l'abord au pas ; mais bientôt je le mis au galop, et je ne
ardai pas à perdre la maison de vue.

C'était une heureuse trouvaille : car, comme j'étais
sur la route que devaient suivre les voyageurs auxquels
'avais échappé, dès qu'ils se remettraient en marche, je
courais un danger manifeste d'être rejoint et reconnu.
Voyant que mon cheval avait de l'ardeur et du fond, je
ui lâchai la bride et allai grand train. Mon bonheur ne
s'arrêta pas là : car, ayant mis la main dans la poche de
mon nouvel habit, j'en tirai un portefeuille dans lequel,
ndépendamment d'un tas de vieux papiers, je trouvai,
après examen, une fort jolie somme d'argent en billets
le banque. Cette découverte redoubla mon ardeur, et je
continuai d'aller tout le jour, ne m'arrêtant qu'à de courts
ntervalles pour faire souffler mon cheval à l'ombre d'un
arbre.

Vers le soir, je me procurai un souper, et à mon cheval de l'avoine, à une petite auberge borgne ; puis je
repartis lorsque la lune se leva. Le matin, mon cheval
était complétement éreinté. Reconnaissant de ses services, car, d'après mon calcul, il m'avait fait faire plus
de cent milles dans les vingt-quatre heures, je lui ôtai sa
selle et sa bride, et je l'envoyai se restaurer dans un
champ de blé. Je poursuivis alors mon voyage à pied :
car je craignais, si je gardais le cheval, que sa possession ne m'attirât quelque difficulté ; et, par le fait, il
était tellement fourbu qu'il m'aurait rendu fort peu de
services. J'avais une bonne avance sur les voyageurs, et
je ne doutais pas que je ne pusse aller aussi vite à pied
qu'ils iraient à cheval.

Avant le coucher du soleil, j'arrivai à un gros village.
Je m'y accordai un bon repas et une bonne nuit. J'en
avais grand besoin, car les veilles, le jeûne et la fatigue,
m'avaient épuisé. Je dormis dix heures, et m'éveillai avec

une vigueur nouvelle. Je me remis alors en marche sans beaucoup d'inquiétude, ne m'arrêtant que rarement, par prudence, et avançant aussi rapidement que possible. Je traversai ainsi la Caroline du Nord et la Virginie, franchis le Potomac, entrai dans le Maryland, et, évitant Baltimore, passai en Pensylvanie, où je me félicitai de fouler enfin un sol cultivé par des hommes libres.

J'avais à peine dépassé la frontière que le changement devint visible. Le printemps ne faisait que de naître, et tout commençait à se renouveler, à verdir, à s'embellir. Les champs, bien cultivés, les nombreux petits enclos, les belles et grosses fermes qui abondaient le long de la route, les jolis villages et les villes affairées, jusqu'aux routes elles-mêmes, qui étaient couvertes de chariots et de voyageurs : tous ces signes de bien-être et de prospérité me prouvaient que je voyais un pays où le travail était honorable, et où chacun travaillait pour soi. C'était un spectacle réjouissant et qui contrastait fortement avec tout ce que j'avais vu dans la première partie de mon voyage, où une mauvaise route solitaire m'avait conduit à travers une suite monotone de bois inutiles, de champs déserts envahis par les genêts et les molènes, ou de champs tout près d'être désertés, coupés de ravins, stériles, et offrant tous les symptômes d'une culture négligente et sans profit. Çà et là j'avais rencontré une misérable maison, et une fois, dans l'espace de cinquante lieues, un village tout délabré avec un palais de justice, une ou deux boutiques et un rassemblement d'oisifs devant la porte d'une taverne.

J'étais désireux de voir Philadelphie; mais je craignais que cette ville, si proche de la frontière des États à esclaves, ne fût infestée de leur esprit; car les pires fléaux sont les plus contagieux. Je la laissai donc de côté et me hâtai vers New-York. Je traversai le noble

Hudson et j'entrai dans la ville. C'était la première cité que je voyais, la première, du moins, qui méritât ce nom; et, quand je contemplai son vaste port couvert de vaisseaux, ses longues files de magasins, ses rues nombreuses, ses splendides boutiques, et toute cette fourmilière de gens affairés, je fus étonné et ravi de l'idée nouvelle que ce spectacle me donnait des ressources de l'art et de l'industrie humaine. J'en avais bien entendu parler; mais, pour sentir, il faut voir.

Pendant plusieurs jours, je ne fis que parcourir les rues, examinant avec une insatiable curiosité. New-York était alors bien inférieur à ce qu'il doit être devenu, et les restrictions commerciales qui prévalaient devaient tendre à diminuer ses affaires et son mouvement. Mais, dans ma rustique inexpérience, la ville me semblait presque interminable, et le bruit des camions et des voitures sur le pavé, l'affluence qui encombrait les rues, dépassaient de beaucoup l'idée que je m'étais faite d'une grande ville.

J'étais à New-York depuis une semaine, et je me tenais, une après-midi, devant une pelouse triangulaire, près du centre de la ville, regardant un bel édifice de marbre blanc qu'un passant m'avait dit être l'hôtel de ville, quand soudain je me sentis saisir rudement le bras. Je me retournai, et, à ma grande horreur, je reconnus le général Carter, l'homme qui, dans la Caroline du Sud, s'était appelé mon maître, mais qui, dans un pays fier de son titre d'État libre, n'aurait pas dû avoir de droit sur moi.

Que personne ne soit la dupe du titre mensonger que s'arrogent les États du nord de l'Union américaine. Comment peuvent-ils prétendre à ce titre d'États libres, après avoir fait avec les propriétaires d'esclaves un marché qui les oblige de remettre aux mains de ses oppresseurs

chaque malheureux évadé qui se réfugie sur leur terri-
toire ? Les bonnes gens des États libres n'ont pas eux-
mêmes d'esclaves. Oh ! non. L'esclavage, ils l'avouent,
est une horrible énormité. Il n'ont pas d'esclaves eux-
mêmes : ils se contentent d'être les huissiers et les recors
de ceux qui en ont !

Mon maître, car, même dans la libre cité de New-York,
je devais continuer de l'appeler ainsi, mon maître m'a-
vait saisi par un bras, et un de ses amis me tenait par
l'autre. Il m'appelait par mon nom, et, dans le trouble de
cette soudaine surprise, j'oubliai combien il était impoli-
tique à moi d'avoir l'air de le connaître. La foule commença à s'assembler autour de nous. Lorsqu'on apprit
que j'étais arrêté comme esclave marron, quelques personnes parurent révoltées de l'idée qu'un blanc pût être
en butte à une pareille indignité. Elles semblaient croire
qu'il n'y avait que les noirs qu'il fût légitime d'enlever
de la sorte. Telle est, en effet, l'infatigable habileté de la
tyrannie, que les hommes libres eux-mêmes ne peuvent
la chasser complétement de leurs cœurs, et qu'il n'est
pas un préjugé, né, comme tout préjugé, de l'ignorance
et de la suffisance, qu'elle ne sache tourner à son profit.

Quoique plusieurs des assistants ne se fissent pas scrupule d'user d'expressions très-fortes, ils ne tentèrent
point de me délivrer, et je fus traîné vers ce même hôtel
de ville que je venais d'admirer. Je fus conduit devant
le magistrat qui siégeait : quelques questions furent
faites et il y fut répondu ; des serments furent prêtés et
on fit quelques écritures. Je n'étais pas revenu du premier trouble de mon arrestation, et cet attirail de tribunaux et de constables était une horrible espèce de danger
auquel je n'étais nullement accoutumé ; en sorte que je
sais à peine ce qui fut dit ou fait. Mais, autant qu'il m'en
souvienne, le magistrat refusa d'agir, quoiqu'il consentît

me retenir en prison jusqu'à ce que je pusse être tra-
uit devant un autre tribunal.

L'ordre fut donné, et je fus remis à un officier de jus-
ice. La salle était remplie par la foule qui nous avait
uivis de la rue. On s'assembla autour de nous quand
ous sortîmes ; et je pus voir, à l'expression des figures
t aux paroles qui échappèrent, qu'on était fort disposé à
avoriser mon évasion. J'affectai d'abord beaucoup de
oumission envers l'officier ; mais à peine avions-nous
ait quelques pas que, par un élan soudain, je me déga-
eai de son étreinte et m'enfonçai dans la foule, qui s'ou-
rit pour me laisser passer. J'entendis du bruit, de la
onfusion et des clameurs derrière moi ; mais en un mo-
ient j'eus dépassé l'enclos de l'hôtel de ville, et, traver-
ant une des rues qui le bordent, j'enfilai une ruelle
troite et tortueuse. Les passants ouvrirent de grands
eux en me voyant courir, et quelques-uns crièrent :
Au voleur ! » Un ou deux parurent tentés de m'arrêter ;
ais je fis plusieurs détours, et, voyant que je n'étais
as poursuivi, je me remis à marcher d'un pas ordi-
aire.

Ce n'est pas aux lois de New-York, c'est au bon vou-
ir de ses habitants, que je rends grâce de cette évasion.
'égoïsme égare souvent les législateurs : l'instinct du
euple est presque toujours sûr. Il est vrai que les insti-
ations artificieuses des hommes vendus à l'oppression,
intes à l'intérêt qu'ont les voleurs d'une grande ville à
xciter le désordre, peuvent pousser de temps en temps
ι jeunesse, l'ignorance, l'irréflexion et la dépravation,
des actes de violence en faveur de la tyrannie. Mais
amour de la liberté est si naturel aux hommes, que sa
amme n'est pas plus vive dans l'âme des sages et des
éros qu'elle ne l'est dans les cœurs ignorants et irréflé-
his, lorsqu'elle n'est pas étouffée par quelque préjugé

excité à dessein, quelque basse passion, ou quelque sinistre influence.

En parcourant les rues précédemment, j'avais découvert la route du Nord; et je pris cette direction, résolu à
secouer de mes pieds la poussière d'une ville où j'avais
été si près de retomber dans la servitude.

Je voyageai toute la journée; et, la nuit, l'aubergiste
chez qui je logeai m'apprit que j'étais dans l'État du Connecticut. Je continuai ma fuite pendant plusieurs jours,
à travers un beau pays de collines et de montagnes,
comme je n'en avais pas encore vu. La magnificence de
ce paysage, plein de rochers et de précipices, formait un
admirable contraste avec l'excellente culture des vallées,
où tout respirait l'aisance et l'amour du travail. Il n'est
pas de sol ingrat pour le bras auquel la liberté donne du
nerf.

Je savais que Boston était le grand port de mer de la
Nouvelle-Angleterre; c'est là que je dirigeai mes pas,
décidé à quitter une terre attrayante sans doute, mais
dont les lois ne me reconnaissaient pas homme libre. A
mon approche de la ville, le pays perdit beaucoup de son
pittoresque et de sa grandeur; mais cette perte fut com-
pensée par la beauté supérieure à mes yeux de ses
champs cultivés et des habitations semées le long de la
route en si grand nombre, que les environs de la ville
semblaient presque ne former qu'un long village. La
ville elle-même, assise sur des collines, et qui se voyait
à une distance considérable, terminait noblement la sper-
pective.

Je traversai sur un pont une large rivière, et j'entrai
bientôt dans la ville, mais je ne m'arrêtai pas à l'examiner : la liberté m'était trop précieuse pour être sacri-
fiée à une vaine curiosité. La populace de New-York
m'avait délivré : la populace de Boston pouvait se plaire

à me replonger dans la servitude. Aussi vite que me le permirent les rues tortueuses et irrégulières, je gagnai les quais. Beaucoup de vaisseaux étaient désemparés et pourrissaient dans les docks ; mais, après bien des recherches, je trouvai un navire qui était sur le point de faire voile pour Bordeaux. Je m'offris comme matelot. Le capitaine me questionna, et rit de bon cœur de mon air gauche de paysan ; mais, à la fin, il consentit à me prendre à demi-solde. Il m'avança un mois de paye, et le second lieutenant, qui était un beau jeune homme, et qui avait l'air de compatir à mon isolement et à mon ignorance, m'aida à acheter les vêtements qui me seraient nécessaires pour le voyage.

En quelque jours la cargaison fut complète et le vaisseau prêt à mettre en mer. Nous quittâmes le quai, nous nous frayâmes un passage parmi les innombrables îlots et les nombreux promontoires du havre de Boston, nous dépassâmes le château et le phare, nous renvoyâmes notre pilote, et, toutes voiles dehors, et secondés par une fraîche brise, nous laissâmes la ville derrière nous.

Comme je me tenais sur le gaillard d'avant et regardais vers la terre, qui ne paraissait plus que comme une petite raie à l'horizon et s'effaçait rapidement à nos yeux, je crus me sentir déchargé d'un grand poids. Les chaînes avaient disparu, je me sentais libre ; et, comme je contemplais le rivage qui se retirait très-vite, mon sein s'enflamma d'un orgueilleux dédain, un dédain mêlé de sécurité.

Adieu, mon pays ! Telles furent les pensées qui s'élevèrent dans mon esprit et les paroles qui se pressèrent sur mes lèvres. Et quel pays ! une terre qui se vante d'être le siége par excellence de la liberté et de l'égalité, et qui pourtant tient une telle portion de son peuple dans un misérable esclavage, sans espoir d'en jamais sortir !

Adieu, mon pays ! grande est la reconnaissance que je te dois ! Terre du tyran et de l'esclave, salut !

Et vous, soyez les bienvenus, flots bondissants et écumeux de l'Océan ! Vous êtes les emblèmes et les enfants de la liberté ! Je vous salue comme des frères : car, à la fin, moi aussi je suis libre ! libre ! libre !

CHAPITRE XXXV.

Les brises favorables que nous avions au départ ne durèrent pas ; le temps se mit bientôt à l'orage ; nous fûmes enveloppés de brouillards et chassés par des vents contraires. Nos travaux et nos souffrances étaient rudes, mais j'y trouvais une sorte de plaisir. C'était pour moi que je travaillais et que je souffrais ; cette pensée me donnait des forces.

Je m'appliquai avec beaucoup de zèle et de bonne volonté à apprendre ma profession. Mes camarades commencèrent par rire de mon ignorance et de ma gaucherie ; ils m'accablaient de plaisanteries et me jouaient toute espèce de tours. Mais, quoique grossiers et insouciants, ils étaient bons et généreux. Dès la première semaine de notre voyage, j'eus maille à partir avec le fier-à-bras du vaisseau ; je le fustigeai bel et bien, et tout l'équipage tomba d'accord qu'on ferait de moi quelque chose.

J'étais robuste et agile ; et, comme je me faisais un point d'honneur d'imiter tout ce que je voyais faire, je fus surpris du peu de temps qu'il me fallut pour courir sur les agrès et me hasarder sur les vergues ; toutes ces cordes, tous ces termes de mer, me jetèrent d'abord dans la confusion, mais tout cela s'éclaircit bientôt. Avant que nous eussions traversé l'Océan, je savais ferler les voiles, prendre les ris et gouverner comme n'importe qui, et il n'y eut qu'une voix à bord pour jurer que j'étais né pour être marin.

Mais je ne me contentai pas de déployer les voiles et de manier les cordes ; je voulus connaître l'art de la navigation. Il y avait dans l'équipage un jeune homme bien élevé qui servait sur le gaillard d'avant, comme c'est l'usage des gens de la Nouvelle-Angleterre, dans l'intention de commander lui-même ensuite un vaisseau. Il avait à lui des livres et des instruments, et, ayant déjà fait un ou deux voyages, il savait assez bien s'en servir et tenait une estime de la marche du vaisseau. Ce jeune matelot, qui s'appelait Tom Turner, était un digne et loyal garçon s'il en fut ; mais il était grêle de corps, et sa force ne répondait pas à son ardeur. J'avais gagné ses bonnes grâces en prenant son parti dans quelques-unes de nos fredaines du gaillard d'avant ; et, voyant mon désir d'apprendre, il s'était chargé de mon instruction. Il me prêta son *Navigateur*, et, toutes les fois que j'étais de quart en bas, je l'étudiais constamment. D'abord, le tout me sembla bien mystérieux ; je fus quelque temps avant d'y rien voir : mais Tom, qui avait la parole facile, me donna des explications qui me mirent sur la voie.

Nous louvoyâmes tout ce temps dans le voisinage des bancs de Terre-Neuve ; et, comme nous étions en butte à une série de tempêtes et de vents contraires, nous faisions peu de progrès. Nous avions perdu une couple de huniers et plusieurs de nos espars, et nous étions depuis soixante-dix jours en mer par un temps très-rude.

Je le prenais bien, du reste ; je n'étais nullement pressé d'aborder. J'avais choisi l'Océan pour pays ; et, quand les vents mugissaient, que les manœuvres criaient, et que la charpente craquait, je me contentais de mieux fermer mon bourgeron, je m'arc-boutais contre mon coffre de bord, et j'étudiais mon *Navigateur*, c'est-à-dire si je me trouvais de quart en bas ; car, sur le pont, j'étais toujours prêt au premier appel et le premier à m'élancer dans les manœuvres.

Enfin, le temps s'améliora, et nous fîmes voile vers la côte de France. Nous avions découvert la terre, et n'étions qu'à quelques lieues du port, lorsqu'un brick armé, portant le pavillon anglais, courut sur nous, nous tira un coup de canon à l'avant, et envoya un bateau nous visiter.

A cette époque, les bâtiments américains étaient parfaitement accoutumés à ces sortes de visites, et notre capitaine n'eut pas l'air fort alarmé. Mais l'officier du bateau anglais ne fut pas plutôt sur notre pont, que, mettant la main sur son épée, il dit au capitaine qu'il le faisait prisonnier.

Il paraît que, tandis que nous étions à louvoyer près du Grand-Banc, l'Amérique avait fini par rassembler tout son courage et avait déclaré la guerre à l'Angleterre. Le brick armé était un corsaire anglais, et nous étions sa prise. D'abord on nous fit descendre tous en bas ; mais bientôt on nous fit remonter, et on nous laissa le choix de nous enrôler à bord du corsaire ou d'être menés prisonniers en Angleterre. Près de la moitié de notre équipage se composait de ce que les marins appellent des Hollandais, c'est-à-dire d'hommes de la mer du Nord ou des côtes de la Baltique. Ces aventuriers s'enrôlèrent volontiers. Tom Turner porta la parole pour les Américains ; et, lorsqu'il fut invité à suivre cet exemple, il répondit au lieutenant du ton le plus bourru : « Vous serez pendu avant ça ! »

Quant à moi, je n'avais aucuns scrupules patriotiques. J'avais renoncé à mon pays, si tant est qu'on doive appeler son pays le lieu qui, en vous donnant la naissance, vous prive, par ses injustes lois, de tout ce qui donne du prix à la vie. En dépit des murmures et des huées de mes camarades, je m'avançai, et inscrivis mon nom sur le papier du bord. S'ils avaient su mon histoire, ils ne m'auraient point blâmé.

Après avoir croisé quelque temps sans succès, nous retournâmes à Liverpool pour nous ravitailler. Notre équipage se recruta, et nous remîmes bientôt en mer. En croisant devant les côtes de France, nous fîmes plusieurs prises, mais aucune de grande valeur. Alors nous fîmes voile pour les Indes occidentales; et, dans le voisinage des Bermudes, tandis que nous serrions le vent au plus près, nous découvrîmes un navire à l'avant, et nous lui donnâmes la chasse.

Le navire poursuivi diminua de voile pour nous attendre. Cela nous fit supposer que c'était un vaisseau de guerre; et, comme nous étions plus avides de butin que le combat, nous virâmes de bord.

Là-dessus, il se mit à notre poursuite: et, étant meilleur voilier, il ne tarda pas à nous gagner de vitesse.

Quand nous vîmes qu'il n'y avait pas chance de lui échapper, nous amenâmes notre voilure légère, mîmes en panne, arborâmes le pavillon anglais, et fîmes branle-bas pour le combat.

L'ennemi était un schooner armé et fin voilier, qui se trouva être un corsaire américain, à peu près de la force du brick comme taille et comme armement, mais bien mieux gréé et admirablement manœuvré. Il courut sur nous; l'équipage poussa trois acclamations, et nous reçûmes une bordée terrible. Le schooner vira vent devant et manœuvra jusqu'à ce qu'il eût pris une position favorable; puis il fit un feu si rapide, qu'on eût dit un incendie. Ses canons étaient bien chargés et bien pointés, et nous faisaient beaucoup de mal. Notre capitaine et notre premier lieutenant furent bientôt hors de combat. Nous rendions la pareille à l'ennemi autant que nous pouvions; mais nos hommes tombaient comme la grêle, et notre feu commençait à se ralentir. Le beaupré du schooner s'engagea dans nos principaux agrès, et aussitôt nous entendîmes crier à l'abordage. Nous saisîmes nos piques, et nous nous apprêtâmes à recevoir l'ennemi; mais un détachement tomba à bord du brick, blessa le seul officier qui fût sur le pont, et chassa nos hommes effrayés et en désordre vers le gaillard d'avant.

Je voyais le danger; et l'idée de retomber aux mains des tyrans auxquels j'avais échappé ranima mon courage qui chancelait. Je sentis renaître en moi une énergie surhumaine. Je me mis à la tête de notre équipage démoralisé, et je me battis avec la valeur frénétique d'un héros de roman. Je renversai les deux ou trois premiers de nos agresseurs; et, comme le reste reculait devant moi, j'encourageai mes compagnons, et leur criai de charger. Mon exemple sembla les inspirer. Ils se rallièrent aussitôt, se précipitèrent en avant, repoussèrent les ennemis, en culbutèrent plusieurs dans la mer, et refoulèrent les autres jusque dans leur propre navire.

Notre succès ne s'arrêta pas là. Nous en vînmes nous-mêmes à l'abordage, et le pont du schooner vit un combat aussi sanglant que celui qui avait été livré sur le brick. La fortune nous favorisa, et bientôt nous contraignîmes l'ennemi à se réfugier sur le gaillard d'arrière. Nous lui criâmes de se rendre; mais le capitaine, brandissant son sabre sanglant, refusa avec fermeté. Il ordonna à ses hommes une nouvelle charge, et s'élança sur nous avec fureur. De ma pique, je frappai son poignard et le désarmai. Aussitôt il glissa et tomba sur le pont : ma pique menaçait sa poitrine.

Je lui enfonçai mon arme dans le cœur, et j'éprouvai dans tout mon corps une sensation de joie en pensant que j'avais exercé la justice envers un tyran.

Mais la justice ne devrait jamais être souillée par la passion, jamais (si c'est possible) par le sang. Si dans ce moment j'éprouvai quelque chose de noble au fond du cœur, je dois avouer aussi qu'il était rempli du désir de la vengeance et d'une fureur sauvage. Néanmoins, en pensant à ce que je sentais alors, je comprends encore et la haine et la féroce énergie de l'esclave qui ne peut conquérir sa liberté que les armes à la main, et doit considérer le massacre de ses oppresseurs comme une dette payée à l'humanité.

Le capitaine mort, l'équipage mit bas les armes et demanda grâce : le schooner était à nous. Jamais plus beau voilier n'avait vogué sur la mer.

Tous les officiers du brick étaient blessés. On m'attribua en grande partie l'honneur de la victoire, et, aux applaudissements de l'équipage, je fus nommé maître de la prise.

CHAPITRE XXXVI.

Notre traversée jusqu'à Liverpool fut de courte durée. Le schooner fut considéré comme prise, et acheté par les propriétaires du brick.

Ils l'équipèrent en corsaire et m'en confièrent le commandement. Je pris pour premier lieutenant un vieux matelot expérimenté; je formai mon équipage et mis à la voile.

C'était sur la côte d'Amérique que je croisais de préférence, et nous fûmes si favorisés par la fortune, que, non loin du port de Boston, nous capturâmes un vaisseau des Indes orientales qui revenait chargé de thé et de soie. Nous l'envoyâmes à Liverpool, où il fut promptement vendu. Je dirigeai alors mon schooner vers le midi, et, pendant un mois ou deux, je croisai devant les caps de la Virginie. Nous nous approchions souvent de terre, et il me venait toujours une forte tentation d'y envoyer mes hommes pour faire enlever, au milieu de leur sommeil, quelques-uns des planteurs voisins ; mais la prudence m'empêcha de céder à ce désir de donner aux Virginiens une leçon dont ils auraient eu pourtant si grand besoin.

L'histoire de mes diverses aventures sur mer remplirait un volume; mais elles m'éloigneraient de mon sujet. Tant que la guerre dura, je gardai la mer, et ne la quittai qu'à la paix, et encore avec beaucoup de répugnance. Le butin m'avait rendu comparativement riche; mais, à présent, qu'allais-je faire dans l'inaction où je me trouvais? Qu'est-ce qui allait remplacer pour moi l'excitation continuelle de cette vie de péril qui m'avait empêché jusque-là de me replier sur moi-même, et d'empoisonner ma paix intérieure par de douloureux souvenirs? L'image de ma femme, de mon enfant, et de l'ami auquel j'étais si reconnaissant, s'était sans doute bien souvent présentée à mon esprit durant mes voyages; mais le cri de la manœuvre donnait bien vite un autre cours à mes pensées et dissipait ma mélancolie. Or, à présent que j'étais à terre, seul, étranger, sans patrie, sans famille, et privé de toute occupation, les images de ceux que je chérissais se présentaient constamment à mon cœur.

Je m'occupai, avant tout, de trouver un homme de confiance que je pusse charger d'aller à leur recherche : je le trouvai bientôt, le munis de toutes les instructions nécessaires à l'objet de son voyage, d'un crédit illimité sur mon banquier, et d'une forte somme pour lui-même, lui promettant, en outre une récompense bien plus considérable s'il réussissait.

Plein de consolation et d'espoir, je le fis partir pour l'Amérique par la première occasion qui se présenta. En attendant, pour chasser mes pensées, je me mis à l'étude. J'avais toujours eu, dans mon enfance, le désir de m'instruire ; ce désir avait été étouffé par une trop grande sévérité, mais on n'était point parvenu à le détruire entièrement, et je fus surpris de le trouver encore si puissant en moi. Comme la terre qui reçoit la pluie, mon esprit s'imbibait, en quelque sorte, de science. Je ne lisais pas les livres, je les dévorais ; je ne me donnais pas le temps nécessaire au sommeil : mais je lisais, malheureusement, sans beaucoup de choix, et je fus longtemps avant de pouvoir juger un ouvrage et en comparer le mérite à celui de tel autre. Dans ma soif de science, il m'arrivait ce qui arrive à l'homme en général : je ne distinguais pas le vrai du faux. Néanmoins, je n'avais aucun goût pour les auteurs à imagination ; je n'en comprenais pas le but, et je méprisais les poëtes : les voyages et l'histoire étaient ma lecture favorite. Le temps et la réflexion m'ont appris, plus tard, à tirer quelque chose de cet amas de matériaux qui alors étaient dans ma mémoire à l'état de chaos.

Ces études élevaient mon âme, et me donnaient le courage de supporter les tristes nouvelles que je recevais d'Amérique ; mais mon courage finit par s'affaiblir, et il s'évanouit complétement lorsque mon agent, revenu de son voyage, m'annonça que toutes ses recherches avaient été vaines.

D'après ce que j'appris de lui, mistress Montgomery, la maîtresse de Cassy, avait cautionné son frère pour une forte somme d'argent. Celui-ci était son principal conseiller en tout ce qui concernait la régie des affaires. Il était planteur, et comme tel très-adonné au jeu. Cette passion est la seule chose qui donne un peu de mouvement et d'excitation à la vie indolente, oisive et inutile des planteurs américains. Le frère de mistress Montgomery était ce qu'on nomme un joueur malheureux. Après avoir consommé sa propre ruine, il travailla à celle de sa sœur. Non-seulement il lui soutirait autant d'argent qu'il pouvait (cela lui était facile, puisqu'il était à la tête de sa fortune) ; mais il lui fit signer des billets et des traites pour une grande valeur. Pendant très-longtemps il lui cacha que l'on avait protesté les billets, et ce fut au milieu de la plus parfaite sécurité que cette pauvre femme apprit un jour qu'elle était complétement ruinée et que ses biens allaient être saisis.

Ma femme et mon enfant furent vendus avec les autres objets qui lui appartenaient. C'est l'usage en Amérique de vendre des femmes et des enfants pour payer les dettes d'un joueur.

Cassy et son enfant étaient tombés entre les mains

d'un gentleman : telle est la dénomination américaine de celui qui s'adonne à l'état respectable et lucratif de marchand d'esclaves. Mon agent s'enquit de lui ; mais il apprit que l'homme était mort sans laisser de papiers concernant son commerce. Il parvint cependant, en prenant la route que ce marchand avait coutume de suivre, à découvrir les traces de la bande d'esclaves achetée par lui chez mistress Montgomery. Il la suivit à la piste, de village en village, jusqu'à Augusta, dans la Géorgie ; mais là il la perdit complétement. Cette ville est, ou plutôt était un des principaux marchés d'esclaves. Ceux que cherchait mon agent y avaient été vendus, selon toute probabilité ; mais il fut impossible de découvrir à qui.

Ayant échoué dans ses recherches, mon agent eut recours aux journaux. Il promettait une forte récompense à la personne qui lui fournirait des indications sur Cassy et son fils ; mais tout fut inutile, et, après deux années passées dans de vaines recherches, il renonça à les chercher davantage. Sur le compte de Thomas, il apprit que le général Carter l'avait repris. On avait vu plus d'une fois un homme, dont le signalement se rapportait au sien, traverser les bois et se montrer furtivement dans le voisinage. On supposait qu'il était encore en vie et à la tête d'une bande de fugitifs.

Hélas ! ce furent toutes les nouvelles que me rapporta mon agent.

Malgré le peu d'encouragement que me donnaient ses lettres, tant qu'il avait été en Amérique, j'avais conservé de l'espoir. A présent, ma dernière consolation m'était enlevée. A quoi m'aurait servi de secouer mes chaînes, quand des chaînes encore plus pesantes peut-être pesaient sur l'amie de mon cœur et sur l'enfant de mon amour? Les malheurs de la tyrannie sont vraiment

infinis ! Ils m'atteignaient à travers l'immense Océan ;
et , en pensant à Cassy et à mon fils , je me sentais tout
tremblant , comme si de nouveau j'étais chargé de fers ,
et que le fouet en me frappant sifflât au-dessus de ma
tête. Dieu tout-puissant ! pourquoi avez-vous condamné
l'homme à de pareilles souffrances?

Je fus longtemps à me remettre d'un coup qui m'a-
vait ôté toutes mes forces morales. Il m'était désormais impossible d'éprouver le moindre bonheur. J'avais
comme un ver rongeur dans le sein. Personne plus que
moi n'était fait pour apprécier les douces joies du bonheur domestique ; et maintenant le souvenir des miens
était pour moi une continuelle torture. Oh ! si ma femme
et mon enfant avaient été près de moi, avec quelles
délices j'aurais passé ma vie dans quelque douce retraite !

L'isolement dans lequel je me trouvais , les pensées
amères et les images odieuses qui se présentaient en foule
à mon esprit , faisaient de ma vie un pesant fardeau.
Je ne trouvais de soulagement que dans l'excitation du
voyage, et je me mis à visiter tous les pays de l'Europe,
en cherchant de l'occupation et des plaisirs dans l'étude
de leurs mœurs et de leurs lois. Je traversai la Turquie et
l'Orient , autrefois la patrie des arts et de l'opulence , et
aujourd'hui le siége de la tyrannie et de l'opprobre. Je
parcourus les déserts de la Perse , et trouvai dans l'Inde
une civilisation nouvelle et meilleure , s'élevant sur les
ruines d'une civilisation ancienne.

Plein d'intérêt pour les malheureuses races dont j'avais
fait partie , je me transportai de nouveau au delà de
l'Océan. Je gravis les montagnes escarpées des Andes,
et j'errai dans les forêts fleuries du Brésil.

Partout je trouvai l'odieuse usurpation de l'aristocratie , flétrissant l'existence, la liberté et le bonheur de

homme. Mais partout, ou presque partout, je vis l'es-
lave commençant à rejeter la doctrine traditionnelle
'une lâche obéissance, et s'éveillant aux premiers sons
u langage de la liberté. Oui, j'ai vu cela partout.... par-
)ut, excepté dans l'Amérique, ma patrie !

Dans le Brésil catholique, dans les îles espagnoles,
ù l'on pouvait s'attendre à voir la tyrannie rendue plus
ruelle par l'ignorance et la superstition, l'esclave est
ncore regardé comme un homme ayant droit à la sym-
athie. Il lui est permis de s'agenouiller au même autel
ue son maître, et il peut entendre le prêtre catholique
roclamer, du haut de la chaire, cette vérité sacrée, que
)us les hommes sont égaux. Il peut se consoler à l'idée
u'un jour il sera peut-être libre. Il peut se racheter. Si
n lui inflige une punition injuste, il peut avoir recours
-la loi ; pour obtenir sa liberté, il peut l'espérer de la
énérosité d'un maître, ou de sa conscience lorsqu'elle
été ébranlée par les paroles du prêtre qui l'a assisté
son lit de mort. Devenu libre, il a les droits d'un
.omme libre, et jouit d'une égalité réelle et pratique,
ont la pensée seule remplit nos Américains d'horreur et
'indignation.

L'esclavage, dans ces contrées, touche à son terme,
t, lorsque la traite sur les côtes d'Afrique aura été abo-
.e, il ne se passera pas un demi-siècle avant qu'il n'y ait
lus un esclave dans l'Amérique espagnole et portugaise.

Ce n'est que dans les États-Unis, ce pays qui semble
voir le monopole de la liberté, que l'esprit de tyrannie
riomphe avec le plus d'audace et se refuse à toute res-
riction. Là seulement règne une oppression que ne ré-
rime ni la crainte de Dieu ni l'amour du prochain.

Pour garantir leur odieux despotisme, les marchands
l'esclaves américains se sont fait priver, par une loi
péciale, du pouvoir d'émanciper leurs esclaves, et ont

éteint de cette manière la dernière lueur d'espoir qui restât à leurs victimes !

Et toi, mon enfant ! tu es sans doute destiné au malheur ! Peut-être, hélas ! ton énergie virile est déjà morte en toi; peut-être la main glacée de l'esclavage a-t-elle congelé dans ton âme le germe du bien, pour la laisser flétrie à jamais !

Non ! oh ! non ! cela ne doit, cela ne peut pas être ! Mon enfant, tu as encore un père, il ne t'abandonnera pas. Sa misère est immense, ses efforts le seront pareillement. L'amour est bien faible quand il cède au découragement et aux périls.

Oui, je l'ai résolu, je retournerai en Amérique; je parcourrai ce pays dans tous les sens pour chercher mon enfant; je l'arracherai à ses oppresseurs, ou je périrai dans un dernier effort. Mais si j'étais reconnu et pris !... Oh ! alors !... non. Ce n'est pas pour rien que j'ai lu l'histoire romaine ! Je sais comment tromper la tyrannie : je ne serai pas esclave une seconde fois !

CHAPITRE XXXVII.

Dès que j'eus pris cette résolution, je me mis en devoir de l'exécuter, et maintenant je reprends la plume pour raconter mes nouvelles aventures.

Pendant les trois années que j'avais vécu dans la peine et l'anxiété, toujours le spectre de ma femme et de mon enfant avaient été présents à mon imagination; il me semblait les voir pâles, en pleurs, et tendant vers moi des bras suppliants. Mais dès que je commençai les pré-

paratifs de mon nouveau voyage, j'éprouvai un soulagement et une joie inconnus : il me semblait qu'on avait
ôté une pierre de dessus mon cœur. J'avais de nouveau
un but dans la vie ; hélas ! peut-être n'était-ce qu'une
ombre ! Mais ne vaut-il pas mieux ne poursuivre qu'une
ombre que de rester inactif et dans un vide sans espoir ?
L'homme a été créé pour l'espérance et l'action.

En quittant l'Angleterre, je pris la précaution de
me munir d'un passe-port de sujet anglais, au nom
du capitaine Archy Moor, sous lequel je suis connu en
Angleterre; je me fis donner par mes amis des lettres
de recommandation pour leurs correspondants dans les
principales villes d'Amérique, et ce fut comme un voyageur curieux de connaître la société américaine, que je
revis ma terre natale.

Je débarquai à Boston, d'où mon intention était de
me diriger vers les lieux témoins de mon enfance, pour
y trouver, si c'était possible, quelque moyen d'arriver
à mon but.

Il y avait plus de vingt ans que je m'étais enfui de cette
ville pour trouver, sur l'Océan ou sur quelque terre éloignée, la liberté que me refusaient les lois de ma patrie.
Qu'il était loin, le sentiment d'espérance que j'éprouvais
en revoyant ces côtes, de la tristesse et du désespoir
qui remplissaient mon cœur lorsque je les avais vues disparaître à mes yeux ! Oh ! terre cruelle de l'esclavage ! en
te revoyant, il me semblait que j'allais enfin retrouver
la femme et l'enfant que j'avais perdus.

En descendant à terre, nous trouvâmes la ville sens
dessus dessous. Une foule considérable de gens, pour la
plupart bien habillés, entourait l'hôtel de ville. Lorsque
nous en approchâmes, je vis un malheureux que l'on
traînait, la corde au cou, de l'intérieur d'une maison
voisine, je suppose, jusqu'au milieu de la rue. On criait

de toutes parts : « Pendez-le! pendez-le! » et le monsieur enveloppé d'une grande redingote qui tenait le
patient semblait très-disposé à obéir à ces cris, et cherchait évidemment un réverbère ou quelque autre objet
convenable à l'exécution. Nous poursuivîmes notre route
avec beaucoup de difficulté jusqu'à une rue que nous
trouvâmes entièrement remplie d'une foule de personnes
bien mises, à travers lesquelles deux ou trois femmes
passaient doucement en se tenant par la main. Elles semblaient venir d'une maison du voisinage et leur vue exci-
tait une grande indignation.

En arrivant à l'hôtel garni, appelé, si je ne me trompe,
Tremont-House, je demandai quelle était la cause de
ce tumulte. Le maître de la maison me répondit qu'il
était dû à l'obstination des femmes que je venais de voir
dans la rue. Malgré les remontrances qu'on leur avait
faites, à la suite d'un meeting général auquel avaient
assisté les principaux négociants et avocats de la ville,
ces femmes entêtées avaient persisté à se réunir afin de
prier ensemble pour l'abolition de l'esclavage; elles
complotaient dans ce but, et, ce qu'il y avait de pis,
elles prêtaient l'oreille aux exhortations que leur faisait à ce sujet un émissaire anglais. Le but de la foule
de messieurs que je venais de voir, et qui était composée de propriétaires et d'hommes à leur aise, était de
prendre cet émissaire et de lui infliger une bonne correction.

« De grâce, dis-je, puisque vous n'avez pas d'esclaves
à Boston, ni, je crois, dans cette partie du pays, pourquoi tout ce zèle contre ces braves femmes ? Étant Anglais moi-même, je dois avouer que je prends quelque
intérêt à mon malheureux compatriote, que vos gens de
Boston sont si impatients de pendre. Pourquoi vos
hommes de loi et vos négociants jouent-ils le rôle du

ien de la fable, ne faisant rien eux-mêmes pour abolir
sclavage, et ne permettant pas même à ces femmes de
ier le ciel de l'abolir?

— Comme étranger et comme Anglais, dit l'hôte, qui,
en que fort monté contre ces coupables femmes, n'é-
it évidemment pas dépourvu de bons sentiments, ces
oses peuvent vous paraître un peu bizarres; cependant
rmettez-moi un mot d'avis. Il me serait désagréable
avoir un de mes hôtes arrêté comme émissaire anglais,
en butte aux interrogatoires et peut-être aux insultes
hommes de la police volontaire; qu'il me suffise de
re qu'en ce moment le prix du coton est très-élevé, et
le le commerce du Sud a une grande importance. New-
ork et Philadelphie ont donné l'exemple des émeutes
ntre les abolitionistes, et nous serions en danger de
rdre toutes nos pratiques du Midi, si nous ne suivions
is cet exemple. D'ailleurs, dans un meeting public tenu
i à Boston, nous venons de nommer un candidat pour
présidence; et, si nous manquions de zèle pour les
térêts du Sud, comment pourrions nous espérer d'ob-
nir les votes du Sud? »

Sur cet échantillon de Boston, je ne vis rien qui dût
'y retenir et je me hâtai de partir pour New-York.
e ne fut pas sans une vive émotion que je me retrouvai
ans le parc, à l'endroit même où le général Carter
'avait arrêté et réclamé comme esclave. La scène, avec
us ses incidents, me revint à la pensée, aussi fraîche
u'au moment de ma capture; et j'allai droit au tribunal
à j'avais été conduit, avec aussi peu de doute et d'hési-
tion que si le tout fût arrivé la veille. Il y avait beau-
up de prisonniers à la barre; la salle était remplie de
pectateurs, et l'affaire qui se jugeait était évidemment
rt intéressante. Je compris bientôt que les prévenus
taient accusés d'avoir saccagé et pillé plusieurs maisons

dont les habitants étaient suspects d'abolitionisme, et d'avoir, dans le même esprit, incendié une église africaine. Néanmoins, l'esprit de la cour semblait être tout à fait favorable aux prisonniers, et, autant que j'en pus juger par les journaux et par les conversations que j'entendais, l'opinion publique était aussi pour eux. L'idée dominante paraissait être que les personnes réellement coupables des émeutes étaient celles qui en avaient souffert, puisque c'étaient leurs opinions impopulaires qui avaient poussé la foule à saccager et à piller leurs maisons.

Ce que je vis à New-York et à Boston servit à me guérir d'une erreur passablement commune au sujet de l'Amérique. J'avais supposé que, dans les États libres, comme on les appelle, il y avait vraiment quelque liberté. Je savais bien, par ma propre expérience, que les réfugiés des États du Sud n'y trouvaient point d'asile; mais je m'étais imaginé que les natifs du pays jouissaient d'un certain degré de liberté. Je voyais à présent combien je m'étais mépris. Personne, à New-York ni à Boston, n'était libre, au moment où je m'y trouvais, d'avoir, ou du moins d'exprimer publiquement, de l'aversion pour l'esclavage, ni de manifester le désir ou l'espoir de le voir promptement abolir, sous peine de soulever contre soi l'indignation publique. On devait s'estimer heureux de s'en tirer sans insulte pour sa personne et sans destruction de sa propriété. Les principaux hommes politiques, hommes de loi et négociants de ces villes, qui encourageaient à ces violences, ne semblaient pas avoir moins peur du ressentiment des planteurs du Sud que les esclaves mêmes qui cultivaient les plantations. Les esclaves étaient tenus en échec par le fouet et par la force; les hommes libres du Nord, comme ils s'appellent, par leur propre pusillanimité et leur vil amour de l'argent. Dans le fait, je com-

ençai à me demander si cet esclavage volontaire des
i-disant hommes libres, volontaire de la part d'une
ajorité écrasante, en dépit des efforts d'une noble et
rtueuse minorité, n'était point, à tous égards, plus
plorable que l'esclavage forcé des travailleurs du Sud.
squ'alors j'avais détesté un pays dont j'avais évité les
isons avec tant de difficulté, et qui continuait de rete-
r, si la mort ne les avait pas délivrés, les êtres les
us chers à mon cœur. A cette haine venait maintenant
joindre le mépris pour une population avilie, où il y
ait plus d'esclaves volontaires que d'esclaves forcés.
De New-York je passai à Philadelphie, et de là à
ashington. Cette ville s'était beaucoup agrandie de-
is que, faisant partie d'une bande d'esclaves enchaînés,
vais été logé dans la prison d'esclaves de MM. Savage,
others et Cie, avant d'être embarqué pour le Sud.
ins chaque ville ou village sur ma route, j'entendis les
mes imprécations contre les abolitionistes, et le récit
 nouvelles émeutes dont ils avaient été victimes, ou
 nouvelles tentatives pour obtenir contre eux un sur-
ît légal de pénalité. Il semblait y avoir une conspi-
tion générale contre la liberté de la parole et la liberté
 la presse. Un savant juge du Massachussetts, après
oir dénoncé les abolitionistes comme incendiaires,
oposa de les traduire en justice comme coupables de
dition, sinon de trahison. Le digne gouverneur de ce
me État fit chorus avec le juge, et ajouta de nouvelles
nonciations de son cru. La seule personne un peu
linente de la Nouvelle-Angleterre qui, à ce que j'ap-
is, osa tenir tête à la clameur populaire, ou risquer
 mot d'apologie en faveur de ces infortunés abolitio-
stes, fut peut-être le docteur Channing, si connu par
s écrits partout où se lit la langue anglaise, mais dont
 le refus de devenir par son silence complice des vio-

lences commises autour de lui avait presque détruit, au moins pour le moment, l'influence dans le pays.

Je trouvai Washington dans la plus grande effervescence. Un botaniste qui recueillait des plantes dans le voisinage était, pour une raison ou pour une autre, soupçonné d'être abolitioniste. Sa personne, sa chambre et ses malles furent fouillées. On le trouva en possession d'un tas de journaux qui lui servaient à sécher, mettre en presse et conserver son herbier. Ces journaux, soigneusement examinés, se trouvèrent contenir quelques articles fortement entachés de sentiments abolitionistes. Aussitôt le district entier de Colombie fut en émoi. L'infortuné botaniste avait été arrêté sur-le-champ comme prévenu d'avoir en sa possession une publication incendiaire. La panique avait fait de grands progrès; mais, lorsqu'on sut que cet incendiaire, qui avait voulu faire entrer les fleurs et les plantes dans une conspiration sanguinaire, était sous les verrous, et qu'on lui avait refusé sa liberté sous caution, la cité de Washington, et surtout les représentants du Sud au congrès, recommencèrent à respirer librement, comme délivrés d'un grand péril.

Cette effervescence, cet effroi que je voyais régner partout où j'allais, et qui, d'après tous les rapports, étaient répandus en ce moment sur toute la surface des États-Unis, me paraissaient inexplicables. Je doute fort que l'acte du timbre lui-même ait causé la moitié autant d'émoi. Le sac même de Washington par les Anglais n'avait guère dû occasionner plus d'alarme que je n'en vis dans cette cité et dans ses environs. Le fait d'une société formée par quelques femmes dans le but de prier pour l'abolition de l'esclavage, et d'une liasse de journaux abolitionistes introduits dans le district de Colombie, ne semblait pas suffisant pour motiver une si vive

émotion. Et même la circonstance qu'une miss Prudence Crandall avait ouvert, quelque part dans le Connecticut, une pension où elle admettait des enfants de
couleur sur le pied d'égalité avec ses élèves blancs, ne
paraissait pas une chose en soi si inquiétante, depuis que
les gens les plus pieux et les plus distingués de l'État
et du voisinage, y compris un juge de la cour des États-
Unis, avaient saisi la première occasion de faire fermer
sa pension et de l'expulser de la ville. On m'assura, effectivement, que ce n'était pas tout. Cette société de femmes
de Boston et cette pension du Connecticut n'étaient que
des faits secondaires. On me parla d'un grand complot
formé par les abolitionistes, et tendant aux plus effrayants
résultats. Il ne s'agissait de rien moins que de couper la
gorge à tous les blancs du Sud, de commettre d'horribles
outrages sur toutes les blanches, de ruiner le commerce
du Nord, de détruire le Sud et de dissoudre l'Union. Il
était admis, par quelques personnes plus charitables
avec qui je causais, que peut-être les abolitionistes eux-
mêmes n'avaient pas précisément en vue toutes ces
choses; mais ils demandaient l'abolition immédiate de
l'esclavage, mesure qui ne pouvait aboutir qu'aux dé-
sastres et aux horreurs sus-mentionnés.

J'avais une grande curiosité de savoir quels pouvaient
être ces formidables conspirateurs. Je n'étais pas sans
connaître les affaires de l'Amérique ; mais ces terribles
abolitionistes, je n'en avais jamais entendu parler; il
semblait même qu'ils fussent tout à coup sortis de dessous terre. En m'informant, j'appris que depuis peu
de temps il avait surgi, dans la Nouvelle-Angleterre et
ailleurs, plusieurs sociétés, dont des délégués, au nombre de douze, s'étaient récemment réunis à New-York,
où ils avaient formé une société nationale. Le principe
fondamental de ces sociétés était que tenir des hommes

en servitude forcée était une injustice politique, un crime social et un péché religieux ; que ceux qui s'en rendaient coupables ne pouvaient être ni bons démocrates, ni bons citoyens, ni bons chrétiens; et que, nationalement et individuellement, il fallait se repentir et se désister sur-le-champ de cette injustice, de ce crime, de ce péché. Le nombre de ces fanatiques s'était accru rapidement. Plusieurs riches négociants, plusieurs ecclésiastiques zélés et éloquents, s'étaient joints à eux. Une bonne somme d'argent, pas moins de quarante à cinquante mille dollars, avait été souscrite et dépensée pour répandre cette révoltante croyance, tant au moyen d'agents et de missionnaires envoyés à cet effet, que par la publication de journaux dont il y avait déjà deux ou trois consacrés à cette cause, et spécialement par l'impression de brochures qui exposaient l'injustice et la cruauté de l'esclavage, et avaient été envoyées par la poste dans toutes les parties du pays, même dans les États du Sud.

C'étaient ces brochures qui avaient jeté le Sud entier , planteurs, politiques, négociants, hommes de loi, ecclésiastiques, dans une terreur qui avait rencontré tant de sympathie au Nord, qu'on y était prêt à fouler aux pieds, afin d'anéantir ces horribles novateurs, toutes les garanties de liberté estimées jusqu'ici comme sacrées. La liberté de la parole et de la presse ne pouvait plus se tolérer. Sur toute la surface des États-Unis, en ce qui concernait la question de l'esclavage, il fallait recourir aux émeutes pour la supprimer.

Une centaine d'hommes et de femmes, jusqu'alors obscurs et inconnus pour la plupart, en tenant quelques meetings publics et en publiant quelques pamphlets, avaient mis tout le pays sens dessus dessous. Non, Jean-Baptiste, lorsqu'il prêcha que le royaume des cieux allait venir, n'avait pas plus effrayé le roi Hérode, les scribes

t les Pharisiens, et maintenant, comme alors, le mas-
acre des innocents semblait le meilleur moyen d'échap-
er à cette catastrophe.

De même qu'il est des gorges dans les montagnes où
is mots prononcés le plus bas sont renvoyés par mille
chos comme un tonnerre, ainsi il est des époques où les
œurs humains répondent de la même manière aux vé-
tés le plus faiblement exprimées, et en attestent la
irce, tantôt par des acclamations et des applaudisse-
ents, tantôt par des cris assourdissants d'indignation,
e défi et d'épouvante, partis de la conscience.

CHAPITRE XXXVIII.

Arrivé à Richmond, pendant mon voyage dans le
ud, je trouvai cette ville en alarme. Un comité de vigi-
nce, établi pour la suppression des publications incen-
iaires, s'était mis vigoureusement à l'œuvre, et, lorsque
ous fîmes notre entrée dans la ville, nous vîmes dans la
ie principale un grand feu de joie qui dévorait les der-
iers écrits condamnés. Un de ces livres était composé
extraits de discours prononcés depuis quelques années
ans la maison des délégués de Virginie, et où les maux
e l'esclavage étaient dépeints sous de fortes couleurs.
était décidé qu'à l'avenir aucun écrit de ce genre ne
rait plus permis.

A Richmond, je me procurai un cheval et un domes-
que ; car, dans la Basse-Virginie, il n'y avait pas de
oyens de transport public, et je partis pour Spring-
eadow, le lieu de ma naissance. Il était difficile de ré-

pondre aux questions que l'on m'adressait; tout étranger, tout voyageur, tout inconnu éveillait le soupçon. Je racontai donc qu'ayant voyagé dans le pays, j'avais fait connaissance avec la famille de Spring-Meadow, dont j'étais en effet un parent éloigné. En approchant, je reconnus l'état d'abandon et de désolation qui caractérise la Virginie; je le trouvai même plus prononcé qu'autrefois. Tandis que, me laissant aller à mes pensées, je cheminais lentement, je vis enfin une chose que je reconnus : c'était la boutique et l'habitation de M. Jemmy Gordon, située à six ou sept milles de Spring-Meadow, à l'endroit où les routes se croisent. La soirée était belle et chaude. Un vieux monsieur était assoupi sur un banc rustique devant la porte; je reconnus M. Jemmy lui-même. Je lui adressai la parole en le nommant; il se leva, me fit les honneurs de sa maison, et m'offrit un verre d'eau-de-vie de pêche. Il m'avoua ne pas se rappeler mon nom; je me donnai pour un M. Moore, Anglais, qui avait passé, il y avait vingt ans, une semaine ou deux à Spring-Meadow, et qui, plus d'une fois, s'était arrêté devant sa boutique. Après avoir plusieurs fois murmuré entre ses dents d'un air de doute, il déclara me reconnaître parfaitement. Je lui parlai de la famille de Spring-Meadow ; il secoua tristement la tête.

« Ruinés, me dit-il, monsieur; ils sont ruinés et partis ! Le colonel Moore a été obligé, dans ses vieux jours, d'aller à Alabama avec quelques esclaves qu'il a pu sauver des griffes du shérif, et je n'ai plus entendu parler de lui. La plantation a été abandonnée, et, la dernière fois que j'y suis allé, le toit de la maison était presque écroulé. »

Je lui demandai l'hospitalité pour quelques jours. J'appris de lui que son commerce était tombé depuis que la population du voisinage était diminuée, et qu'il songeait

rieusement, malgré son grand âge, à aller aussi à Ala-
ma. Le lendemain, de bonne heure, je me mis en route,
ul et à pied. Dès que je fus hors de vue de la maison
M. Gordon, je changeai de direction, et, au lieu d'aller
Spring-Meadow, comme je l'avais annoncé à mon hôte,
pris le chemin de la vieille plantation déserte, située
r la hauteur, là où j'avais cherché un refuge avec
ssy, et où, pendant quelques semaines, nous avions
cu en vrais fugitifs, heureux, jouissant de notre jeu-
sse et d'une insouciance pleine d'espoir. Ces jours se
rminèrent, hélas! bien tristement. La maison princi-
le n'était plus qu'un amas de ruines, mais la petite
iterie de briques était dans le même état que lorsque
us y avions trouvé un abri. Je m'assis sous un des
ands arbres qui l'ombrageaient. Oh! comme tout
on passé se présenta vivement à mon imagination!
Après une heure ou deux de rêverie, je pris le chemin
s bois pour aller à Spring-Meadow. Là, je trouvai en-
re des ruines et la désolation; le jardin, dans lequel
vais passé avec maître James tant d'heures d'une in-
ucieuse enfance, était à présent rempli de plantes
impantes et d'herbes sauvages qui recouvraient et
uffaient les rares buissons qu'on y voyait encore. On
stinguait pourtant çà et là des traces d'allées et les
ines de la serre chaude où j'avais étudié pendant tant
neures avec maître James, en nous cachant de son
re Williams. Près du jardin, était le cimetière de la
mille. Je versai quelques larmes sur la tombe de
aître James; je trouvai ensuite celle de ma mère dans
e autre plantation. Qui aurait pu distinguer, à l'herbe
i croissait sur ces tombes, celle du maître de celle de
n esclave? Ce cimetière silencieux et à moitié détruit,
ces ruines d'édifices autrefois le siége de l'opulence,
mblaient vouloir dire que ce n'est pas par le système

en vigueur dans ce pays que les familles se perpétuent, que les communautés prospèrent, et que l'art triomphe avec avantage de la nature.

CHAPITRE XXXIX.

En retournant à Richmond, je trouvai cette importante petite ville dans un grand émoi. Le cours ordinaire de la justice avait été interrompu; un comité de vigilance s'était constitué de sa propre autorité, et avait pris sur lui de fixer aux citoyens les journaux qu'il leur serait permis de recevoir, les livres qu'ils pourraient lire ou avoir chez eux. Dans une circonstance pareille, il était fort aisé de devenir suspect; et, malheureusement, avant de partir pour ma dernière excursion, j'avais attiré l'attention sur moi, à table, par une malencontreuse plaisanterie sur l'effroi dans lequel avait été jeté le grand État de Virginie par quelques livres à estampes : car c'étaient les gravures dont quelques brochures abolitionistes étaient ornées qui semblaient inspirer le plus d'inquiétude. Mon retour redoubla les soupçons. J'avais à peine eu le temps de faire ma toilette, que je reçus la visite de trois graves personnages, au nombre des citoyens les plus considérables de la ville, à ce que m'assura mon hôte, lesquels, en termes polis, mais péremptoires, me requirent de comparaître immédiatement devant le comité de vigilance, alors siégeant à l'hôtel de ville.

J'avais apporté des lettres pour un négociant de l'endroit, qui, comme la plupart des négociants du Sud, se trouvait être du Nord par sa naissance, et dont, sur

présentation de mes lettres, à mon arrivée, j'avais
çu les attentions accoutumées. J'obtins, non sans
ine, des sergents du comité de vigilance, la permission
envoyer chercher ce négociant et une autre personne
ec laquelle j'avais dîné chez lui, et que je savais
re un fameux homme de loi. Le négociant se fit bientôt
cuser de ne pas venir : sa femme avait été prise su-
;ement d'une maladie alarmante qui ne lui permettait
s de la quitter. Mais quand je lus ce billet aux trois
rgents volontaires qui étaient restés avec moi, se ré-
lant, à mes dépens, de julep à la menthe, ils l'é-
utèrent avec un sourire d'incrédulité, et un d'eux
cria :

« Que pouviez-vous attendre de plus de ce poltron
Yankee ? Il évite de se compromettre à tout évé-
ment. »

L'homme de loi ne tarda pas à paraître, et, ayant
cepté des honoraires, il parut s'intéresser à ma posi-
n. Je demandai si ceux qui m'avaient traduit devant
comité avaient une autorité légale, et si j'étais obligé
tenir compte de leur sommation. « J'avais sup-
sé, dis-je, qu'il existait des lois en Virginie, et que
tait seulement devant quelque magistrat que je pou-
s être forcé de répondre aux charges qui m'étaient
entées. Étais-je dans la nécessité de me soumettre à
interrogatoire devant ce comité de vigilance ? » A cela,
n bienveillant conseil répliqua que, dans l'état des
ses, la loi était suspendue, et que, dans le péril im-
ient auquel tous les États du Sud étaient exposés,
is le coup d'une insurrection générale des esclaves,
t devait être sacrifié au salut public. La vie des
ncs, l'honneur de leurs femmes et de leurs filles,
ient menacés. Deux maîtres de pension yankees avaient
, la veille, avertis de sortir de la ville, et il n'avait

fallu rien moins que ses efforts et ceux de quelques
autres personnes, et la prudence que les objets de ce
mandat avaient eue de n'y point résister, pour les préserver de l'affront d'être fouettés en public, peut-être,
et d'être enduits de goudron et de plume. Le fait est
qu'ils avaient été obligés de s'enfuir pour n'avoir pas su
tenir leur sotte langue de Yankee : ceci pouvait bien
être une insinuation à mon adresse, le principal témoin
contre eux et leur dénonciateur étant un homme que l'un
d'eux avait assigné le jour d'avant en remboursement
de plusieurs trimestres qu'il redevait sur le prix de la
pension de ses enfants, et qui, à ce que donnait à entendre l'homme de loi, avait trouvé cette méthode fort
simple de régler ses comptes. Il serait plus sage à moi,
dans l'état d'effervescence où était l'esprit public, si je
voulais m'éviter des désagréments personnels, d'avoir
la plus grande déférence pour le comité et pour ses
ordres ; et lui, de son côté, ferait son possible pour me
tirer d'affaire.

Ayant appris que le consul d'Angleterre était absent
de la ville, je me hâtai de me présenter, avec mon conseil, devant le comité de vigilance, d'autant plus qu'un
second détachement de sergents volontaires était déjà
arrivé, appuyé d'une manière assez significative par un
rassemblement qui encombrait la porte de l'hôtel ; et
l'ordre était de m'amener de force, si je tardais longtemps. Ceux qui m'avaient sous leur garde firent de leur
mieux pour me protéger ; cependant je n'échappai pas
entièrement aux insultes de la foule.

Arrivé en l'auguste présence du comité, je dus me soumettre à un interrogatoire très-rigoureux du président
gentleman au nez pointu, aux yeux gris, portant lunettes, et diacre, me dit-on, d'une Église presbytérienne
Il s'enquit de mon nom, du lieu de ma naissance, de ma

rofession, et de l'objet qui m'avait amené dans le pays ;
quoi je répondis que j'étais venu en observer les mœurs
les usages, ajoutant que je les trouvais fort singu-
ers, en effet, et fort dignes de la curiosité d'un voya-
eur. Toutefois, j'eusse aussi bien fait de garder pour
oi mes observations, car cette saillie fit prendre au
ès-imposant comité une mine plus refrognée encore, et
e valut un signe de réprobation de mon avocat, qui
ait assis dans un coin, mais n'avait pas la permission
e se mêler aux débats.

Dans le cours de mes réponses, j'avais parlé de la
ttre d'introduction que j'avais remise au négociant ; il
i fut ordonné de comparaître sur-le-champ devant le
mité et d'apporter cette lettre. Sa femme avait dû se
tablir subitement : car, en un espace de temps éton-
amment court, il parut, la lettre à la main. La sueur
ondait son visage, et il était dans un effroi qui ne
ntribua pas peu à donner de graves soupçons sur moi
sur lui-même. La lettre se trouvait être de Tappan,
entworth et Cie, banquiers bien connus de Liverpool.
e président n'eut pas plus tôt vu cette signature, que
face, quoique passablement longue et sérieuse déjà,
allongea encore ; et ses sourcils se relevèrent comme
ux d'un homme qui verrait un revenant, ou quelque
ose d'aussi terrible.

« Tappan ! Tappan ! répéta-t-il plusieurs fois d'un ton
cerbe et en même temps pleurnicheur ; Tappan ! Tap-
an ! là, nous le tenons ! un émissaire, un agent de
eurtre, sans aucun doute ! Ce nom, vous le savez,
ntinua-t-il en se tournant vers ses collègues, est celui
e ce négociant en soieries de New-York, qui est un des
hefs de cette abominable conspiration, et qui a donné
ne sais combien de milliers de dollars pour faire cir-
uler ces horribles brochures incendiaires. Comme je

voudrais le tenir ici, ce scélérat ! quel plaisir j'aurais à
être de ceux qui lui passeraient la corde au cou ! Ah !
monsieur Doeface, ajouta-t-il avec un geste de mauvais
augure pour le pauvre négociant à qui la lettre était
adressée, et un regard mêlé d'indignation et de pitié ;
ah ! monsieur Doeface, je suis peiné de voir que vous
ayez de tels correspondants ! »

Des exclamations, des menaces et des jurements partirent de tous les côtés de la salle, et avant que je
pusse placer une parole. Quant à M. Doeface, il paraissait hors d'état d'ouvrir la bouche. On envoya fouiller de la cave au grenier la maison du négociant, ainsi
que ses magasins, dans l'espoir de découvrir quelques-
uns de ces odieux pamphlets, tandis qu'on ordonnait,
d'un autre côté, de briser mes malles, violence que
j'évitai en présentant mes clefs. Dans l'intervalle, et à
grand'peine, je fis remarquer à l'honorable président et
à ses collègues que la lettre qui avait produit une si
grande émotion était datée, non pas de New-York,
mais de Liverpool ; et, comme je me trouvais avoir dans
mon portefeuille deux ou trois autres lettres de crédit de
la même maison sur des négociants de Charlestown et de
la Nouvelle-Orléans, je réussis enfin à leur faire comprendre que ma lettre d'introduction n'était pas, après
tout, une preuve si palpable de trahison et de sédition
qu'ils l'avaient d'abord supposé.

Heureusement mon ami, le négociant yankee, n'était
pas fort lettré. Après de rigoureuses perquisitions, le
comité des recherches n'avait pu découvrir à son domicile que quelques livres à images appartenant à ses enfants, et vingt à trente brochures qui furent toutes ap-
portées pour être soumises à l'examen du comité de
vigilance. A la vue des livres à images, le comité prit un
air solennel ; le président jeta par-dessus ses lunettes

u autre regard de commisération et de reproche au
égociant yankee, dont les dents commencèrent à cla-
uer plus fort que jamais, et qui montrait le blanc de
es grands yeux, comme s'il eût été pris sur le fait vo-
nt un cheval ou commettant un faux. Mais, après une
rieuse inspection, durant laquelle toute la multitude
ssemblée retenait sa respiration, serrait les poings,
rinçait des dents et menaçait du regard le suspect, on
e trouva rien de plus que *la Barbe Bleue* et *le Petit
haperon rouge*. Un vieux membre du comité, qui avait
. mine rébarbative, des joues bouffies et des yeux in-
ctés de sang, peu versé apparemment dans la littéra-
re de l'enfance, et un peu troublé aussi par la boisson,
t d'avis qu'il y avait quelque chose de passablement
riminel dans ces estampes, d'autant plus qu'elles étaient
ssez hautes en couleur. Mais ses collègues lui assu-
rent que c'étaient de très-anciens livres qui circulaient
epuis longtemps, et que, bien qu'à les considérer en
x-mêmes, comme la *Déclaration d'Indépendance*,
Histoire de Moïse, et la *Délivrance des Israélites*, *telle
'elle est rapportée dans la Bible*, ou le *Bill des droits de
Virginie*, ils pussent avoir une assez fâcheuse ap-
arence, cependant on ne pouvait les ranger dans la
asse de ces publications incendiaires ou abolitionistes
nt la possession était à elle seule une preuve de con-
iration.

Quant à moi, je faillis m'en tirer beaucoup plus mal.
e malheur voulut que le seul livre que j'eusse dans ma
alle fût le *Voyage sentimental*, de Sterne, et que ce
alheureux volume eût pour frontispice un prisonnier
chaîné dans un cachot, et au-dessous, comme épi-
raphe, la célèbre exclamation de Sterne : « Déguise-
i comme tu voudras, esclavage, tu seras toujours un
reuvage amer ; et, quoiqu'on t'ait fait boire à des

milliers d'hommes, tu n'en es pas moins amer pour
cela. »

La production de ce livre, avec cet horrible frontispice
et cette épigraphe incendiaire, causa évidemment une
sensation profonde. Les grands yeux de mon ami le négociant yankee se dilatèrent d'une manière incroyable à
cet aspect. Heureusement, plusieurs des membres du
comité étaient passablement versés dans la littérature
légère, et furent en état d'assurer à la multitude assemblée que Lawrence Sterne n'était point un abolitioniste.
Il n'était pas difficile de voir que deux ou trois de ces
messieurs, quoiqu'il ne soit nullement facile de se garantir
de la contagion des passions populaires, si absurdes
qu'elles soient, sentaient parfaitement sous quel jour
ridicule ils devaient m'appàraître, eux et le comité dont
ils faisaient partie. Mais ils n'osaient en rien témoigner,
de peur d'être suspects d'indifférence pour le danger
public, ou de tendance à protéger les abolitionistes. Et
vraiment, pour ôter toute envie de rire, il suffisait de
penser que, devant un comité de vigilance moins lettré,
comme on en aurait aisément rencontré dans les districts
ruraux, le fait d'avoir dans sa malle un volume dépa-
reillé avec un malencontreux frontispice pouvait vous
faire exécuter sommairement comme coupable de meurtre
et de rébellion.

Finalement, après un mûr et minutieux examen fait,
à ce que dirent le lendemain les journaux de Richmond,
« avec la plus grande convenance, et avec les plus stricts
égards pour tous les principes d'équité, » les preuves à
ma charge se bornèrent au malheureux trait d'esprit que
je m'étais permis sur les livres à estampes, à la table
de mon hôtel : marque de mon peu de respect pour la
république de Virginie et pour l'institution de l'esclavage, ce qu'il m'était impossible de nier et ce qui fut

attesté d'une manière circonstanciée par sept témoins, rien que cela.

Le comité, toutefois, désirant, à ce qu'il dit, conserver autant que possible l'ancienne réputation d'hospitalité dont jouissait la Virginie, et considérant que j'étais étranger, crut devoir me renvoyer sans punition ; mais non pas sans une exhortation fort longue, moitié sermon, moitié réprimande, débitée d'une voix nasillarde par le gentleman au nez pointu et aux yeux gris, et dans laquelle il s'appesantit avec beaucoup d'onction, et même la larme à l'œil, sur le péché et le danger de plaisanter des choses sacrées ; et il ne termina pas sans me donner à entendre que, tout considéré, je ferais aussi bien de quitter Richmond, dès que je le pourrais sans m'incommoder.

CHAPITRE XL.

Je profitai, sans perdre de temps, du bienveillant avis de ce président sermonneur ; et, avec l'assistance de mon homme de loi, qui semblait réellement s'intéresser à ma sûreté, j'échappai au rassemblement de la rue, qui paraissait disposé à me refaire mon procès, et je me procurai bien vite une voiture pour sortir de la ville et attendre le passage de la malle-poste du *Great-Southern*, mon ami l'homme de loi me promettant de veiller à ce que mon bagage y fût mis à Richmond. Après avoir roulé tout seul deux ou trois jours dans cette voiture, je parvins à un petit village, ayant palais de justice, prison et taverne, où était le bureau de poste. Ce village

était le point le plus rapproché sur la route entre Carleton-Hall et Poplar-Grove, où je comptais me rendre.
Lorsque arriva la voiture, qui n'était guère qu'une sorte
de chariot, il y avait devant la porte de la taverne une
vingtaine de ces fainéants qu'on rencontre communément
dans ces sortes d'endroits, plusieurs avec les coudes
percés, et la moitié évidemment gris. Ils discutaient, en
gesticulant avec véhémence, ce qui avait l'air d'être partout où j'allais le seul sujet de discussion, l'atroce complot de ces buveurs de sang, les abolitionistes. Un d'eux
tenait en main une petite brochure, qui lui avait été
adressée par la poste, et intitulée *Droits de l'homme*,
dont la vue semblait faire sur lui et sur ses compagnons
l'effet de la morsure d'un chien enragé; car ils écumaient
tous plus ou moins, et tous paraissaient avoir une
extrême envie, sinon de mordre, au moins de pendre
quelqu'un. L'homme à la brochure était, à ce qu'on me
dit, candidat au congrès dans ce district. Il semblait
croire que l'envoi de cette brochure sur les droits de
l'homme avait pour but de le perdre dans l'esprit du
peuple, que c'était une machination de son concurrent,
qui avait un frère établi à New-York; mais l'opinion
dominante paraissait être que la brochure avait été envoyée de bonne foi, que c'était une espèce de bombe
bourrée de sédition et de meurtre qui pouvait éclater à
tout instant; et, quoique plusieurs eussent le désir de la
garder comme une preuve palpable de la réalité de la
conspiration, la majorité était d'avis qu'il serait plus
prudent de la brûler sans retard. En conséquence,
au milieu des jurements, des imprécations et du vœu
qu'une ou deux douzaines d'abolitionistes pussent partager son sort, elle fut solennellement déposée sur le feu
de la cuisine. Cette exécution faite, nos gens, guidés
par l'aspirant au congrès, assiégèrent la voiture, et

insistèrent pour fouiller les sacs de la poste dans l'espoir d'y découvrir d'autres pamphlets semblables ; et le conducteur ne put protéger le dépôt qu'il avait sous sa garde qu'en affirmant positivement que les sacs du Nord avaient déjà été fouillés de fond en comble et purgés à Richmond. J'avais pris soin de me mettre dans les bonnes grâces de ce conducteur, qui était un garçon très-fin, un Yankee du Maine, et qui dit tant de bien de moi à l'hôte, qu'avec un peu de prudente dissimulation je pus me préserver de toute nouvelle tracasserie. L'hospitalité que je racontai avoir reçue à Carleton-Hall et à Poplar-Grove, lors du premier voyage, une vingtaine d'années auparavant, me servit de prétexte pour désirer de visiter ces plantations, et pour m'informer de leurs anciens et actuels habitants. Des premiers, j'en appris peu de chose. M. Carleton avait usé de la ressource si commune de l'émigration au sud-ouest. Les Montgomery étaient partis, disait-on, pour Charlestown ; mais personne ne savait rien de plus sur leur compte. Les deux plantations appartenaient maintenant à un M. Mason, un original, qui certainement serait charmé de me voir.

Je dormis cette nuit à la taverne, ou plutôt j'essayai de dormir ; mais, troublé comme je l'étais par le bourdonnement des moustiques, les aboiements des chiens, et, ce qui était infiniment plus désagréable, le bruit des moulins à bras sur lesquels les esclaves de l'établissement étaient occupés toute la nuit à préparer leur ration de farine du lendemain, ce fut avec peu de succès. A peine étais-je assoupi, que ce bruit trop connu se mêlait à mes rêves, et je commençais à m'imaginer que c'était moi-même qui étais occupé à moudre.

Le matin, m'étant levé fatigué, je partis à cheval pour Carleton-Hall. M'étant annoncé comme l'ancien hôte du précédent propriétaire, je reçus un accueil très-cordial, selon l'usage hospitalier du Sud, où les planteurs ont trop de loisir pour ne pas être fort désireux de compagnie. M. Mason était un homme distingué de manières, bien élevé et plein de sens. Dans le cours de la semaine que je passai chez lui, il m'apprit que son père, homme d'une grande énergie, après avoir rempli pendant plusieurs années les humbles fonctions de contre-maître, était devenu acquéreur de Carleton-Hall et de Poplar-Grove, quand ces deux plantations étaient sorties des mains de leurs anciens propriétaires. Sachant lui-même à peine écrire, il avait été d'autant plus désireux de donner de l'éducation à son fils, qu'il avait envoyé dans un collège du Nord, et qu'il avait ensuite fait voyager en Europe. Bien différent d'un grand nombre de jeunes gens du Sud qu'on envoie faire leur éducation au Nord, le jeune Mason avait fait un bon usage des facilités qui lui étaient offertes ; et il était revenu, il y avait quatre ou cinq ans, juste à temps pour prendre, en vertu du testament de son père mourant, possession des biens, et aussi la tutelle de deux jeunes sœurs, de deux charmantes petites filles, ses cohéritières des plantations et des esclaves.

La plantation de Carleton-Hall, au lieu d'être épuisée et sur le point d'être abandonnée, comme tant d'autres dans ce voisinage, était, à ce que je vis, dans un bien meilleur état de culture que lorsque je la vis jadis. Les bâtiments étaient soigneusement entretenus, et les maisons des nègres étaient si bien groupées et avaient si bonne mine, avec leurs petits jardins, qu'au lieu d'être d'un aspect désagréable, comme c'est le cas ordinaire, elles embellissaient réellement le paysage.

Dissimulés comme le sont les esclaves, il est bien difficile de pénétrer leurs véritables sentiments. Cependant on ne pouvait se méprendre sur la franchise de l'accueil que faisaient à M. Mason hommes et femmes, jeunes et

vieux. Il fallait voir surtout avec quelles joyeuses acclamations les enfants de la plantation s'assemblaient autour de lui ! Nous allâmes les voir à leur école, comme il
la nommait, où ils se réunissaient tous les jours, non pas
pour rien apprendre, mais pour éviter de mal faire, sous
la surveillance d'une vénérable vieille à cheveux blancs,
courbée en deux par l'âge, qu'ils appelaient mère-
grand ; et c'était plaisir de les voir, depuis les marmots
de trois à quatre mois, aux bras de petites bonnes tout
juste assez grandes pour les porter, jusqu'aux enfants
de douze à quatorze ans, tous proprement vêtus, chose que
je n'avais jamais vue sur aucune plantation, les grands
ayant à leur disposition un vaste terrain près de l'école,
où ils se livraient à mille jeux et espiègleries. La seule
chose que mère-grand se chargeât d'enseigner, c'était
les bonnes manières, sujet sur lequel ses leçons, au
moins en présence des visiteurs, étaient continuelles et
passablement amusantes. Ce titre de mère-grand n'était
pas ici purement nominal, à ce que me dit M. Mason.
Elle était effectivement grand'mère, aïeule ou bisaïeule
de presque tous les enfants qui l'entouraient. M. Mason
lui-même la nommait tante Dolly et lui parlait aussi
affectueusement que si elle eût été sa propre grand'mère,
traitement auquel elle avait bien droit de sa part, disait-
il, car elle était la source de la fortune de sa famille. Le
premier argent gagné par son père, une cinquantaine
d'années auparavant, lui avait servi à acheter tante Dolly,
alors jeune mère de trois ou quatre enfants. Elle en
avait ensuite eu d'autres, douze en tout, et rien que des
filles. Ses filles n'avaient guère été moins fécondes que
leur mère, et c'est de cette souche qu'était sortie toute
cette population de Carleton-Hall, ainsi que celle de Poplar-Grove. Le fait est que son père, qui était un homme
scrupuleux, n'avait jamais vendu un esclave de sa vie, et

n'en avait jamais acheté d'autres que tante Dolly, qui l'avait demandé, et un nombre suffisant d'hommes de bonne mine pour servir de maris à ses esclaves femelles.

Le système de régie en vigueur sur la plantation de M. Mason, établi en partie par son père, mais amélioré par lui, était tout à fait différent de tout ce que j'avais vu ailleurs, si ce n'est, à certains égards, chez le major Thornton, à qui j'avais moi-même appartenu jadis. M. Mason, comme le major, n'avait pas d'autre contremaître que lui-même, quoiqu'il eût sous lui deux aides, un pour chacune de ces plantations, hommes d'intelligence, d'éducation et pleins d'humanité, mais qu'il avait eu beaucoup de peine à trouver et à former. Tout allait avec la régularité d'une horloge. Les rations d'aliments et d'habits étaient généreuses, et les tâches modérées. Le fouet n'était employé que dans de très-rares occasions, et cela plutôt comme punition des délits que les esclaves commettaient les uns envers les autres que pour délits contre le maître : « Car, disait M. Mason, je suis non-seulement gérant de la plantation, mais juge et magistrat chargé de régler toutes nos discussions intérieures, et, par le fait, à parler franchement, l'esclave le plus accablé de besogne de tout l'établissement. Combien supposez-vous qu'il y ait de planteurs dans la Caroline du Nord qui voulussent accepter ma propriété à condition de la gérer comme je fais ? » Le grand stimulant employé pour faire travailler les esclaves était l'émulation. Ils étaient divisés en huit ou dix classes, selon leur capacité ou leur aptitude au travail, les individus étant promus ou dégradés suivant leur mérite, et chaque classe, en raison de la somme de travail qu'elle faisait, étant distinguée par certains priviléges et certaines marques d'honneur. La plus basse classe de toutes était appelée la classe des paresseux, et on avait grande horreur d'y tomber, à l'exception de deux ou trois fainéants qui n'en sortaient jamais, et qui étaient éternellement en butte aux traits d'esprit de la plantation. A la fin de chaque moisson, il se donnait un grand bal costumé, où la préséance était réglée sur le mérite. Les meilleurs avaient le choix des costumes, qui n'étaient pas, du reste, excessivement variés, allant du général Washington, avec son épée et son chapeau à trois cornes, au vieux maître Mason, le père de mon hôte, jusqu'à ce que, dans ces derniers temps, le général Jackson, depuis sa nomination comme président, vînt leur faire concurrence; et, comme M. Mason leur accordait une petite indemnité pour ce qu'on faisait en sus de la tâche régulière, l'idée de pouvoir acheter de quoi figurer avec plus d'avantage à ce bal était un grand stimulant, surtout pour les femmes. Quelques-uns des esclaves étaient d'excellents mimes. Ils singeaient tous les médecins, les ministres et les contre-maîtres des environs, et, en somme, disait M. Mason, ils jouaient souvent mieux que bien des acteurs qu'il avait vu applaudir sur les théâtres de New-York et de Londres. Quant à l'idée de les faire jouer, il l'avait empruntée à un planteur des Indes occidentales, avec qui il avait fait connaissance en Angleterre.

CHAPITRE XLI.

Peu de jours après mon arrivée à Carleton-Hall, j'allai visiter Poplar-Grove avec M. Mason, qui était devenu mon ami. Il n'y restait, du quartier des esclaves, qu'une petite ferme bâtie tout exprès par Mme Montgomery pour Cassy et moi, et où était né notre enfant. L'arbre qu'elle avait planté en commémoration de cette heureuse époque y était encore, mais vieux, courbé et mourant. M. Mason ne pouvait certes pas deviner les sentiments dont mon cœur fut rempli en revoyant ces lieux. O mon Dieu! il me semblait que j'allais retrouver là ma femme et mon enfant!

J'appris de M. Mason que les profits matériels et pécuniaires de son système de régie n'étaient pas moindres que les avantages moraux qu'il en retirait, car il avait en partie purgé l'hypothèque dont l'établissement était grevé. Je le félicitai d'avoir ainsi résolu le problème difficile de rendre la vie des plantations tolérable, tant au maître qu'à l'esclave.

Quoique satisfait de mon approbation, M. Mason n'en secoua pas moins la tête en me disant :

« Certes, je suis heureux de vous entendre louer mes efforts pour améliorer la position où m'a placé la Providence; mais, après tout, cet état de choses est vraiment cruel, tant pour le maître que pour les esclaves et le pays tout entier.

— Si tous les maîtres étaient comme vous, repris-je, l'esclavage serait bien différent de ce qu'il est.

— Il n'existerait plus! me dit-il avec feu.

— Seriez-vous abolitioniste? »

Cette question sembla l'effrayer, et il regarda autour de lui pour s'assurer que personne ne nous écoutait.

« Je ne le suis pas plus, me dit-il avec embarras, que Washington ou Patrick-Henry. Les efforts de l'individu ne peuvent malheureusement rien pour détruire cet odieux système; il faudrait pour cela une action publique. Et certes, si dès demain on donnait la liberté à tous les esclaves à la fois, il en résulterait bien moins de mal qu'il ne peut s'en produire, tant pour les noirs que pour les blancs, en dix années d'esclavage.

— Mais l'opinion générale, lui dis-je, est qu'il faut avant tout préparer les esclaves à une liberté dont ils abuseraient, si on la leur accordait sans leur avoir donné préalablement une éducation propre à les rendre aptes à en jouir.

— C'est pour le moment, répondit M. Mason, une question oiseuse, car les propriétaires sont loin de penser à émanciper ces malheureux. Quant à la préparation et à l'éducation, les maîtres, selon moi, en auraient plus besoin que les noirs. Ceux-ci y sont tout préparés et jouiraient de la liberté mieux peut-être que les habitants libres de bien d'autres contrées. La difficulté qu'il y aurait à faire travailler librement et à gages ces pauvres noirs s'est présentée également dans les tentatives qui ont été faites de faire cultiver nos plantations par des laboureurs venus d'Europe. Tant que nous aurons plus de terres que n'en peuvent défricher nos travailleurs nègres, ils préféreront, sans doute, comme notre classe de blancs pauvres, se disperser dans le pays et établir, chacun pour son compte, une petite plantation. C'est ce qui est arrivé à Haïti ; la culture du sucre, qui exige de grands travaux en commun, a été abandonnée, tandis que celle du café, où chaque propriétaire peut travailler seul, est très-florissante.

— Mais ne pensez-vous pas, repris-je, que les esclaves, si on les émancipait, se livreraient à des excès terribles contre les blancs, qui ne risqueraient rien moins que d'être pillés ou assassinés ?

— Ce sont des contes de bonnes femmes que nos planteurs ont intérêt à propager. Les sauvages, dont un grand nombre prisonniers de guerre, et amenés des côtes d'Afrique, quand ils s'insurgèrent, commencèrent naturellement par couper le cou à leurs maîtres, et il est clair que, pour les réprimer, il fallut avoir recours à des moyens énergiques et parfois cruels; mais il y a une énorme différence entre ces sauvages et nos pauvres noirs, qui, s'ils étaient émancipés, ne penseraient, certes, ni à voler ni à tuer, comme on a intérêt à le faire croire, mais à gagner honorablement leur existence par le travail; et je crois franchement que nous autres blancs en viendrions très-facilement à bout sans les réduire à l'état de bêtes de somme.

« Les hommes libres de couleur, dans les États-Unis, appartiennent à une race pauvre et persécutée, et sont, surtout au Midi, dans une très-malheureuse condition. Et pourtant, parmi eux j'ai connu des individus vraiment remarquables. Si nous émancipions nos nègres, ils ne seraient ni plus mauvais ni plus malheureux que nos blancs pauvres. La liberté et le sentiment de la dignité humaine sont les seules causes de la différence entre ceux-ci et les esclaves. Il y a beaucoup de ces blancs dont la condition n'est guère meilleure que celle des noirs, et je crois vraiment que, parmi nos riches planteurs, il y en aurait qui ne demanderaient pas mieux que de réduire ces blancs eux-mêmes en esclavage; mais je doute qu'il y en ait d'assez courageux pour jamais proposer une telle énormité. Le système de l'esclavage ayant rendu le travail dégradant aux yeux des blancs pauvres, vous concevez combien il doit leur être difficile de se procurer assez d'argent pour commencer un état. Et néanmoins, malgré les obstacles et les empêchements sans nombre qui existent, ils sont encore la vraie pépinière des planteurs et des propriétaires. Mais vous ne sauriez croire jusqu'où est tombée cette classe de blancs par suite de l'esclavage. Peut-on s'étonner, après tout cela, que nous soyons si inférieurs aux États du

Nord pour tout ce qui est industrie, intelligence, richesse et dignité? Je le répète, le grand mal de l'esclavage, sans parler du mal en lui-même, est encore, selon moi, dans le tort qu'il fait à la population blanche, en lui ôtant tout moyen de devenir une classe industrieuse, civilisée et riche, et dans l'impossibilité où il met les noirs de former peu à peu, en s'incorporant dans la masse de la population, un élément jeune, vigoureux et apte à la renouveler.

« Et, s'il s'agissait d'entrer dans le détail, je pourrais vous citer bien des esclaves dont l'intelligence est certes plus forte que la mienne, unie à celle de mes deux contre-maîtres. Oh! s'il n'y avait que les hommes complétement dénués de moyens intellectuels qui fussent esclaves, passe encore! mais c'est loin d'être le cas.

— Et si par hasard vous ou moi étions nés esclaves, monsieur Mason, lui demandai-je, car j'en ai vu d'aussi blancs que nous, croyez-vous que nous nous serions résignés à notre sort?

— Oui, me répondit-il, mais comme on se résigne à rester dans une poêle à frire, plutôt que de se jeter dans le feu. »

CHAPITRE XLII.

Le lendemain, étant retournés à Carleton-Hall, nous trouvâmes assis sous le porche un gentleman, qu'à son costume et à sa tournure je reconnus sur-le-champ pour un ecclésiastique. Mon hôte, qui lui fit l'accueil le plus cordial, me le présenta comme le révérend Paul Telfair, recteur de l'Église épiscopale de Saint-Stephen.

Il y avait dans l'extérieur de M. Telfair quelque chose dont je reçus une forte impression au premier coup d'œil. C'était un jeune homme mince, mais assez grand, qui ne devait pas avoir plus de vingt-trois à vingt-quatre ans. Son beau visage pâle s'éclairait, en parlant, d'un radieux sourire, qui semblait répandre autour de lui une sereine auréole. Il s'exprimait avec une simplicité parfaite, et en même temps avec une dignité et un charme qui faisaient penser, en l'entendant, à un ministre de grâce et à un envoyé du ciel.

— Il est, dit M. Mason, fils de cette miss Montgomery, aujourd'hui mistress Telfair, dont la mère possédait jadis Poplar-Grove, et que vous avez paru si désappointé de ne plus y trouver. Je n'ai jamais vu cette dame, continua-t-il ; mais, connaissant le fils comme je fais, je ne suis pas surpris que vous ayez été si fâché de ne point rencontrer la mère. »

J'appris, dans la suite de notre conversation, que les Montgomery, s'étant retirées à Charlestown après la perte de leur fortune, avaient imaginé pour vivre d'ouvrir une pension de demoiselles, au grand scandale de quelques-uns de leurs parents. Toutefois, miss Montgomery n'avait pas été longtemps sans gagner le cœur d'un riche habitant de cette ville, M. Telfair, dont elle était devenue la femme et dont elle avait eu un fils unique, le jeune ecclésiastique qui m'avait fait une impression si favorable, et dont les traits à présent me rappelaient ceux de sa mère.

« D'ailleurs, ajouta M. Mason, puisque vous prenez tant d'intérêt au système suivi sur mes plantations, je vous dirai que M. Telfair en est la cheville ouvrière. Non-seulement il fait tous les mariages et tous les baptêmes, cérémonies regardées, à Carleton-Hall et à Poplar-Grove, comme tout à fait indispensables ; mais empêcher les esclaves d'aller l'entendre le dimanche est la punition la plus efficace qu'on puisse leur infliger. C'est une grande preuve du mérite de mon jeune ami qu'il ait non-seulement éclipsé si complétement les méthodistes ambulants et les presbytériens à la mine aigre qui dominaient tous les environs, mais que Tom lui-même, le ministre noir, longtemps l'admiration de mes deux plantations, et je puis dire même de tout le pays, ait consenti à descendre à l'humble rang de clerc et de catéchiste. »

C'était, à ce que j'appris plus tard, sous l'influence de sa mère que M. Telfair était entré dans les ordres. Poussée à la dévotion par la perte de sa fortune, elle avait habitué de très-bonne heure son fils à se croire une vocation décidée, et il s'adonnait sans relâche à son ministère, consacrant la plus grande partie de son temps à la paroisse de Saint-Stephen, dont il était recteur.

Une des plus anciennes églises paroissiales de l'époque où l'Église d'Angleterre était la religion établie dans la Caroline du Nord, et même dans tous les États du Sud, Saint-Stephen, depuis la révolution, était tombé dans un état de grand délabrement. Mais, quoique le toit fût tombé, que les portes et les fenêtres eussent disparu, les solides murs étaient encore debout, et M. Telfair, qui avait choisi ce voisinage pour y remplir ses fonctions de missionnaire, avait fait réparer la vieille église, principalement à ses frais ; et, avec une ardeur infatigable, il s'était formé une congrégation, et avait fait revivre un culte conforme aux édifiantes cérémonies de l'Église d'Angleterre.

Comme il convenait au disciple de celui qui s'était particulièrement adressé au pauvre et au délaissé, la condition morale et religieuse des esclaves avait été dès l'abord la grande préoccupation de M. Telfair. Il avait trouvé dans M. Mason un zélé coopérateur et un actif marguillier ; et l'exemple de l'un et les persuasives exhortations de

l'autre n'avaient pas été sans une influence marquée sur
la conduite des maîtres et sur le sort des serviteurs.

Mais, de quelque amélioration que fût susceptible le
système de l'esclavage, il était impossible à M. Telfair,
ou à tout autre homme ne manquant ni de pénétration ni d'humanité, de se résoudre à l'envisager comme
un état de choses permanent. Les rapports intimes qu'il
avait avec les maîtres et avec les esclaves lui faisaient
comprendre la fausse position dans laquelle ils étaient
placés ; et, faute d'un meilleur remède, il était entré avec
beaucoup de chaleur dans le projet de colonisation. Il
était lui-même président de la Société de colonisation du
comté ; ses exhortations personnelles avaient obtenu l'é-
mancipation de plusieurs esclaves favoris afin de les
envoyer à Libéria; et sa brûlante imagination, ne tenant compte ni du temps ni de l'espace, semblait regarder comme un événement très-prochain le départ de la
population noire et de couleur pour l'Afrique, et l'avénement de la civilisation et du christianisme dans cette partie du monde. Il en était si profondément convaincu, et
il en parlait avec tant d'enthousiasme que, quelque illu-
soires que parussent ses espérances, rien n'était plus
agréable que de les lui entendre exprimer.

Mais, hélas ! la conduite récente des abolitionistes du
Nord venait de porter un coup funeste à ses espérances,
et M. Telfair craignait fort que, grâce à eux, la cause de
l'émancipation ne fût retardée de bien des années. Il en
avait lui-même éprouvé les effets. Il avait établi une
école du dimanche où, indépendamment des instructions
orales, on enseignait à lire aux esclaves. Un comité de
planteurs venait de l'inviter à cesser cet enseignement
jusqu'à nouvel ordre, à cause de l'effervescence des
esprits.

« Ah ! capitaine Moore, me dit M. Telfair, c'est un mo-

ment peu favorable pour visiter les États du Sud. Vous
voyez ce que c'est que d'avoir l'esclavage dans un pays.
Cela fait de nous tous des esclaves. Il n'y a pas en ce
moment plus de liberté de parole et de presse dans
les États du Sud, et même à Boston, à New-York, à
Philadelphie et ailleurs, qu'il n'y en a à Rome, à Vienne
ou à Varsovie. Je suppose que dans ces villes on est pleinement libre d'exprimer son opinion sur l'esclavage qui
existe en Amérique. Les seules questions dont la discussion soit interdite sont celles relatives à la politique intérieure de ces pays. De même ici vous pouvez attaquer,
autant qu'il vous plaira, le papisme et le despotisme
russe; mais, de grâce, prenez garde à ce que vous diriez
sur l'esclavage. Dans un salon où je ne connaîtrais pas
tout le monde, je ne croirais pas prudent de dire ce que
je dis ici. Je suis même déjà fort mal noté. Une lettre im-
primée de moi à un de mes amis, en faveur de notre
projet de colonisation, et où je cite Washington, Jefferson, Patrick-Henry et autres patriotes distingués, a été
saisie l'autre jour à Richmond, au moment de paraître,
par le comité de cette ville, et elle a été condamnée à être
brûlée comme publication incendiaire.

— En vérité! lui-dis-je; alors cette infortunée lettre
faisait probablement partie du feu de joie qui a éclairé
mon entrée à Richmond. »

Et je lui racontai mes aventures dans cette ville.

« Non content de brûler ma lettre, reprit le digne ecclésiastique, si ce n'était pas plutôt Washington et Jefferson qu'on désirait brûler, le comité de Richemond m'a
désigné au comité de notre comté comme un homme
suspect sur qui il fallait avoir l'œil; et ces bons messieurs, outre la fermeture de mon école, se sont chargés
de me diriger dans la lecture de mes journaux. Depuis
quelques mois, je recevais par la poste un journal im-

primé à New-York, et intitulé *l'Émancipateur*. C'est, je crois, le principal organe de la nouvelle société d'abolitionistes établie dans cette ville. On me l'envoyait gratuitement et je le lisais avec beaucoup d'intérêt, voulant découvrir le but où tendaient ses rédacteurs. Mais mes bons amis, ou plutôt mes maîtres du comité de vigilance, ont trouvé cette lecture trop dangereuse, et ils me l'ont interdite. Voilà le degré de liberté qui existe en ce moment dans la Caroline du Nord ! »

Ces mots, en dépit de la sérénité ordinaire de M. Telfair, furent prononcés avec indignation et même avec une certaine amertume.

« Je voudrais bien savoir, messieurs, dis-je, quelle est, après tout, la différence entre des *colonisationistes* tels que notre digne ami, monsieur Telfair, et les abolitionistes du Nord dont il semble croire l'intervention si funeste à la cause de l'émancipation? N'avez-vous pas le même ennemi et le même but ?

— La différence est palpable, repartit M. Telfair, quoique votre question n'ait rien qui m'étonne ; car je vois qu'on est de plus en plus disposé à nous confondre. La différence, la voici : nous autres, colonisationistes, nous admettons que les maux de l'esclavage sont très-grands, et que l'intérêt de la population blanche et noire exige qu'on y remédie au plus vite ; mais nous ne croyons pas que deux races aussi distinctes puissent jamais vivre ensemble sur un pied d'égalité. Tant que les noirs seront parmi nous, il faut qu'ils soient nos esclaves ou que nous soyons les leurs. Vous me direz que c'est là un préjugé. Qu'importe si ce préjugé est invincible? Notre système de colonisation en tient compte. En émancipant les esclaves, nous les éloignons du pays. Les abolitionistes, au contraire, ne s'occupent pas des conséquences; il faut, disent-ils, faire son devoir, et laisser le reste à

Dieu. Cela est fort aisé à dire ; mais, sans incriminer leurs intentions, je ne puis m'empêcher de blâmer leur conduite. Vous pouvez juger, par ma propre expérience, de la fausse position dans laquelle ils ont mis tous les propriétaires du Sud qui veulent du bien aux nègres. Le seul résultat sera, j'en ai peur, de resserrer les chaînes des esclaves, de paralyser tous les efforts qu'on a faits pour leur amélioration intellectuelle et morale, et d'entraver notre plan de colonisation, qui est le seul remède que le Sud semble un peu tolérer. »

CHAPITRE XLIII.

M. Telfair, lorsqu'on le mettait sur ce sujet, avait l'habitude de faire de longs discours, qu'il débitait d'une haleine. M. Mason ne l'avait pas interrompu une seule fois. Lorsque nous fûmes seuls, je lui demandai son opinion, car il était membre de la Société de colonisation dont M. Telfair était le président.

« Il regardait, me dit-il, ces sociétés comme très-avantageuses pour conserver et tenir en éveil les sentiments qui commençaient à naître dans le Midi, et pour faire connaître au public tous les maux de l'esclavage. Elles avaient, en effet, produit ces sociétés abolitionistes qui faisaient déjà tant de bruit ; d'abord les partisans les plus actifs de l'abolition avaient chaudement encouragé le système de colonisation, mais ils ne tardèrent pas à s'apercevoir qu'il n'y avait aucun profit à transporter au delà de l'Océan deux ou trois millions d'hommes dans une contrée sauvage et inculte, où il y a déjà plus de

bras qu'il n'en faut 'pour l'ouvrage, tandis qu'ils pouvaient être très-utiles en Amérique. Comme les esclaves
doivent être émancipés avant d'être colonisés, ils virent
qu'il valait mieux les rendre libres sur place que de les
transporter à grands frais ailleurs et de priver, par là, les
États du Sud de leur travail. Ces idées, jointes à la con-
viction de tous les vices de l'esclavage, ont fait naître les
sociétés abolitionistes.

« Elles ont pour but de guérir le mal en donnant d'abord
au malade une juste idée de son état; et, sous ce rapport, elles ont déjà commencé à avoir de bons résultats.
Mais, depuis que les abolitionistes du Nord ont poussé
les choses trop loin en déclarant que tous les hommes
sont créés libres et naissent avec de certains droits
inaliénables, la pauvre déesse de la liberté américaine
elle-même est en quelque sorte menacée ; et je ne
parle pas de la liberté des noirs, ils n'en ont jamais
eu aucune, mais de notre liberté à nous, blancs et
maîtres.

« Le prétendu danger des insurrections d'esclaves a
servi de prétexte pour supprimer toute liberté de pensée,
de parole et d'écrit portant atteinte au système de l'esclavage. Ces insurrections d'esclaves n'effrayent réellement
que les dupes de fripons qui en parlent beaucoup, mais
savent parfaitement que ce ne sont pas les esclaves qui
s'insurgent, mais la conscience des honnêtes gens. Et
c'est là ce qu'ils voudraient empêcher.

« Le Washington-Telegraph, cet ami de l'esclavage, ne
cesse de publier que ceux qui parlent en faveur de la liberté des noirs et disent que la servitude est un crime
sont les vrais ennemis de nos droits et de notre liberté.
Le Columbia-Telescope, un journal qui paraît dans la Caroline du Sud, va plus loin et demande qu'il soit défendu, sous les peines les plus sévères, de parler des

dangers imaginaires d'un système qui a de si profondes racines et qui doit durer toujours.

« Les continuels sophismes que débitent les défenseurs d'un système odieux et criminel ne laissent pas de produire un déplorable effet en faussant l'opinion et en faisant croire, même à ceux qui sont doués de sentiments généreux, que l'émancipation ferait plus de mal que l'esclavage lui-même. Je ne parle pas de ceux qui croient que ce dernier état est un bien, non-seulement pour le maître qui, libre de tout emploi servile, défend dignement les libertés publiques, mais encore pour le nègre lui-même, qui jouit d'une vie commode sans soucis et sans soins. Tout cela est du roman à l'usage de ceux qui vivent d'abus. C'est fâcheux, sans doute ; mais heureusement, la lutte est commencée ; ce sont les hommes du Nord qui l'ont engagée en faisant un appel à la conscience de ceux du Midi.

« Dans ce pays-ci, poursuivit M. Mason, l'institution de l'esclavage est plus puissante qu'on ne peut se l'imaginer, et se trouve en complète opposition avec toutes les idées anglaises et américaines de dignité et de liberté. On voudrait pousser le gouvernement fédéral lui-même à devenir le boulevard de la servitude et à forcer les États du Nord à protéger cet indigne système. N'avons-nous pas vu Philadelphie demander une loi qui restreignît la liberté de la presse sur ce sujet, et New-York, et Boston, ces villes dégénérées, imiter ce triste exemple ? Oui, monsieur Moore, la lutte est engagée, la lutte d'où sortira la destinée future de l'Amérique. Et ce n'est pas seulement, je le répète, des pauvres noirs qu'il s'agit, mais de nous. Serons-nous la proie d'hommes sans morale et sans religion ? Serons-nous privés de tout droit, du droit d'écrire, de parler et de penser ?

« Pour moi, j'aurais préféré être né le plus misérable

des noirs, que d'être, avec l'éducation que j'ai reçue et la liberté à laquelle j'ai été habitué, forcé à devenir, au lieu d'un maître libre d'esclaves, l'égal d'un marchand d'esclaves sous la surveillance d'un comité de vigilance composé de fripons et de fous.

— Pardonnez-moi, dis-je à M. Mason, de vous faire une question qui vous semblera indiscrète : comment se fait-il que vous puissiez, avec les nobles sentiments que vous nourrissez, continuer à être propriétaire d'esclaves?

— Malheureusement, me répondit-il, la pratique des hommes n'est pas toujours en harmonie avec les théories qu'ils professent. Et puis, que voulez-vous? j'ai hérité de ces hommes, et je crois que je fais mieux de les garder que de les vendre au premier venu et de les abandonner à leur triste sort.

— Oui, certes, s'ils doivent rester esclaves, répondis-je; ils ne pourraient jamais que perdre en changeant de maître.

— Malheureusement, ils le doivent, et leur liberté ne dépend pas de moi. Il existe encore une hypothèque sur eux, et ils servent en outre de nantissement pour la fortune de mes deux petites sœurs. D'ailleurs, dans la Caroline du Nord, un maître n'est pas libre d'affranchir ses esclaves; il lui faut une permission du gouvernement, et ce n'est pas facile à obtenir.

« Néanmoins, et quoi qu'il m'en coûte, je suis décidé à libérer les miens, et je m'occupe à prendre les arrangements nécessaires pour sortir de cette honteuse position de propriétaire d'hommes avec honneur et sans blesser les intérêts de personne. J'espère marier mes sœurs dans le Nord, et certes, si je puis l'empêcher, elles n'épouseront pas des maîtres d'esclaves. Dès que mes dettes auront été payées, je compte acheter une terre dans l'Ohio ou l'Indiana ; j'y mènerai mes esclaves, car je ne leur rendrais pas service en les affranchissant ici, il leur faudrait auparavant une éducation qu'ils n'ont pu recevoir. Je fonderai une colonie dont je serai le chef ; c'est l'ouvrage auquel je me prépare ; je resterai garçon et ne compte pas me marier tant que je serai dans un État à esclaves : ma colonie me servira de famille. »

Tandis qu'il parlait, l'enthousiasme colorait ses joues et animait son regard. J'étais heureux de l'écouter ; il parlait avec l'esprit d'un vrai chrétien. Oh ! s'il y avait, ne fût-ce qu'un petit nombre d'hommes de son espèce, nous verrions la Sodome du Sud, cet opprobre de la civilisation et de la chrétienté, devenir la terre de la joie, de la justice, de la paix, de l'aisance et de l'espoir !

CHAPITRE XLIV.

En quittant l'hospitalière demeure de M. Mason, où j'avais prolongé mon séjour au delà de toute raison, il me sembla que je quittais un vieil ami. En me serrant la main et en me disant adieu, il me demanda le secret sur tout ce qui s'était passé entre nous en me priant de me souvenir que toute allusion imprudente à ses opinions ou à ses intentions pouvait lui faire le plus grand tort, affecter sa tranquillité et peut-être bien même mettre sa vie en danger.

De retour à ma taverne, je me préparai à continuer mon voyage au Sud. Je résolus d'expédier mon bagage par la diligence de Charlestown et de faire le trajet à cheval ; car j'avais le désir de refaire la route que j'avais suivie lors de l'évasion dernière qui m'avait délivré de l'esclavage. Quand on sut que j'avais besoin d'un cheval, je me vis instantanément entouré d'une douzaine au moins de maquignons qui tous voulaient me vendre un coursier boiteux, estropié, aveugle ou poussif. Je réussis toutefois à me monter convenablement, grâce à l'assistance de mon ami, le maître de postes américain, qui était très-expert en fait de race hippique, et qui m'expliqua la grande quantité d'animaux poussifs qu'on m'avait présentés, en me disant avec une grimace d'intelligence, « que ces gens du Sud traitaient leurs chevaux presque aussi mal que leurs nègres. » Je pris quelques chemises et quelques autres objets indispensables dans mon sac de nuit, et me remis en route.

Quelques jours de voyage qui n'offrirent aucun incident remarquable me conduisirent dans le voisinage de Camden. En explorant la route attentivement, je reconnus la petite taverne rustique où Thomas et moi avions été enfermés et d'où, avec l'aide de la petite fille aux yeux bleus, nous nous étions échappés, emportant avec nous les dépouilles de l'Égypte, sous la double espèce des habits et de l'argent de ceux qui nous avaient pris. Je me rappelai jusqu'aux moindres détails de cette scène et jusqu'aux petites circonstances locales. Vingt ans écoulés n'avaient pas apporté grand changement dans cette partie du pays. La maison ayant encore l'air d'une taverne ou d'un débit de whisky, je me décidai à y faire une halte de reconnaissace.

Un garçon paraissant avoir douze ou quatorze ans, robuste et d'une physionomie assez heureuse, sans souliers ni chapeau, ni autre vêtement qu'une chemise d'un blanchissage peu récent, et les débris d'un pantalon si large que c'était sans doute un héritage paternel, prit mon cheval et me promit de lui donner de l'eau et de l'avoine.

J'entrai dans une pièce qui servait à la fois de cuisine, de comptoir, de salle à manger et de chambre à coucher à la famille, l'autre chambre de la maison étant réservée aux hôtes, et trouvai là une vieille femme tissant activement une grossière pièce de toile. Deux petits enfants, qui jouaient et se roulaient sur le plancher, l'appelaient du nom de « grand'mère. » La bonne femme, sans doute autrefois à la tête de la famille, semblait maintenant en avoir résigné les rênes à une femme plus jeune, apparemment sa fille, et que les deux petits enfants nommaient « maman. » Cette jeune femme, assise devant une table, était occupée à pétrir dans un grand baquet de bois. Elle était très-pauvrement vêtue, sans bas ni souliers ; mais son œil bleu expressif et l'air de grande bonté empreinte sur son visage faisaient assez voir en elle, toute rustique et toute misérable qu'elle semblait être, une de ces compatissantes femmes qui ne peuvent voir le mal d'autrui sans tenter d'y porter remède. Tout en causant avec elle de la pluie et du beau temps, de la récolte, de la distance de Camden, et en lui demandant si elle pouvait me donner à dîner, je m'enquis, comme par hasard, si elle habitait là depuis longtemps.

« O Seigneur, oui ! répondit la vieille femme qui tissait. Ma Susy, que vous voyez là et dont la famille est déjà grande, est née dans cette maison, elle et trois ou quatre autres plus âgés qu'elle et autant de plus jeunes ; mais ils sont tous partis, elle seule exceptée, qui reste encore à sa vieille mère.

— Mais non pas morts, j'espère ? dis-je à la pauvre vieille avec une sympathie non feinte.

— Non, pas morts ! me répondit-elle avec un profond soupir, mais autant vaut pour moi ; ils sont tous partis, tous émigrés, les uns pour la Floride, les autres pour l'Alabama, d'autres pour le Texas, et je n'en reverrai plus un !

— Mais n'avez-vous jamais de lettres d'eux ? lui dis-je.

— Des lettres ! fit la vieille en secouant la tête, des lettres ! et lequel de mes fils ou filles est en état de lire ou d'écrire ? Les pauvres gens, en Caroline, n'apprennent rien ; il n'ont point de maîtres, et point d'argent pour les payer s'ils en avaient ; c'est ce qui fait que tous les miens ont cherché fortune ailleurs. Susy seule sait lire ici ; vous l'avez peut-être entendu dire ; savez-vous comment cela se fait ? Quand elle était petite fille, vint à passer par ici l'un de ces colporteurs américains qui voyagent avec un cheval et un chariot, vendant des horloges de bois ; en voici une, ajouta-t-elle, là, dans un coin, qui ne va plus depuis dix ans, des épingles et des aiguilles, des couverts d'étain, des noix muscades, comme ils disent ; bien qu'à ma connaissance celui dont je parle n'ait jamais rien vendu de cet article. Ce sont de grands trompeurs que quelques-uns de ces colporteurs américains, de grands trompeurs ! poursuivit la vieille, qui laissa tomber sa navette, et, joignant les mains, me regarda avec une expression de détresse. Voilà pourquoi les gens de ces environs sont si pauvres et pourquoi ceux-là même qui possèdent des esclaves émigrent pour l'Alabama ; ces maudits colporteurs emportent tout l'argent du pays ! C'est du moins ce que j'ai entendu dire au colonel Thomas, le membre du congrès, la dernière fois qu'il vint en tournée d'élection. Pourtant je ne puis dire aucun mal de ce colporteur dont je parle. Il avait coutume de venir une fois par an, et ce qu'il vendait, je dois le dire, était meilleur marché et aussi bon qu'à Camden-Town. Ce colporteur vint une fois ici avec une très-forte fièvre ; je crus bien qu'il en mourrait, et il en serait mort pour sûr si Susy, bien qu'alors âgée de douze ou quatorze ans seulement, ne l'eût soigné comme son propre père. En reconnaissance, lorsqu'il fut guéri, et il s'écoula bien du temps avant qu'il pût se remettre en tournée, il apprit à l'enfant à lire, lui montra les premiers éléments, et lui fit cadeau, en partant, d'un Abécédaire comme ceux qu'il avait coutume de vendre, ainsi que d'une belle Bible neuve; allez la chercher, Susy, et montrez-la à l'étranger : Bible que sa mère , dit-il, lui avait donnée avant de partir pour le Connecticut; en sorte que, quand un colporteur ou un ministre méthodiste, ou n'importe quelle autre personne instruite et pas trop fière venait à passer par ici, Susy prenait une leçon, si bien qu'elle apprit à lire parfaitement, et maintenant elle l'enseigne à ses enfants. Vous ne le croiriez pas, et pourtant Jim, qui est là, ajouta-t-elle en montrant le petit garçon qui avait reçu mon cheval , Jim sait lire! C'est tout sa mère que cet enfant; et si, de temps en temps, il peut mettre la main sur une gazette, le voilà heureux comme un roi! »

Toute cette longue histoire me confirma dans la supposition que cette Susy était la petite fille même à qui Thomas et moi avions dû de nous échapper dans cette nuit, si mémorable pour moi, qui avait été le point de départ de nos voyages au Nord à la poursuite de la liberté.

Pour m'en éclaircir, je lui demandai, tandis qu'elle mettait mon couvert dans la chambre voisine, si elle n'avait pas quelque souvenir d'avoir, bien des années auparavant, sans doute avant l'époque où le colporteur lui avait donné les premières leçons de lecture, vu venir chez sa mère deux hommes prisonniers, l'un noir et l'autre blanc, qui avaient été enfermés la nuit dans cette même chambre. Tandis que je parlais, je vis briller sur sa physionomie, qui, sans être belle, était cependant très-agréable et empruntait surtout son charme à une expression d'angélique bonté, comme un éclair de surprise et de lointain souvenir. Mais, quand je vins à faire

mention de la petite fille qui, s'étant introduite furtivement dans la chambre, avait coupé les liens des prisonniers tandis que leurs gardiens dormaient, l'alarme et
l'anxiété remplacèrent le sourire sur son visage, et,
malgré ses efforts pour se composer une contenance, il
me fut facile de voir qu'elle s'effrayait de l'idée d'être appelée à rendre compte de cet acte de générosité enfantine.
Je m'empressai de calmer ses appréhensions à ce sujet,
et grand fut son étonnement quand je lui appris que
j'étais ce même prisonnier blanc qui lui devait la liberté,
et que j'étais en mesure et en disposition de m'acquitter
de ce service.

En la pressant de questions affectueuses sur ses affaires domestiques, j'appris enfin, moins de sa bouche que
de celle de la vieille mère, que son mari, bien qu'une
assez bonne pâte d'homme, manquait d'intelligence et
d'activité, et que le fardeau de la famille tombait tout entier sur les deux femmes. La grande ambition de la fille
était d'envoyer son fils aîné, Tom, à l'école.

Il y avait alors dans le voisinage une pension dite de
travail manuel, fondée par les méthodistes, secte religieuse dont la mère de Tom était une adepte des plus
zélées. Cette pension avait pour objet spécial l'éducation
des enfants peu riches, qui, moyennant un travail de
quelques heures dans le jour, acquéraient, indépendamment d'une certaine instruction, une profession mécani-
que, et, en même temps, diminuaient les frais de leur
enseignement et de leur entretien. Le fondateur et le directeur de cette école était un ancien cordonnier qui,
s'étant senti une vocation religieuse, avait abandonné son
état, et, après bien des pérégrinations, avait finalement
gagné la Caroline du Sud, dont il était devenu l'un des
principaux prédicateurs. Il me parut que mon jeune protégé serait bien placé en de telles mains. Le prix de la

pension était de cent dollars par an. Je payai une année d'avance, et, pour le cas où il serait jugé utile de lui faire passer dans l'établissement une seconde année, je laissai au directeur une traite sur le négociant de Charlestown chez lequel j'avais un crédit ouvert. J'exprimai le désir d'être informé de ses progrès et de sa conduite, afin de faire mieux encore pour lui, par la suite, s'il s'en rendait digne. Je pourvus au trousseau de l'enfant de façon à laisser intactes les petites économies que la pauvre mère avait faites en vue de lui, et je tournai la tête de mon cheval du côté de Charlestown, résolu à suivre autant que possible la ligne de mes précédents itinéraires dans cette même contrée.

CHAPITRE XLV.

Comme j'approchais de Loosahachee, j'aperçus, à quelque distance, sur la route, un groupe d'hommes à cheval que je gagnai de vitesse facilement, car ils marchaient à petits pas. Lorsque je fus près d'eux, je fus frappé de leur apparence très-singulière : ils étaient douze ou quinze hommes blancs de figure rébarbative, très-inégalement montés, porteurs de carabines, de pistolets et de coutelas, et ayant leurs habits souillés de boue à moitié sèche, comme s'ils fussent revenus de quelque expédition aquatique. Un nègre, qui suivait à pied, et aux côtés duquel chevauchait un homme blanc armé jusqu'aux dents qui ne le quittait pas des yeux, tenait en laisse quatre ou cinq de ces chiens féroces que je reconnus aisément pour être de la race employée à poursuivre les esclaves fugitifs. Mais, ce qui m'impressionna le plus dans tout le cortége, ce fut la vue du cadavre d'un homme blanc, dont les traits pâles étaient encore empreints d'une expression de rage brutale qui contrastait étrangement avec la rigidité de la mort. Boueux et déchirés comme à la suite de quelque récente lutte, les habits du cadavre étaient couverts d'un sang qui semblait couler encore d'une profonde blessure à la poitrine. Le corps était assujetti sur la croupe d'un cheval conduit par un nègre dont la face lourde et stupide, sur laquelle je crus voir briller pourtant comme un éclair de satisfaction comprimée, formait, ainsi que celle du noir qui conduisait les chiens, une opposition marquée aux regards furieux, menaçants et indignés des hommes blancs qui composaient en majeure partie le détachement.

Côte à côte du mort, chevauchait un prisonnier noir blessé et ensanglanté, dont les pieds étaient attachés sous le ventre du cheval et les mains liées derrière le dos. C'était un homme d'une stature athlétique, déjà vieux, porteur d'une barbe énorme et épaisse, et affaibli par ses blessures, apparemment, au point de ne pouvoir se tenir droit en selle qu'avec la plus grande difficulté. Cependant, malgré sa faiblesse et le malheur de sa situation actuelle, malgré les regards haineux et les injures que lui lançaient de temps en temps les hommes aux mains desquels il venait de tomber, il conservait encore un certain air de défi hautain, toute la physionomie d'un homme habitué dès longtemps à la liberté.

Non loin de là, un autre captif s'avançait à pied, ayant passée au cou une corde dont le bout était fixé à la selle de l'un des blancs; il était d'un teint plus noir que le prisonnier à cheval, et était, comme ce dernier, tête et pieds nus. Ses vêtements étaient misérables; il ne paraissait pas être blessé, mais ses reins meurtris et sanglants portaient la trace d'une récente flagellation, et son regard soumis, presque suppliant, rendait d'autant plus remarquable l'air sombre et fier de son compagnon à cheval.

Tout en cheminant à côté du maître des chiens, qui fermait la marche de cette étrange cavalcade, je m'enquis de ce qui venait d'arriver. Les manières et le langage de ce cavalier montraient, en dépit de la rude société dont il faisait partie, un homme civilisé qui ne manquait pas de culture. Il m'apprit qu'il était propriétaire d'une plantation voisine et revenait d'une grande chasse à esclaves, conjointement avec plusieurs de ses amis et voisins et quelques autres assistants, de professions manuelles; le cadavre qu'ils rapportaient n'était autre, me dit-il, que celui de son propre intendant.

Cet homme, m'apprit-il aussi, était un Américain, homme fort déterminé, qui avait d'abord parcouru le pays comme colporteur, qui, ensuite, était devenu maître d'école, et enfin intendant. Cet intendant yankee étant renommé pour savoir tirer la quintessence même du travail des esclaves, le propriétaire en question avait employé celui-ci à cause, me dit-il, de quelques dettes qu'il avait. Mais, dans son ambition de ne pas démentir la réputation spéciale du pays dont il était originaire, M. Snapdragon, tel était le nom de cet intendant, avait un peu outré la dose. Le prix du coton ayant beaucoup haussé, le Yankee, dans l'espoir de faire une récolte extraordinaire, avait entrepris d'exploiter deux fois plus d'acres de terres que jamais, à nombre égal de bras; on avait essayé d'en mettre en culture sur cette même plantation. Ce n'est pas tout: le blé, dont la récolte avait été peu abondante la précédente année, manqua tout à coup celle-ci, et il fut nécessaire de mettre les esclaves à la demi-ration, tout en accroissant leur tâche. Cependant, grâce à un usage très-libéral du fouet, procédé dont le Yankee était grand partisan, et dont il faisait ses délices, les choses avaient marché à peu près bien jusque vers la fin de la saison, à l'époque où trois semaines de travail assidu devaient décider si ce serait le coton où les mauvaises herbes qui prendraient définitivement le dessus. C'était justement à ce moment critique où leurs services étaient le plus indispensables, que tous les meilleurs esclaves mâles de la plantation s'étaient indignement enfuis dans les bois quelques nuits auparavant, laissant l'intendant lutter comme il l'entendrait contre l'envahissement des mauvaises herbes avec les femmes, les enfants et les malades ; et cela, ajouta mon communicatif planteur de l'air d'un homme qui ne doutait point d'éveiller toutes mes sympathies, et cela au moment où le coton valait déjà seize sous la livre et promettait de monter encore avant que la récolte fût levée.

Depuis très-longtemps, me dit-il, vingt années au moins, sinon plus, rôdait dans le voisinage, au grand préjudice de toute la contrée, un nègre marron généralement désigné parmi le peuple sous le nom du *Sauvage Tom*. On croyait que ce nègre avait appartenu au vieux général Carter, riche planteur de Charlestown, qui avait dès longtemps offert une récompense de mille dollars à qui le lui ramènerait mort ou vif. Le reste de l'histoire était qu'il s'était enfui de Loosahachee, l'une des plantations de riz du général, située un peu plus au sud, après avoir tué l'intendant dans une querelle à propos de coups de fouet donnés à sa femme : cinq ou six incendies des beaux et dispendieux moulins de riz de Loosahachee, survenus dans les vingt dernières années, étaient attribués généralement à la malice et à l'humeur audacieusement vindicative de ce terrible nègre Tom.

On avait très-souvent tenté de grands efforts pour s'em-

arer de ce dangereux vagabond, et des plans fort ingénieux avaient eu pour objet la capture de ce redou-
able marron ; mais tous avaient échoué, ou n'avaient
u d'autre résultat que de faire blesser bon nombre de
gens, d'une façon désespérée, dans les combats où ils
l'avaient rencontré comme adversaire. Il paraissait avoir
plusieurs cachettes disséminées sur une très-grande
tendue de pays, et où, fuyant de l'une à l'autre selon
e cas, il déjouait toutes les poursuites. Quelquefois,
après avoir été serré de très-près, il disparaissait pour
plusieurs mois, ou même pour un an ou deux, puis il
aisait sa rentrée au moment où on ne l'attendait plus,
t le désirait moins encore. S'il s'était borné aux petites
léprédations nécessaires pour soutenir lui et sa bande,
a chose n'eût pas eu grande importance ; mais il entre-
tenait des rapports secrets avec presque toutes les
plantations du voisinage ; mais il passait, en outre,
pour l'instigateur général de tous les actes de pillage
ou de rébellion commis dans le pays, le soutien et le
complice des nègres marrons, le recéleur universel des
fugitifs.

Ce Tom Sauvage avait été vu, peu de temps auparavant, rôdant dans le voisinage, et l'on pensait que
la dernière évasion en masse n'avait pas eu lieu sans
son active assistance. On jugea beaucoup plus facile de
le surprendre au milieu d'une douzaine ou d'une vingtaine de ses ignorantes recrues, que seul ou suivi seulement, selon son habitude, à ce que l'on supposait
(car les bruits qui circulaient sur lui étaient fort contra-
tradictoires), de deux ou trois compagnons résolus et
éprouvés. Pour ma nouvelle connaissance, le planteur
de qui je tenais tous ces renseignements (auxquels, par
parenthèse, je prenais le plus vif intérêt depuis la
mention du nom de ce Sauvage Tom), la reprise de ses

esclaves était presque une question de vie ou de mort,
pécuniairement parlant, car, s'il ne parvenait pas à remettre la main sur eux, c'en était fait de sa récolte, à
un moment où le coton, valant déjà huit pence la livre,
promettait de monter encore. Il n'y avait pas de travailleurs libres à louer dans cette partie du pays ; quant à
se procurer des esclaves à la journée, il n'y fallait pas
songer non plus, chacun étant a'ors occupé à lutter de
tous ses moyens contre les végétations parasites, et ayant
d'autant plus besoin de redoubler d'efforts, que le moment de l'année était justement celui où chaque plantation perdait un certain nombre d'incorrigibles vauriens
habitués à se donner, coûte que coûte, et au prix des
plus horribles châtiments, la douceur d'aller passer une
saison d'été dans les bois, au beau milieu de la récolte.
Ils ne faisaient en ceci qu'imiter la plupart de leurs
maîtres, qui, la chaleur et la saison des maladies venues,
avaient coutume de quitter leurs plantations en vrais
marrons, et d'aller faire les millionnaires et les nababs
à Saratoga, à Philadelphie ou à New-York, au grand
étonnement des Yankees éblouis, bien que sûrs en retour
de pâtir au logis tout le reste de l'année, en proie aux
visites des créanciers importuns, aux assignations, aux
saisies, comme leurs malheureux esclaves l'étaient, pour
prix de leur vagabondage, à la prison et au fouet. Dans
sa détresse, ma nouvelle connaissance avait offert, pour
le recouvrement de ses esclaves, une large récompense
à laquelle se joignait le prix, depuis longtemps promis,
pour la prise de Tom Sauvage, indépendamment d'autres
primes annoncées par beaucoup de planteurs du voisinage, car les évasions cette année avaient été fort nombreuses, eu égard à la rareté du grain et à la plus
grande proportion de coton que l'on avait plantée en vue
des hauts prix de cette matière. On avait, en consé-

ence, résolu une grande battue pour laquelle s'étaient
unis près de cent hommes, planteurs, intendants,
sœuvrés, blancs pauvres, outre quatre ou cinq chas-
urs d'esclaves de profession et plusieurs meutes, le
ut, armé jusqu'aux dents et décidé à explorer à fond
s différents marais du voisinage, où les fugitifs avaient
utume de se cacher le jour, sortant la nuit de leur re-
aite pour venir faire leurs provisions de moutons et
tres, aux dépens des habitations voisines, et commu-
quer avec les femmes, enfants ou compagnons, qu'ils
aient laissés en arrière. La présente saison était très-
vorable pour cette chasse, une sécheresse peu ordi-
ire, en desséchant ces marais sur une considérable
endue, en ayant rendu les abords bien plus faciles que
e coutume.

La société entière s'était répartie en cinq ou six déta-
ements, pourvus chacun d'une meute de chiens, et
ont faisait partie l'homme que je venais de rencontrer.
uel avait été le succès des quatre ou cinq autres ?
a nouvelle connaissance l'ignorait. Quant à celui-ci,
m'était facile de juger approximativement, et du pre-
ier coup d'œil, de la fortune assez diverse qui avait
ayé ses efforts.

On lui avait donné pour tâche d'explorer un marais
assez peu d'étendue, mais peu accessible à cause de
grande profondeur d'eau et de boue que l'on y ren-
ontrait (à passer quelquefois par-dessus la tête d'un
omme), et au centre duquel était une petite île de terre
rme que Tom Sauvage, dit-on, avait élue pour sa
achette favorite ; car nul au monde mieux que lui n'en
onnaissait les entours et les approches.

A un demi-mille du marais, les chiens avaient dé-
isté le moins noir des deux prisonniers, caché dans
e hautes herbes où il pensait qu'il ne serait point

aperçu. Les hommes, se trouvant tout près, empê-
chèrent les chiens de le mettre en pièces, et on le prit
sans lui faire de mal. La boue qui couvrait ses jambes
et l'humidité de ses vêtements en lambeaux indiquaient
assez qu'il avait tout récemment quitté l'île marécageuse, objet des perquisitions de la bande. Pressé de
questions à ce sujet, il feignit d'ignorer complétement
l'existence, soit du marécage, soit de l'île. Interrogé
sur le lieu d'où il venait, comme sur le maître auquel il
appartenait, il se reconnut fugitif d'une plantation de
riz voisine et prétendit avoir erré en dernier lieu dans
ces environs qu'il ne connaissait pas, dit-il, assurant
qu'il mourait de faim et n'avait pas mangé depuis près
d'une semaine, assertion que démentait sa florissante
apparence. Il avoua bien qu'il connaissait de réputation
Tom Sauvage, dont le nom était populaire et figurait dans
toutes les légendes blanches ou noires de la province,
mais il nia absolument l'avoir jamais vu ou savoir quoi
que ce fût de ce vagabond redouté.

Ces protestations ne furent pas jugées satisfaisantes,
et, pour tirer de lui l'aveu qu'il refusait, on l'attacha et
on le fouetta jusqu'à ce qu'il s'évanouît sous les coups ;
mais, tout en demandant merci, il persévéra dans
son dire, continuant de déclarer qu'il ne savait rien
de plus.

Ce moyen ayant échoué, on le plaça sur le tronc d'un
arbre renversé ; on lui assujettit autour du cou une corde
dont on attacha l'autre bout à une branche placée au-
dessus de sa tête, et on le menaça de le pendre à
l'instant s'il ne déclarait pas ce qu'il savait. Il continuait
à nier obstinément, lorsque quelqu'un de la compagnie le
jeta en bas du tronc et le laissa s'étrangler jusqu'à en
avoir le visage noir. On le replaça alors sur le tronc
d'arbre, on relâcha la corde, et deux ou trois esclaves

ırs, compris dans le détachement , eurent ordre de le
utenir. Lorsqu'il revint à lui enfin, soit terreur de la
ort, soit effet de la confusion d'idées et de la perte du
ıre arbitre, déterminés par l'afflux du sang au cerveau,
se décida à parler et confessa, sans trop d'instances ,
ı'il venait de l'île du marais , et que Tom Sauvage y
ait ; mais il nia avoir aucune connaissance d'autres
gitifs , ni que Tom en eût aucun auprès de lui.

L'espoir de s'emparer de ce célèbre vagabond , la
oire à retirer de cette capture, le service éminent à
ndre ainsi au public, sans parler de la récompense
ı mille dollars , enflammèrent la compagnie ; mais ,
en que le prisonnier, questionné de nouveau, certifiât
ıe son redoutable chef de file n'avait sur lui ni pisto-
ts , ni carabine, ni armes à feu d'aucune sorte, mais
ut simplement un couteau, on put remarquer dès lors
ı peu d'indécision dans la poursuite de l'entreprise.
est ce dont m'informa mon planteur, en baissant la
ɔix et en me désignant d'un regard significatif et d'un
onique sourire deux ou trois des plus furibonds de la
ıvalcade qui était devant nous, un, entre autres, qui
ɔ temps en temps jetait un coup d'œil menaçant sur le
risonnier noir, et ne semblait pas sans peine se retenir
ɔ porter les mains sur lui.

Pour plus de sûreté, huit ou dix membres du détache-
ıent furent envoyés le long des berges du marais, pour
faire patrouille à cheval concurremment avec tous les
hiens moins un, tandis que cinq ou six des plus vigou-
ɔux et des plus résolus proposaient de pénétrer dans
intérieur du marécage et de prendre l'île d'assaut. Le
risonnier, l'un des bouts de la corde attaché à son cou ,
autre fixé à la ceinture d'un des hommes les plus forts
ɔ la petite armée, fut chargé de servir de guide; et,
ıen que protestant ne pas connaître les abords de l'île,

fut menacé de strangulation immédiate s'il ne conduisait pas, saine et sauve, la compagnie au but de son expédition. Le camarade, soit ignorance réelle, soit de propos délibéré, les mena par des endroits où l'eau, extrêmement profonde, leur venait presque jusqu'au cou, et où il leur fallut guéer, tenant leurs carabines et leurs poires à poudre au-dessus de leurs têtes. En dépit de tous leurs efforts pour le réduire au silence en approchant de l'île, il se mit à crier, soi-disant pour indiquer le passage, mais, en réalité, on le soupçonna fort, pour avertir son confédéré. Et, en effet, avant que le détachement eût le pied dans l'île, ce dernier avait déjà pris l'alarme et s'était précipité à l'eau de l'autre côté. Il avait gagné une considérable avance avant d'être aperçu, et, comme il eut soin alors de se blottir derrière les grands arbres du marécage, plusieurs coups de feu furent tirés sur lui sans l'atteindre. Les poursuivants plongèrent à leur tour, tandis que l'imminence du danger doublait les forces du fugitif, qui se fraya dans l'eau et dans la boue un chemin jusqu'à la rive opposée du marécage, où de nouveaux périls l'attendaient ; car là il fut vu par un des cavaliers qui faisaient patrouille sur le bord. Comme il s'enfuyait dans les bois de pins avec l'agilité d'un daim, la balle d'une carabine lui effleura le flanc, et, sans le renverser, ralentit matériellement la vitesse de sa fuite. Quatre ou cinq cavaliers furent bientôt sur sa trace. Snapdragon, l'intendant qui conduisait la bande, atteignit le premier le nègre fugitif, et, après l'avoir vainement sommé de se rendre, et avoir fait feu sur lui de ses deux pistolets sans l'abattre, s'élança de cheval et voulut le saisir. Ce Snapdragon était un solide gaillard, mais il avait trouvé à qui parler. Tom Sauvage, ou celui que l'on supposait être ce redoutable nègre, tout blessé et tout harassé qu'il était, prit l'assaillant à bras-le-corps ; ils

ulèrent ensemble à terre, et, dans l'étreinte, le cou-
au du fugitif ne fut pas long à trouver sa gaîne dans
cœur de l'intendant. Mais déjà les chiens et les autres
oursuivants étaient sur lui, et, avant d'avoir pu se dé-
ager, il était pris et solidement garrotté. Tout le déta-
hement fut bientôt réuni sur le théâtre de l'action, et
uelques-uns des plus animés proposèrent de venger
ur place la mort de l'intendant par celle du prisonnier.
[ais le plaisir et la gloire de faire parade de leur prise,
t aussi la nécessité, pour s'assurer la récompense pro-
iise, de constater l'identité du captif, avaient enrayé
ette sommaire procédure, et l'on s'était arrêté au parti
e gagner au plus vite le village voisin, où était établi le
iége judiciaire du comté, pour y déposer les deux pri-
onniers dans la geôle.

Nous étions alors tout près de ce village, assez consi-
érable et nommé Églinton, où plusieurs autres déta-
hements de la grande chasse avaient précédé celui-ci,
n'ayant pas été moins heureux, et où nous eûmes à fen-
re une multitude énorme de gens de toute couleur, de
oute condition et de tout âge, depuis le planteur bien
êtu et bien monté jusqu'aux négrillons tout nus, qui,
hevauchant sur un bâton, poussaient des cris de mer-
usine.

Nous trouvâmes la prison, misérable petit bâtiment de
riques, contenant une seule pièce de dix ou douze pieds
:arrés, qu'éclairait une unique fenêtre grillée, et d'où
'échappaient au loin, par cette ouverture, les miasmes.
es plus délétères joints à une intolérable puanteur, nous
rouvâmes la prison, dis-je, entièrement encombrée de
ègres repris dans la journée, dont quelques-uns blessés
grièvement, qu'on avait jetés pêle-mêle dans ce trou
noir, ainsi que deux femmes blanches inculpées de vol.
Ces esclaves devaient attendre là que leurs maîtres fus-

sent venus payer la prime promise pour leur capture, ainsi que certains droits et honoraires qu'alloue la loi en pareil cas.

Les vainqueurs s'étaient délassés de leurs fatigues et avaient fêté leur succès par de copieuses libations d'eau-de-vie de pêche et de whisky. Porté à la taverne, le corps de l'intendant fut déposé sur une table, et cet aspect ne tarda pas à transporter de fureur tous ceux qui assistaient à cette exposition sinistre.

Comme il était absolument impossible d'introduire un prisonnier de plus dans la geôle, déjà trop pleine, les deux prises du détachement que je venais d'accompagner furent assujetties, avec les fers aux pieds et aux mains, aux barreaux de la seule fenêtre qui éclairât l'intérieur de la prison.

J'eus la plus grande peine du monde à maîtriser mon émotion lorsque, fendant la foule bigarrée qui l'environnait, j'approchai celui qu'on croyait être le fameux Tom Sauvage. Je jetai sur lui un regard scrutateur. Il était grandement changé, mais il m'eût été difficile de méconnaître les traits profondément gravés dans mon souvenir de mon vieil ami et compatriote, quoiqu'il y eût de cela vingt années. Je pensais bien que c'était lui ; mais de quel coup ne fus-je pas frappé en le reconnaissant ! Il était nécessaire pourtant de me contenir : j'y réussis. A ma physionomie, au ton de quelques paroles que je lui adressai, il comprit que je lui étais sympathique, et, quittant cet air de lion pris au piége dont il toisait cette multitude amoncelée autour de lui, il me demanda d'un ton suppliant un peu d'eau. Je promis un demi-dollar à l'un des nègres présents pour m'en aller querir une gourde pleine ; mais, au moment où le prisonnier blessé élevait lentement de ses mains enchaînées le breuvage à la hauteur de ses lèvres, un homme blanc fort bien vêtu

lonna un coup de bâton sur la gourde, et la jeta à terre.
Je ne pus m'empêcher de protester en quelques mots
contre cet acte de sauvage inhumanité; l'homme au bâton
ne répondit à mes observations que par une bordée d'injures; il me demanda qui j'étais pour oser venir en aide
à cet infernal meurtrier nègre, et, en me signalant ainsi
comme étranger à l'assistance, commença de rendre ma
position fort critique.

Mais, juste à ce moment, un grand cri retentit à la
porte de la taverne, bientôt suivi d'une rixe tumultueuse
entre deux partis dissidents, j'ignore à quel propos, qui
s'étaient formés dans la foule. Cet incident dispersa ceux
qui nous entouraient; nous restâmes seuls avec le nègre
qui avait été chercher l'eau et attendait son demi-dollar.
Je lui en promis un entier pour m'aller remplir une seconde gourde, que cette fois mon pauvre compagnon
captif put vider sans être troublé. Quand il eut étanché
sa soif fiévreuse, il me tendit la gourde vide en me remerciant d'un regard. Heureux encore d'avoir pu, dans
la détresse où il était, lui rendre ce bien mince office!

Malgré l'impuissance où j'étais de lui porter aucun
secours efficace, j'éprouvai l'invincible désir de me faire
connaître à lui. Je savais que, pour sa noble et généreuse
âme, ce serait une consolation dans sa disgrâce de savoir
que son vieil ami et compagnon était heureux. Je m'a-
vançai tout contre lui, et, lui prenant le bras, lui dis à
voix basse : « Thomas, me reconnaissez-vous? Rappelez-
vous Loosahachee! Rappelez-vous Anne, sa mort, et votre
vengeance! Rappelez-vous l'intendant Martin, enterré de
nos mains avec le limier! Rappelez-vous comment nous
nous quittâmes, moi pour aller au nord, et vous au sud!
Je suis Archy! ne me reconnaissez-vous pas? »

Quel regard il fixa sur moi lorsque j'entrai en matière!
Comme il me dévora des yeux tandis que je continuais!

Moi aussi, j'étais bien changé, plus que lui; mais, avant que j'eusse fini, il m'avait déjà reconnu. Presque au même moment, il détourna les yeux; l'éclair de joyeuse surprise qui avait brillé dans ses traits disparut pour faire place de nouveau à cet air de défi hautain dont il semblait dire à ses persécuteurs : « Épuisez votre rage, je suis prêt! »

Je sentis dans le même instant une main rude se poser sur mon épaule, et une voix, que je reconnus pour être celle de l'homme qui, la minute d'avant, avait arraché la gourde d'eau des mains de Thomas, s'écria avec force jurons :

« A qui diable en avez-vous par ces familiarités intimes avec ce maudit assassin? Je vous le dis, étranger, vous ne partirez pas d'ici que l'on ne sache qui vous êtes! »

En même temps, plusieurs hommes, s'élançant sur Thomas, défirent les chaînes qui l'attachaient aux barreaux de la prison, et l'entraînèrent vers la porte de la taverne.

Le combat dont j'avais été témoin de loin avait eu lieu entre les plus furieux et les plus ivres de la bande, qui, hors d'eux-mêmes à la vue du cadavre de l'intendant, voulaient juger et exécuter Thomas séance tenante, et ceux qui auraient désiré attendre l'arrivée du général Carter, prévenu par un message, de peur que, sans cela, et faute de bien constater l'identité de la prise, le payement de la prime promise ne donnât lieu à quelques difficultés.

Le parti violent et ivrogne l'avait emporté. Une cour composée de trois propriétaires s'était organisée sur le lieu même, et Thomas, toujours suivi par la canaille blanche et noire, fut conduit devant cet auguste tribunal. Je fus moi-même gardé à vue comme suspect, et l'on me

ignifia qu'on s'occuperait de moi après avoir réglé le
ompte du nègre.

« A qui appartenez-vous? fut la première question
que l'honorable cour adressa au prisonnier.

— J'appartiens, répondit Thomas avec beaucoup de
olennité, à Dieu, qui nous a faits tous! »

Une réponse aussi inattendue excita chez les uns la
surprise, chez les autres le rire, que redoubla encore
cette repartie de l'un des juges:

« A Dieu! dites-vous? Je crois plutôt que c'est au
liable! Aussi bien serez-vous à lui, et avant qu'il soit
longtemps! »

Sommé de nouveau de dire à qui il appartenait, Thomas répondit résolûment qu'il était libre; et le même
juge spirituel qui avait déjà eu un succès d'hilarité, en
obtint un nouveau en demandant au prisonnier d'exhi-
ber les papiers qui établissaient sa qualité d'homme
ibre.

La cour, après l'audition d'un témoin ou deux, déclara Tom coupable du meurtre de l'intendant, et lui
demanda avec une railleuse solennité s'il avait quelque
chose à objecter contre l'application de la peine de mort
qui allait être prononcée.

« Allez! dit le prisonnier; pendez-moi, tuez-moi!
faites ce qu'il vous plaira; j'ai été esclave dans les meilleures années de ma vie. Ma femme a été fouettée à mort
levant mes yeux. Libre depuis, vous m'avez chassé avec
les chiens, vous m'avez tiré dessus avec vos carabines;
vous avez mis ma tête à prix. Longtemps je vous ai ba-
foués et je vous ai payés de votre propre monnaie. Ce
blanc d'aujourd'hui n'est pas le premier qui ait trouvé
mon bras trop lourd. Un par un, deux par deux, trois
par trois, je vous défierais et vous donnerais le fouet à
tous; mais une douzaine d'hommes bien armés, bien

montés, avec une meute, c'était trop pour un pauvre
noir qui n'avait que ses pieds, ses mains et son couteau.
Ce n'eût pas été toujours trop; mais je me fais vieux;
mieux vaut mourir maintenant que j'ai encore la force
et le courage de vous défier tous, tant que vous êtes, que
de tomber entre vos mains vieux et débile ! »

Cet audacieux défi excita la fureur des propriétaires et
intendants assemblés, et en fit des diables d'enfer. « La
potence est trop bonne pour lui! » vocifèrent quelques-
uns; et aussitôt cette clameur fut suivie de l'horrible cri :
« Brûlez-le! brûlez-le! » Cette affreuse motion n'eut pas
été plutôt lancée, qu'il se trouva des gens de bonne volonté pour en assurer l'exécution. Ce fut en vain que
moi, deux ou trois de ceux même qui avaient fait partie de
l'expédition, et, entre autres, le planteur dont j'ai parlé,
protestâmes de toutes nos forces contre cette abominable
et illégale cruauté. Le même ignoble drôle qui avait fait
tomber la gourde des mains de Thomas se fit le directeur et le promoteur de cette nouvelle atrocité. Il était
nécessaire, dit-il, de faire un exemple dans ce pays agité
par d'incendiaires abolitionistes, dont quelques-uns,
ajouta-t-il en me désignant du regard, ne craignaient
pas de se mettre en relations avec cet insigne malfaiteur.
Ce Tom Sauvage avait été la terreur du pays, nombre
d'années. Les récits de ses exploits, en circulant parmi
les nègres, avaient fait le plus grand mal et pouvaient
lui créer des imitateurs. Il fallait donc balancer cet effet
fâcheux en en finissant avec lui d'une façon qui glaçât de
terreur et tînt en respect ses pareils.

Un bûcher de menu bois fut bientôt construit, sur lequel on hissa la malheureuse victime de la passion vindicative des propriétaires d'esclaves.

Le feu fut mis au bûcher, et une colonne de flammes
et de fumée s'éleva sur la tête du patient. Mais, toujours

héroïque et convaincu, il continuait à promener sur ses bourreaux un regard et un sourire de défi.

Incapable de supporter cet affreux spectacle, je tentai de me démêler de la foule ; mais on me surveillait : on s'empara de moi, et, par l'ordre du maître des cérémonies improvisé de cette épouvantable scène, je fus ramené près du bûcher, comme étant l'un de ceux qui avaient besoin de la salutaire impression de cette tragédie horrible.

Thomas me reconnut, je le crus du moins, du milieu des flammes, et éleva le bras comme pour me dire adieu.

Oh! comment essayer de peindre l'agonie de ce terrible moment ! Eussé-je pu souffrir davantage si j'eusse été à la place de mon ami? Il me sembla que mon cœur allait éclater. Tout mon sang se rua au cerveau. C'en était trop. La nature succomba en moi, et je m'affaissai privé de sentiment et de vie.

CHAPITRE XLVI.

Quand je revins à moi, je me trouvai entouré de quatre ou cinq négresses, qui, debout près de mon chevet, m'administraient des cordiaux, et poussèrent de grands cris de joie en me voyant rouvrir les yeux.

Je m'aperçus plus tard que, durant mon évanouissement, mes poches et mes sacs de voyage avaient été fouillés, sans doute dans l'espoir d'obtenir quelque preuve de la complicité dont j'étais soupçonné, à cause de la sympathie que j'avais témoignée à Tom.

Mais les seuls papiers que l'on trouva sur moi étaient

des lettres de crédit et d'introduction adressées aux meilleures maisons commerciales de Charlestown et de la Nouvelle-Orléans, et dans lesquelles on me posait comme un voyageur anglais faisant un tour en Amérique, partie pour ses affaires et partie pour son plaisir.

Ces papiers, produits et lus en public, donnèrent lieu à une grande dissidence d'opinions parmi les juges souverains assemblés à Eglinton, qui procédaient à mon égard en qualité de comité de surveillance, avec les pleins pouvoirs dont la veille j'avais eu sous les yeux un si formidable exemple.

Le même coquin qui par deux fois s'était entremis entre Thomas et moi, et qui m'avait fait arrêter comme suspect, s'était attribué le rôle d'accusateur en chef. Il soutint avec une grande véhémence que je devais être quelque émissaire des abolitionistes anglais, peut-être même du gouvernement britannique, envoyé pour souffler la révolte parmi les populations esclaves; et, après ce qui s'était passé entre moi et Tom, le moins qu'on pût faire, dit-il, dans l'intérêt public que j'avais compromis, c'était de me fouetter et de me chasser ignominieusement du pays.

Cette proposition fut accueillie à merveille, et les vaillants efforts du planteur avec qui j'avais fait connaissance sur la route vinrent seuls à bout de m'épargner le sort dont j'allais être victime. Entré avec lui à Eglinton, il me considérait comme placé sous sa protection, et prit ma défense avec un grand zèle. Je l'avais rencontré, dit-il, par pur hasard; ma conduite sur la route, à l'égard du meurtrier dont une vengeance exemplaire venait d'être si justement tirée, n'était que l'acte d'une humanité peu réfléchie. On ne pouvait pas espérer qu'un étranger, un Anglais, s'associât à tous les sentiments d'une population américaine. Si j'eusse été un homme du Nord, ajouta-t-il, un Yankee, on eût pu me maltraiter sans inconvénient, me brûler même tout vivant comme l'infâme nègre. On pouvait fouetter, battre, châtier les Yankees, sans qu'il en résultât de conséquences, non plus qu'aucun danger de rupture avec les États du Nord, qui avaient, avant tout, besoin de commercer avec le Sud. Mais ma qualité d'Anglais changeait singulièrement la thèse. L'Angleterre ne laisserait jamais impunément maltraiter un de ses citoyens. Il était évident, par les lettres saisies sur moi, que j'avais de l'argent, des amis, et que l'on aurait à rendre compte des illégales violences que je pourrais avoir souffertes. Sans doute les États-Unis ne craignaient pas les Anglais, et l'avaient bien prouvé dans la dernière guerre ; mais, dans l'état présent d'excitation de la population esclave, une guerre avec l'Angleterre n'était pas chose désirable. Tel fut le thème développé par mon ami le planteur, et à l'aide duquel il me tira des griffes du comité de vigilance. Combien autre eût été l'issue de cette affaire, si lui ou ceux qui l'écoutaient comme juges eussent su ma véritable histoire !

Pendant cette discussion, j'avais été porté à la taverne, où les négresses m'avaient fait reprendre connaissance, et où mon ami le planteur ne tarda pas à me rejoindre. Ne me trouvant pas en état de continuer mon voyage, et jugeant bien que le séjour de cette taverne, où l'orgie retentissait encore, n'était ni sûr pour moi ni favorable à mon rétablissement, il m'offrit un gîte chez lui. J'acceptai son invitation avec joie ; et, après trois ou quatre jours de chambre, je recouvrai mes forces et me remis presque complétement.

Mon hôte, qui ignorait la nature toute spéciale de l'intérêt que j'avais pris au sort du malheureux Thomas et l'attribuait à des craintes pour ma sûreté personnelle, fit

tout au monde pour détruire la fâcheuse impression que
j'avais ressentie de cet incident, et laver les États du
Sud du reproche fondé de barbarie que j'étais enclin à
leur adresser. Il m'assura, sur son honneur, que de telles
scènes étaient rares. De temps en temps, le peuple, exaspéré par quelque infâme tour de ces maudits nègres, se
portait aux extrémités dont j'avais été témoin ; mais
l'action de brûler vifs les gens était tout à fait exception-
nelle. Il n'en connaissait, me dit-il, que deux ou trois
exemples, toujours déterminés par quelque crime affreux,
tel que le meurtre d'un blanc ou l'enlèvement d'une
blanche. Il espérait, ajoutait-il, que je n'en prendrais
point texte pour dénier, en thèse générale, aux États du
Sud leur droit à occuper une place distinguée dans la
grande famille des peuples civilisés et chrétiens. « Le fait
est, me dit-il enfin, que les nègres sont une race de sauvages complétement inéducables, et que quelques exemples sont de temps en temps indispensables pour leur
inspirer la terreur, qui seule a de l'action sur eux. »

Les idées de mon hôte étaient trop arrêtées pour que je
pusse espérer de les combattre avec quelque fruit. Ma
situation d'esprit ne me permettait pas d'aborder cette
controverse ; et, me rappelant le précepte de l'Évangile,
qui défend de prodiguer les perles devant les pourceaux,
je me bornai à dire, en termes généraux, que l'usage in-
vétéré en Amérique, très-grand pays au surplus, de chasser à l'esclave et de brûler les nègres, me paraissait in-
compatible avec mes idées anglaises sur la civilisation
et le christianisme. A quoi mon hôte se contenta de répondre, de son côté, avec un gracieux sourire et un affectueux mouvement de main, que, sur certains points, les
préjugés de John Bull étaient vraiment inexplicables.

Reconnaisssant, de part et d'autre, l'inutilité de revenir sur ce chapitre, nous ne parlâmes plus tout le reste du

temps que de choses indifférentes. Je me hâtai de poursuivre mon voyage aussitôt que je fus en état de monter
à cheval. En me disant adieu, mon hôte m'engagea ami-
calement à ne point donner un trop libre cours à l'expression de mes préjugés anglais. « Si l'on voyage en Turquie, ajouta-t-il, sans prendre garde à tout ce qu'avait
cette comparaison d'accablant pour la Caroline du Sud,
il faut agir comme les Turcs, ou du moins les laisser
faire ce qu'ils veulent sans observation ni murmure. »

CHAPITRE XLVII.

Arrivé à Charlestown, que j'atteignis sans aucune
autre aventure digne de mention, je me présentai chez
les négociants pour qui j'avais des lettres de crédit ; je
trouvai là un autre étranger, qu'à sa tournure et à son
langage je reconnus pour un capitaine de navire marchand : il s'exprimait avec une grande véhémence, paraissant se plaindre de quelque injure.

Je compris qu'il était du port de Boston, de l'État du
Massachussetts, à destination de la Havane, et que,
pris en route par une violente tempête, il avait été contraint de relâcher à Charlestown. Sur huit hommes
d'équipage, il en avait cinq de couleur, outre le cuisi-
nier, tous natifs du Massachussets, nés au cap Cod, et
aussi bons marins que quiconque ait jamais arpenté le
pont d'un navire.

Ces hommes de couleur, et c'est ce dont se plaignait
très-vivement le capitaine, avaient été enlevés de son
bord et conduits à la prison de la ville, et il désirait

savoir des négociants de Charlestown auxquels j'avais affaire, et qui paraissaient être les correspondants de ses armateurs, quelle réparation il pouvait obtenir d'un procédé aussi contraire à ses intérêts qu'injurieux à son équipage.

« Il vient justement d'arriver à Charlestown, dit le négociant avec un sourire d'intelligence adressé à son associé et un regard malveillant lancé au capitaine, un commissaire du Massachussetts, envoyé par le gouverneur de cet État, en vertu d'une résolution de la magistrature, pour couler à fond cette question d'emprisonnement des marins hommes de couleur ; il est logé à tel hôtel, ajouta le négociant en nommant justement l'auberge où je venais de descendre, si toutefois il y est encore, car les maîtres d'hôtel viennent d'être invités à ne pas lui donner asile. Dépêchez-vous si vous voulez le trouver ; c'est l'homme qu'il vous faut, et votre affaire est la sienne. Voyez donc avec lui ce que les lois des États-Unis et l'État du Massachussetts peuvent faire pour vous. »

Ces paroles furent prononcées avec une intention ironique qui ne m'échappa pas ; mais l'honnête capitaine prit l'invitation en bonne part, et sortit pour se mettre immédiatement en quête du commissaire en question.

Après avoir réglé mon affaire et assuré le payement des traites qui auraient pour objet l'éducation de mon jeune protégé de la Caroline du Nord, je me hasardai à demander si l'arrestation dont se plaignait le capitaine était réellement légale.

« Certainement! me répondit-on ; tous les nègres et hommes de couleur arrivant ici par voie de mer sont conduits en prison pour y être gardés jusqu'à ce que le navire reparte, et on leur rend alors la liberté moyennant payement de leur nourriture, des droits d'écrou et de prison.

— Et s'ils ne peuvent pas payer? demandai-je.

— Le capitaine paye pour eux, car il a besoin de ses hommes.

— Mais s'il refuse de payer?

— Dans ce cas-là, on vend les hommes à l'encan pour se couvrir des frais.

— Vous vendez, m'écriai-je, les hommes que la tempête force à se réfugier dans vos ports, et vous les emprisonnez uniquement pour n'être pas blancs? »

Le ton d'indignation dont je prononçai ces paroles impressionna quelque peu le négociant de Charlestown, dont une légère rougeur colora les joues. Il s'efforça de justifier cette loi sur le grand danger d'insurrection qui pourrait être la conséquence de l'entrée en libre pratique des hommes libres de couleur du Nord ou de n'importe où, et de leur mise en contact avec une population esclave beaucoup plus nombreuse que la classe libre, comme c'était le cas à Charlestown et dans le voisinage de la ville.

« Mais quel est, lui dis-je, ce commissaire du Massachussetts à qui vous venez de renvoyer le capitaine?

— Oh! rien, dit le marchand avec un sourire dédaigneux : les armateurs de Boston, las d'avoir à payer des frais de prison, se sont pris tout à coup d'une grande tendresse pour les noirs. Voulez-vous émouvoir les gens de Boston? prenez-les à la poche! Et ils ont envoyé ici ce commissaire pour faire vider judiciairement la question. Ils prétendent que la Caroline du Sud n'a pas le droit d'emprisonner, en vertu d'une loi propre, les hommes libres du Massachussetts non inculpés de crimes, et uniquement à cause de leur couleur et de la prévention défavorable qui s'y attache en tous lieux.

— Et quand la question sera-t-elle jugéé? lui demandai-je.

— Jugée! fit le marchand en roulant de gros yeux;
vous figurez-vous, par hasard, que nous la laisserons
juger?

— Et pourquoi pas? lui répondis-je; comment pouvez-vous l'empêcher?

— Il y a dix à parier contre un, répliqua-t-il, que
nous perdrions notre cause. La loi dont il s'agit a déjà
été déclarée inconstitutionnelle par un des juges des
États-Unis, et, qui plus est, originaire de la Caroline du
Sud; mais, constitutionnelle ou non, elle nous paraît nécessaire, et les nègres, ainsi que les marchands yankees,
doivent, bon gré mal gré, s'y plier. Le commissaire du
Massachussetts a déjà été averti d'avoir à se tenir sur ses
gardes, et tous les maîtres d'hôtel sont prévenus que,
s'ils le logent, c'est à leurs risques et périls. Nous ne
tolérerons jamais à Charlestown aucun de ces conspirateurs ou espions abolitionistes. Si le vieux gentleman, en
vrai Yankee, n'avait pas eu la ruse d'amener avec lui, sa
fille qui lui sert de paratonnerre, on l'aurait déjà jeté à
la porte de la ville, avec un confortable habit de goudron
emplumé de la tête aux pieds. Il ne trouvera pas ici un
légiste qui veuille suivre son affaire. Beaucoup de nos
négociants sont du Nord; j'en suis moi-même, continua
mon interlocuteur, mais nous sommes tous de la Caroline dans l'âme; il faut bien que nous soyons tels si
nous voulons vivre ici, et, pour ma part, je ne serai pas
le dernier à payer de ma personne dans cette affaire, et à
jeter le commissaire hors de la ville, s'il refuse de la
quitter de bonne grâce. C'est une affaire déjà réglée en
meeting public; nous n'entendons pas qu'il passe ici une
autre nuit.

— Et que supposez-vous, lui dis-je, que pensent les

égociants de Boston et l'État de Massachussetts de cette
açon sommaire de congédier leurs envoyés et de vider
es procédures ?

— Oh ! mon Dieu, pour ce qui est des marchands, ils
eront probablement comme les nègres bien dressés de
a Caroline, qui ôtent leur chapeau quand on châtie leur
nsolence et grimacent un : « Merci, maître ! » avec un
alut bien bas. Les marchands yankees et les nègres sont
galement faits aux coups ; c'est ce qui leur convient le
nieux. Quant au Massachussetts, tant que la direction
le cet État sera sous l'influence mercantile, il ne bougera
tas. Il empochera l'injure le plus tranquillement du
nonde. Que deviendraient Boston et le Massachussetts
,ans le commerce du Sud? Les Yankees, qui vivent des
niettes de notre table, n'ont pas besoin de faire tant
es scrupuleux sur la façon dont elles leur viennent ; et,
uisque nous leur permettons de les ramasser, ils au-
·aient bonne grâce vraiment à se plaindre d'y trouver un
eu de poussière ! »

Mon marchand de la Caroline avait, comme on le
⁊oit, une idée assez mince de la population du Massa-
:hussetts ; mais, en me rappelant ce que j'avais
noi-même vu et entendu à Boston peu de semaines
uparavant, je ne pus m'empêcher de reconnaître la
ustesse de ce calcul basé sur la cupidité et la servilité
mercantiles.

En retournant à mon hôtel, je vis une grande foule
lans les rues. Une voiture était à la porte de l'hôtel, et
je vis paraître un vieux gentleman de haute taille, au
bras duquel s'appuyait une jeune dame, et qu'accompagnaient très-cérémonieusement une demi-douzaine de
gentlemen en gants blancs, commissaires chargés par le
comité de vigilance, à ce que j'appris, d'escorter hors
des murs de la ville l'envoyé du Massachussetts. Le

vieux commissaire et sa fille montèrent en voiture, et le cocher fouetta, au milieu des huées, des rires sardoniques, des cris d'indignation de la multitude. Autant que je l'ai pu savoir, ce fut la dernière tentative du Massachussetts en faveur de ses marins emprisonnés.

On m'assura que les marins anglais eux-mêmes subissent quelquefois cette avanie. S'il en est ainsi, l'Angleterre ne le souffrira pas longtemps. Il serait curieux que l'intervention de la Grande-Bretagne fût nécessaire pour affranchir les marchands et matelots du Nord des vexations des gens du Sud. La Grande-Bretagne ne saurait réparer plus noblement les torts qu'elle eut autrefois envers les États-Unis, en soumettant à la presse les matelots américains.

CHAPITRE XLVIII.

En quittant Charlestown, ce fut vers Augusta que je dirigeai mon voyage. C'était jusqu'à cette ville que j'avais pu suivre, dans les précédentes recherches dont j'ai parlé, les traces de ma femme et de mon enfant. Ces traces remontaient à vingt années. Tous deux avaient été conduits dans cette ville à cette lointaine époque, faisant partie l'un et l'autre d'un convoi d'esclaves destiné au marché du Sud-Est. Ce ne fut pas sans un pénible sentiment que je pensai qu'une fois rendu à Augusta, je manquerais de tout indice propre à me diriger dans mes recherches.

Je partis de Charlestown et pris la voiture d'Augusta longtemps avant le jour. Quand il parut, je vis que

nous étions quatre voyageurs, moi compris. Nous gar-
dâmes d'abord le silence, chacun tâchant de sommeiller
dans un coin, ou examinant à la dérobée ses trois
compagnons de route, comme pour pressentir le caractère de chacun avant de risquer une avance ; au déjeuner, nous devînmes plus communicatifs ; à dîner,
nous étions au mieux.

Deux des voyageurs étaient des gens du Nord : l'un,
éditeur d'un journal de New-York, l'autre commission-
naire de Boston, employé aux achats de coton des maisons de commerce ou des manufactures de cette ville.
Le troisième voyageur était un homme de physionomie
très-remarquable, d'une figure intelligente, d'un œil
pénétrant, d'un sourire charmant, de manières douces
et attrayantes, chez qui tout, en un mot, annonçait un
homme rompu à la pratique de la bonne société.

Les deux autres le prirent pour un riche planteur ; et,
quant à lui, sans rien dire pour confirmer ou démentir
cette supposition, il reçut d'un air de gracieuse condescendance l'espèce de cour que l'un et l'autre lui faisaient.

Après avoir effleuré beaucoup de sujets, la conversation, comme il arrive souvent en Amérique, finit par
se fixer sur le terrain de la politique, et roula particulièrement sur la nomination, dernièrement faite, d'un
président et d'un vice-président par une convention du
parti démocratique ou Jackson, assemblé à Baltimore.
M. Van Buren, le candidat de cette convention à la présidence, fut violemment attaqué par les deux hommes
du Nord, à raison de ce que, dans une convention pour
la révision de la loi particulière de l'État de New-York,
il s'était prononcé pour le vote des noirs. La nomination
de M. Richard M. Johnson, comme vice-président, fut
encore plus amèrement critiquée. C'était un démocrate
beaucoup trop avancé pour l'État de Virginie, d'où était

partie la plus vive opposition à ce choix. Il n'était point
non plus assez *respectable* pour mes deux compagnons de
route ; ses habitudes et ses goûts étaient vulgaires, et ils
eussent de beaucoup préféré la nomination d'un certain
M. Rives à celle de M. R. M. Johnson.

Je demandai en quoi consistait spécialement cette
vulgarité de M. Johnson, et l'on me répondit qu'il
avait chez lui bon nombre de femmes blanches et quar-
teronnes, et qu'il était le père de toute une famille d'enfants métis.

A la grande surprise des deux hommes du Nord, le
planteur, ou celui que l'on supposait tel, releva le
gant en faveur du candidat incriminé, et, entre autres
choses fort bonnes et fort justes qu'il dit à ce sujet, je
remarquai la suivante :

« M. Johnson, dit-il, ne fait que suivre l'exemple
des patriarches et se conformer à la Bible. Ce n'est pas
son goût pour les femmes noires, ni sa nombreuse famille
d'enfants de couleur, qui constituent, aux yeux de ces
messieurs, son vrai crime. Ce qu'on lui reproche,
c'est d'avoir reconnu et traité en bon père tous ses enfants de sang mêlé. Il a notamment élevé ses filles et
les a fait instruire dans sa propre maison ; il a même
tenté de les produire dans la bonne société. L'esprit
aristocratique des femmes du Kentucky (les femmes,
vous le savez, sont aristocrates nées), ne lui a pas permis de réussir en ceci ; mais il a donné à ses filles des
maris blancs, et leurs enfants, aux termes de la loi du
Kentucky, seront légalement assimilés aux blancs, dont
ils posséderont tous les droits et priviléges : c'est là le
scandale qu'on ne peut pardonner à M. Johnson. Si, au
lieu d'aimer ses filles, de les bien marier, d'assurer à
leurs enfants la citoyenneté de leur État natal, il les eût
tranquillement envoyé vendre à la Nouvelle-Orléans, pour

devenir les concubines de ceux qui les achèteraient, on n'aurait jamais rien objecté, ni du Nord ni du Sud, contre sa vice-présidence.

— Mais, répliqua, après maint autre propos, le journaliste de New-York, en votre double qualité d'homme du Sud et de propriétaire d'esclaves, pouvez-vous soutenir que ce pied d'égalité entre les blancs et les noirs ne soit pas dangereux pour les institutions du pays ?

— Non pas si dangereux à moitié, répondit vivement le prétendu planteur, que de confondre avec la masse des esclaves les enfants nés de pères libres, et qui ont hérité de leurs pères un esprit très-peu compatible avec la servitude. Croyez-vous qu'il soit bien convenable d'avoir parmi nos esclaves les descendants d'hommes, par exemple, comme Thomas Jefferson ?

— Comme Thomas Jefferson ! Vous plaisantez ? dit le New-Yorkais.

— Je ne plaisante pas du tout, et je vous assure que j'ai vu vendre à l'encan une très-belle et très-décente mulâtresse, blanche au moins aux trois quarts, qui prétendait être la petite-fille du fameux ex-président, et dont je vous jure que l'air et la ressemblance avec le célèbre homme d'État justifiaient pleinement le dire. Elle fut vendue cent dollars, ou à peu près, au-dessus de sa valeur intrinsèque, « attendu son origine illustre, » dit facétieusement l'acheteur. »

Les deux hommes du Nord prétendirent que la chose était impossible, et que cette fable avait été imaginée pour animer l'enchère.

« Je ne jurerais pas du contraire, dit l'autre en riant, car Gouge et Mac-Grab étaient deux rusés compères, et en matière de commerce ils étaient capables de tout. »

Quelle ne fut pas mon émotion à ces dernières paroles ! Gouge et Mac-Grab ! Mac-Grab était le nom du marchand d'esclaves qui avait acheté ma femme et mon fils, et qui les avait transportés à Augusta, ainsi que j'en avais été informé par l'agent dont j'ai parlé un peu plus haut.

Je m'empressai de demander où et quand mon compagnon de route avait été témoin de cette mise en vente de la petite-fille de l'ex-président Jefferson.

« A Augusta en Géorgie, me dit-il, il y a vingt ans environ.

— Et, dites-moi, je vous prie, quel est ce Mac-Grab ? J'ai intérêt à retrouver la trace d'un marchand d'esclaves de ce nom. »

Le planteur présumé me dit que ce Mac-Grab, Écossais de naissance, Carolinien du Sud par l'éducation, avait longtemps fait, avec son associé Gouge, le métier d'approvisionneur des marchés du Sud, pour la partie des esclaves. Le quartier général de leur trafic était à Augusta. L'un faisait les achats dans les États du Nord, suivant assidûment les ventes par autorité de justice, et il expédiait ses emplettes à l'autre, qui les vendait à Augusta. L'association était rompue depuis nombre d'années ; Mac-Grab était mort, mais Gouge vivait encore à Augusta, retiré des affaires, et passant pour l'un des plus gros richards de l'endroit.

« Je dois, me dit-il à demi-voix, savoir quelque chose de leurs affaires ; car j'ai été, durant trois ou quatre ans, quand j'étais jeune, leur teneur de livres et commis, et quelque temps leur associé. Je garde une dent au vieux Gouge, et, si vous avez quelque réclamation à faire valoir contre lui et que je puisse vous être bon à quelque chose, comptez sur moi. »

CHAPITRE XLIX.

La voiture s'arrêta pour l'heure du dîner à une malpropre et piteuse taverne, tenue par des esclaves, et dont le maître était comme une sorte d'hôte étranger sous son propre toit. Le serviteur en chef de l'établissement, beau mulâtre, au parler doux, mais misérablement vêtu, sembla, j'ignore pourquoi, peut-être à cause de ma politesse envers lui, me prendre en goût particulier. Après le dîner, il m'appela, et, me tirant à part, me demanda si je connaissais le monsieur assis en face de moi à table. Celui qu'il me désignait n'était autre que le prétendu planteur, l'ancien commis, teneur de livres et associé de la maison Mac-Grab et Gouge.

« Je ne le connais pas, dis-je au mulâtre; je l'ai eu seulement pour compagnon de voyage depuis Charlestown, et je serais bien aise de savoir son nom.

— Quant à son nom, dit le majordome du lieu, je serais fort embarrassé de vous le dire. Il a une quantité de noms chaque fois qu'il passe ici; il est rare qu'il porte le même. Défiez-vous de lui, maître; c'est un joueur de profession. Je vous en préviens, afin que vous ne soyez point sa dupe. »

Ce renseignement m'étant donné tout à fait bénévolement, je dus le présumer sincère. Bien qu'ayant différé le matin, en matière de politique et de morale, de nos deux autres compagnons, le soi-disant planteur sut, le soir, s'insinuer dans leur confiance avec une grâce et

une habileté que j'admirai. Notre voiture s'étant arrêtée
pour la nuit à une autre taverne, encore plus sale et
moins confortable que la précédente, si toutefois la
chose était possible, il proposa négligemment, après
souper, une partie pour tuer le temps. Nos deux compagnons acceptèrent assez volontiers; deux ou trois planteurs du voisinage, qui se trouvaient là, se joignirent à
eux, et l'on commença à jouer. Je déclarai que, quant à
moi, je n'avais jamais touché une carte ni joué d'argent
à aucun jeu. Sur quoi le compagnon, me trouvant in-
flexible, me dit, d'un ton assez significatif, que, pour un
étranger voyageant dans le Sud, j'avais pris là une
très-bonne et très-sage résolution.

Après les avoir regardés jouer un instant, je m'en
allai me mettre au lit; et, m'étant levé le lendemain de
très-bonne heure, car nous devions partir à cinq heures
du matin, je retrouvai mes trois brelandiers encore en
place. Les deux dupes du Nord, les traits décomposés
par la privation de sommeil et la face allongée par une
contrariété mal déguisée, semblaient avoir pris dix ans
en une nuit. L'autre, au contraire, était aussi frais,
aussi calme, aussi maître de lui-même, qu'au moment
où il avait pris place à la table de jeu. Au moment où
j'entrais dans la chambre, il releva et empocha, avec
une grâce indolente et tout à fait admirable dans son
genre, les derniers enjeux et le dernier argent de nos
deux compagnons de route.

Il s'était mis au jeu, comme je l'appris plus tard,
avec dix dollars dans sa poche, et en avait gagné deux
mille, outre un beau jeune mulâtre de quinze ou seize
ans, que l'un des planteurs lui avait abandonné en liqui-
dant, par manière de compte rond.

Nos deux compagnons se trouvant absolument désar-
gentés, il insista pour payer leurs comptes de taverne

et pour leur prêter à chacun cinquante dollars, afin qu'ils fussent en mesure d'attendre leurs prochaines rentrées. Il fit tout cela du même air de commisération sympathique et avec la même désinvolture que si les deux joueurs eussent perdu leur argent par suite de quelque accident, au lieu d'avoir été eux-mêmes les instruments de leur ruine, en succombant devant le sang-froid supérieur et l'habileté de leur adversaire, qui peut-être bien avait joint aussi à ces avantages acquis ou naturels quelque petit tour de son métier. Le maître qui donne un dollar à son esclave le jour de la Noël n'a pas un visage plus magnanime.

L'air atterré du courtier en cotons et de l'éditeur de New-York, après la perte de leur argent, me fut un spectacle vraiment curieux. La veille, tous deux levaient la tête ; ils avaient des opinions, des opinions très-arrêtées, et les soutenaient *mordicus*. Mais maintenant ils n'étaient plus que l'ombre d'eux-mêmes : abattus, silencieux, réduits à rien, ils contemplaient l'homme qui leur avait gagné leur argent avec un mélange de crainte et d'horreur, et du même air dont un malheureux esclave regarde le maître qu'il redoute et déteste, mais qu'il ne peut fuir, hélas !

Je ne pus m'empêcher de songer, à part moi, que si l'on dépouillait maintenant de leurs beaux habits ces deux chauds antiabolitionistes, et qu'on les vendît à l'encan, rien ne les distinguerait plus de ces stupides « nègres blancs » auxquels ils voulaient tant de mal, et je les plaignis peu d'avoir perdu quelques centaines de dollars, en songeant aux horribles détresses qui les trouvaient si insensibles, au sort de tant de malheureux êtres humains, dépouillés, exploités et torturés toute leur vie, séparés des objets de leur affection, des enfants nés de leur amour, en vertu du droit du plus fort ou du plus rusé, et tout juste par le procédé qui les avait mis, eux et leurs bourses, à la merci de leur habile adversaire!

CHAPITRE L.

Comme le ci-devant commis, teneur de livres et associé de MM. Mac-Grab et Gouge, maintenant pipeur et joueur de profession, pouvait, par ses précédents rapports avec cette respectable maison, m'aider beaucoup dans les recherches qui m'importaient, je reçus fort gracieusement les avances qu'il voulut bien me faire. D'ailleurs, l'indépendance et la virilité de sentiments avec lesquelles la veille il avait défendu son candidat favori à la vice-présidence des États-Unis, m'avaient gagné le cœur; et, quant à son présent genre de vie, en bonne conscience, je ne pouvais le trouver pire que celui de ces honnêtes gentlemen qui font la traite des esclaves ou en vivent, et n'en sont pas moins entourés de l'estime et de la considération publiques.

Je trouvai d'ailleurs en lui un très-aimable compagnon, dégagé des étroites idées provinciales dont ne sont point encore exempts les Américains les mieux élevés et les plus libéraux, fin observateur, très-piquant dans ses jugements, quelquefois un peu satirique, mais, somme toute, bon homme, n'ayant ni amertume ni aigreur.

Tel fut le point de départ d'une camaraderie qui s'éleva par degrés aux proportions d'une intimité assez étroite. Je ne dissimulai pas à M. John Colter (nom que portait pour le moment mon nouvel ami) la connaissance que j'avais de sa douteuse profession; mais je me montrai disposé en même temps à accepter et à apprécier à toute leur valeur ce qu'il avait de grâce, de talents, d'agréments, et, ce qui valait mieux encore, de généreux et d'élevé dans l'esprit. Pourquoi ne me serais-je pas conformé et à la position et aux circonstances? Pourquoi aurais-je été pour lui plus sévère que ne l'est l'opinion publique pour les trafiquants et propriétaires d'esclaves?

Comme pour mieux justifier cet esprit de tolérance qui le flatta et auquel il n'était pas très-habitué, M. John Colter, n'ayant plus de pigeons à plumer, saisit l'occasion d'une seconde couchée et d'une promenade au clair de lune, pour me mettre tant soit peu au courant de son histoire.

Il était, me dit-il, le fils d'un riche planteur, ou du moins de l'un de ces propriétaires autrefois opulents, devenus malaisés et endettés, qui réussissent à masquer leur vraie position jusqu'au moment de leur mort. Élevé en enfant de grande maison, il avait contracté des habitudes de profusion et de laisser-aller en toutes choses. Son éducation littéraire avait été très-soignée. Son père l'avait envoyé voyager en Europe, où il avait fait mille folies, et d'où il n'était revenu qu'à la mort de ce dernier, dont la succession se trouva insolvable, les propriétés étant engagées au delà même de leur valeur, et une grande quantité d'enfants laissés sans existence et sans ressources.

Grandes furent alors sa perplexité et sa détresse. Il n'y avait point à songer à émigrer dans l'Ouest, comme font d'habitude les gens ruinés : car, pour entreprendre le défrichement de nouvelles terres, il faut au moins posséder quelques esclaves, et il ne lui restait plus rien. Les

habitudes de dépense et de plaisir qu'on lui connaissait
n'étaient pas faites pour inspirer de la confiance aux
vieux amis de son père. Il vit d'ailleurs alors combien
peu d'amis restent à ceux qui n'ont rien.

Se faire précepteur dans quelque famille, c'était singulièrement déroger à sa dignité d'homme du Sud : car ces
sortes d'emplois sont généralement abandonnés aux pauvres diables des États du Nord, et les Américains ressemblent, sous ce rapport, aux Romains, qui faisaient
élever leurs enfants par des esclaves grammairiens.

Pour se lancer dans le commerce, il fallait de l'argent.
Ne sachant donc plus où donner de la tête, il était entré
chez les riches marchands d'esclaves, Mac-Grab et
Gouge, d'abord comme premier commis teneur de livres,
et plus tard comme associé.

Ce genre de besogne ne lui avait pas plu. Ce n'était
pas qu'il eût des scrupules outrés et eût des prétentions
à la moralité ou à la piété : il laissait cela à ses patrons,
dont l'un, Mac-Grab, sans être méthodiste précisément,
avait soin d'envoyer sa femme et ses enfants à tous les
prêches, à tel point même qu'on aimait à envisager en
lui un futur membre de la secte; et dont l'autre,
M. Gouge, était un baptiste fervent et un régulier profès
qui avait bâti une église à Augusta, presque entièrement
à ses frais, mais que toute sa piété n'empêchait pas de
vendre ses coreligionnaires avec aussi peu de remords
qu'il eût fait de vrais idolâtres. M. Gouge ne s'en tenait
pas là et trouvait le commerce des esclaves une excellente chose, tant au concret qu'à l'abstrait. Saint Paul
n'a-t-il pas dit : « Esclaves, obéissez à vos maîtres ! »
et cela ne prouve-t-il pas qu'il doit y avoir des esclaves
et des maîtres, et que les premiers doivent se soumettre
aux seconds ? Tel était le thème favori de M. Gouge, et
il le développait avec une telle force de dialectique, qu'un

our, ayant abordé ce texte dans un hôtel de New-York
où il était venu à la recherche de quelques esclaves de
premier choix, achetés pour son compte à Baltimore,
et qui, ayant rompu leurs fers la nuit d'après, s'étaient
enfuis dans cette ville, il fut pris, à son air grave et à sa
tournure cléricale, par un ecclésiastique présent, pour
un confrère en sacerdoce, et invité à prêcher la divinité
de l'esclavage dans l'une des églises les plus à la mode
de New-York.

Ce pieux personnage avait pour principale attribution
de présider aux ventes d'esclaves à Augusta, et il était
l'homme le plus propre du monde à cette besogne. Nul
ne le surpassait dans l'art de débiter comme valide un
esclave poitrinaire ou scrofuleux, ou bien encore de ra-
eunir sa marchandise et de vendre une femme de qua-
rante-cinq ans sonnés pour une de trente.

« Mes fonctions à moi, dit Colter, consistaient à surveiller le dépôt d'esclaves d'Augusta, où la douceur et
l'abondance étaient à l'ordre du jour, afin que les esclaves fussent gais et bien en chair, pour monter sur la
plate-forme. Cependant j'étais encore là témoin de scènes de détresse, de désespoir, telles que les séparations
des mères et des enfants, dont j'avais la folle sensibilité
de me laisser toucher, ce qui nuisait à mon travail. Je
ne savais pas, comme mon associé Gouge, m'abriter
sous l'autorité de saint Paul et des patriarches, et la
faiblesse de mon tempérament, jointe à mon irréligion,
comme disait ce dévot traitant, était cause que je faisais
de temps en temps des marchés de dupe.

« Une affaire de cette sorte fut l'origine de la première
querelle sérieuse que j'eus avec mes associés, et à la
suite de laquelle je dus me séparer de la maison. Mac-
Grab nous avait amené de la Caroline du Nord un magnifique lot d'esclaves, et, dans le nombre, une jeune femme

d'une beauté remarquable, avec un joli petit garçon à
elle, qui commençait à parler; tous deux de teint extrêmement clair et pouvant passer pour blancs. La profonde
mélancolie empreinte dans les grands yeux noirs de cette
jeune femme, la tristesse de son sourire, la douce expression de son visage, firent, du moment où je la vis,
la plus brûlante impression sur mon cœur trop inflam-
mable : j'aurais bien voulu la garder pour moi ; mais je
sentais que c'était une folie à laquelle ne donneraient
jamais les mains mes associés, car je devais déjà au
fonds social deux autres filles que j'avais ainsi retenues.
Elle avait évidemment reçu une éducation délicate et
soignée, et, en dernier lieu, avait servi comme femme de
chambre chez une dame dont les biens venaient d'être
vendus judiciairement. Mac-Grab la proclamait, avec
une grimace de contentement et d'orgueil, la plus belle
pièce qu'il eût achetée dans sa vie ; et quelle affaire il
avait faite ! Il l'avait eue, elle et son enfant, pour cinq
cent cinquante dollars ; et elle en valait bien deux mille,
à elle seule ; le garçon se vendrait au moins cent dollars.
Elle s'entendait à merveille à tous les ouvrages d'aiguille ; et, quand on le voudrait, on en trouverait mille
dollars en la vendant seulement comme couturière ou
femme de chambre ; mais, ajoutait Mac-Grab, avec un
clignement d'yeux des plus significatifs et en regardant
Gouge dont le visage solennel s'épanouissait par avance,
rendue à la Nouvelle-Orléans et offerte comme *article de
fantaisie*, elle vaudrait au moins le double ! »

En écoutant ces cruels détails, je soupirais profondément malgré moi. Cette impression n'échappa point à
l'œil perçant de Colter, qui, interrompant son récit et me
considérant en face, s'écria aussitôt :

« Qu'avez-vous ? vous me paraissez singulièrement
affecté. Si vous vous désolez sur chaque belle jeune

emme vendue à la Nouvelle-Orléans comme article de antaisie, vous aurez fort à faire, je vous en préviens, et)asserez mal votre temps. »

Affermissant ma voix non sans les plus violents efforts, e lui demandai s'il se rappelait le nom de cette jeune emme.

« Oui, me dit-il, bien qu'il y ait de cela quelque emps, une vingtaine d'années peut-être; mais j'ai la némoire des visages et des noms. Elle s'appelait, je rois, Cassy. »

En lui entendant prononcer ce nom chéri, je sentis non cœur battre jusqu'à se briser, et je fus obligé de n'appuyer contre l'arbre qui nous ombrageait pour pou-oir lui dire :

« Vous souvenez-vous aussi du nom de l'enfant?

— Voyons! dit-il, réfléchissant. Oui, oui, je tiens le iom. Je crois qu'elle l'appelait Montgomery. »

Ce nom était celui que nous avions donné, Cassy et noi, à notre enfant, en reconnaissance des bontés que sa naîtresse avait pour elle, et il ne me fut plus possible de louter que l'histoire de ma femme et de mon fils ne fût elle que me racontait John Colter.

CHAPITRE LI.

Mon récent ami, suspendant alors son récit, se mit à ie plaisanter gaiement sur mon émotion et à me vanter es charmes irrésistibles des femmes de couleur, qu'il me ieignit comme les sirènes les plus dangereuses pour la aison de ceux qui, les ayant payées, s'en croient les

maîtres et n'en sont, le plus souvent, que les esclaves.
A l'appui de son dire, il me récita l'ode d'Edwards, in-
sérée dans son Histoire des Indes occidentales, *la Vénus
noire*, qu'il n'hésita point à comparer aux meilleures
productions de Thomas Moore, et qui me parut en effet
mériter cet enthousiasme; mais, impatient de connaître
la suite de l'histoire de ma bien-aimée et de mon fils, je
le priai en grâce de vouloir bien suspendre ses digres-
sions et de reprendre son récit.

« Si j'avais pu prévoir, me dit-il, à l'époque dont je
parle, l'intérêt passionné qu'une personne comme vous,
dont je fais cas et que j'ai le désir d'obliger, prendrait,
vingt ans après, au sort de cette jeune femme et de son
fils, je n'aurais pu mieux agir.

« Si je vous disais que je m'abstins, vis-à-vis d'elle,
de toute instance amoureuse, vous ne me croiriez pas;
mais elle reçut mes déclarations avec une telle explosion
de larmes et de prières touchantes, que mon goût prononcé pour elle s'éteignit et se changea en pitié.

« Je m'aperçus bientôt que la principale source de son
chagrin était la crainte d'être vendue séparément de son
enfant, crainte trop fondée. Un négociant de la Nouvelle-
Orléans, avec qui nous avions souvent fait affaire, avait
envie de la jeune femme. Après un examen minutieux de
sa personne, avec laquelle il prit des libertés dont je
vous épargnerai le détail, il déclara cette Cassy un morceau de roi, un article de premier choix, un *numéro un*
convenant parfaitement au marché de sa ville; et il en
offrit deux mille dollars, espèces sonnantes, à quoi
George tôpa, pourvu qu'il prît aussi l'enfant contre cent
dollars. Mais le négociant n'avait pas besoin de l'enfant,
qu'il considérait comme un déchet à supporter sur la
vente de la mère : ce fut du moins ce qu'il prétendit, en
insistant pour que l'enfant lui fût donné par-dessus le

marché. Une dame d'Augusta, en quête d'un petit garçon pour servir le sien, offrit soixante-quinze dollars de celui de Cassy. Tout semblait donc indiquer que la mère serait vendue au trafiquant de la Nouvelle-Orléans, l'enfant à la dame d'Augusta. La malheureuse mère, qui en eut conscience, m'appelant près d'elle, me pria de la sauver de ce péril. Or, il arriva que, pendant l'absence de Gouge, qui était allé à une vente judiciaire, à quelques milles d'Augusta, un monsieur et une dame vinrent à notre dépôt, cherchant une femme de chambre pour la dame. Le monsieur était un planteur du Mississipi, demeurant à peu de distance de Vicksburg et retournant chez lui avec une femme qu'il avait épousée dans le Nord. Je leur montrai Cassy, qui les supplia d'acheter elle et son enfant, menacé d'être séparé d'elle, qu'elle fit agenouiller et, joignant ses petites mains, prier tantôt la dame et tantôt le monsieur de ne point les désunir.

« La dame, après mainte information prise sur ses talents et ses connaissances, déclara que c'était justement la personne dont elle avait besoin. Élevée dans le Nord, elle n'aimait pas les nègres, et se soulevait à l'idée d'avoir une femme noire auprès d'elle. Celle-ci, disait-elle, était presque aussi jolie et aussi blanche qu'une fille de la Nouvelle-Angleterre. Quant au petit garçon, il saurait bien vite nettoyer les couteaux, servir à table, et se rendre utile de toutes les façons.

« Je demandai, des deux, deux mille cinquante dollars, prix que le gentleman trouva exorbitant. Il aurait, dit-il, trois hommes de premier choix pour ce prix-là. Une fille moins jolie et moins jeune ferait tout aussi bien l'affaire de sa femme, et serait peut-être une meilleure acquisition de toute manière (insinuation adressée à ma personne, mais que la femme ne voulut pas comprendre). Elle insista pour que Cassy fût achetée, et, comme le

couple était dans la lune de miel, elle l'emporta. L'acte
de vente fut signé, l'argent compté, et la mère ainsi que
l'enfant remis à leurs nouveaux propriétaires, juste au
moment où Gouge revenait à l'entrepôt.

« Quand le vieux coquin sut que j'avais vendu la mère
et l'enfant ensemble pour vingt-cinq dollars de moins
qu'on n'eût pu en tirer séparément, vous ne sauriez
croire tout le tapage qu'il fit. Ce pieux affilié de l'Église
baptiste, ce prédicant qu'on avait pris à New-York pour
un docteur de l'Évangile, jeta son bonnet par-dessus les
moulins, et il se mit à jurer et à sacrer comme un pirate.
J'eusse donné le couple pour rien qu'il n'eût pas été plus
furieux. Je lui représentai l'extrême dureté qu'il y avait
à séparer un enfant de sa mère, et le magnifique profit
que nous faisions sur cette affaire. La femme était
pieuse, lui dis-je, et, indépendamment de ce qu'avait
d'horrible pour elle la privation de son enfant, notre religion et notre conscience étaient intéressées à ce qu'elle
entrât dans une honnête famille, où elle serait bien traitée, plutôt que d'être vendue, Dieu sait à quelle fin, à un
marchand d'esclaves de la Nouvelle-Orléans. Ici, j'espérais avoir fléchi mon pieux associé, et poursuivis mon
avantage en lui citant le texte de l'Écriture : « Tu n'op-
« primeras ni la veuve ni l'orphelin. » J'étais beaucoup
moins versé dans les textes sacrés que le vertueux
Gouge : celui-ci, toutefois, me vint fort à propos. Mais,
indigné qu'un mécréant tel que moi, qui n'appartenait à
aucune Église et ne faisait profession d'aucun culte, pré-
tendît lui en remontrer en telle matière, Gouge devint littéralement furieux. Le texte, me dit-il, ne s'appliquait
pas. Il avait eu à ce sujet une longue conférence avec le
curé Softwords. Les esclaves ne pouvant contracter mariage, il n'y avait point de veuves chez eux, pas plus
qu'il n'y avait d'orphelins, puisque leurs enfants, n'étant

point nés en légitime mariage, n'avaient légalement point
de pères et n'étaient les enfants de personne, comme il
l'avait entendu dire fort sensément du haut de son siége
au savant juge Hallett. Quant aux nègres pieux, c'était
rêverie pure, et il n'y avait jamais cru. Il appartenait à
une secte assez nombreuse dans cette partie du pays,
qu'on nommait secte des *Baptistes antimissionistes* ou *de
la dure Écaille*, qui ne pense pas que le Maître du Ciel
attache de prix à la conversion des païens, ni que les
nègres soient bons à autre chose que l'esclavage, ni
qu'âme au monde puisse être sauvée, si ce n'est les pré-
cieuses personnes des membres de la confrérie, cela bien
entendu par la foi et la grâce, indépendamment de leurs
actes. Pour ce qui est des simagrées de la fille à l'idée
de quitter son enfant, c'était, dit Gouge, bien de l'embarras pour rien. N'était-elle pas en âge d'en avoir encore une douzaine?

« Le pis de l'affaire fut que, outré de la brutalité et de
l'insolence millionnaire de Gouge, et emporté par la
chaleur de mon tempérament, que je ne savais pas alors
encore maîtriser, je me mis à mon tour en fureur, et
qu'il en résulta une violente querelle qui se termina par
une bonne volée que je lui donnai sur la place, en conséquence de quoi notre association fut rompue.

« J'étais beaucoup trop doux pour un pareil métier. Avec
les hommes, je me tirais encore d'affaire; mais les
femmes, jeunes ou vieilles, faisaient de telles scènes
quand il s'agissait de quitter mère, filles, enfants, maris,
que, pour peu que l'on eût d'humanité dans le cœur, la
place n'était pas tenable.

« Il me fallut trouver une autre occupation; ce n'était
pas chose facile. Les métiers que peut faire un gentleman
du Sud, sans se dégrader, sont en fort petit nombre. Mes
manières, mon adresse, les bonnes chansons que je sa-

vais, les bons contes que je faisais, me valaient d'habitude un favorable accueil partout; et, comme je ne buvais jamais, que je savais un peu les cartes et les dés, le billard et, en général, tous les jeux, je gagnais quelque argent de cette façon, et finalement, faute de mieux, je fis de ces exercices mon gagne-pain habituel.

— Est-ce là, lui dis-je, voulant me venger un peu de la petite guerre de plaisanteries qu'il m'avait faite, une de ces professions que les gentlemen du Sud peuvent embrasser sans s'avilir?

— Sans doute, me dit-il, puisque le jeu est pratiqué par l'immense majorité des gentlemen de ce pays. De temps en temps les législateurs, saisis d'un accès de vertu ou de contrition, rendent des lois pour y mettre un terme; mais nul n'y prend garde, si ce n'est quelques pauvres pigeons plumés qui tâchent de prendre leur revanche et en appellent à ces lois dont personne autre n'a souci. Le métier du joueur vaut tout juste celui du propriétaire d'esclaves; et cependant, par une inconséquence absurde, on ne nous tient pas tout à fait pour gentlemen, bien que continuellement mêlés à cette classe, à moins que nous ne gagnions assez d'argent pour acheter une plantation et faire, comme on dit, une fin.

— C'est que, lui dis-je, on vous accuse généralement de ne pas vous contenter absolument des chances du jeu.

— Sans doute, dit-il, et la moitié au moins des gens en usent de la sorte. C'est une tendance générale de chercher à introduire l'adresse dans les jeux de hasard. Admettons que nous pillions quelque peu les planteurs; ne vivent-ils pas de l'exploitation de leurs nègres? Quel droit ont-ils de se plaindre? La source de l'air n'est-elle pas celle du jour? Je vous le dis, tout est pillage ici, d'un bout à l'autre de l'échelle. Les planteurs vivent aux dé-

pens des esclaves, qu'ils forcent à travailler pour eux.
Les esclaves volent les planteurs tant qu'ils peuvent, et
beaucoup de blancs pauvres qui ne possèdent pas d'esclaves sont de connivence avec eux. Une légion de colporteurs yankees et de faiseurs new-yorkais inondent le
pays ¡et l'épuisent; et nous, qui avons à la fois la tête
assez froide et les mains assez déliées pour jouer sous
jambe planteurs yankees et tout ce qui s'ensuit, nous
avons, comme vous voyez, tel est mon sentiment du
moins, une base d'opérations tout aussi morale que le
plus honnête d'entre eux. Tout appartient aux forts, aux
sages et aux rusés; c'est la pierre angulaire de notre société méridionale. Vivre aux dépens d'autrui est le péché
organique de notre communauté, et il a même été avancé
par les théologiens du Nord que personne en particulier
ne pouvait être responsable des fautes de la communauté.
Si cette aimable doctrine, à laquelle, pour ma part, je
n'ai rien à redire, doit sauver les âmes et la réputation
de MM. Gouge et Mac-Grab, ou celles des planteurs qui
les patronnent et les préconisent, de quel droit nous
autres gentlemen par l'adresse serions-nous les seuls
exclus de ce bill d'indemnité? »

CHAPITRE LII.

Sous le ton léger et enjoué de cet aigrefin philosophe,
il ne me fut pas difficile de découvrir un fond de chagrin
très-réel, et même de honte, du genre de vie qu'il menait.
Mais, n'en pouvant pas suivre d'autre, il cherchait à se
faire une conscience, et, en somme, valait mieux que

beaucoup de gens exerçant des professions régulières et jouissant d'une réputation d'honnêteté. Je répondis à la confiance qu'il m'avait témoignée en lui avouant franchement que la jeune esclave et le garçon vendus par lui à Augusta étaient ma femme et mon enfant, et je requis ses bons offices pour m'aider à les retrouver.

« Et en supposant que vous réussissiez, me dit-il, que comptez-vous faire d'eux?

— Les acheter, lui dis-je, si je peux, et les faire libres.

— Pensez-y à deux fois, me dit-il, avant de tenter l'aventure. »

Et là-dessus il me développa avec une grande force une foule de considérations bien faites pour me détacher de mon projet, s'il eût été moins arrêté. Il me représenta, entre autres arguments, combien j'avais peu de chance de retrouver, tels que je les imaginais, les deux êtres qui me tenaient au cœur, et quel grand changement, non pas seulement physique, mais moral, pouvait avoir apporté, chez cette Cassy notamment, un laps d'au moins vingt années.

« Sans doute elle vous aura oublié, me dit-il, et il n'y a guère d'apparence que depuis tant d'années, dans sa condition d'esclave, elle ait pu vous être fidèle. Quant à votre fils, vous ne retrouverez peut-être en lui qu'un être démoralisé et abruti par l'esclavage. »

Toutes ces poignantes perspectives, qu'au fond de l'âme je ne pouvais m'empêcher de trouver trop probables, et dont j'avais le cœur navré, ne me firent point pourtant renoncer à mon projet. Quelque chose me disait au milieu de mes craintes que je retrouverais Cassy et mon enfant tels que j'aimais à me les figurer, et dignes de toutes mes affections comme de tout mon dévouement. Voyant ma résolution inébranlable, John Colter me plaisanta, et traita de don-quichottisme mon entreprise paternelle et conjugale, mais ne s'en montra pas moins disposé à m'aider de tout son pouvoir.

« Le planteur du Mississipi qui acheta la femme et l'enfant, me dit-il, se nommait Thomas. Je l'ai vu plusieurs fois dans mes voyages, et même d'assez jolies sommes d'argent ont, à ces occasions, passé de sa poche dans la mienne. Il vit encore, ou du moins vivait il y a peu de temps dans les environs de Vicksburg. J'ai dans cette ville des amis à qui je vous adresserai, et qui vous aideront à le retrouver. Peut-être votre Cassy et son fils sont-ils encore auprès de lui ; mais, je vous en prie, prenez garde et n'achetez point chat en poche. »

Muni des lettres de mon ami le joueur, je partis pour Vicksburg. Je traversai, pour m'y rendre, d'abord un district épuisé et abandonné par ses précédents propriétaires, puis des terres dont la mise en culture ne remontait pas à vingt ans, et qui étaient déjà dévastées et usées par le désastreux système agricole qui prévaut dans le Sud et qui s'empire par le régime de l'esclavage. Puis j'entrai, après avoir passé le Flint, dans des forêts vierges dont les avides Géorgiens commençaient déjà d'expulser les Indiens natifs, pour mettre à leur place de misérables esclaves transportés des plantations hors de service de la Virginie et des Carolines. En atteignant les bords de l'Alabama, je quittai ces solitudes menacées d'une violation prochaine, et je gagnai les rives du Mississipi, où je trouvai une contrée déjà abandonnée par les Indiens et envahie par une population bigarrée d'émigrants des États à esclaves du Nord, rejetons des *premières familles* de Virginie, qui venaient tenter là de refaire fortune avec quelques poignées d'esclaves sauvées de leurs créanciers. De riches propriétaires des anciens États y avaient aussi envoyé des troupeaux humains sous la conduite d'intendants, pour y établir de nouvelles

plantations. Là régnait l'esclavage dans toute son horreur; la démoralisation était au comble, et l'on n'entendait parler que de meurtres atroces accomplis de sang-
froid à coups de carabine, de pistolet, de couteau, et cela
presque chaque jour. Quant aux esclaves, traités avec la
dernière inhumanité, on ne les regardait que comme des
machines à faire du coton, comme de véritables brutes,
comme des bœufs, des chevaux; sinon pis, et l'on ne re-
trouvait plus de trace, dans ces horribles districts du
Sud, des sentiments un peu plus chrétiens qui, dans le
Maryland et dans la Virginie, dans la Caroline du Nord,
au Kentucky, au Tennessee, tendent du moins à ne les
pas exclure totalement de la grande famille humaine, et
font que l'on les considère et que l'on les traite, après
tout, comme des êtres susceptibles de quelque religion,
de quelque éducation et de quelque progrès. Ceux qui
douteraient de la progression effrayante de l'esclavage en
Amérique, depuis les temps de Washington et de Jefferson, n'ont qu'à visiter les plantations du Sud et les bords
du Mississipi!

Comme j'entrais à Vicksburg, un horrible spectacle
frappa mes yeux. Cinq malheureux, la corde au cou,
venaient d'être précipités du haut d'une potence impro-
visée et se débattaient dans les convulsions de la mort; un
détachement de milice entourait, en armes, l'instrument
du supplice; une troupe de musiciens noirs exécutait
le *Yankee Doodle;* une multitude d'assistants de toute
couleur et de tout âge semblait en proie à une vive
surexcitation; une femme hors d'elle-même, tenant un
jeune enfant dans chaque bras, s'adressait, avec des
gestes véhéments, à un homme qui semblait présider à
toute la tragique cérémonie, et que l'on me dit être le
haut shériff du district, bien qu'il n'en eût ni le costume
ni les insignes.

En arrivant à mon hôtel, j'appris, à ma grande stupéfaction, que l'exécution qui venait d'avoir lieu n'avait rien eu de juridique, et que les hommes avaient été pendus, *en amateurs*, par une commission d'habitants de la ville, que présidait le caissier de la banque des planteurs, celui-là même que j'avais, l'instant d'auparavant, pris pour le haut shériff du district. Ce qui m'étonna le plus dans cette exécution, c'est que les cinq suppliciés étaient des hommes blancs. S'ils eussent été noirs ou hommes de couleur, un tel paroxysme de fureur ou de panique populaire ne m'eût aucunement surpris.

Information prise sur l'objet et la cause de cette étrange procédure, je sus que les pendus étaient des joueurs de profession, qui longtemps avaient infesté la ville, et qu'à la fin les habitants exaspérés avaient voulu expulser : la bande refusant de déguerpir, on avait alors forcé son domicile et entrepris de détruire les instruments de son industrie. Les joueurs avaient opposé la violence à la violence, et, dans la lutte, un citoyen très-estimable avait été tué d'un coup de feu.

- On s'était nonobstant emparé des joueurs, à l'exception de deux ou trois, qui parvinrent à s'enfuir. La rage des habitants ne connut plus de bornes. La vue de l'homme mort, le souvenir de leurs pertes récentes, de copieuses libations d'eau-de-vie, la crainte d'être tués en duel, ou même sans défi, par ces joueurs, dont deux ou trois avaient la réputation d'être des hommes prêts et résolus à tout, tous ces mobiles réunis agirent sur la foule, et la détournèrent de soumettre l'affaire aux chances douteuses d'une procédure régulière ; et, dans son extrême effervescence, elle jugea plus court et plus expédient de mener les joueurs aux portes de la ville et de les pendre sur-le-champ.

Les procédures sommaires du code des esclaves, où

le soupçon est une preuve, où la force tient la place de la justice, habituent vite les populations à trouver ennuyeuses et illogiques les formalités et les lenteurs de la juridiction criminelle ordinaire : de là la tendance croissante, dans le Sud, à substituer à la justice régulière, pour les blancs comme pour les noirs, l'expéditive loi de Lynch. Il est impossible que des hommes endurcis et abrutis par un constant exercice de l'exploitation et de la tyrannie la plus cruelle conservent longtemps un sentiment bien exquis, même dans leurs rapports mutuels, des avantages et des formes tutélaires de la justice.

Je connaissais à peine l'histoire en gros, lorsque les principaux acteurs de cette tragédie, éprouvant le besoin de remonter leurs esprits par des libations nouvelles, envahirent l'hôtel où j'étais descendu. Ils étaient suivis de la femme aux deux petits enfants, que j'avais vue sur le lieu de l'exécution, et que l'on me dit être celle de l'un des cinq suppliciés. Elle implorait de ces furieux la faveur de recueillir le corps du défunt pour lui donner la sépulture. Cette autorisation lui fut refusée avec la brutale menace de faire partager le sort des cinq suppliciés à quiconque tenterait, avant vingt-quatre heures (il fallait, disaient-ils, cela pour l'exemple), de détacher de la potence le cadavre d'aucun d'entre eux. Telle était la furie de cette multitude ivre et féroce, que la pauvre femme, craignant pour sa propre vie, s'enfuit avec ses deux enfants au bord de la rivière, se jeta avec eux dans un bateau, et se confia au courant, jugeant ce voyage moins périlleux qu'un plus long séjour dans la ville, au milieu de ces forcenés.

Lorsque tout ce tumulte fut un peu apaisé, je montrai au majordome de l'hôtel la suscription de la lettre de recommandation que m'avait donnée John Colter, en lui demandant s'il connaissait la personne à qui je devais la remettre.

Il n'y eut pas plus tôt jeté les yeux que l'effroi et l'horreur se peignirent sur son visage.

« Vous connaissez cette personne? s'écria-t-il d'un ton ému.

— Non, lui dis-je, je viens ici pour la première fois. Je tiens la lettre d'un gentleman que j'ai connu à Augusta.

— Dieu soit loué! reprit le majordome, et pas un mot de tout ceci. Cette lettre est adressée à l'une des personnes que vous avez vues suspendues à la potence en arrivant dans cette ville. Ce malheureux tenait une roulette, c'est vrai, et je crois même qu'il trichait un peu; mais il avait bon cœur et valait bien ceux qui lui ont mis la corde au cou. Si vous aviez seulement le malheur de prononcer son nom, vous seriez saisi comme étant de sa bande et pendu sans miséricorde. »

Me félicitant fort d'avoir ainsi échappé à un terrible danger, je me hasardai toutefois à demander au majordome s'il connaissait un planteur du voisinage nommé Thomas.

Il me répondit qu'un planteur de ce nom, dont le signalement concordait avec le portrait fait de lui par Colter, avait autrefois habité à quelques milles de la ville; mais que, depuis deux ou trois ans, il s'était retiré à quelque cinquante milles de Vicksburg, dans le comté de Madison.

L'obligeant majordome s'employa le lendemain à me procurer un cheval, et je partis pour le district de Madison, en passant de nouveau sous le gibet auquel pendaient encore les cinq patients.

En m'avançant vers Big-Black, lieu de la résidence présumée de M. Thomas, je trouvai tout le pays en

proie à une terreur et à une rage de pendaison au moins
égales à celles que je laissais derrière moi, bien que par
un motif tout différent. Il courait dans le district de
Hinds et de Madison des bruits de conspiration et d'insurrection d'esclaves; il s'était formé un comité de vigilance et des tribunaux volontaires; et l'on pendait à tort
et à travers blancs, noirs, tout ce qui tombait sous la
main.

Ne pouvant pas atteindre en un jour au terme de ma
route, je demandai l'hospitalité pour la nuit à un planteur, l'un des hommes les plus respectables du pays,
comme je l'appris depuis, mais qui, loin d'abonder
dans toutes ces rumeurs, dans tous ces échafaudages de
complots, avait préféré demeurer tranquillement au
logis.

Il me dit qu'il croyait peu au fondement de tous ces
bruits, tout en reconnaissant que le grand nombre
d'hommes blancs sans ressources et sans moyens d'en
acquérir, dont le Sud était infesté, était une très-grande
et très-constante cause de fermentation dans le pays.

Comme nous discutions paisiblement ce thème en vi-
dant une tasse de thé ou deux, nous vîmes, se dirigeant
à cheval vers la maison de mon hôte, deux ou trois hommes blancs d'assez mauvaise mine, dont l'un, mettant
pied à terre, présenta au planteur un papier crasseux
et chiffonné.

Celui-ci, en en prenant connaissance, fronça le sourcil.
Ce n'était rien moins qu'une sommation du comité de
vigilance adressée à mon hôte d'avoir à comparaître
par-devant lui, et de représenter aussi l'étranger (c'était
moi) qu'il avait reçu dans sa maison.

Mon hôte demanda ce que le comité de vigilance lui
voulait. On lui apprit que son refus de concourir aux
dernières mesures de salut public prises contre l'insur-

rection avait paru suspect ; à quoi il répondit froidement qu'il était prêt à répondre de sa conduite devant qui de droit, mais qu'il ne reconnaissait nullement le comité de vigilance. « Quant à ce gentleman ici présent, ajouta-t-il, comme je suis juge de paix, si vous me fournissez quelque preuve de délit commis par lui, je décernerai contre lui un mandat d'arrestation ; mais, à moins de cause légitime et de mandat régulier, je ne souffrirai pas qu'on l'arrache de ma maison. »

Le seul chef de suspicion contre moi était que, comme étranger, je ne devais pas traverser le pays dans la situation actuelle sans être interrogé ; mais, comme mon hôte ne vit là aucun motif valable d'attenter à ma liberté, les émissaires du comité de vigilance se retirèrent furieux, en proférant contre nous des menaces d'autant moins rassurantes, que, prirent-ils soin d'ajouter, on venait justement de pendre, sous les auspices du comité dont nous bravions le pouvoir, six blancs et dix-huit noirs, et qu'un beaucoup plus grand nombre d'impliqués au complot étaient sous la main de la justice populaire.

A peine ces estafiers avaient-ils tourné le dos, que mon hôte, sans écouter mes remercîments, ordonna de seller deux chevaux.

« Je voudrais, me dit-il, pouvoir vous protéger ; mais, s'il me convient de soutenir un siége, je ne saurais vous associer à ce péril ; j'ai de nombreux amis et des relations pour me protéger ; mais il ne serait pas prudent à vous de demeurer. Votre cheval est fatigué, je vais le renvoyer à Vicksburg et vous en donner un frais. Mon nègre Sambo vous accompagnera : il connaît très-bien le pays et vous conduira, je l'espère, en sûreté aux bords du Mississipi, qu'il convient de gagner par la voie la plus courte. Une fois là, vous prendrez l'un des bateaux à vapeur qui montent ou descendent le fleuve continuellement. Embarquez-vous sur le premier qui passera et évitez, quant à présent, les voyages dans ce pays. »

Aussitôt fait que dit. En un quart d'heure je fus en route avec l'habile guide Sambo ; nous marchâmes toute la nuit par marécages, gués et sentiers détournés, et atteignîmes au jour un petit chantier isolé, situé au bord de la rivière, où les steamboats avaient coutume de renouveler leur provision de combustible. Je pris le premier bateau qui fut en vue, et dont la destination était pour la Nouvelle-Orléans.

Quelques jours après, arrivé dans cette ville, je lus dans les journaux que M. Hooper, c'était le nom de mon généreux hôte, avait subi un siége dans sa maison, dont il avait barricadé portes et fenêtres ; qu'après avoir enveloppé son petit enfant d'un lit de plumes, il s'était défendu tout seul, ne voulant pas employer ses esclaves contre les assaillants ; qu'il les avait tenus en échec assez longtemps et avait grièvement blessé l'un d'entre eux ; mais qu'enfin, une balle ayant brisé son arme, il avait dû céder au nombre, ne pouvant plus charger ni faire feu. Son affaire, portée devant le comité de vigilance, y avait donné lieu à de violents débats ; mais, comme les relations de M. Hooper étaient puissantes et nombreuses, le comité n'avait pas osé en venir aux dernières extrémités contre lui.

CHAPITRE LIII.

L'agitation du pays ne me permettant pas de rendre une visite personnelle à M. Thomas, je lui avais écrit et j'attendais une réponse, lorsque, me promenant et venant à passer dans l'une des principales rues de la Nouvelle-Orléans, j'eus fantaisie d'entrer dans un grand bazar où l'on procédait à une vente d'esclaves.

Le commissaire-priseur criait à ce moment les artisans et les manœuvres d'une plantation. Il venait de mettre aux enchères un forgeron, sujet de première qualité, qui, disait-il, avait rapporté à son maître vingt dollars par mois, quittes et nets de ses dépenses d'entretien, dans les cinq dernières années; en conséquence de quoi, les mises avaient déjà monté sur l'homme jusqu'à quinze cents dollars. Le bruit se répandait toutefois dans la chambre que cet esclave avait déjà, sur ses gains extraordinaires, payé cette somme à son maître pour racheter sa liberté, et que le maître, un Bostonien, fixé à la Nouvelle-Orléans, mettant tranquillement la somme dans sa poche, avait envoyé vendre l'homme. Ce bruit refroidissait un peu l'enchère, parce que, disait-on, la marchandise pouvait, après ce manque de foi, être portée à s'enfuir. Le commissaire niait la chose comme un beau diable; mais, quand on lui demanda d'interroger l'homme lui-même, il refusa, en alléguant, avec un sourire agréable, que l'esclave ne pouvait pas témoigner contre son maître.

Je fixai ensuite mon attention sur un groupe de femmes esclaves, qui paraissaient être également d'une qualité supérieure, et dont la plupart n'étaient que très-légèrement colorées. L'uné d'elles, en particulier, fixa et absorba tous mes regards. Ces yeux! cette bouche!... sans doute, la figure était un peu plus pleine et un peu plus marquée que celle dont le souvenir restait gravé dans mon cœur; mais ces cheveux noirs et ces dents de perles la faisaient paraître encore jeune. C'était sa taille, c'étaient ses gestes gracieux : je la considérai avec un intérêt inexprimable. Me trompais-je? Non, non! c'était bien elle, c'était Cassy! c'était la femme que j'avais si longtemps pleurée et que je retrouvais, où? hélas!

Presse contre toi, lecteur, la femme de ton cœur, et remercie le ciel de vous avoir faits libres! Après vingt ans d'absence, je retrouvais la mienne, belle encore dans sa maturité, mise en vente dans une enchère d'esclaves! Dans cet état de misère et d'humiliation, elle demeurait calme, maîtresse d'elle, et imposait encore le respect à ceux des grossiers acheteurs qui voulaient abuser du droit ignominieux d'examen que leur attribuaient leur qualité et la sienne propre!

Mais ce n'était pas le moment de m'abandonner aux émotions de mon cœur. Il fallait agir. Je rappelai à moi toute mon énergie et me demandai quel était le meilleur parti à prendre. Attirer l'attention de Cassy sur moi était complétement hors de propos : elle m'eût certainement reconnu, comme je l'avais reconnue moi-même, et le lieu n'était pas propre à une première entrevue, dont la surprise et l'imprévu eussent pu donner lieu à une scène aussi déplacée qu'embarrassante.

Comme je jetais les yeux autour de moi dans cette perplexité, qui aperçus-je, comme si le destin ou la Providence eût eu dessein de me favoriser, si ce n'est ma récente connaissance, M. John Colter en personne, qui se promenait dans la salle de vente en examinant les divers groupes d'esclaves, particulièrement ceux des femmes, d'un air tout à la fois, selon son expression, de connaisseur et d'amateur, et en homme parfaitement capable d'apprécier la valeur de chaque article?

Son œil rencontrant le mien, il vint à moi d'un air de grand empressement, me demander comment j'étais ici et quel avait été le résultat de ma tournée vers le Mississipi.

« J'ai craint, me dit-il à demi-voix, en lisant dans les journaux le récit de ces pendaisons de Vicksburg, de vous avoir fait une méchante affaire. Je suis bien aise de voir que vous savez vous tirer d'embarras. C'est que dans le Sud-Ouest, voyez-vous, il est bon d'avoir bec et ongles.

— Je vous trouve à propos, lui dis-je ; votre aide peut m'être précieuse. Je viens de la voir ! Elle est là !

— Là ? fit-il. En vérité ! Et où cela ? Elle est en vente ? L'avez-vous achetée ? »

Je lui montrai Cassy mêlée aux autres femmes et qui, les yeux baissés, semblait absorbée dans une douloureuse pensée. Colter avait de grandes prétentions à la mémoire et n'oubliait jamais, dit-il, une physionomie qu'il avait vue une fois ; mais ma mémoire, en pareil cas, valait encore mieux que la sienne. Néanmoins, après avoir envisagé pendant quelques instants celle que je lui désignais, il convint que je pouvais bien avoir raison ; mais, pour s'en assurer, tandis que je me retirais un peu à l'écart, il s'approcha de la prisonnière, l'appela par son nom, lui parla d'Augusta et de l'entrepôt d'esclaves, et acquit, dans un court entretien, la certitude qu'elle était bien la même personne dont la vente l'avait brouillé avec Gouge, et, par conséquent, la Cassy que j'avais si longtemps pleurée.

Colter lui demanda comment elle se trouvait là et si elle était mise en vente. Elle lui répondit qu'on l'avait amenée là, en effet, dans cette intention, mais qu'elle était libre et que l'on n'avait pas le droit de la vendre. Son dernier propriétaire, un M. Curtis, lui avait, dit-elle, donné des lettres d'affranchissement il y avait bien des années ; mais il était mort, et certaines personnes, se prétendant ses héritiers, la faisaient mettre à l'encan.

Colter promit de s'enquérir du litige et de l'aider à sortir d'embarras, ce dont elle lui témoigna la plus grande reconnaissance, en lui disant qu'elle avait eu toujours le pressentiment que le ciel viendrait à son secours par une voie ou par une autre.

Il vint me rendre aussitôt compte de la situation des choses, et, tandis que lui et moi délibérions sur le meilleur parti à prendre, le commissaire-priseur, ayant fini la vente des esclaves hommes, entama celle du groupe féminin dont ma Cassy faisait partie.

La première mise en étalage était une belle négresse, bien faite, proprement vêtue, à l'air réjoui, portant un beau mouchoir de couleur enroulé en turban autour de la tête. Quoique très-jeune encore, elle tenait dans ses bras et caressait avec amour un bel enfant de sept ou huit mois, richement habillé, et beaucoup moins foncé de teint que sa mère.

« Jemima ! cria le commissaire-priseur ; femme de chambre de premier choix : levez un peu la tête, ma chère, afin que ces messieurs vous voient ; élevée dans l'une des premières familles de Virginie ; bonne couturière, continua-t-il, d'après une liste qu'il avait sous les yeux, contenant les noms et signalement de chaque article, quinze ans d'âge ; garantie bien portante et saine sous tous les rapports.

— Vendez-vous la mère et l'enfant en un seul lot ? demanda un particulier louche, maigre de corps, aux traits anguleux, à l'air dur.

— Vous savez que la loi défend d'en agir autrement, dit le commissaire-priseur en lui faisant un signe, et que qui achète la fille a le droit de prendre l'enfant avec, aux conditions ordinaires, c'est-à-dire à un dollar la livre, ce qui est le prix partout. Vous savez cela comme moi, vieux scélérat, car ce n'est pas d'aujourd'hui que vous faites le métier. »

Ceci fit rire l'auditoire aux dépens du questionneur, qui, du reste, prit bien la chose, et le commissaire-priseur lui ayant, sur sa demande, fait signe que l'enfant serait vendu séparément si l'acheteur de la mère ne le prenait pas, l'opération continua.

« A trois cents dollars, cria le commissaire ; à trois cents dollars seulement une excellente femme de chambre, une excellente couturière, élevée dans une des premières familles de Virginie, sans vice d'aucun genre, et qu'on vend seulement parce qu'on a besoin d'argent !

— C'est assez l'habitude des premières familles de Virginie, dit une voix sortant de la foule ; elles mangent leurs nègres !

— Garantie ! reprit le commissaire-priseur sans prendre autrement garde à l'interruption, ni au rire qu'elle souleva dans une portion de l'assemblée ; garantie saine, bien constituée et honnête !

— Mais non pas vierge ! répondit la même voix, qui, par cette saillie, provoqua une nouvelle et bruyante hilarité dans l'auditoire.

— Avec la faculté de prendre l'enfant au poids, à un dollar la livre ! continua le commissaire. Trois cent cinquante dollars !

— Quatre cents !

— Merci, monsieur ! fit le crieur avec un salut et un

aimable sourire adressés à l'enchérisseur. Quatre cent cinquante, quelqu'un a dit, si je ne me trompe? Quatre cent cinquante! Cinq cents! Allons, messieurs. Pressez-vous; j'ai beaucoup d'ouvrage aujourd'hui! Cinq cents dollars, est-ce tout? Cinq cents dollars pour une fille de Virginie du premier choix, qui est toute jeune et qui promet d'avoir une foule d'enfants, rien que cinq cents dollars! Sur mon honneur! messieurs, dit le commissaire en reposant son marteau, sur mon honneur! et il appuya fort sur le mot, la fille vaut sept cent cinquante dollars, hardiment! article jeune, beau, bon caractère, forte, bien portante, couturière et femme de chambre à la fois, sortant d'une des premières familles de Virginie, et le tout pour cinq cents dollars! En vérité, messieurs, si cela continue, nous serons obligés de remettre la vente! A cinq cents dollars, une fois! à cinq cents dollars, est-ce dit? Adjugé! »

Le marteau tomba.

« Adjugé à cinq cents dollars, c'est un fier marché qu'il fait, à M. Charles Parker! »

Ici, un jeune gentleman bien replet et tout à fait joli à voir s'avança, et la fille sourit à son nouvel acheteur, dont l'heureuse physionomie lui revenait apparemment.

« M. Parker prend naturellement l'enfant, dit le commissaire à son clerc; ajoutez trente-cinq dollars pour l'enfant, à raison d'un dollar la livre.

— Mais pas du tout, pas du tout! dit l'acheteur, dont le refus changea soudain complétement l'expression du visage de la pauvre mère, je la prends pour nourrice; je la prends pour nourrice; je n'ai pas besoin du gars; je n'en voudrais pas pour rien! »

Je pus voir alors la pauvre mère serrer son enfant contre elle dans une étreinte convulsive. Je m'attendais à une scène tragique; mais le petit homme louche, à l'air

méchant, dont j'ai déjà parlé, s'approchant de l'acquéreur à ce moment, lui dit à demi-voix :

« Prenez-le, prenez-le ! je vous le reprendrai à un dollar de bénéfice ! »

Comme l'acheteur le regardait d'un air d'incertitude
défiante, quelqu'un de la foule dit :

« Oh ! n'ayez crainte, c'est le vieux Stubbings, le marchand d'enfants noirs ; c'est sa partie, et il est bon ! »

M. Parker accepta donc l'offre et acheta l'enfant, ce
dont la pauvre mère le remercia avec un retour de sourires et de bénédictions ferventes : elle ignorait, l'infortunée, le marché fait par son maître avec le marchand d'enfants, qui promit à voix basse à M. Parker
d'arranger l'affaire comme il faut et de venir prendre
l'enfant le lendemain dans un moment propice, sans que
la fille en prît occasion de faire une scène.

« Maintenant, messieurs, reprit le commissaire, satisfait, à ce qu'il parut, que les choses se fussent passées
paisiblement, j'ai à vous offrir une vraie bonne fortune,
une ménagère accomplie ! Nous mettons en vente Cassy,
dit-il en continuant de lire sur son papier, ménagère parfaite, digne de toute confiance, garantie membre de l'É-
glise des méthodistes ; je ne puis pas dire, messieurs,
qu'elle soit de la première jeunesse ; mais vous remar-
querez qu'elle est admirablement conservée. Elle présente
ce type de beauté anglaise, ne riez pas, messieurs, elle
est presque blanche, elle appartient, dis-je, à ce type recherché que les Anglais définissent : « Blondes, grasses
« et quarante ans d'âge. » Montez, Cassy, ma fille, et mon-
trez-vous un peu ! »

Que ne souffris-je pas à ce moment cruel ! mais le
sang-froid était encore nécessaire : je dominai mon
émotion.

Détachée du groupe de femmes où je l'avais aperçue,

Cassy avait été amenée près de la plate-forme; mais, au lieu d'y monter, comme elle en était requise, elle se tint tout contre, et, d'une voix douce, mais ferme et accentuée, qu'après vingt ans d'absence je reconnus trop bien à la secousse qu'elle imprima à tout mon être, s'écria :

« Non ! je suis libre ! de quel droit voulez-vous me vendre ? »

Cette exclamation produisit une certaine sensation dans l'auditoire; j'y remarquai plus d'un visage sympathique à la revendication de Cassy, et le commissaire fut assailli de nombreuses demandes d'explications.

« Rien n'est plus fréquent que le cas en question, messieurs, dit-il, rien n'est plus fréquent. La femme se croit libre; elle l'a même été dans ces dernières années, mais par pure tolérance et générosité du maître qu'elle avait. Il est mort : ses héritiers ont pris possession d'elle et la mettent en vente. Voilà toute l'affaire. Allons, montez, Cassy; le cas est malheureux, mais je n'y puis rien. Qui veut miser, messieurs ?

— Un instant, dit Colter, s'avançant vers le commissaire; pas tout à fait si vite en besogne, monsieur! Je me présente ici comme ami de cette femme, et vous déclare qu'elle est libre. Faites-y bien attention, messieurs; en l'achetant, vous achèterez un procès. »

Le ton péremptoire de ces paroles jeta comme une eau froide sur l'enchère. Personne ne fit d'offre; et le commissaire, pour se disculper d'avoir essayé de vendre une femme libre, crut devoir entrer dans quelques explications.

« Cette femme, dit-il, avait appartenu en dernier lieu à M. James Curtis, très-digne citoyen, récemment décédé, et bien connu de la plupart des personnes présentes. M. Curtis avait traité Cassy en femme libre depuis un assez grand nombre d'années, et sans doute ce gentleman (voulant parler de Colter) était fondé à la croire telle ; mais le fait est qu'elle n'avait pas d'acte d'émancipation régulier. M. James Curtis étant venu à mourir subitement *ab intestat*, son frère, M. Agrippa Curtis, de la maison bien connue Curtis, Sawin, Byrne et Cie, de Boston, lui avait succédé dans tous ses biens, et, jugeant inattaquables ses droits à la propriété de cette femme, l'avait envoyée à lui, commissaire, pour qu'il la vendît.... Au surplus, voici le propriétaire lui-même, dit-il, avec son homme d'affaires de Boston ; nul doute qu'ils ne vous édifient, messieurs, sur la légalité du titre. »

Deux individus, en effet, entrèrent en ce moment dans la salle de vente. L'un d'eux était un tout petit homme, dont la tête, percée de deux petits yeux inquiets, pouvait bien avoir la grosseur de celle d'un chat angora, et dont la bouche contractée et tortillée rappelait assez bien celle dudit animal, quand, venant de boire de la crème en contrebande et attendant le châtiment de son méfait, il se pourlèche encore les babines de ce fruit défendu, d'autant plus délicieux qu'il est celui du larcin. Ce nain, comme je l'appris bientôt après, était M. Thomas Littlebody, esquire de Boston, homme de loi et conseil légal de M. Agrippa Curtis ou Grip Curtis, comme on appelait familièrement ce dernier. Le principal intéressé dans cette affaire était un homme d'une quarantaine d'années, à la tête chauve et aux traits stupidement impassibles, où il était fort difficile de lire un sentiment ou une pensée quelconque, et dont on eût eu de la peine à déduire un jugement sur le caractère de l'homme. On pouvait toutefois présager, sur la simple inspection de ce visage, que M. Grip Curtis ne péchait point par une sensibilité excessive.

« Belle histoire ! dit Colter en s'approchant hardiment

de l'honorable couple et en lançant à M. Grip Curtis et à son conseiller un regard qui ne parut pas les mettre très-fort à leur aise. La société ne s'y trompe pas. Je suis heureux qu'aucun Louisianien ne soit mêlé à cette sale affaire. La femme est aussi libre que vous ou moi! Cette histoire de nullité est un conte; c'est tout simplement une de ces basses filouteries yankees, combinées pour faire entrer quelques centaines de dollars dans l'escarcelle d'un coquin! Cependant, pour éviter toute criaillerie, je veux bien donner cent dollars de ce prétendu droit héréditaire à la propriété de cette femme. Monsieur le commissaire, allons, faites l'enchère; cent dollars, j'offre cent dollars!

— Cent dollars! répéta le commissaire-priseur machinalement; messieurs, on offre cent dollars!

— Je les offre, reprit Colter en jetant un regard fier sur l'assemblée, pour satisfaire ces sangsues yankees et pour rendre la liberté à une femme libre. Nous verrons s'il se trouvera, pour oser miser contre moi dans de pareilles circonstances, soit un gentleman du Sud, soit, dit-il en lançant un coup d'œil haineux et menaçant sur le Curtis et son compère, quelque coquin de Yankee! »

Thomas Littlebody, esquire et homme de loi de Boston, recula, à ces mots, de trois ou quatre pas, et il fut manifeste qu'il avait reçu la bourrade en pleine poitrine. Quant à M. Curtis, grâce à son impassibilité naturelle, il fit meilleure contenance, et se contenta de dire d'un ton traînard, en ouvrant ses grands yeux de chat-huant :

« J'espère que votre intention n'est pas d'insinuer rien qui soit contraire à mon honorabilité ?

— Je le ferai, riposta Colter, si vous vous avisez de vouloir forcer votre propre enchère. C'est déjà bien assez d'avoir essayé de faire passer une femme libre pour esclave, sans miser encore sur elle!

— Cent dollars, messieurs! il y a marchand à cent dollars! » répéta le commissaire-priseur.

Mais personne ne fit d'autre offre.

Le petit marchand d'enfants, qui suivait de son œil louche, avec un intérêt ardent, tous les détails de cette scène, dans l'évident désir de grapiller là dedans, s'il le pouvait, quelque modeste bénéfice, ouvrit à ce moment la bouche pour miser; mais un regard de Colter la lui fit soudain refermer, et lui cloua la langue au palais comme avec la lame d'une dague. Je crois que, tout au moins, Colter lui en avait montré le bout d'une sous la doublure de sa veste. Toujours est-il que l'offre expira sur ses lèvres, dont ne sortit qu'un son inarticulé, complétement inintelligible.

« Comme on ne paraît pas disposé à miser, dit alors M. Grip Curtis en venant se placer auprès du commissaire-priseur, je retire la femme de l'enchère. »

Ces paroles me remplirent d'alarme; mais Colter avait heureusement trop d'expérience pour se laisser battre sur ce terrain ou sur tout autre, et il aurait défié à la lutte, je crois, toute une légion de Yankees. Pour toute réponse, il produisit froidement l'affiche de l'enchère, dont la conclusion se formulait ainsi : « Le tout sera vendu sans retrait ni réserve, » et demanda que l'on continuât la vente, en quoi l'auditoire et le commissaire-priseur l'approuvèrent unanimement. Aucune autre offre n'étant survenue, le marteau du commissaire tomba enfin.

« Vendu, dit-il, pour cent dollars, à monsieur...?

— En argent, répondit Colter en tirant de sa poche et en tendant l'un des billets de cent dollars qu'il avait gagnés quelques jours auparavant au courtier sur les cotons de Boston. Faites un reçu de la somme, comme quoi les prétendus droits de ce Bostonien à la propriété de cette femme sont cédés à M. Archy Moore, de Londres. »

Le reçu fut dressé. Le Bostonien, déçu dans l'espoir cupide qui l'avait guidé en ce lieu, fit, malgré la solennelle gravité de son maintien, une assez laide grimace. Colter dit à Cassy de venir avec nous, ce qu'elle se hâta de faire, et nous quittâmes tous trois la salle des ventes, au moment où le jovial et loustic commissaire-priseur recommençait le cours de ses exercices et mettait en vente une femme de chambre de seize ans, élevée dans une bonne famille de Maryland, garantie intacte, preuves authentiques, sur laquelle il appelait de chaudes offres.

Je n'entreprendrai pas de décrire la scène de reconnaissance qui suivit entre Cassy et moi, quand elle retrouva le mari dont elle était séparée depuis si longtemps. Sa joie ne le céda point à la mienne; mais elle ne fut pas très-surprise, me dit-elle, car elle avait toujours espéré fermement, et cet espoir exalté avait fini par s'élever aux proportions d'une croyance, que nous nous reverrions un jour. Elle m'avait gardé sa foi d'épouse et d'amante avec une fermeté inébranlable, et le moment était venu où elle et moi allions enfin recueillir le fruit et recevoir le prix, elle de sa constance, et moi de mes efforts persévérants pour la découvrir et la rendre à la liberté.

Nœud sacré de l'amour et de l'hymen, union des cœurs, les lois et les prêtres peuvent vous sanctionner, mais non point vous faire! Ni la séparation, ni le temps, ni la prospérité, ni le malheur, ni l'oppression, rien que la mort, et pas même elle, n'ont la puissance de vous rompre!

CHAPITRE LIV.

La nouvelle maîtresse entre les mains de qui, grâce à l'humanité de Colter, Cassy était passée du magasin d'esclaves des respectables et pieux gentlemen Gouge et Mac-Grab, était l'épouse nouvellement conjointe de M. Thomas, planteur de coton du Mississipi.

Née dans une petite ferme du New-Hampshire, de parents assez pauvres, miss Jemima Devens, parvenue déjà à un âge assez mûr pour une fille à marier, avait fait la conquête de M. Thomas, qui était veuf et aurait pu être son père, et qu'elle avait eu l'occasion de voir dans une pension fashionable où elle était sous-maîtresse, et où le planteur de coton avait placé deux filles de sa première femme.

Épouser un planteur du Sud, même vieux, laid et bête comme l'était M. Thomas, c'est le rêve de toutes les filles de la Nouvelle-Angleterre. Mme Thomas se forgeait donc un avenir de félicité et de luxe; mais son désappointement fut grand lorsque, arrivée à Mont-Plat (c'était le nom burlesque qu'avait décerné le planteur à son habitation, pour ne point rester en arrière de tous les monts plaisants et autres dont il était environné), elle ne trouva, au lieu de la villa espérée, qu'une bicoque délabrée et dépourvue de tout ce qui rend la vie agréable. Pour comble de malheur, elle eut affaire tout d'abord à deux esclaves-maîtresses, tante Emma et tante Dinah, qu'elle trouva en possession, l'une des clefs et de l'administration générale de la maison, et l'autre de la suprême autorité sur la cuisine, lesquelles, s'étant emparées du pouvoir à la mort de la première Mme Thomas et l'ayant conservé dépuis, se montrèrent fort peu disposées à céder leurs préroga- tives, « elles, négresses de qualité, comme elles disaient, élevées dans les premières familles de Virginie, » à une Yankee, à une fille de rien, qu'elles méprisaient profon- dément depuis qu'elles savaient que M. Thomas l'avait épousée sans fortune.

A force d'obsessions et de luttes, la nouvelle Mme Tho- mas parvint à faire éloigner tante Emma, qui fut louée chez un habitant du voisinage; mais il fallut désespérer de l'emporter complétement sur tante Dinah, qui faisait de certains plats auxquels M. Thomas ne se sentait pas le courage de renoncer. Ce furent donc quotidiennement des collisions ou, comme l'on dit vulgairement, des prises de bec, entre le cordon bleu favori et la maîtresse, qui finit par prendre le parti de ne plus rien prendre pour sa nourriture qu'apprêté des mains de Cassy : car elle en était venue au point de craindre d'être empoisonnée par l'altière tante Dinah.

Ces dissensions intestines, l'ennui, le manque de so- ciété, minaient rapidement la pauvre Mme Thomas, qui n'eut d'autre consolatrice ni d'autre compagnie dans sa détresse que Cassy, qu'elle avait prise en très-vive affec- tion, et à qui elle apprit toutes sortes d'ouvrages d'ai- guille, et même un peu de piano, quelle ne savait guère, et où bientôt l'élève fut plus habile que le maître.

Les choses en étaient là et duraient ainsi depuis trois ou quatre ans, quand une fièvre bilieuse, emportant Mme Thomas, soumit ma pauvre Cassy à de nouvelles vicissitudes. On n'avait plus besoin d'elle à Mont-Plat, et, espérant rentrer dans la grosse somme qu'il avait payée pour elle à Augusta, M. Thomas l'envoya vendre, elle et son fils, à la Nouvelle-Orléans.

Elle eut pour acheteur un M. Curtis, originaire de Boston, galant homme, mais qui, resté garçon, avait adopté les mœurs habituelles des aventuriers de la Nouvelle-Orléans, où il s'était donné pour compagne une belle fille de couleur dont il avait eu un enfant du sexe féminin, et de trois ou quatre ans moins âgé que notre fils Montgomery.

Étant venu à perdre cette jeune esclave, il avait, après l'avoir pleurée beaucoup, désiré combler le vide qu'elle laissait dans sa maison, et c'était dans cette intention qu'il avait acheté Cassy, dont la beauté l'avait frappé.

Il ne tarda pas à lui faire comprendre quelle nature de rapports il désirait établir entre elle et lui; mais, à sa grande surprise, Cassy repoussa ses avances avec douceur, mais avec une fermeté inébranlable. Il voulut connaître la cause de ce refus si étonnant de la part d'une esclave vis-à-vis de son maître ; Cassy alors lui raconta l'histoire de notre mariage. M. Curtis, sincèrement et délicatement épris d'elle, la conjura de ne pas sacrifier sa jeunesse et sa beauté à l'éventualité tout à fait chimérique d'une réunion impossible; il lui offrit de lui donner la liberté, à elle ainsi qu'à son enfant, si elle l'agréait, et, comme elle était méthodiste, il alla même jusqu'à lui offrir de faire consacrer leur union par un ministre de cette Église, qu'il l'engagea à consulter sur le cas de conscience qui la tenait incertaine.

Les méthodistes tiennent le mariage entre esclaves, lorsqu'il est célébré par un de leurs ministres, aussi valable aux yeux de Dieu, aussi obligatoire pour les parties, que les unions entre personnes libres; car les esclaves, selon l'idée méthodiste, ont des âmes et peuvent être sauvés aussi bien que les blancs. Néanmoins et malgré le fameux texte : « L'homme ne séparera point ce que Dieu a uni, » ils ont été forcés, dans les États à esclaves, de plier devant la suprématie de l'homme, et d'admettre que les conjoints, séparés l'un de l'autre, soit par la volonté du maître, soit par une opération de commerce, peuvent valablement se remarier, même sachant leur premier époux encore vivant. Ils s'excusent de cet excès de tolérance en le représentant comme nécessaire : car, disent-ils, ces gens-là, ayant peu de goût pour le célibat, formeront inévitablement de nouvelles unions qu'il convient de sanctionner, puisqu'on ne peut les empêcher. C'est juste le même ordre d'argumentation dont ils se prévalent pour expliquer comme quoi ils laissent vendre leurs frères en religion : « Les pieux affiliés, disent-ils, les vendront, que nous y consentions ou non. » C'est un raisonnement qui, dans les deux espèces, tient plus de compte de la majorité que de la rectitude des principes, et participe plus de la ruse du serpent que de l'innocence de la colombe. Mais c'est un point de casuistique trop ardu pour mes faibles lumières, et sur lequel j'éviterai, par conséquent, d'émettre une opinion arrêtée.

Le ministre méthodiste que Cassy consulta à cette occasion l'engagea fortement à accepter les offres de M. Curtis, lui assurant qu'elle pouvait, sur toutes les circonstances de l'affaire, y souscrire en toute sûreté de conscience, surtout s'il était appelé à consacrer cette nouvelle union, qui alors serait parfaite aux yeux de Dieu, bien que les lois humaines pussent peut-être ne pas la trouver irréprochable.

Mais, en dépit des instances de M. Curtis et de l'avis de son ministre, Cassy continua à me garder sa foi; chaque fois, dit-elle, qu'elle pressait contre elle notre enfant chéri, image du mari qu'elle regrettait, une voix semblait lui dire au fond du cœur : « Il est vivant; il t'aime : ne l'abandonne pas ! »

Cette situation dura un an ou deux; M. Curtis attendait tout du temps et de sa persévérance, lorsqu'une violente attaque de fièvre jaune le mit aux portes du tombeau. Ce fut alors au tour de Cassy de lui prouver qu'elle n'était point insensible à la délicatesse et à la générosité de son affection pour elle; nuit et jour à son chevet, elle le soigna comme eût pu faire une femme, une sœur, une mère, et, de l'aveu même des médecins, ce fut à elle que son maître dut de ne point succomber à la dangereuse affection qui l'avait mis près de la mort.

M. Curtis se releva, vieilli de vingt ans, tant au physique qu'au moral; les idées religieuses dont il avait été imbu dès son jeune âge reprirent le dessus sur son âme loyale et bonne, mais momentanément égarée, et son premier soin, après son rétablissement, fut de signer, sans conditions, un acte en double expédition d'affranchissement tant pour Cassy que pour son fils; il alloua, en outre, pour tenir sa maison, à Cassy, une rémunération mensuelle. Il affranchit en même temps sa petite fille Élisa, qui demeura confiée aux soins de Cassy et fut la compagne de jeu de notre fils Montgomery.

Lorsque les deux enfants furent en âge de recevoir de l'éducation, M. Curtis les envoya à cet effet à la Nouvelle-Angleterre, d'abord Montgomery, et ensuite Élisa, qui, par les soins d'Agrippa Curtis, le frère de son père, fut placée à Boston dans une fashionable et aristocratique pension.

Montgomery, ayant passé, de son côté, deux ou trois ans dans un collége de la Nouvelle-Angleterre, était ensuite entré dans une maison de commerce de New-York, et dernièrement avait pu, grâce aux munificences de son bienfaiteur, s'établir à son compte et commencer à faire quelques affaires dans le négoce spécial de New-York avec la Nouvelle-Orléans.

Les gages de Cassy, accumulés avec les intérêts dont

M. Curtis lui avait scrupuleusement tenu compte, avaient fini par s'élever à une somme considérable, du montant de laquelle elle avait acheté une petite maison entourée d'un jardin dans les faubourgs de la ville, et elle bénissait la Providence maternelle qui semblait prendre à tâche de lui prodiguer tous les biens, hors un seul, notre réunion depuis si longtemps désirée, lorsqu'un événement soudain et déplorable vint renverser tout cet échafaudage de bonheur.

On apprit tout à coup que M. Curtis, en se rendant à Boston et en remontant l'Ohio, avait été grièvement blessé par l'explosion d'une chaudière à vapeur, et peu après on sut qu'il avait succombé. Quand cette triste mort survint, Montgomery venait de commencer ses opérations commerciales à New-York, et Élisa était encore dans sa pension de Boston. Elle y avait toujours passé pour la fille unique du riche M. Curtis, le négociant de la Nouvelle-Orléans, et d'une créole espagnole, morte peu de temps après son légitime mariage avec M. Curtis. C'était une fable accréditée par M. Grip Curtis pour la produire dans l'aristocratie de Boston, où elle était déjà convoitée par toute la jeunesse distinguée de la ville; mais ces hommages l'avaient trouvée froide, car, dès l'enfance, elle avait engagé son cœur et sa foi à notre fils Montgomery.

Une révolution soudaine tout autour d'elle fut l'immédiate conséquence de la mort de son père, M. James Curtis, dont le frère de ce dernier, l'illustre Grip, venait de rapporter la nouvelle de Pittsburg, où il s'était transporté dès la première annonce de l'accident essuyé par son noble et malheureux frère. Élisa se vit tout à coup traitée en paria et en pestiférée par ses compagnes, et une note de la maîtresse de pension lui signifia qu'elle ne pouvait demeurer plus longtemps dans la maison; on venait d'y apprendre qu'elle n'était pas la fille légitime de M. James Curtis, mais bien une vile enfant d'esclave qui avait du sang africain dans les veines, crime irré-missible aux yeux surtout de mistress Highflyer, fille d'un marchand de chandelles et épouse d'un ci-devant épicier débitant de grog qui avait fait une fortune, et dont la majestueuse moitié ne pouvait tolérer l'idée que sa fille fût souillée par le contact d'une créature de sang mêlé, d'un fruit de bâtardise et d'esclavage comme la malheu-reuse Élisa, charmante fille, du reste, et qui, sous le rapport des agréments personnels ou de la blancheur de la peau, n'avait rien à envier, tant s'en faut, à aucune de ses orgueilleuses compagnes.

M. Grip Curtis, cependant, se posant comme l'uni-que héritier de son frère, faisait l'hypocrite dans les belles sociétés de Boston où lui-même avait dans le temps produit Élisa, dont il connaissait bien la véritable origine, et disait d'un ton réservé à qui voulait l'en-tendre que son devoir était de jeter un voile sur ce qu'il appelait les impardonnables et étranges faiblesses de son frère. Mais, quand sa nièce vint lui demander aide et appui au sortir de la pension dont on venait de la chasser, il n'hésita point à la mettre à la porte de chez lui, à son tour, en lui prodiguant les noms les plus vils, et la pauvre enfant eût peut-être couché à la belle étoile, sans la commisération d'une petite marchande de modes de Boston pour qui elle avait eu quelques bontés, et qui consentit à la recevoir, au risque de s'aliéner la majorité de son élégante clientèle.

Elle écrivit immédiatement à Montgomery, alors en-core à New-York, comme j'ai dit, et qui accourut tout aussitôt à son secours. Ayant rencontré M. Grip Curtis dans State-Street, vers l'heure de la Bourse, il lui ex-prima ce qu'il pensait de sa conduite; et celui-ci ayant,

pour toute excuse, déclaré qu'il n'avait pas de leçons à
recevoir d'un vagabond d'esclave nègre, fils d'une...,
Montgomery, sans le laisser achever, lui administra sur
place, au milieu des rires et des applaudissements uni-
versels, une volée de coups de canne, à raison de laquelle, cité par Grip devant le tribunal de police, il fut
condamné à une amende de vingt dollars. Grip Curtis
intenta aussitôt une action civile contre lui et demanda
dix mille dollars de dommages-intérêts, dans l'espoir
d'empêcher Montgomery d'être mis en liberté sous caution; mais il échoua dans cette honnête tentative.

Montgomery, affranchi des suites de cette affaire, se
disposait à repartir pour New-York, en emmenant
Élisa, lorsque celle-ci reçut une lettre d'un M. Gilmore,
légiste de la Nouvelle-Orléans, longtemps l'agent judiciaire et le conseil de M. James Curtis, qui, l'informant
que des affaires importantes réclamaient sa présence
immédiate dans cette ville, l'invitait à s'y rendre et lui
envoyait en une traite l'argent nécessaire aux dépenses
de ce voyage. En arrivant à New-York, Montgomery
trouva une semblable lettre à lui adressée. Ni l'un ni
l'autre des jeunes gens n'avait la moindre raison de supposer que cette correspondance fût de mauvaise foi : ils
connaissaient tous deux M. Gilmore pour un bon vieux
gentleman en qui M. Curtis avait pleine confiance; et
comme, en effet, il paraissait très-probable que leur
père et protecteur avait fait des dispositions dans leur
intérêt, ils admettaient sans peine que leur présence à la
Nouvelle-Orléans fût devenue indispensable. Néanmoins,
Montgomery, ayant quelques affaires à terminer, fit partir en avant Élisa, qu'il accompagna sur le paquebot à
vapeur, se proposant de la suivre dans le plus bref délai
possible.

Élisa, arrivée à la Nouvelle-Orléans à peu près en

nême temps que moi, s'était rendue tout de suite chez
Cassy, qui avait été trouver M. Gilmore le lendemain ou
e surlendemain pour l'instruire de ce retour et le pres-
entir sur les dispositions de M. Curtis, qu'elle savait
devoir être très-favorables à Élisa, et même à Montgomery et à sa mère ; M. Curtis, du moins, le leur avait
très-souvent assuré ; mais M. Gilmore ne lui avait fait
que des réponses évasives, et avait insisté pour qu'Élisa
en personne vînt le trouver le jour suivant, à une heure
qu'il indiqua.

Élisa y alla, mais elle ne revint pas. Cassy passa
une nuit d'angoisses, et, le lendemain, allait elle-même
se rendre chez M. Gilmore, quand un petit nègre lui
apporta un billet d'Élisa, écrit au crayon, d'une main
tremblante et hâtive, sur une page blanche arrachée à
un livre, par lequel elle l'informait qu'elle était retenue
prisonnière chez le légiste, comme étant sa propriété,
disait-il, et comme ayant été achetée par lui de
M. Agrippa Curtis, récemment arrivé de Boston et se
prétendant l'unique héritier de son frère, par conséquent
la réclamant comme partie de l'héritage.

Cassy, saisie d'horreur et d'épouvante à cette nouvelle, se demandait quel était le parti à prendre, quand
la porte s'ouvrit et livra passage à M. Grip Curtis lui-
même, accompagné de son homme d'affaires de Boston,
de M. Gilmore, et de deux ou trois esclaves noirs, qui venait prendre possession de la maison et de la propriété
elle-même, comme dépendances de la succession fraternelle ; en sorte que, ne pouvant justifier par aucun
papier de sa qualité de femme libre, puisque ses titres
avaient été confiés aux mains du traître et de l'escroc
Gilmore, elle courait le plus grand danger de retomber en
esclavage, si Colter et moi n'étions arrivés fort à propos
à son secours.

Telle fut, en gros, l'histoire que me conta Cassy à notre première entrevue, et que plus tard et à loisir elle me redit en détail.

Grâce à Dieu ! je serrais enfin sur mon cœur et n'étais plus en danger de perdre ma chère, ma fidèle femme !

Mais mon fils, mais Élisa, que Cassy aimait et pleurait à l'égal d'une fille ! celle-ci tombée dans un horrible piége, celui-là en péril d'y être pris aussi ; que faire pour eux, juste ciel ! et à quel parti me résoudre ?

J'appelai en conseil Colter, et j'eus le plaisir de trouver en lui, non pas seulement sympathie, mais entière résolution de nous aider en toutes choses. Il était enchanté, me dit-il, d'avoir cette occasion de contreminer les menées souterraines de deux coquins yankees, lesquels, évidemment, se proposaient de supprimer les volontés dernières de M. James Curtis et de partager l'héritage. C'est pourquoi, et à n'en pouvoir douter, ils avaient entrepris de réduire de nouveau Cassy, Montgomery et Élisa en esclavage, moins encore peut-être pour la valeur de leurs victimes, que pour les mettre hors d'état de les troubler jamais dans leur usurpation, si, demeurant en liberté, ils découvraient jamais, les uns ou les autres, quelque duplicata de l'acte que les deux dignes compères avaient intérêt à faire disparaître.

Montgomery était personnellement menacé par la terrible rancune que lui avait vouée M. Grip Curtis, lequel s'était promis de venger sur son dos les injures de State-Street, et dont le premier soin, à son arrivée à la Nouvelle-Orléans, avait été de faire emplette d'un énorme fouet de peau de vache, à son intention expresse.

Quant à Élisa, le pieux M. Gilmore, dont le renom de dévotion était si bien établi dans le pays, qu'on l'avait surnommé *le Diacre*, et qu'il appartenait à l'Église unitaire, l'avait trouvée si fort à son gré dès le premier coup d'œil, qu'il avait résolu de se la réserver comme part de butin, comptant bien l'employer à ses plaisirs.

CHAPITRE LV.

Sur l'avis de M. Colter, nous allâmes, avant toutes choses, prendre conseil d'un respectable et éminent jurisconsulte.

La position de Cassy, nous dit-il, était assez bonne : outre le fait d'avoir été rachetée par moi, elle profitait de l'humaine disposition de la loi de Louisiane, aux termes de laquelle est libre l'esclave qui, même sans acte formel d'affranchissement, peut justifier, par une possession de dix ans, qu'il a vécu en liberté : or, Cassy remplissait sous ce rapport, et au delà, les conditions exigées.

Mais à l'égard d'Élisa et de Montgomery, il n'en était pas de même, et leur situation était des plus inquiétantes. Premièrement, et d'après un article du *Code noir*, que nous lut le jurisconsulte, aucun esclave ne pouvait être émancipé avant l'âge de trente ans, et encore à la charge de justifier de sa bonne conduite durant les quatre années antérieures à l'acte d'affranchissement. D'après un autre article du même Code, les enfants suivent la condition de leurs mères esclaves, et deviennent la propriété du maître ou de son ayant droit. En d'autres termes, comme le dit le Code louisianais, « les enfants des esclaves et les petits des animaux appartiennent au propriétaire de la mère ou femelle par droit d'accession. » Telle était malheureusement la position d'Élisa et de Montgomery : ils n'avaient trente ans ni l'un ni l'autre, et tous deux étaient nés de mères esclaves.

Il y avait bien dans la loi une disposition spéciale qui permettait d'émanciper avant trente ans, à la condition par le propriétaire de faire approuver ses motifs par le juge de la paroisse et les trois quarts au moins des jurés ou conseillers de la police communale ; mais cette exception favorable ne s'appliquait qu'aux esclaves nés sur l'habitation même. M. Curtis eût bien pu s'en prévaloir pour Élisa, mais non point pour Montgomery.

La loi louisianaise, qui en ceci suit la loi civile, dont elle dérive, et se montre sous ce rapport beaucoup plus humaine que la loi commune anglaise régissant les autres États, accorde bien que, si un père reconnaît d'une façon quelconque, verbalement ou par un acte, un enfant comme né de lui, il lui donne par ce fait seul le droit de réclamer, comme enfant *naturel*, la subsistance, l'entretien, l'apprentissage d'un état. Mais la même loi restreint beaucoup le droit de disposer de son bien, soit par testament, soit par donation entre vifs, à l'égard des personnes qui ont des héritiers directs ou indirects au degré successible. Dans la Nouvelle-Angleterre, comme dans tous les États-Unis, la Louisiane exceptée, un homme peut donner ou léguer ses biens à qui bon lui semble ; mais s'il a des enfants légitimes, il ne peut rien donner ni léguer à ses enfants naturels, reconnus ou non, au delà d'une maigre provision alimentaire ; n'eût-il même point d'enfants légitimes, s'il laisse des ascendants, des frères ou des sœurs, il ne peut, par donation ou testament, disposer que d'un quart au plus de ses biens. Le but de ces diverses restrictions, qui s'inspirent de la loi civile espagnole, est patent : cette

législation a voulu , d'une part , empêcher les dons que
l'affection paternelle aurait pu faire aux enfants nés
de femmes noires ou de couleur ; et de l'autre , par les
obstacles opposés à l'affranchissement , généraliser et
maintenir l'esclavage autant que possible.

Le juriste nous dit encore que M. Curtis avait pu
rendre ces deux enfants libres en les envoyant dans un
État libre , ce qu'il avait sans doute fait à cette intention. S'ils fussent restés dans le Nord , ce mode d'affranchissement eût été parfaitement valable ; mais c'était
une question controversée de savoir si , revenus en
Louisiane , ils ne se trouvaient point de nouveau passibles
de la condition servile. La cour suprême de Louisiane
avait bien , il est vrai , décidé autrefois que l'esclave,
une fois rendu libre par son envoi dans un État libre ,
ne pouvait plus , par quelque cause que ce fût , rentrer
en esclavage ; mais cette jurisprudence était tombée en
désuétude : ces idées-là n'étaient plus à l'ordre du jour,
et il était au moins fort douteux que la cour actuelle
ratifiât , si la question était de nouveau soulevée , une
telle décision.

Par toutes ces raisons , et la possession valant bien
neuf points sur dix en toute procédure, ou même dix sur
dix , ajouta agréablement le légiste , dans les contestations où il s'agissait d'esclaves , M. Gilmore , s'étant emparé d'Élisa , tenait , comme on dit , le bon bout ; et , à
ce propos , notre conseiller nous dit qu'il le connaissait
dès longtemps pour un doucereux drôle, plein de *cant*,
Yankee sur toutes les matières de religion , de justice
et de devoir, mais , par le fait , ne connaissant de droit
ni de justice que ce qui pouvait tourner à son avantage
personnel.

Il s'agissait donc d'empêcher à tout prix Montgomery
de tomber dans la même embûche. Une fois pris, il

éprouverait les plus grandes difficultés à faire constater
et sanctionner ses droits à la qualité d'homme libre. Car
le Code noir, d'après un autre extrait que nous lut encore le jurisconsulte, dispose que les hommes de couleur,
même libres, ne doivent pas se croire égaux aux blancs,
mais qu'au contraire ils doivent en toute occasion leur
céder, ne leur parler, ne leur répondre qu'avec respect,
sous peine d'emprisonnement proportionné à la gravité
de l'offense.

Le mieux que nous pussions établir était que Montgomery était homme de couleur libre. En Virginie et en
Kentucky, le quatrième descendant d'un noir, moyennant
que tous les autres descendants ont été blancs, est censé
blanc lui-même, et le sang africain est éteint, aux yeux
de la loi. Mais dans beaucoup d'autres États, et en
Louisiane notamment, la teinte africaine est un indélébile
stigmate. La plus imperceptible goutte de sang noir,
même noyée dans des flots du meilleur sang blanc du
pays, suffit à réduire un homme à la condition abjecte
de ces gens de couleur qui, aux termes du Code noir,
« doivent en tout céder aux blancs. » Si l'on voulait
mettre la main sur Montgomery, il se défendrait à coup
sûr, et, s'il usait des procédés qu'il avait déjà employés
dans State-Street à l'encontre de Grip Curtis, réussît-il
à établir ses droits à la liberté, il ne s'en serait pas
moins mis sur les bras une grave et très-compromettante
affaire.

Le premier point était donc de l'empêcher de tomber
dans les mains de Grip Curtis. Quant à Élisa, si nous
parvenions à la tirer des griffes de Gilmore, nous serions
ensuite en beaucoup meilleure position pour plaider ses
droits à la condition de femme libre.

Montgomery, fort heureusement, avait écrit à sa mère
à son départ de New-York, et lui avait mandé, entre

utres choses, le nom du bateau à vapeur sur lequel il prenait passage. Nous eûmes la bonne chance de trouver cette lettre à la poste, au sortir de chez notre jurisconsulte.

Colter immédiatement envoya un bateau en amont de la rivière, pour porter à Montgomery un mot de la main de sa mère. La traversée du paquebot de New-York avait été d'une vitesse remarquable. Le bateau de Colter rencontra le steamboat à quelques milles de la ville. Montgomery, en recevant la note, selon l'invitation qu'elle contenait, passa immédiatement du bord du paquebot sur celui de l'embarcation, qui le déposa à terre ; et le même soir il arrivait à une petite maison retirée des faubourgs, où notre ami avait retenu un logement pour Cassy et pour moi.

Il était temps ! Grip Curtis avait envoyé à New-York un espion pour surveiller tous les mouvements de mon fils, et, sachant par quel paquebot il arrivait, très-peu de temps après la descente de Montgomery, il s'y était présenté, ayant avec lui main-forte, pour se saisir de lui, comme Gilmore avait fait de la malheureuse Élisa.

« Mon fils, je te revois enfin ! Je te revois sauvé de la rapacité et de la haine du misérable qui préparait ton supplice et te réclamait comme sien ! Toi que j'avais laissé enfant à la mamelle, je te retrouve jeune homme, plein de force, de grâce et d'une virile beauté ! »

Non, rien ne peut se comparer à l'ivresse avec laquelle je serrai mon fils dans mes bras ! Mais pour ce pauvre jeune cœur, combien la joie de notre réunion fut troublée ! S'il avait retrouvé un père, il tremblait maintenant pour la compagne de ses premiers ans, pour sa bien-aimée, pour celle qu'il regardait déjà comme sa femme ! Ce ne fut pas sans peine que nous l'empêchâmes de courir immédiatement chez Gilmore pour lui arracher, de gré ou de force, Élisa. Pour le calmer un peu, il fallut l'assurance que Colter avait des gens à lui aux alentours de la maison de l'homme d'affaires, en sorte que, si Élisa en était enlevée, il saurait aussitôt le lieu de sa nouvelle retraite. Montgomery nous dit qu'il connaissait à fond tous les êtres de la maison, ainsi que tout le personnel, pour avoir été, dans son enfance, le Benjamin de la ménagère noire de M. Gilmore. Il trouverait moyen, ajouta-t-il, de s'introduire dans la maison dès la nuit suivante et de sauver Élisa.

Par l'examen des pièces importantes dont Montgomery était nanti, la coquinerie de Grip Curtis et de son auxiliaire Gilmore nous apparut alors dans son plus beau jour. Lorsque mon fils avait quitté, un an auparavant, la Nouvelle-Orléans pour aller s'établir à New-York, feu M. James Curtis lui avait remis un paquet cacheté, avec une instruction écrite portant qu'il eût à l'ouvrir, après l'ouverture et l'homologation du testament dudit M. Curtis, ou dans les trente jours après le décès constaté, si le testament n'était pas produit en justice. Il ne paraît pas que M. James Curtis eût alors soupçon de la mauvaise foi possible de son frère et de M. Gilmore, ni d'une trame que pourraient ourdir ces deux drôles pour détruire l'effet de sa volonté dernière et mésuser de son bien. C'était simplement par mesure de prudence et dans l'appréhension de quelque accident possible, qu'il avait pris cette précaution.

Mon fils nous représenta le paquet cacheté, que nous ouvrîmes, et où nous trouvâmes un double du testament en bonne forme de M. Curtis, acte par lequel il léguait à Éliza, comme à sa fille naturelle, très-expressément reconnue par cet acte même, un quart de tous ses biens, consistant principalement en maisons sises à la Nouvelle-Orléans et évaluées par le testateur à une somme totale

le deux cent mille dollars. Ce quart étant, aux termes
les lois de Louisiane, la portion disponible qu'il pouvait
léguer à un enfant naturel, les trois autres appartenaient
e plein droit à son frère, M. Grip Curtis, que le défunt
nommait, avec M. Gilmore, exécuteur testamentaire. Non
content de ce riche héritage, ce frère dénaturé et indigne avait, de connivence avec Gilmore, prémédité de
dépouiller la fille orpheline du défunt, et, qui plus est,
pour étouffer ses réclamations et ses plaintes, de la réduire en esclavage et d'en faire la concubine de Gilmore, qui avait stipulé dans son lot cette portion du
butin.

Après avoir établi que M. Curtis avait plusieurs fois
essayé vainement de faire consentir le juge de la paroisse
et les trois quarts des membres du conseil municipal à
l'affranchissement d'Élisa, ainsi que la loi l'exigeait pour
la libération des esclaves au-dessous de trente ans (ce
respectable corps n'ayant pas jugé que la qualité d'enfant unique fût un titre suffisant à l'émancipation), le
testament déclarait que le défunt avait envoyé sa fille
dans une maison d'éducation de Boston, avec l'intention,
le désir et l'espoir de la faire ainsi libre. Prévoyant toutefois le cas où la loi serait un invincible obstacle à ce
que sa fille unique et chérie fût libre avant l'âge de
trente ans, M. Curtis entendait que le soin et les services d'Élisa fussent, jusqu'à cet âge, dévolus et attribués
à Cassy, qualifiée par lui de femme libre, affranchie dès
longtemps, et qui, il en avait la confiance, disait-il, ayant
toujours été une mère pour Élisa, continuerait à la traiter de même quand il ne serait plus.

Cette mention faite de Cassy était la seule que contînt
le testament; Montgomery non plus n'y était pas nommé
autrement que dans une déclaration d'affranchissement
qui lui était relative; mais, d'un papier joint au testa-

ment, il résultait que M. Curtis avait déposé, chez un banquier de Londres, une somme de vingt mille dollars, payable, au cas de son décès, à Montgomery, et devant profiter tant à ce dernier qu'à sa mère. Cet expédient avait été évidemment imaginé par le défunt pour éluder les lois restrictives de la Louisiane, en ce qui touche le droit de tester des personnes qui laissent des frères ou ascendants.

Le même pli contenait enfin une ampliation de l'acte d'émancipation dressé par-devant notaire en faveur de Cassy bien des années auparavant, acte dans lequel Gilmore avait été l'un des témoins.

Le testament se terminait par l'adjuration solennelle adressée aux deux exécuteurs d'avoir à veiller paternellement sur la fille du testateur, dont la tutelle leur était donnée pour tout le temps restant à courir jusqu'au jour de la majorité d'Élisa.

On vient de voir comment les deux exécuteurs testamentaires avaient répondu au solennel appel du défunt. Trente-cinq mille dollars pour chacun; en outre, pour Gilmore, la possession d'une jeune fille; pour Grip Curtis, le plaisir de la vengeance qu'il espérait tirer de la mère et du fils : c'étaient là des tentations auxquelles ni l'un ni l'autre n'avaient pu résister, et en vue desquelles ils n'avaient point hésité à réduire trois personnes en esclavage. Combien de gens qui, même sans un tel appât, n'ont pas scrupule de trafiquer de la vie et de la liberté de leurs semblables! Que de Gilmore et de Grip Curtis dans le monde !

CHAPITRE LVI.

Pauvre Élisa! qu'on imagine, si l'on peut, l'effroi et la détresse de cette jeune fille, qui, se rendant confiante à l'appel de celui qu'elle considérait comme l'ami de son père, s'était trouvée chez lui face à face avec un Grip Curtis, dont la brutalité et la déloyauté lui étaient déjà connues par ses récents procédés de Boston, et de qui elle avait appris qu'elle était esclave, esclave de Gilmore, à qui l'avait vendue ce même Grip Curtis, dont elle était, à ce que prétendait Gilmore lui-même, la propriété par héritage de son père à elle et du frère de cet ignoble Grip!

« Oui, ma chère, lui dit M. Gilmore en lui passant familièrement la main sous le menton, et en accompagnant ce geste aimable d'une œillade de vieux réprouvé qu'il était, afin que vous soyez à même de vous rendre un compte précis de votre situation légale, écoutez ce que dit la loi de Louisiane à ce sujet. Ceci, ma fille, ajouta-t-il en prenant sur une tablette un livre qu'il ouvrit à un certain passage, ceci est le *Code noir* de l'État de Louisiane, et voici ce qu'il dit : « La condition de « l'esclave étant purement passive, *il* doit... » Et il faut lire aussi, chère enfant : « *Elle* doit obéissance absolue à son « maître et à toute la famille de son maître, sans restric- « tion ni examen ; *il* ou *elle* leur doit aussi un respect sans « bornes, et *il* ou *elle* est, en conséquence, tenu de se « soumettre à tous les ordres émanant dudit maître ou de « qui que ce soit des siens. » Le Code civil, continua le savant légiste, n'est pas moins formel. »

Ici il prit un autre livre plus gros et lut ce qui suit :
« Par esclave on entend celui qui est en pouvoir de
maître. Ce dernier peut le vendre, disposer soit de sa
personne, soit de son industrie, soit de son travail ;
l'esclave ne fait rien, n'acquiert rien, ne possède rien,
que par et pour son maître. »

« Telle est, ma fille, continua-t-il, la loi de Louisiane,
aux termes de laquelle vous êtes mon esclave. J'espère que vous comprendrez la nécessité de vous soumettre aux conséquences de votre condition, et à mes
désirs. Nous devons tous, ajouta-t-il d'un ton dévotement nasillard, nous soumettre aux décrets de la Providence et aux lois de notre pays. »

Beaucoup de jeunes filles, dans la triste position d'É-
lisa, eussent poussé les hauts cris ou fussent tombées en
syncope ; il en est même que l'épouvante eût rendues
folles. Élisa ne cria ni ne s'évanouit ; et, conservant tout
son sang-froid, se contenta de déclarer fermement qu'elle
ne reconnaîtrait jamais, ni par paroles, ni par actes,
la prétention de qui que ce fût à faire d'elle une esclave.

Confinée pour la nuit dans un galetas de la maison de
Gilmore, elle réussit à obtenir le lendemain, d'une petite
fille noire qui lui apporta un morceau de pain, qu'elle se
chargeât de faire passer à Cassy le billet dont il a été
parlé plus haut. Pour la dompter, M. Gilmore n'avait
imaginé rien de mieux que de la réduire au pain et à
l'eau. Jugeant des autres par lui-même, le voluptueux
vieux coquin pensait que la portion congrue serait, en
faveur de ses libidineuses ardeurs, un auxiliaire invincible. Dans cette situation lamentable, il ne restait plus
à Élisa qu'à implorer le Dieu de l'orphelin, ce qu'elle fit
avec ferveur ; et de temps en temps, dans ses rêves soli-
taires, il lui sembla voir surgir, tantôt son père mort,
tantôt Montgomery, dont l'un semblait la rassurer et

dont l'autre, s'avançant les bras ouverts, accourait lui prêter main-forte.

Depuis deux jours entiers, elle n'avait revu ni M. Gilmore ni personne, si ce n'est la petite négresse, qui, une fois dans les vingt-quatre heures, lui apportait du pain et de l'eau, et qui, tout en affectant d'éviter, ainsi qu'elle en avait probablement reçu l'ordre, tout rapport ou tout pourparler avec elle, avait pourtant trouvé le moyen de lui glisser une réponse de Cassy, que Colter avait fait remettre furtivement à la petite fille, et par laquelle nous engagions Élisa à s'échapper, si elle pouvait, en lui indiquant le lieu où elle devrait chercher un refuge, et lui assurant que des amis veillaient sur elle aux alentours de la maison de Gilmore.

Le troisième soir, vers l'heure à peu près où Montgomery et moi (car je ne voulais pas le laisser seul chargé d'une si chanceuse entreprise) quittions le logis pour aller tenter de délivrer la pauvre captive, M. Gilmore, ayant retrempé son courage dans le vin, ouvrit la porte et s'introduisit auprès de la recluse solitaire. Ayant reconnu son pas dans l'escalier, elle s'était barricadée dans un coin derrière une petite table qui, avec une chaise et un vieux matelas jeté sur le plancher, formait tout l'ameublement de sa prison. Comme il marchait droit à elle, elle lui défendit de faire un pas de plus, et, joignant l'acte à la parole, tira en même temps un petit stylet que Montgomery lui avait donné avec une chaîne d'or qu'il lui avait passée au cou lors de son dernier départ de New-York, lui disant en plaisantant que, puisqu'elle voyageait seule, il fallait qu'elle fût armée pour sa défense. Il se trouvait que, par hasard, elle avait pris cette chaîne et ce stylet sur elle en venant chez M. Gilmore.

A la vue de cette arme mignonne, ce dernier se mit à

rire : toutefois, il n'avança pas davantage, et, attirant à lui la seule chaise qui garnît la pièce, il s'y assit et commença une homélie, moitié juridique et moitié canonique, sur l'impiété et la folie de la résistance à l'autorité légale, et la nécessité de la soumission à ce que nous ordonne Dieu. Thomas Littlebody, esquire, le savant jurisconsulte de Boston, ou même le révérend docteur Dewey, n'eussent pas mieux parlé, en vérité.

Gilmore, entre autres belles choses, dit à Élisa que la résistance et l'opposition seraient de sa part aussi inutiles qu'elles étaient d'ailleurs coupables et criminelles, attendu qu'elle n'avait de secours à attendre ni à espérer d'aucune part. Cassy, lui dit-il, avait été vendue la veille, et pour Montgomery, arrivé le soir même de New-York, il était présentement au pouvoir de M. Agrippa Curtis, qui, après l'avoir dûment châtié de son insolence, se proposait de l'envoyer travailler à une plantation aux bords de la rivière Rouge. Il était donc perdu pour elle.

En entendant ces cruelles paroles, dont elle n'avait aucun moyen de discerner l'imposture, la pauvre fille pâlit, et, plus sensible aux maux de son amant qu'aux siens propres, elle laissait tomber son arme, lorsque Montgomery, poussant la porte qui était restée entr'ouverte, pénétra soudain dans la chambre.

En arrivant devant la maison de Gilmore, nous avions trouvé le fidèle Colter faisant le guet. Il avait réussi à se faire indiquer par les esclaves du légiste la pièce où Élisa était prisonnière. Tous trois, malgré l'heure avancée et sous prétexte d'affaires urgentes, avions obtenu l'entrée de la maison ; et une fois là, tandis que Colter et moi-même veillions auprès de la porte pour assurer notre sortie, Montgomery, qui connaissait la distribution du logis, était monté à la chambre où Élisa se trouvait détenue. Marchant à pas de loup, il s'était avancé vers la porte et l'avait ouverte sans être vu ni entendu de Gilmore, qui, lui tournant le dos sur sa chaise, était tout entier à observer sur la pauvre Élisa les effets de ses récits mensongers, combinés avec la belle leçon de droit et de théologie qu'il s'efforçait de lui donner.

Élisa, en apercevant mon fils, ne fut pas maîtresse de retenir un léger cri; et, comme Gilmore se retournait pour voir de quoi il s'agissait, il se sentit pris à la gorge. Montgomery le lança, la tête la première, dans le coin de la pièce où était étendu le matelas, jeta sur lui la table et la chaise, et, prenant Élisa par la main, en moins de temps qu'il ne faut pour le raconter, l'eut entraînée au bas de l'escalier et dans la rue. Colter et moi nous suivions par manière d'arrière-garde, et le tout se passa à petit bruit, en un clin d'œil et sans le plus léger désordre.

Une demi-heure après, toute l'heureuse famille, Cassy, Montgomery, Élisa et moi, se trouvait enfin réunie. Mais un point important restait encore : sortir de la Nouvelle-Orléans; car ni là, ni en aucune part de ces États-Unis d'Amérique qui se croient libres et nagent en plein despotisme, il n'y avait une branche d'olivier sortant des eaux où nous pussions nous retenir, un coin pour reposer notre tête, un pouce de terrain pour assurer nos pas.

CHAPITRE LVII.

Le lendemain matin, par les soins de Colter, dont l'amitié et le zèle ne se démentirent pas jusqu'à la dernière minute, nous nous embarquions sur un bateau à vapeur qui, remontant la rivière, nous déposa à Pittsburg sans aventure ni encombre. De là, nous gagnâmes Baltimore par les montagnes, et, courant à New-York, nous prîmes passage sur un des paquebots de Liverpool, n'ayant eu ni jour ni nuit un instant de sécurité, jusqu'à ce que les bonnes vagues bleues de l'Océan roulassent enfin sous nos pieds; et encore, tant que nous fûmes sous le drapeau américain, ne nous crûmes-nous pas, non sans raison, en sûreté.

Nous nous sentîmes enfin sauvés en touchant au sol de la Grande-Bretagne. Dieu merci! il existe au monde une terre où les exilés et les opprimés trouvent un refuge contre toutes les tyrannies; une terre également ouverte au proscrit hongrois et à l'Américain esclave!

Avant de quitter la Nouvelle-Orléans, Élisa avait laissé une procuration à M. Colter, à qui fut remise également l'ampliation du testament de M. Curtis, pour le mettre à même de suivre la revendication des droits d'Élisa à sa portion de l'héritage paternel: une convention intervint en même temps entre lui et nous, qui lui assura la moitié de tout ce qu'il parviendrait à recouvrer.

Colter trouva un redoutable adversaire dans Gilmore, mais il suivit l'instance avec la double passion de l'ami chaud et du joueur. Il étudia le droit lui-même pour mieux pousser l'affaire, et, si la pratique de sa précédente profession le servit ou non dans l'exercice de la nouvelle, je ne saurais le dire; mais toujours est-il qu'il ne tarda point à se faire au barreau une réputation d'habileté et d'adresse non usurpée. Poursuivant, traquant Gilmore dans tous ses coins et recoins, dans tous ses terriers et guet-apens judiciaires, il ne lui laissa ni paix ni trêve, et, à l'aide des envois d'argent considérables que nous lui fîmes, il parvint, après cinq ans de débats, à obtenir la va-

dation des droits d'Élisa, à qui il fit tenir fidèlement la
moitié de son héritage, ayant bien loyalement gagné
autre. Il continua à exercer avec distinction au barreau
e la Nouvelle-Orléans, et il a même été une fois question
e lui comme candidat au Congrès ; mais on n'a pas jugé
ue ses convictions fussent assez *méridionales :* c'est ce
ui l'a fait échouer.

L'action civile de M. Grip Curtis contre Montgomery,
our agression et voies de fait, après avoir traîné trois
u quatre ans devant la cour de Boston, a enfin abouti.
I. Grip Curtis avait confié sa cause à trois ou quatre des
lus grands avocats de Boston ; mais ces éloquents mes-
ieurs eurent beau prodiguer, dans leur harangue, les
oudres et les figures de rhétorique, Montgomery fut con-
amné, pour tous dommages-intérêts, à payer une in-
emnité de *vingt-cinq sous,* laquelle, avec les dépens,
quidés au quart de cette somme, fut religieusement
cquittée dans les mains de l'attorney de Grip Curtis. Le
ury se composait fort heureusement de petites gens, ar-
isans pour la plupart : il n'y avait dans le nombre qu'un
égociant en gros, et il n'était point engagé dans le com-
erce du Sud.

Quant à MM. Gilmore et Curtis, ils eurent le sort de
eux qui gagnent leur argent par-dessus l'épaule du dia-
le. M. Curtis s'établit à la Nouvelle-Orléans, fit de
rrandes opérations, passa un temps pour millionnaire,
uis tout à coup faillit, entraînant dans sa chute M. Gil-
nore et un bon nombre de ses amis de Boston, y compris
'ancienne maison Curtis, Sawin, Byrne et Cie. L'homo-
ogation du testament de son frère, et partant la nécessité
our lui de rendre gorge, lui portèrent le coup de grâce.
l fut de longues années misérable, perdu de réputation,
t réduit pour vivre aux derniers expédients. Quelques-
ms des tours de M. Gilmore, dans ses relations avec les

blancs, étant venus à transpirer (je dis avec les blancs, car, en ce qui touche les gens de couleur, c'est bagatelle qui, à la Nouvelle-Orléans, ne fait pas tort à la réputation d'un homme), il perdit toute sa clientèle, et tomba à peu près au niveau de M. Grip Curtis.

Mais, depuis un an ou deux, depuis l'adoption du nouvel acte concernant les esclaves fugitifs, qui a sauvé l'Union d'une perte totale, ces deux dignes gentlemen se sont faits patriotes, *sauveurs de l'Union*, et ont remonté leurs affaires. Sous la raison sociale *Gilmore et Curtis*, et M. Colter m'écrit qu'ils ont un juge dans leur manche, à titre d'associé secret, ils ont établi à Philadelphie une vaste entreprise de chasse aux nègres fugitifs et de marchés de chair humaine. Gilmore est commissionné pour cette spécialité par le district oriental de la Pensylvanie, et M. Grip Curtis est adjoint à un *député-maréchal* exclusivement chargé des affaires d'esclaves. Commissaire, juge, huissier, s'entendent à merveille, et, l'un sur l'autre s'appuyant, réalisent d'énormes gains.

Il me reste à ajouter que Montgomery continue de suivre avec fruit, à Liverpool, la carrière commerciale à laquelle son bienfaiteur l'avait destiné, et qu'une famille de cinq beaux enfants, nés de son heureuse union avec Élisa, paraît peu venir à l'appui de l'étrange théorie physiologique d'après laquelle les générations de sang mêlé seraient hybrides et stériles, théorie où certains politiques américains s'efforcent de trouver un refuge contre l'imminent danger qui menace tout leur système d'esclavage.

C'est en vain, ô Américains, que vous cherchez à rendre la nature complice de votre détestable conspiration permanente contre les droits de l'homme, contre votre

propre chair et votre propre sang! En vain vos lois
proclament que les enfants suivront la condition de leurs
mères. Les fils de pères libres ne peuvent être ainsi frustrés de leurs droits naturels. De jour en jour, d'heure en
heure, à mesure que la chaîne de votre tyrannie devient
plus faible, devient plus fort aussi le pouvoir comme la
résolution de la briser. De jour en jour, d'heure en heure,
dans le monde civilisé, la sympathie s'éloigne de vous,
oppresseurs, et se porte sur vos victimes!

Résistez, si vous le pouvez, à l'anathème que vous lan-
cent toutes les nations policées!

C'est vous surtout que je prends à partie, iniques politiques à barbe grise, hommes aux cœurs flétris, à la foi
absente, à l'espoir tari, à la fibre séchée, qui continuez
à vous prosterner devant le veau d'or, votre première
passion!

Ce sont vos vices, vos fautes, c'est votre faiblesse,
c'est votre manque de foi, qui depuis quarante ans tiennent ce pays dans l'abaissement et dans l'erreur. Politiques à vue myope, incapables de voir, des yeux de l'esprit, le règne du bien qui s'approche; vous qui, au fond
du cœur, regrettez les oignons d'Égypte et vous estime-
riez heureux encore de faire des briques pour le Pharaon;
vous qui êtes esclaves pour le moins à l'égal de ceux que
vous opprimez; âmes basses qu'effrayent des contes de
grand'mère, c'est en vain qu'on essayerait de vous guider dans la terre promise! Vous n'êtes que des poltrons
faits pour vivre et mourir dans votre aveuglement final!

Mais voici que déjà s'élève une jeune génération pour
qui la justice sera autre chose qu'un vain mot. En vain
vos politiques et vos prêtres travaillent à éteindre dans
ces jeunes âmes le sentiment de l'équité. Lorsque, pour
soutenir l'esclavage, il en faut venir à prêcher l'athéisme,
on peut être certain que la chute de l'esclavage est pro-

che. Il faut comparer cette situation à la nuit qui précède le lever du jour : se peut-il une nuit plus noire et
plus épaisse que celle où nous sommes plongés?

La question est posée et ne peut plus être ajournée.
L'Amérique sera-t-elle ce que les pères et fondateurs de
son indépendance ont voulu qu'elle fût, une libre démocratie fondée sur les droits humains? ou bien dégéné-
rera-t-elle en une misérable république barbaresque, do-
minée par une petite autocratie de propriétaires d'esclaves,
de justiciers à la Lynch, de mécréants sans foi ni loi,
qui ne connaissent de règle que leur bon plaisir?

C'est là, mes jeunes amis, ce que vous trancherez. A
vous appartient la solution de cette question, que ne peuvent plus écarter les temporisations politiques. Qui veut
être libre ne peut se faire le complice d'aucune oppression. Les morts et les vivants ne peuvent être accouplés.
Ces chaînes que vous avez aidé à river sur le corps et
les bras d'autrui, vous le voyez, les voilà qui impercep-
tiblement vous enlacent vous-mêmes, et vous enlacent si
serré, que c'est à peine si vos cœurs ont gardé le pouvoir
de battre !

Prenez courage et faites ce que je fis : brisez vos
chaînes ! Vous n'en demeurerez pas là, d'autres encore
attendent leur délivrance. L'entreprise semble hasar-
deuse; mais le courage, la persévérance, par qui l'âme se
met au-dessus des désappointements, de l'impatience,
l'espérance, la foi, enfin, vous feront triompher de tous
les obstacles. Je suis trop vieux pour voir cela; mais mes
cinq petits-fils, enfants, grâce à Dieu, de la libre Angleterre, le verront et en jouiront !

FIN.

1° ŒUVRES COMPLÈTES

ES PRINCIPAUX ÉCRIVAINS FRANÇAIS.

VOLUMES FORMAT IN-18 JÉSUS.

Pour la France, 2 fr. le vol.; — pour l'étranger, 2 fr. 50 c.

On peut se procurer chaque volume de cette série,
relié en percaline gaufrée, sans être rogné, moyennant 50 cent. en sus
des prix ci-dessus marqués.

Tous les ouvrages de cette collection, dont le texte est d'une correction typographique irréprochable, ont été revus avec le plus grand 〈soi〉n sur les meilleures éditions anciennes et modernes, et augmentés 〈de〉 morceaux inédits.

〈BO〉ILEAU : *OEuvres complètes.* 1 vol.
Notice sur Boileau, — Satires, — Épîtres, — Art poétique, — Le Lutrin, — Poésies diverses. — OEuvres diverses en prose. — Lettres.

〈CO〉RNEILLE : *OEuvres complètes,* 〈s〉uivies des *OEuvres choisies de* Th. Corneille. 5 vol.
Tome I : *Notice sur P. et Th. Corneille, — Théâtre.*
Tomes II et III : *Suite du Théâtre.*
Tome IV : *Fin du Théâtre, — Traduction de l'Imitation et de l'Office de la Vierge.*
Tome V : *Poésies diverses, — Opuscules en prose, — Lettres.*

〈FÉ〉NELON (sous presse).

〈LA 〉FONTAINE : *OEuvres complètes.* 2 vol.
Tome I : *Notice sur La Fontaine, — Fables, — Contes.*
Tome II : *Théâtre, — Poésies diverses, — Opuscules en prose, — Lettres.*

〈MO〉LIÈRE : *OEuvres complètes.* 2 vol.
Tome I : *Notice sur Molière, — Théâtre.*
Tome II : *Fin du théâtre. — Poésies diverses.*

〈MO〉NTAIGNE : *OEuvres complètes.* 2 vol.

〈MO〉NTESQUIEU : *OEuvres complètes.* 2 vol.
Tome I : *Notice sur Montesquieu, Esprit des lois.*
Tome II : *Grandeur et décadence des Romains, — Lettres persanes, — OEuvres diverses, — Lettres, — Table analytique.*

〈R〉ACINE : *OEuvres complètes.* 2 vol.
Tome I : *Notice sur Racine, — Théâtre.*
Tome II : *Histoire de Port-Royal, — OEuvres diverses, — Lettres.*

B. PASCAL : *OEuvres complètes.* 2 vol.
Tome I : *Notice sur Pascal, — Vie de Pascal par Mme Périer, — Lettres à un Provincial, — Pensées, — Opuscules.*
Tome II : *Factums contre les jésuites, — Traités divers de physique et de mathématiques, — Table analytique.*

J. J. ROUSSEAU : *OEuvres complètes.* 8 vol.
Tome I : *Notice sur J. J. Rousseau, — Discours, — les quatre premiers livres d'Emile.*
Tome II : *Fin d'Emile, — Economie politique, — Contrat social.*
Tome III : *Considérations sur le gouvernement de Pologne, — Lettres à Butta-Foco, — Projet de paix perpétuelle, — Polysynodie. — Julie ou la nouvelle Héloïse.*
Tome IV : *Mélanges, — Théâtre, — Poésies, — Botanique, — Musique.*
Tome V : *Fin de la Musique, — Les Confessions.*
Tome VI : *Dialogues, — Rêveries, — Correspondance.*
Tomes VII et VIII : *Fin de la Correspondance, — Table analytique.*

SAINT-SIMON (le duc de) : *Mémoires complets et authentiques sur le siècle de Louis XIV et la Régence,* collationnés sur le manuscrit original par M. Chéruel, et précédés d'une Notice de M. Sainte-Beuve de l'Académie française. 12 vol.

VOLTAIRE : *OEuvres complètes.* 25 vol. (sous presse).

2° BIBLIOTHÈQUE DES MEILLEURS ROMANS ÉTRANGERS.

Pour la France , 2 fr. le vol.; — pour l'étranger, 2 fr. 50 c.

AINSWORTH (W. Harrison) : *Abigail*. 1 v.—*La Tour de Londres*. 1v.

BULWER : *Mémoires de Pisistrate Caxton*. 1 vol.

BEECHER-STOWE (Mrs) : *La Case de l'oncle Tom*. 1 vol.

CERVANTÈS : *Don Quichotte*, par M. L. Viardot. 2 vol. — *Nouvelles*. 1 vol.

CUMMINS (miss) : *L'allumeur de réverbères*. 1 vol. — *Le Professeur*. 1 v.—*Mabel Vaughan*. 1v.

CURRER BELL : *Jane Eyre*. 1 vol. — *Shirley*. 1 vol.

DICKENS (Charles) : *OEuvres*, traduites de l'anglais avec l'autorisation exclusive de l'auteur. EN VENTE · *Nicolas Nickleby*. 2 vol.— *Contes de Noël*. 1 vol. — *Bleak-House*. 2 vol. — *Dombey et fils*. 2 vol. — *Le Magasin d'antiquités*. 1 vol. — *Les Temps difficiles*. 1 vol. — *La petite Dorrit*. 3 vol.—*David Copperfield*. 2 vol.
Les autres volumes sont sous presse.

FREYTAG : *Doit et avoir*. 2 vol.

FULLERTON (lady) : *L'oiseau du bon Dieu*. 1 vol.

GASKELL (Mrs) : *OEuvres*, traduites de l'anglais avec l'autorisation exclusive de l'auteur. EN VENTE :: *Marie Barton*. 1 vol.—*Ruth*. 1 vol.

GERSTAECKER (Frédéric) : *Les Pirates du Mississipi*. 1 vol.

HAUFF (Wilhelm) : *Nouvelles*. 1 vol.

HILDRETH : *L'Esclave blanc*, nouvelle peinture de l'esclavage en Amérique. 1 vol.

LENNEP (J. Van) : *Aventures de Ferdinand Huyck*. 1 vol.

LUDWIG (Otto) : *Entre ciel et terre*. 1 vol.

MÜGGE : *Afraja*. 1 vol.

SMITH : *Mémoires de Dick Tarleton*. 2 vol.

STEPHENS (Mrs Ann S.) : *Opulence et misère*. 1 vol.

THACKERAY : *Henry Esmond*. 1 vol. —*Barry-Lyndon*. 1 vol.—*La Foire aux vanités*. 1 vol. — *Le Livre des Snobs*. 1 vol.

TOURGUENEFF : *Scènes de la vie russe*. 1 vol.

ANONYMES : *Whitehall*. 1 vol. — *Whitefriars*. 1 vol.— *Les Pilleurs d'épaves*. 1 vol.

3° CHEFS-D'ŒUVRE DES LITTÉRATURES ANCIENNES.

Volumes à 3 fr. 50 c.

HOMÈRE : *OEuvres complètes*, traduction nouvelle, suivie d'un Essai d'encyclopédie homérique par M. P. Giguet. 4ᵉ édition. 1 vol.

TACITE : *OEuvres complètes*, par J. L. Burnouf, avec une introduction et des notes. 1 vol.

LUCIEN : *OEuvres complètes*, traduction nouvelle, avec une introduction, des notes et une table analytique. par M. Talbot. 2 vol.

HÉRODOTE : *Histoire* (en prépar.)·

4° CHEFS-D'ŒUVRE DES LITTÉRATURES MODERNES ÉTRANGÈRES.

Volumes à 3 fr. 50 c.

DANTE : *La divine Comédie*. 1 vol.

OSSIAN : Poëmes gaéliques recueillis par Mac-Pherson, précédés de recherches sur Ossian et les Calédoniens. 1 vol.
Des traductions de Schiller, de Gœthe et de Shakspeare sont en préparation.

Adresser les demandes à MM. L. HACHETTE ET Cⁱᵉ, rue Pierre-Sarrazin, nᵒ 14, à Paris, et aux principaux libraires de la France et de l'étranger.

Paris Typographie de Ch. Lahure, rue de Vaugirard, nᵒ 9.

Tous les ouvrages de cette collection ... typographique irreprochable, contient les meilleures éditions anciennes et modernes ...

Boileau : *OEuvres complètes.* 1 vol.
Notice sur Boileau. — Satires.
— Épîtres. — Art poétique. — Le Lutrin. — Poésies diverses. — OEuvres diverses en prose. — Lettres.

Corneille : *OEuvres complètes*, suivies des *OEuvres choisies* de Th. Corneille. 5 vol.
TOME I. Notice sur P. et Th. Corneille. — Théâtre.
TOMES II et III : Suite du théâtre.
TOME IV : Fin du théâtre. — Traduction en vers français de l'Imitation de Jésus-Christ et de l'Office de la sainte Vierge.
TOME V : Poésies diverses. — Opuscules en prose.

Fénelon : Jésus ...
La Fontaine : *OEuvres complètes.* 2 vol.
TOME I : Notice sur La Fontaine. — Fables.
TOMES II : ... Contes et nouvelles. — Lettres.

Molière : *OEuvres complètes* ... théâtre. — Poésies ... en vol ...

(Sous presse.)

OEuvres complètes ...

Pascal ...
Provinciales ...
TOME II : Pensées ...
Traités divers ... thématiques ...

Racine : *OEuvres complètes* ...
TOME I : Notice sur ...
TOME II : Histoire ...
OEuvres diverses.

Rousseau (J.-J.) : *OEuvres* ...
2 vol.
TOME I : Notice sur ... ... d'Émile.
TOME II : Fin d'Émile. — ... langue. — Contrat social.
TOME III : Considérations ... vernement de Pologne. — Butta Foca. — ... fucile. — Poi ... Nouvelle Héloïse.
TOME IV : ... Poésies. — ...
TOME V : Fin des Confessions.
TOME VI : ... Correspondance.
TOMES VII et VIII : Correspondance. — Table.

Saint-Simon (le duc de) *OEuvres complètes et authentiques ...* de Louis XIV ...

Voltaire : *OEuvres* ...

Typographie de Lahure, rue de Fleurus ...